보이드 씨의
기묘한 저택

보이드 씨의
기묘한 저택

장편소설 하지은

황금가지

목차

현관

롤랑 거리 6번가에 있는 저택의 현관은 특이하게도 반쪽짜리 아치형이다. 7층으로 이루어진 저택의 꼭대기에는 결코 방밖으로 나오지 않는다는 건물 주인 보이드 씨가 살았고, 그 아래로는 다양한 입주자들이 방 한 칸씩을 차지했다.

라벨은 그 저택의 3층에 살고 있었다. 그는 적갈색 머리카락에 평범한 남색 눈을 가졌고, 사람들에게 친절했으며 직장에 결코 늦는 법이 없는 성실한 청년이었다.

이웃의 허물을 캐내길 좋아하는 마레 부인조차 라벨에게는 애정 어린 태도를 보일 정도였다. 어쩌면 그녀 대신 날마다 쓰레기봉투를 버려 줄 사람이 필요해서인지도 모르지만.

"여, 라벨 군. 출근하나?"

"예. 주스트 씨."

라벨은 온화한 얼굴로 인사했다. 같은 건물에 사는 주스트 씨와는 출근 시간마다 종종 현관에서 마주치곤 했다. 주스트 씨는 밖으로 나가려다 말고 눈살을 찌푸렸다.

"비가 오잖아. 제길, 우산을 안 가지고 내려왔는데 언제 6층까지 다시 갔다 온담."

"그럼 제 걸 쓰세요. 전 3층까지만 되돌아가면 되니까요."

라벨이 내민 우산을 잠깐 갈등하는 얼굴로 바라보던 주스트 씨는 이내 고개를 저었다.

"그럴 수야 있나. 천천히 올라갔다 오지 뭐. 이놈의 비가 대신 그쳐 주면 더 바랄 게 없겠지만 말이야."

주스트 씨는 미소 지으며 그대로 몸을 돌려 계단을 올랐다. 하지만 다섯 계단쯤 갔을까, 뒤에서 라벨이 그를 불렀다.

"주스트 씨, 올라가지 않으셔도 될 것 같아요."

"어, 왜?"

날씨 탓인지 라벨의 목소리가 가라앉은 것 같다고 생각하며 주스트 씨는 몸을 돌렸다. 그러곤 문밖으로 놀라운 광경을 보게 되었다.

"아니……."

어느새 비가 그치고, 늘 물이 고이는 현관 앞 웅덩이에는 빗물 대신 햇빛이 떨어지고 있었다.

"요즘 날씨 변덕이라곤 하지만, 신기하군그래."

문밖으로 나가본 주스트 씨는 하늘을 올려다보곤 재미있다는 듯 중얼거렸다.

"그럼 라벨 군, 오늘 좋은 하루 되게."

"예. 좋은 하루 되세요, 주스트 씨."

"그래. 고마웠어."

기분 좋게 몸을 돌린 주스트 씨는 그러나 잠깐 고개를 갸웃거렸다.

'그런데 내가 왜 굳이 라벨 군에게 고맙다고 한 거지?'

고민하던 그는 곧 납득할 만한 답을 찾아냈다.

'아, 라벨 군이 비가 그쳤다고 알려 줬기에 우산 가지러 다시 올라갈 필요가 없었지. 그래서 고맙다고 한 거였어.'

만족한 그는 다시 발걸음을 옮겼고, 라벨은 그런 주스트 씨의 뒷모습을 잠깐 응시했다.

만약 주스트 씨가 그의 일생에서 단 하나 이룰 수 있었던 소원을 고작 6층까지 올라갈 수고를 더는 데 썼다는 사실을 알았다면, 그래도 고맙다는 말을 했을까?

라벨은 몸을 돌려 그와 반대쪽 길로 향했다.

드물 만큼 화창한 날이었다.

1층. 걸작의 방

"소원이 있니? 그런데 아이야, 소원을 빌기 전에는 신중하게 생각해야 한단다."

그는 자신의 일에 대단한 자부심을 가진 남자였다. 그가 이 분야에 느끼는 애정은 남달랐다. 작품의 말라 버린 피부에 다시 윤기가 흐르게 하고 쭈그러든 몸에 속을 꽉 채워 넣으면, 마치 자신의 손으로 생명을 불어 넣은 듯 벅찬 감격을 느끼곤 했던 것이다.

"다 됐구나. 옳지, 예쁘게 되었다. 네 주인이 정말 기뻐하겠구나."

그는 완성한 작품을 천천히 전시대 위로 옮겼다. 네 개의 딱딱한 발이 단단히 지면을 지탱하고 선다. 부드럽고 요염하게 뻗어 끝을 살짝 말아 올린 꼬리, 주위를 곁눈질하며 먹이를 찾는 날카로운 눈빛, 우아하게 곡선을 그리는 날렵한 몸까지. 모든 것이 살아 있는 그대로인 것처럼 보였다.

작품을 바라보던 그는 곧 작업실을 치우기 시작했다. 가장 먼저 해야 할 일은 그 지독한 포르말린 병의 마개를 닫는 것이었다. 다음으론 작품에서 나온 찌꺼기와 부산물들을 치웠다.

한참을 부지런히 움직이던 그는 갑자기 호흡이 곤란한 것을 느꼈다. 손수 제작한 환풍기 앞으로 걸어가 빠르게 돌리며 숨을 내쉬었다. 이 냄새가 사람에게 얼마나 나쁜지 알기에 약간의 죄책감을 느꼈지만, 환풍구는 창이 없는 건물 뒤쪽으로 나 있었기에 최대한 피해가 덜 가기를 바랄 뿐이었다. 어차피 이 도시는 이미 유해한 냄새들로 가득하지 않은가.

숨쉬기가 조금 나아지자 그는 청소를 마무리했다. 따로 가져가는 사람을 위해 보관해 두었던 작품의 속을 현관문 근처에 내놓으면 그것으로 끝이었다.

똑똑.

예기치 못한 노크 소리가 들려온 것은 그때였다. 깜짝 놀란 그는 잠시 시계를 쳐다봤다. 작품을 가져갈 사람이 오기엔 아직 이른 시간이었다. 그리고 그러한 고객들을 제외하면 그를 방문할 사람 따위는 없었다.

"누구요?"

거칠게 끓는 그의 목소리가 문 너머로 향하자 신경질적인 말투가 대꾸했다.

"나 앞집 마레 부인이에요. 이봐요, 스타프 씨. 당신 방에서 나는 그 고약한 냄새가 대체 뭐예요? 지나갈 때마다 참을 수가 없다고요!"

망할 할멈, 또 시작이군.

"신경 끄고 들어가쇼. 지금 청소하는 중이니까."

"자꾸 이러면 7층의 보이드 씨를 찾아가 이야기하겠어요. 그날로 당신은 쫓겨날걸요?"

"닥치고 올라가라고!"

문밖에서 얼마간 투덜거리는 소리가 이어지더니 곧 떠나는 발걸음 소리가 들려왔다. 마레 부인은 어떻게든 이웃의 흠을 잡아내 그것을 지적하는 낙으로 사는 여자였다. 6층에 사는 점잖은 의사 선생마저 그녀의 눈초리를 피하지 못했다.

하지만 그런다 한들 설마 정말로 7층까지 올라가지는 않으리라. 누구도 보이드 씨에게 먼저 찾아갈 수는 없었다. 그에게 무언가를 요구할 수도 없고 말이다. 이 집에 입주할 때 딱 한 번, 그것도 뒷모습만 봤을 뿐이지만 모두가 그런 느낌을 받았을 거라는 건 묻지 않아도 알 수 있었다.

'망할 늙은이, 기분 잡치기는.'

그는 돌아서서 자신의 작품을 바라보았다. 그것은 항상 옆을 보고 있도록 만들어졌기에 단번에 눈이 마주쳤다. 그럴 때마다 스타프 씨는 착각을 느끼곤 했다. 이리 와, 하고 말하면 정말로 움직일 것만 같은.

"이리 와."

스타프 씨는 손을 내밀었다. 하지만 그의 손으로 박제된 고양이는 물론 움직이지 않았다. 여전히 노랗고 가느다란 눈으로 그를 노려보면서도 말이다.

"바보 같기는."

그는 헛웃음을 짓고 흰 천으로 고양이를 덮었다.

"여기 있습니다."

고양이 주인은 값을 두둑이 지불했다. 스타프 씨는 인심에 놀라면서도 복장을 보면 그럴 만하다고 생각했다. 특이할 만큼 빨갛게 칠한 입술과 두드러지는 고음의 목소리만 빼면 그는 완벽한 귀족 신사의 모습을 하고 있었던 것이다.

"그나저나 냄새가 참 고약하군요. 이래서는 저택 안에 둘 수 없겠는데."

"일주일만 서늘한 곳에 잘 말리시면 냄새가 줄어들 겁니다. 볕에는 쏘이지 않으시는 편이 좋고요. 하지만 번거롭다면 유리로 된 상자 안에 넣어 두고 보셔도 됩니다. 대부분 그렇게 하시지요."

"그런가요."

왜인지 귀족 신사는 그 말에 웃었다. 스타프 씨는 머리를 조아린 채 이 남자가 바로 떠나지 않는 것에 초조해했다. 이런 사람이 자신의 방에 드나드는 모습을 누가 보기라도 하면 온갖 소문이 날 게 뻔했다. 자신이 하는 일이 뭔지 사람들이 알면 쫓겨날 것도 분명하고.

"한 가지 묻고 싶은 게 있습니다."

"예, 예. 말씀하십시오."

"뭐든지 이렇게 만들 수 있는 건가요?"

"에…… 아마 그렇습니다요."

"그러니까, 무엇이든 말이지요?"

묻는 낌새가 심상치 않아 스타프 씨는 대답을 주저했다. 자신 있게 된다고 말했다가 막상 할 수 없는 걸 부탁하면 곤란하지 않은가. 하지만 세상에서 자신이 박제할 수 없는 게 뭐가 있을까?

"예를 들면 어떤 것 말입니까요?"

"이것보다 조금 더 큰 동물입니다."

"아아, 예. 그런 것이야 물론 가능하지요. 예전에는 말을 박제해 본 일도 있습니다. 시대의 명마로 불렸던 놈인데, 나리께서도 이름을 아실지 모르겠습니다. 순백이라는 놈이었는데 경마장에서 고놈이 세운 기록들이 참으로……."

"말 이야긴 됐습니다. 아무튼 가능하다는 거로군요."

"예예."

"알겠습니다. 조만간 다시 찾지요."

신사는 모자를 쓰고 밖으로 나갔다. 아무래도 그게 예의인 것 같아 현관까지 배웅하려는데, 방을 나서는 순간 스타프 씨는 건물로 들어오던 누군가와 마주쳤다. 이름은 잘 모르지만 그의 기억이 맞는다면 3층에 살고 있는 청년이었다.

난감해하던 스타프 씨는 청년과 정면으로 눈이 마주쳤고 순간 깜짝 놀랐다. 사람에게서 그런 걸 본 적은 처음이었다. 아마 보통 사람들은 맑고 사심 없는 눈이라 생각할 테지만, 스타프 씨는 아니었다. 자신이 만들어 내는 짐승들의 딱딱한 눈이 바로 저렇지 않던가.

"그럼."

그때 신사가 인사할 겨를도 없이 현관문을 나가 사라졌다. 스타프 씨가 정신을 차렸을 때는 청년도 위층으로 올라가 버린 뒤였다. 일단 몸을 돌려 자신의 방으로 돌아왔지만 안절부절못했다.

어떤 녀석이지? 인사를 나눈 적은 있던가? 언제부터 이 건물에 살았더라?

확실한 건 조금 전의 상황을 이상하게 여기리란 거였다. 그 청년이 당장이라도 마레 부인에게 일러바치거나(이 건물에 사는 사람들은 이상한 일이 생기면 꼭 마레 부인에게 먼저 이야기했다.) 건물의 주인을 찾아가도 놀랍지 않을 만큼.

'침착하자. 침착해. 아무래도 그 청년을 만나 보긴 해야겠는데.'

스타프 씨는 욕실로 들어가 비싼 비누까지 쓰며 온몸을 박박 닦았다. 갈라진 손끝은 냄새가 배어 몇 번이나 문질렀고, 굴러다니던 방향제도 찾아 손끝에 비볐다.

'좋아.'

다음으로 그는 머리를 최대한 단정히 빗어 넘기고 약품이 묻어 있지 않은 새 옷으로 갈아입었다. 마지막으로 손바닥에 입김을 불어 냄새가 나는지 안 나는지 확인한 후에야 방을 나섰다.

비가 온다던 말과 다르게 밖은 화창한 날씨였다. 복도에는 온기가 감돌았고 일찌감치 저녁을 준비하는 사람들의 빵 굽는 냄새가 달콤하게 코를 찔렀다.

그는 계단 아래에 서서 생소한 기분으로 위층을 올려다보았다. 보이드 씨를 처음이자 마지막으로 만났을 때를 제외하곤 이 위로 올라가 본 일이 없었다. 그나저나 그 청년은 3층의 어느 방에 머물고 있는 것일까.

먼저 우편함을 찬찬히 살피던 그의 눈에 한 이름이 들어왔다.

L. 라벨.

'이 녀석이군.'

그런 이름으로 불리는 걸 얼핏 들은 기억이 났다. 3층 왼쪽 방이었다.

3층으로 올라서자 채광 탓인지 아래층과는 다른 분위기가 느껴졌다. 거긴 조용하고 깨끗했으며 모든 게 안정된 듯 보였다. 그래서인지 그 층에는 좋은 사람들이 살고 있을 것 같은, 반쯤 희망을 품은 선입견이 들었다.

"흠, 흠."

라벨의 방 앞에 선 그는 헛기침을 하고 노크를 하기 위해 손을 올렸다. 그러나 손이 채 닿기도 전에 문이 먼저 기다렸다는 듯 열렸다. 안에는 온화한 표정을 짓고 있는 아까 그 청년이 서 있었다.

"안녕하세요, 스타프 씨."

"아, 안녕하신가."

자신의 이름을 알고 있는 걸 보면 기억도 안 나는 옛날에 통성명을 한 적이 있긴 했던 모양이었다.

"어쩐지 올라오실 것 같았어요. 안으로 들어오시겠어요?"

"어…… 그래, 실례하지."

아무 경계심도 보이지 않는 청년의 태도에 놀라며 스타프 씨는 안으로 들어갔다. 구조는 그의 방과 다를 것이 없었는데 청결함 때문인지 훨씬 넓고 좋아 보였다. 저녁을 준비하고 있었는지 부엌에서 맛있는 냄새가 풍겨 왔다. 스타프 씨는 문득 배가 고프다고 느꼈다.

"아직 식사 전이시지요? 괜찮다면 같이 드시겠어요?"

"그게, 그래도 되나? 가끔 얼굴이야 봤지만 이렇게 얘기하는 것도 처음인 것 같은데."

"예. 그리고 식사도 오늘 처음 같이 하시면 되겠네요."

청년의 친절한 말투에 스타프 씨는 몹시 감동받았다. 이제 보니 한없이 맑고 평범한 눈이거늘, 왜 아까는 말도 안 되는 생각을 했을까.

"그럼 염치 불고하고 같이 들겠네. 다음에는 내 방으로…… 아니, 바깥에서 내가 사지."

청년은 미소로 대꾸했다.

잠시 후 차려진 저녁 식사에 감탄하며 스타프 씨는 게걸스레 먹어 치우기 시작했다. 버터가 흐물흐물 녹은 따뜻한 빵에 사과 향이 나는 잼을 발라 베어 물고, 다른 한 손으로는 정신없이 스튜를 떠먹으며 중간중간 시원한 우유도 들이켰다. 제대로 식사를 해 본 지 오래라 모든 게 맛있었다.

그렇게 식사를 마치고 포만감 속에서 후식으로 나온 커피까지 손에 들자, 그는 더할 나위 없이 행복해졌다. 적어도 라벨이 입을 열기 전까지는 그랬다.

"아까 그 신사분 때문에 저를 찾아오신 거지요?"

스타프 씨는 커피를 내려놓고 최대한 진지하고 불쌍한 표정을 지어 보였다.

"사실 내 방은 말일세. 주거지이기도 하지만 작업 공간이기도 하다네. 나는 그 일로 돈을 벌고 있어. 약간은 냄새가 나고 까다로운 일이라 집주인들이 잘 받아 주지 않네만, 여기 7층에 사는 보이드 씨는 허락해 주었네. 대신 여기 사는 다른 사람들에게는 말하지 말라는 조건을 덧붙였지. 그게, 말하자면 남들이 보기에 그다지 좋은 일은 아니라서."

"예, 그렇군요."

"그리고 아까 그 사람은 내 고객인데, 알다시피 이런 곳을 드나들 만한 사람으로 보이지 않지. 그래서 자네가 이상하게 생각할까 봐 사정을 설명하러 온 거야."

"예, 그러셨군요."

그 말을 끝으로 잠시 어색한 침묵이 흘렀다. 침을 삼키며 청년의 눈치만 보던 스타프 씨는 식은 커피를 벌컥벌컥 들이켜고 최후통첩인 양 말했다.

"그래서, 어쩔 텐가?"

"어쩌다니요?"

"사람들에게 말할 거냐고."

"그런 짓은 하지 않아요."

스타프 씨는 잠깐 안도했지만 생각보다 너무 쉽다는 생각이 들었다.

"정말 그게 다인가?"

"솔직히 말씀드리자면 환풍구에서 올라오는 포르말린 냄새가 별로 좋지는 않아요. 스타프 씨가 하시는 일은 몸에도 무척 안 좋아요. 이미 폐부종도 앓고 계신 것 같은데, 아닌가요?"

스타프 씨는 아까 청년의 눈을 처음 봤을 때처럼 무척 놀랐다. 한동안 아무 말도 못 하고 바닥만 내려다보고 있던 그는, 자리에서 벌떡 일어나 인사도 없이 청년의 방을 나와 버렸다.

'이미 알고 있었어.'

그는 정신없이 계단을 내려가다 발끝을 기둥에 부딪치고는 소리 없이 비명을 질렀다. 그렇게 방으로 돌아와 이불을 뒤집어쓰고 며칠 동안 아무 곳에도 나가지 않았다.

노크 소리를 들은 건 꿈에서 박제된 독수리와 한창 씨름하고 있을 때였다. 다른 곳은 다 완성했는데 그놈의 날개가 도무지 마음에 드는 모양으로 펴지지 않았던 것이다. 무두질부터 잘못해서 이 아까운 걸 그대로 날려야 하는 게 아닌가 고민하고 있을 때, 그의 신경을 거슬리게 하는 소리가 들려왔다.

똑똑.

누구야?

똑똑똑.

망할, 누구냐니까!

"응?"

잠에서 깬 그는 비몽사몽한 채 앉아 있다가, 다시금 들려오는 노크 소리에 정신을 차렸다.

"기다리쇼."

퉁명스럽게 내뱉은 스타프 씨는 긁어내는 듯한 자신의 목소리에 놀랐다. 하지만 더 신경 쓸 겨를도 없이 허겁지겁 옷을 입었다. 며칠 전 그 신사가 다시 찾겠다던 말이 생각났던 것이다.

간신히 바지만 입고 나가 보니 뜻밖에도 문밖엔 3층 청년이 서 있었다. 나벨이던가 뭐던가, 벌써 이름도 가물가물했다.

"자네가 여긴 왜⋯⋯?"

"잠을 깨워서 미안해요, 스타프 씨. 하지만 출근하기 전에 꼭 드릴 말씀이 있어서요."

스타프 씨는 자신의 방을 한번 돌아보고 말했다.

"미안하지만 들어오라곤 못 하겠군. 여기서 말하게."

"예. 오늘 그 신사가 맡길 물건은 받지 않는 게 좋을 거예요."

스타프 씨는 눈을 크게 뜨고 청년의 얼굴을 바라보았다. 그러다 깨닫기나 한 듯 문밖으로 고개를 내밀어 주위를 살폈다. 다행히 아무도 없었다. 그는 안도하는 한편 화가 끓어오르는 걸 느꼈다.

"이제 자네 허락 없이 일은 하지도 말라는 건가?"

"아뇨, 그런 뜻이 아니라요."

"그럼 집어치우고 꺼져."

그대로 문을 쾅 닫으려던 그때, 문득 얼마 전 대접받았던 저녁 식사가 떠올랐다. 다시 청년을 보니 자신의 말에도 별로 기분 상하지 않은 듯 가만히 서 있는 게 보였다.

"아니, 그게 그러니까…… 제길, 그냥 가."

"예, 그럼. 좋은 하루 되세요."

등을 돌리는 청년에게 스타프 씨는 참지 못하고 한마디를 덧붙였다.

"미안해."

들었을 법한데도 청년은 아무 반응 없이 현관을 나갔다.

잠은 그것으로 모두 달아나 버려서, 스타프 씨는 멍하니 침대에 앉아 청년이 했던 말을 곱씹었다. 신사가 오늘 물건을 맡기러 올 거라니, 대체 그 청년이 어떻게 안 것일까? 며칠 전 함께 식사할 때 자신이 그런 말을 했던가?

그랬던 것 같기도 했다. 아무튼 신사에 대한 얘기를 했던 것
만은 분명히 기억했다. 그렇지만 그게 오늘일지 내일일지 그가
어찌 안단 말인가.

'아는 사이 같아 보이진 않았는데. 에이, 아무럼 어때. 그 말
대로 온다는 보장도 없고.'

하지만 만약에 정말로 신사가 온다면.

'일단 무슨 물건인지는 보고 결정해야 할 거 아냐. 무턱대고
받지 말라니, 원. 역시 참견한 거야. 포르말린 냄새가 어쩌고 했
었지 그 녀석.'

그리고 폐부종 이야기도 했었다.

청년의 말대로 신사가 도착한 건 아무래도 의사를 찾아가
봐야겠다고 생각한 스타프 씨가 막 옷을 주워 입었을 때였다.

"예, 나갑니다요."

문을 열자마자 두 명의 하인이 커다란 상자를 들고 들어왔
다. 스타프 씨는 눈을 동그랗게 뜬 채 그들이 하는 일을 멍하니
지켜봤다.

"수고했습니다. 그만 나가들 봐요."

하인들이 사라지자 신사는 문을 닫고 스타프 씨의 곁으로
왔다. 하지만 스타프 씨는 여전히 상자만 바라보고 있었다.

"저번에 말한 대로 이번엔 더 큰 동물의 박제를 부탁할까 합

22

니다."

오늘 그 신사가 맡길 물건은 받지 않는 게 좋을 거예요.

"이봐요."

"아아, 네."

"이제 와서 하지 않겠다는 말은 아니겠지요?"

"아니요, 무슨 말씀을. 하지만 그 전에 저게 뭔지 봐야……."

"말했다시피, 조금 더 큰 동물일 뿐입니다. 딱히 어려움은 없을 겁니다."

신사는 말을 마치고 상자 옆으로 걸어가, 스타프 씨가 채 마음의 준비를 할 시간도 주지 않고 뚜껑을 열어젖혔다.

"윽!"

스타프 씨는 고개를 돌리며 입을 틀어막았다. 방금 자신의 두 눈으로 본 것을 도저히 믿을 수가 없었다. 그때 신사의 차가운 지팡이가 스타프 씨의 턱에 닿았다. 그는 반강제적으로 얼굴을 다시 돌리게 되었다.

"할 수 있겠지요?"

"저, 저, 나으리. 이건, 이것은 조금……."

"보수라면 지난번의 세 배를 드리겠습니다."

스타프 씨는 돈을 싫어하는 사람이 아니었지만 이번만큼은 보수의 문제가 아니었다.

"죄송합니다. 하지만 이것은, 이런 것은 할 수가……."

"지금 내 앞에서 하지 않겠다고 말하는 건가요?"

새빨간 입술을 비틀어 내뱉는 신사의 목소리는 평소보다도
훨씬 더 고음이었다.

"이런 일은 공공연히 드러내 놓고 할 수 없을 텐데…… 내가
고발해도 좋단 말이지요?"

그의 말에 스타프 씨는 앞이 깜깜해지는 걸 느꼈다. 처음부
터 이런 사람에게 거절 같은 걸 할 수 있을 리 없었다. 말없이
고개를 떨어뜨리자 신사는 받아들였다고 생각한 모양이었다.

"시간은 얼마가 걸려도 좋습니다. 가능한 한 가장 아름다운
모습으로 만들어 주십시오. 기대하지요."

신사는 전혀 웃지 않았는데도 스타프 씨는 그가 웃으며 말한
다고 느꼈다.

"그럼 다 됐을 때 찾아오겠습니다."

그대로 신사가 나갈 때까지 스타프 씨는 그 자리에서 움직일
엄두조차 내지 못했다. 이 모든 일이 너무 무섭고 현실 같지가
않았다.

처음부터 문을 열지 말았어야 했어. 그 청년의 말에 조금만
더 귀를 기울였어야 했어.

한참이 지나서야 그는 겨우 다리를 움직였다. 오랫동안 굳어
있어 온몸이 저리고 아팠지만 참으며 상자가 있는 쪽으로 걸어
갔다.

이건 정말이지 말도 안 돼.

상자 안에는 알몸으로 죽어 있는 소녀가 있었다.

3층의 복도를 얼마나 서성거렸는지 모른다. 어떻게 알았는지 마레 부인이 올라와 또 한바탕 잔소리를 늘어놓았지만 그런 것에 대구할 여유가 없었다. 제풀에 지친 할멈이 내려가고 나서야 스타프 씨는 청년의 방문 앞에 기대고 앉았다.

그도 자신이 이러고 있는 이유를 몰랐다. 다만 이미 청년의 경고를 무시했음에도 이런 자신을 본다면 그냥 지나치지 않으리란 희망이 있었다.

청년은 어제와 달리 저녁 시간이 다 되어서야 집에 돌아왔다. 그가 계단을 올라오는 소리를 들으며 심장이 얼마나 뛰었는지 모른다. 마침내 계단 너머에서 그의 적갈색 머리칼이 보였을 때의 말할 수 없는 반가움이란.

"이보게!"

"안녕하세요, 스타프 씨."

청년은 별로 놀라지도 않고 며칠 전처럼 친근하게 인사했다. 그의 반응에 깊이 안도하며 스타프 씨가 입을 열려는 찰나, 청년이 먼저 말했다.

"받으셨군요."

"그, 그게…… 나도 거절하려고 했네. 정말이야, 맹세할 수 있어! 하지만 그 남자를 도저히 설득할 수 없었네. 받지 않았다간 가만두지 않을 것처럼 협박했단 말일세."

"예, 그러셨군요."

그의 담담한 대답에 스타프 씨는 막연한 불안감을 느꼈다.

이미 끝난 일이며 돌이킬 수 없다고 말하는 듯해서, 더는 여지가 없는 듯해서.

"저…… 도와주지 않을 텐가?"

"어떻게 말이죠?"

그의 즉각적인 대답에서 도와줄 수만 있다면 기꺼이 돕겠다는 의지를 느낄 수 있었다. 다만, 그러니까 도와줄 수 있다면. 하지만 스타프 씨는 그에게 어떻게 도와 달라고 말해야 할지 알 수 없었다.

"그건 나도 모르겠어. 이미 받았는데 어쩌지?"

"저에게 어떻게 하냐고 물으시면 저는 대답해 드릴 말씀이 없어요."

말투는 온화했건만 내뱉는 대답은 냉정했다.

"그러지 말고 같이 방법을 생각해 주게. 그 신사에게 지금이라도 가서 거절하면 그가 어떻게 나올 것 같나? 나를 고발이라도 할까?"

"모르겠어요. 다만 그 신사가 이 집의 주인인 보이드 씨와 친분이 있다는 건 알아요. 스타프 씨는 아마 쫓겨나겠지요."

청년은 아무 유감도 없다는 듯 담담하게 선고했다.

"그런…… 나를 도와줄 수는 없는 건가?"

"말씀드렸다시피 제게 어떻게 해 달라고 구체적으로 부탁하신다면 저는 그걸 해 드리기 위해 노력할 거예요. 하지만 단순히 도와 달라는 말에는 어떻게 해 드려야 할지 모르겠네요."

스타프 씨도 몰랐다. 더 이상 할 말도 찾을 수 없었다. 이건 앞에 서 있는 청년의 잘못이 아닌데도, 왜 이렇게 그가 밉단 말인가. 스타프 씨는 다시 고개를 들어 청년과 눈을 마주쳤다. 평범하고 맑은, 그러나 박제품의 그것을 닮은 눈.

"자네, 이름이 뭐랬지?"

"라벨입니다."

"그래, 라벨 군. 내 언젠가…… 자네에게 박제된 선물 하나 하지."

라벨은 대답하지 않았고 스타프 씨 또한 더 이상 그 눈을 들여다보지 않았다. 그 길로 자신의 방에 내려온 스타프 씨는 조금도 망설이지 않고 상자를 열었다. 안에는 처음 왔을 때 모습 그대로 누워 있는 소녀의 시체가 있었다. 그것을 꺼내 작업대 위에 눕힌 그는 다음으로 지긋지긋한 포르말린 병의 마개를 열었다.

항상 이렇게 작업을 시작하기 전이면 호흡이 가빠 왔다…….

사람이란 결국 동물보다도 더 동물적이라는 말을 누가 했더라?

누가 했든, 그것이 진리에 가깝다는 걸 스타프 씨는 몸소 느끼고 있었다. 처음에만 끔찍했지 결국 열어 보면 사람의 몸도 동물의 그것과 다를 게 없었다.

하지만 도무지 소녀가 죽은 이유를 알 수 없다는 점이 그의 심기를 불편하게 했다. 소녀의 몸은 상처 하나 없이 깨끗했으며 병에 걸렸던 흔적도 없었다. 그저 평온하게 잠들어 있는 모습이었다.

아무렴 어때.

그는 빨리 끝낼 생각으로 쉬지 않고 일했다. 배가 고프면 무언가 주워 먹고 졸리면 잠깐 눈을 붙였을 뿐, 그 외의 시간엔 오로지 작업뿐이었다. 그러는 동안 호흡은 수면을 들락날락하는 것처럼 아주 힘들어졌고 후각마저 마비된 듯 끔찍한 약품 냄새 또한 더 이상 맡을 수 없었다.

그럼에도 골방에 틀어박혀 끔찍한 어둠과 함께 몇 날 며칠을 일한 끝에, 그는 간신히 작업을 마치고 포르말린 병의 마개를 닫을 수 있었다. 두려움 반 기대감 반으로 소녀를 눕힌 그는 전시대 주변에 있는 모든 초에 불을 붙였다.

그리고 마침내 마주하였다. 소녀와.

"……."

그것을, 도대체 무어라 불러야 한단 말인가.

시인 발렌틴이 말했다. 모든 예술가에게는 자신만의 걸작이 있다고. 타인의 인정을 받은 것이든 그렇지 않든, 그 자신만이 알 수 있는 본인의 걸작.

스타프 씨는 한 번도 자신이 예술처럼 고상한 것을 한다고는 생각해 보지 않았지만, 의심할 여지가 없었다. 이것은 그의 박제사 인생에 있어 처음이자 마지막이 될 완벽한 작품이었다.

소녀는 숨까지 새근새근 내쉬며 그 이상 평화로울 수 없이 잠들어 있었다. 어리고 순결한 그 모습 어디에도 죽음이란 단어가 없어, 하얗고 섬세한 목에 손을 대면 뜨거운 맥박이 뛰고 있을 것만 같았다.

지금껏 만들어 온 어떤 작품도 이처럼 놀라운 생명력을 보인 적은 없었다. 마치 피부 위에 덧씌운 것은 약품이 아닌 숨결인 듯 보였고, 속을 채워 넣은 것도 톱밥이 아닌 살아 흐르는 피인 듯했다.

그의 입에서 탄식인지 탄성인지 모를 소리가 흘렀다. 온몸이 주체할 수 없는 감격과 흥분으로 떨렸다. 누가 이것을 잔인한 박제품이라 말할 것인가. 그저 잠시 잠들어 있는 듯 보일 뿐, 정말로 그렇게 보일 뿐.

그는 소녀의 몸을 머리끝에서 발끝까지 천천히 쓸어내리며 입을 맞췄다. 그런 행동에 죄책감도 느끼지 못했다. 그에게 있어 소녀는 성적인 대상이 아닌 존경을 표해야 할 하나의 예술품이었으므로.

마침내 소녀의 머리끝에서 입술을 뗀 그는 눈물을 흘리고 있었다. 이것은 단순히 만들거나 이어 붙인 그러한 종류의 것이 아니었다. 그야말로 완전한 창조였다. 지금 입을 열어 소녀를 부르면 틀림없이 눈을 떠 그를 바라보리라. 그의 이름을 나직이 되뇌고 신비로운 말들을 속삭여 주리라. 그 순간만큼은, 정말로 그럴 것 같았다.

똑, 똑, 똑.

하지만 그가 막 입을 여는 순간, 심장을 오그라뜨리는 무거운 노크 소리가 들려왔다.

똑, 똑, 똑.

그는 누가 이 소리를 내는지 알고 있었다. 실로 그럴 만한 사람이야말로 이처럼 강압적이고 무서운 소리를 만들어 낼 수 있었다.

스타프 씨는 모든 동작을 멈추고 숨을 죽였다. 잔뜩 긴장한 채 문 쪽으로 조심스레 고개를 돌렸다. 순간 심장이 멎는 듯한 기분을 느꼈다. 전시대 위에 촛불이 켜져 있었던 것이다. 하지만 이 희미한 빛이 문틈으로 새어 나갈 리 없다고 간신히 자신을 진정시켰다.

제발 가기를, 이대로 그냥 떠나가기를.

그렇게 더 이상의 노크 없이 긴 침묵이 흘렀다. 문밖의 사람이 떠난 건지 아직 거기 서 있는 것인지 도무지 알 수가 없었다. 움직였다면 틀림없이 구두 소리가 들렸을 텐데.

한참 후 스타프 씨는 그가 떠났다고 확신했지만 그래도 움직이지 못했다. 아주 자그마한 소리라도 내거나 몸을 일으키는 순간 문이 벌컥 열리고 새빨간 입술의 신사가 성큼성큼 들어올 것만 같았다. 차가운 금화 몇 개를 바닥에 던져 주고 소녀를 데려가겠지. 그것만큼은 안 될 일이었다. 아직은 줄 수 없었다. 아니, 영원히 줄 수 없었다!

얼마를 그렇게 죽은 듯이 기다렸을까. 희미하게 주위가 밝아지는 것 같아 고개를 들어 보니 어느새 그대로 아침이 되어 있었다.

스타프 씨는 안도하며 숨을 내쉬려다, 숨이 잘 쉬어지지 않는 것을 깨닫고 당황했다. 이젠 괜찮다고 어떻게든 속 시원히 내뱉으려 해도 목구멍이 뭔가에 틀어 막힌 듯 그르렁거리기만 할 뿐이었다. 한참을 더 애쓰던 그는 결국 숨쉬기를 포기했다. 그보다 더 중요한 일이 있었다.

"떠나야겠구나."

그는 소녀에게 말을 건네고 나서야 자신이 무슨 말을 했는지 깨달았다. 그래, 역시 그 수밖엔 없었다.

서둘러 작업대를 치우던 그는 떠날 사람이 방을 정리할 필요는 없다는 걸 깨달았다. 대강 흩어 버린 뒤 커다란 가방을 꺼내 중요한 소지품만 주워 담기 시작했다. 거의 남지 않은 식료품과 옷가지 몇 벌, 그동안 모아 온 재산 등이었다.

사람들 눈에 띄지 않도록 밤이 되길 기다리는 동안 스타프 씨는 자주 바깥을 살폈다. 다행히 신사가 다시 올 기미는 없어 보였다. 아마 내일이나 되어야 나타날 것이다.

이미 계획을 다 세워 놓고 준비도 마쳤지만 이상하게 가슴 한구석이 내내 불편했다. 처음에는 그게 어떤 건지 명확히 깨닫지 못했지만, 소녀를 볼 때마다 그 느낌이 점점 더 분명해졌다. 아주 터무니없는 바람이었다.

그는, 작품을 완성한 예술가라면 누구나 그러하듯이 소녀를 누군가에게 보여 주고 싶었다.

'제길, 틀림없이 노망이 나려는 거야.'

그러나 저녁 무렵 초에 불을 붙이면서 그는 이미 마음을 굳히고 있었다.

'생각해 보면 안 될 것도 없지 않나.'

이대로 모두의 눈을 피해 상자 속에 들어가 멀리멀리 떠나야 하는 것이 소녀의 운명이라면, 그래서야 걸작이 다 무슨 소용이란 말인가.

자신이 아무리 만족하고 즐겁다 해도 스타프 씨는 역시 남이 인정해 주는 게 더 좋았다. 그의 손으로 완성한 새, 고양이, 말 따위는 그를 위해 울어 주지도, 움직여 주지도 않았다. 오직 제 주인이 품에 안고 기뻐하는 모습을 보는 것만이 또한 그의 기쁨이었던 것이다. 무엇보다 다른 사람이 보기에도 자신이 보는 것만큼 아름답고 생명력이 넘쳐 보이는지 알고 싶었다.

'누가 좋을까.'

그의 머릿속에 두 사람이 떠올랐다. 첫 번째 사람은 우습게도 마레 부인이었다. 이유야 어쨌든 꾸준히 자신을 찾아 주는 사람이라곤 그녀밖에 없었던 것이다. 하지만 이내 고개를 저었다. 그랬다간 밤이 되기도 전에 저택 안의 모든 사람들이 소녀의 존재를 알게 될 것이다.

두 번째 사람은 아마 최근에 얻은 강렬한 기억 때문이겠지만,

3층에 살고 있는 그 청년이었다. 몇 번이나 들었는데도 또 이름이 헷갈렸다. 아벨이던가? 뭐든지 간에, 그에게 훌륭한 저녁 식사를 대접받았던 것이 마음에 걸렸다. 지나가는 말이었다고는 하나 자신도 보답하겠다는 약속을 하지 않았던가.

비록 간절하게 도움이 필요할 때 외면한 괘씸한 청년이기는 하나, 자신이 그의 입장이었다 해도 딱히 어떻게 해 줄 수 없었을 거란 생각이 들었다. 결과적으로 이렇게 소녀를 완성시킬 수 있었던 것도 다 청년의 덕이 아닌가.

'술 한잔 대접하겠다는 핑계로 이 방에 초대할까?'

고민하면서도 그는 벌써 옷을 입고 있었다. 청년이야말로 자신의 걸작을 평가해 줄 적당한 인물로 느껴졌다. 그 만들어 박아 넣은 듯한 눈동자는 아무런 편견도, 감정도 없이 똑바로 모든 걸 직시하리라.

조심스럽게 방을 나선 그는 계단을 오르기 시작했다. 한창 저녁 준비로 분주할 시간인데도 저택은 조용했다. 그 탓인지 낡은 계단이 삐거덕거리는 소리가 유난히 크게 들렸다. 어쩌면 안에 없을지도 모른다고 생각하며 청년의 방 앞에 선 순간, 문은 처음 그곳을 방문하던 날처럼 두드리기도 전에 열렸다.

"안녕하세요, 스타프 씨."

청년은 한결같은 표정으로 똑같이 인사했다.

"대체 내가 온다는 걸 어떻게 미리 아는 겐가?"

"이곳의 계단은 많이 시끄럽죠. 제 방에서 다 들리거든요."

청년의 친절한 얼굴을 보고 있자니 오늘 밤 떠난다는 것과 소녀에 대한 속사정까지 다 털어놓고 싶어졌다. 하지만 안 될 말이었다.

"괜찮다면 그때 한 약속을 지킬까 하네. 내 방에서 한잔하는 게 어떻겠나?"

"고마운 말씀이시네요. 옷을 갈아입고 곧 내려갈게요. 아래에서 잠시 기다려 주시겠어요?"

"그러지."

방을 나오며 스타프 씨는 떨리는 마음을 주체하지 못하고 계단을 내려왔다. 기대감과 두려움으로 가슴이 쿵쾅거렸다.

'그런데 괜찮은 술이 남아 있던가? 안주로 먹을 만한 것은?'

부정적인 답변들이 떠올랐지만 일단 남은 거라도 긁어모아 어떻게든 해 봐야 했다. 그렇게 생각하며 1층의 모퉁이를 도는 순간, 불과 한 뼘도 안 되는 거리에서 딱 마주치고 말았다. 새빨간 입술의 신사와.

"이제야 방에서 나온 모양이군요."

온몸의 털이 곤두선다는 표현은 아마 이런 때 쓰는 것이리라. 스타프 씨는 놀라움보다도 극심한 공포를 느꼈다. 그가 아무 대답도 하지 못하자 신사가 가느다란 목소리로 물었다.

"완성됐겠지요?"

"……저, 아직 그게, 마무리 작업이 덜 끝났습니다."

"그렇습니까? 미리 한번 보고 싶군요."

스타프 씨는 입을 벌렸지만 아무 말도 하지 못했다.

"못 들었습니까?"

"아, 예에. 물론 보여 드려야지요."

그는 쭈뼛거리며 신사를 방으로 안내했다.

문이 잠겨서 열리지 않는 척을 해 볼까? 급하게 어딘가로 뛰어나가는 척할까?

길지 않은 복도를 걷는 동안 머릿속에는 몇 초면 들통날 뻔한 수작들밖에 떠오르지 않았다. 스타프 씨는 괜히 문손잡이가 어디 있는지 모르는 사람처럼 더듬다 신사의 소름 끼치는 얼굴을 보고는 얼른 문을 열었다.

"냄새 한번 지독하군요."

신사는 망토를 손에 쥐어 입 근처를 가렸다. 스타프 씨는 그의 행동에 한줄기 희망을 가졌다.

"아직 소독하지 못해서 말입니다. 이 냄새는 대단히 해로워서 들어가셔도 좋을 게 없습니다."

"그럼 가지고 나오십시오."

"예? 하지만 무리하게 옮겼다가는……."

"자꾸 내가 두 번 말하게 하지 마십시오."

스타프 씨는 하릴없이 무겁게 안으로 걸음을 옮겼다. 소녀는 아까 그 아름다운 모습 그대로 전시대에 누워 있었다. 새삼 감탄 어린 눈으로 자태를 훑던 스타프 씨의 머릿속에 문득 끔찍한 생각이 떠올랐다.

팔 하나만 부러뜨리면 어떨까.

생각하는 것만으로도 가슴이 찢어지는 일이었으나 이대로 신사의 손에 넘기느니 다시 작업하는 게 나을 것 같았다. 스타프 씨는 떨리는 손으로 소녀의 팔을 잡았다. 하지만 한번 망가진 소녀의 몸이 고친다고 원래의 그 완벽한 모습으로 돌아갈까? 자신이 없었다. 소유하지 못한다 해도 걸작은 걸작인 그대로 남는 것이…….

"뭘 하고 있는 겁니까!"

신사의 날카롭고 무서운 외침을 듣는 순간 스타프 씨의 머릿속은 말 그대로 새하얗게 변했다. 맥박은 미친 듯이 뛰었으며 목에서 무언가 울컥했다. 그는 거의 무의식적으로 소녀의 팔을 비틀었다. 그러다 원하는 대로 틀어지지 않자 힘을 주어 세게 당기다가, 그만 전시대 주위에 켜 두었던 촛불을 넘어뜨리고 말았다.

어찌할 새도 없이 불이 확 솟았다. 소녀의 몸에는 포르말린이 증발하지 않도록 아주 얇게 밀랍이 덮여 있었으므로 불이 옮겨붙는 건 그야말로 순식간의 일이었다.

"안 돼!"

스타프 씨는 온몸으로 불길을 막으려 했다. 살이 타들어 가고 매캐한 연기가 눈과 입 속으로 들어왔지만 상관하지 않았다.

"스타프 씨!"

마침 방으로 들어오던 라벨이 바닥에 깔려 있던 양탄자를 집어 불길 위에 덮었다. 두 사람은 정신없이 양탄자를 두드렸고 덕분에 불길은 간신히 사그라졌다. 다시 밖으로 나간 라벨이 더러운 물이 가득 든 양동이를 가져와 소녀의 몸 위에 쏟았다.

치이익……. 무수한 연기가 뿜어졌다. 스타프 씨는 연기 속에 서서히 드러나는 소녀의 몸을 내려다보았다. 금세 불을 끈 덕분인지 형체는 온전했지만, 겉 부분의 피부는 거의 다 녹아 버리고 없었다. 그렇게나 사랑스럽던 소녀의 얼굴은 흉측하게 일그러져 똑바로 보기 힘들 정도였다.

라벨은 넋이 나간 스타프 씨의 어깨를 짚고는 현관 쪽을 돌아보았다. 신사는 모자를 푹 눌러쓴 채 새빨간 입술로 소리 없이 웃었다. 그러곤 묘한 말을 남기고 사라졌다.

"완성되지 않은 모양이군요. 아직은."

스타프 씨는 그 자리에서 미동도 하지 않았다. 어둠이 주의 깊게 그의 얼굴을 덮었다. 얼마나 긴 시간이 지났는지 알 수 없었다. 다만, 그때까지도 청년이 곁에 있다는 걸 간신히 깨달을 정도는 되었다.

"나는 말일세. 이 일을 하면서 자주 착각에 시달렸다네."

끓는 듯한 자신의 목소리에 돌아보는 청년의 기척을 느낄 수 있었다.

"내가 만든 것들의 이름을 부를 때마다 그것들이 마치 다시 살아날 것만 같은 착각."

그는 공허한 눈을 들어 엉망이 된 소녀를 바라보았다.

"이 소녀는 특히나 그랬어. 이 아이의 이름을 알면, 그래서 그 이름을 부르면 깨어날 것 같았지."

그 말이 끝나기가 무섭게 라벨이 입을 열었다.

"소녀의 이름은 루이제입니다."

"뭐? 자네가 그것을 어떻게 아나?"

스타프 씨가 깜짝 놀라 물었지만 라벨은 대답하지 않았다.

"그래, 아무튼 루이제라고…… 예쁜 이름이로군."

그는 다시 소녀를 향해 고개를 돌렸다. 그러곤 어둠이 표정을 가려 준다는 것에 감사하며 중얼거렸다.

"내 살을 뜯어 내고 심장이라도 뽑아 이 아이를 원래대로 되돌려 놓을 수만 있다면…… 그래서 그 이름을 부르고 이 아이가 눈을 떠 준다면 얼마나 좋을까."

라벨의 대답은 잠깐의 침묵 후에 이어졌다.

"어리석은 이야기로군요, 그건."

청년을 만난 후로 처음 듣는 차가운 말투였다. 스타프 씨가 의아해하며 고개를 드는 순간 청년이 자리에서 일어났다. 그러곤 뚜렷한 발걸음 소리와 함께 문 쪽으로 걸어갔다.

늙은이의 헛소리 따윈 듣기 싫다는 건가. 스타프 씨는 착잡한 마음으로 문이 열리는 걸 지켜보았다. 복도에서 들어오는 불빛 탓인지 청년의 모습은 마치 일어서 있는 그림자처럼 보였다.

몹시 비현실적이고 기괴했다.

그 순간 스타프 씨는 자신도 이해할 수 없는 강렬한 충동을 느끼며 불쑥 말했다.

"그래도 그것이 내 바람일세. 하나뿐인 마지막 바람."

기울어지던 라벨의 그림자가 일순 멈칫했다. 그리고 다시 뒤를 돌아볼 듯, 혹은 그대로 나가 버릴 듯 갈피를 잡지 못하고 흔들거렸다. 결국 그 자리에서 희미하게 어깨를 떠는 것으로 대신한 그는 등을 돌린 채로 나직하게 말했다.

"그렇다면 할 일이 있으실 거예요, 스타프 씨."

스타프 씨는 고개를 갸웃거렸다. 하지만 라벨은 아무 부연 없이 다시 침착하게 발을 내디뎌 밖으로 나갔다.

문이 닫히자 홀로 남은 스타프 씨는 한동안 어둠 속에 앉아 있었다. 이상하게 가슴이 두근거리고 온몸의 털이 곤두섰다. 그는 홀린 듯 일어나 주위에 있던 모든 초에 불을 붙였다. 방 안의 어둠이 쫓겨나고 그을음 냄새가 대신 자리를 차지한 후에야 행동을 멈추고 전시대 위를 바라보았다. 그러고 나서 그는 깨달았다. 정말로 할 일이 있었던 것이다.

"그렇군. 다시 작업을 할 시간이야."

그는 선반에서 포르말린 병을 꺼내 왔다. 칼과 가위, 무두질에 필요한 도구, 톱밥이 든 상자와 실, 바늘까지 모든 걸 준비했다. 그러곤 소녀에게 다가가 엉망이 된 몸에서 재를 떼어 내기 시작했다.

"이제 아무 걱정하지 말려무나."

그는 노래까지 흥얼거리며 소녀의 몸을 정리하고 가위를 집어 들었다.

"얼마든지 다시 완성할 수 있으니까 말이다."

이미 풍부하게 준비되어 있던 재료에서 그는 소녀에게 줄 피부를 오려 냈다. 좀 낡긴 했지만, 어쨌든 쓸 만했다. 그러곤 남아 있던 소녀의 여린 피부와 그 낡은 피부를 이어 바늘로 하나하나 꿰매기 시작했다. 삐뚤어지고 들쑥날쑥했지만 그는 진심으로 모든 것이 잘 되어 간다는 표정이었다.

왼쪽 이마에서부터 입술 아래까지 흉측한 바늘 자국이 났지만 어쨌든 소녀는 얼굴을 되찾았다. 녹아 버린 팔의 일부가 주름투성이의 거친 회색 피부가 되었지만 어쨌든 소녀에겐 팔도 생겼다. 소녀는 유리로 만들어진 초점 없는 눈동자로 자신을 작업하고 있는 노인을 응시할 뿐이었다. 말없이.

"옛 장인들은 항상 총애하는 제자에게 이런 것을 물었단다."

작업이 마무리될 시점 그는 희열에 찬 얼굴로 중얼거렸다. 이제 남은 일은 하나뿐이었다. 그는 자신의 가슴을 움켜쥔 채로 황홀하게 속삭였다.

"너는 너만의 걸작을 위하여 무엇까지 할 수 있느냐?"

롤랑 거리 6번가에 있는 7층짜리 낡은 주택 앞에 칠흑 십자가 문양이 박혀 있는 커다란 마차가 섰다. 문이 열리자 안에서는 한눈에도 꽤나 높은 신분임을 알 수 있는 남자가 내렸다.

"지금쯤이면 완성됐겠지요."

그는 기대감에 어쩔 줄 몰라 하며 저택 안으로 걸음을 옮겼다. 뚜벅 뚜벅 뚜벅. 그 방까지는 고작 열 걸음이었다.

"박제사여, 맡긴 물건을 찾으러 왔습니다."

신사는 그렇게 말하며 이미 열려 있던 방 안으로 들어갔다. 그 안엔 누가 봐도 놀라거나 비명을 지를 법한 광경이 펼쳐져 있는데도 신사는 별 감흥 없이 눈동자만 움직였다.

작업대 너머에 끔찍한 모습으로 죽어 있는 박제사를 보고 가볍게 혀를 찬 그는 뒤쪽 전시대에 누워 있는 너덜너덜한 것에게 시선을 못 박았다.

"오호라."

신사는 가볍게 탄성을 지르고 혀로 마른 입술을 축였다. 거기 있었다. 그가 기다리고 고대하던 것이.

"이리 오십시오."

신사의 목소리에 그것의 고개가 스르르 돌아가 신사를 마주 보았다.

추했다, 그것은.

얼굴을 비롯한 온몸이 싸구려 봉제 인형처럼 꿰맨 자국들로 가득했고, 그것이나마 삐뚤어진 부분에서는 톱밥이 흘러나왔다. 듬성듬성 아무렇게나 붙인 머리칼은 어린아이가 험하게 가지고 놀다 싫증 내며 내다 버린 인형 같았다.

"이건 정말이지, 이건 정말이지……."

신사가 조바심이 난다는 듯 중얼거렸다. 소녀는 삐걱거리는 몸을 간신히 일으켜 비틀비틀 그를 향해 걸어왔다. 걸음을 디딜 때마다 불안하게 톱밥이 조금씩 떨어졌다. 엉망인 그녀의 얼굴에서 단 하나 눈동자만이 유리처럼 반짝거렸다.

"이건 정말이지 너무나 마음에 드는군요!"

신사는 그녀를 번쩍 안아 들었다. 그러곤 그때까지 방 안에 말 한마디 없이 서 있던 또 다른 인물을 향해 고개를 돌렸다.

"두 예술가의 작품이니 그럴 만도 한가요?"

조용히 바닥을 내려다보며 서 있을 뿐, 라벨은 대답하지 않았다. 신사의 새빨간 입술이 가느다랗게 곡선을 그렸다.

"숨으려는 듯, 혹은 더 도드라지려는 듯. 그러고 있는 것이 당신에게 어울리긴 하지만 해가 뜨고 있습니다. 곧 출근할 시간이지 않은가요."

신사는 허리까지 굽혀 경의를 표하고 뒤로 돌아섰다. 하지만 그때 라벨의 입이 열렸다.

"그 소녀를 어찌하실 생각인가요? 탐미(耽美) 공작님."

신사는 고개만 돌려 그를 바라보았다.

"글쎄요. 일단은 보이드 씨에게 먼저 보여 드려야 하지 않을까요? 그 후에야 뭐, 당신도 잘 알겠지만."

입술을 열었지만 라벨은 아무 말도 하지 않았다. 신사는 이 모든 일이 즐거워 못 견디겠다는 듯 웃고는 바깥으로 나갔다.

문을 통해 들어온 사각의 빛에 발이 침범했다. 라벨은 그것을 끌어당겨 다시 어둠 속에 담갔다.

"당신의 하나뿐인 소원은 이루어졌군요, 스타프 씨."

그는 고개를 들고 스스로의 살과 가슴을 오려 낸 노인을 바라보았다. 마침내 죽음으로써 완전히 박제당한 그를.

"하지만 정말로 이게 당신이 바란 거였나요?"

대답 없는 노인, 지독한 피 냄새와 포르말린 냄새.

서서히 부산스러워지는 저택의 분위기가 아침이 되었음을 알렸다. 라벨은 오늘도 마레 부인 대신 쓰레기를 버려야 했고 3층으로 올라오는 계단을 쓸어야 했으며, 아침 식사를 준비하고 옷을 갈아입은 뒤 출근해야 했다.

그 모든 일이, 오늘따라 왜 이리도 피곤하게 느껴지는지.

그는 누군가 그림자 같다고 말한 몸을 일으켜 사각의 빛을 건너갔다.

이윽고 문이 닫혔다.

2층. 시인의 방

"그 사람은 언제까지 다른 사람들의 소원을 들어줘야 해요?"

"그 자신의 소원이 이루어질 때까지."

"시를 지어 드립니다. 즉석에서 두 분만을 위한 아름다운 시를 지어 드릴게요. 아주 싼값에 말입니다. 그저 점심 한 끼 해결할 수 있는 정도의 동전만 던져 주시면 됩니다."

에즈 강변 근처에는 지나가는 연인들을 향해 매일 그렇게 외치는 청년이 있었다. 몇몇 사람들은 그에게 관심을 보이기도 했지만 대체로 시에 무관심해 그냥 지나치기 일쑤였다.

"오늘도 굶어야 하나."

단트는 텅 빈 노트를 우울하게 내려다보았다. 그에게는 그렇게 손님이 없는 반면 근처에서 멋지게 바이올린을 켜는 중년의 남성이나 강변 풍경을 그리는 노화가의 작품은 언제나 인기가 많았다.

'난 왜 음악이나 미술을 하지 않고 시를 택한 걸까? 저런 게 훨씬 돈이 될 텐데.'

변명에 불과하다는 건 그도 알고 있었다. 비슷한 거리 시인 출신인 론키스는 어느 부유한 공작의 눈에 띄어 지금은 어마어마한 후원금을 받고 있었다.

'흥, 그건 다 운이라고. 그 자식 시는 형편없단 말이야.'

괜히 기분이 상한 단트는 노트에 연필로 마구 낙서를 하고는 찢어다 강물에 버렸다. 물결을 따라 떠내려가는 종잇조각을 보고 있자니 그에게 이 길을 선택하게 한 사람의 시가 떠올랐다.

"오늘도 그 강물은 추억을 내다 버렸지. 여인의 사랑과 노인의 회한과 소년의 꿈 모두 떠내려가 버렸네. 강물은 그렇기에 이토록 평화롭게 흐르는 거지. 우리들이 결코 놓지 못하는 것을 그리도 쉽게 흘려보낼 수 있으니."

나지막이 되뇌고 그는 입을 다물었다. 시처럼 죽어 버린 시인 발렌틴. 학생 시절 그의 시를 듣지만 않았더라도 여기 이렇게 앉아 있는 일은 없었을 텐데.

가만히 한숨을 내쉬던 그는 곁에서 인기척을 느꼈다. 고개를 돌려보곤 화들짝 놀라 뒤로 물러났다. 가슴이 아슬아슬하게 드러나는 야한 옷을 입은 여성이 그를 빤히 바라보고 있었던 것이다.

"뭐, 뭡니까?"

척 보기에도 화류계 사람이 틀림없기에 단트는 약간 경계심을 가졌다.

"그 시, 무척 듣기 좋았어. 당신이 지은 건가?"

취한 듯 나른한 목소리가 단트의 귀를 간지럽혔다. 이 사람은 평상시에도 말투가 이런 걸까? 단트는 얼굴이 달아오르는 걸 느끼며 그녀의 보일 듯 말 듯한 가슴에서 간신히 눈을 돌렸다.

"아니, 난, 그 시는……."

"시인인가 봐, 당신. 다른 것도 들려줄래?"

단트는 멍하니 그 여인을 바라보다가 재빨리 노트를 펼쳤다. 적당한 게 뭐가 있을까 하고 페이지를 넘기던 그는 당황한 나머지 잊고 있던 자신의 신세를 떠올렸다. 다른 사람에게 공짜로 시를 들려줄 여유 따윈 없었던 것이다.

단트는 헛기침을 두어 번 한 다음, 어떻게 말해야 속물처럼 보이지 않을까 고민한 끝에 입을 열었다.

"나는 가난한 시인이니, 내 시를 듣고 싶다면 한 끼 식사라도 할 수 있게 성의를 보여 주십시오."

여인은 그 말에 짧게 웃음을 터뜨리더니 전혀 예상치 못한 말을 꺼냈다.

"당신도 당신 것을 보여 주기 위해서는 돈이 필요한가 봐? 시인이라고 별로 다를 것 없네."

그녀의 말뜻을 깨달은 단트는 경악했다.

"지금…… 당신과 나를 똑같이 취급한 겁니까?"

"그랬나? 그랬던 거 같기도 하고."

웃음기 섞인 여인의 모호한 대답에 단트는 자리에서 벌떡 일어났다.

"내가 아무리 재능 없는 시인이라고 해도 몸이나 파는 당신 같은 사람과 비교하지 마십시오. 기분이 아주 나쁘니까요."

"아, 그래? 언제나처럼 몸은 천박하고 정신만 고결하신 거지, 당신네들은. 결국 몸의 욕구 하나 견딜 줄 모르는 주제에 말이야."

그렇게 말한 그녀는 뭐가 재밌는지 키득거리며 무릎 사이에 얼굴을 파묻었다. 단트는 노트를 든 손이 부르르 떨릴 정도로 화가 난 채 그 자리를 떠났다.

점심도 먹지 못하고 집에 돌아오니 이 방 저 방에서 빵 굽는 냄새와 함께 그윽한 차향이 새어 나오고 있었다. 편지 보낼 사람도 없건만 괜히 우편함을 뒤적거린 단트는 계단 쪽으로 몸을 돌렸다.

그때 복도 저편에서 시끄러운 소리가 들려왔다. 이제 보니 1층 오른쪽 방에 사람들이 잔뜩 몰려 있었다. 어쩔까 고민하다가 혹시라도 친절한 이웃이 같이 저녁이나 들자고 말하지 않을까 기대하며 그쪽으로 다가갔다.

"별일이 다 있군그래."

착잡한 목소리로 말하는 키 큰 남자는 6층에 살고 있는 주스트 씨였다. 직업이 의사인 데다 성격도 시원시원해서 호감 가는 사람이었다. 왜 이런 허름한 저택에 사는지 알 수 없었지만 말이다.

"직업상 이런 광경을 자주 보긴 하지만, 내가 살고 있는 곳에서도 보게 될 줄은 몰랐지 뭔가."

"예. 저도 놀랐어요."

그렇게 대답한 사람은 자신보다 서너 살 많을까 싶은 남자로, 3층에 살고 있었는데 왜인지 이웃들 사이에서 평판이 대단히 좋았다. 하지만 단트는 그가 별로 마음에 들지 않아 바로 아랫집에 살면서도 여태껏 인사를 나눠 본 일조차 없었다.

그때 방에서 경관들이 흰 천에 싸인 들것을 들고 나왔다. 비록 가려져 있었지만 모양이나 분위기로 보아 무엇인지 알 수 있었다.

"맙소사."

단트는 그런 광경을 처음 보았기에 다소 충격을 받아 손으로 입을 가렸다. 그가 내뱉은 목소리를 듣고 곁에 있던 주스트 씨가 뒤를 돌아보았다.

"이게 누구야. 시인 단트 군 아닌가."

이 부름에 단트가 별로 좋아하지 않는 3층 남자도 고개를 돌려 바라보았다. 단트는 남자의 시선을 애써 무시하며 대답했다.

"안녕하세요, 주스트 씨. 그런데 무슨 일이 일어난 거예요?"

"저 방에 살던 남자가 간밤에 죽었다는군. 내가 잠깐 봤을 뿐이지만, 시체 상태나 방 안에 널려 있는 약품으로 봐선 포르말린에 불이 붙어 사고가 난 것 같아."

단트는 포르말린이 뭔지 잘 몰랐지만 얼떨결에 고개를 끄덕였다. 들것이 지나가는 동안 한쪽 구석에서 마레 부인이 손수건으로 눈가를 찍으며 서 있는 게 보였다.

"좋은 사람이었는데, 정말 좋은 사람이었는데 말이야. 가끔 내가 과자를 구워서 가져다주기도 했지. 일밖에 모르는 늙은이라 잘 먹지를 않았거든."

마레 부인의 말에 이웃들은 가엾다는 듯 고개를 끄덕였다. 하지만 눈썰미가 있는 사람이라면 그녀가 울고 있지 않다는 것쯤은 쉽게 알 수 있으리라.

"그만 올라가 봐야겠네요. 오븐에 넣어 둔 빵이 다 됐을 거예요."

3층 남자가 입을 열자 주스트 씨도 고개를 끄덕였다.

"나도 슬슬 저녁 준비를 해야겠군. 기왕이면 같이 들겠나?"

"저야 환영이죠. 주스트 씨의 오믈렛 정말 좋아하거든요."

두 사람의 화기애애한 대화를 듣고 있자니 단트는 배가 고파 미칠 지경이었다. 혹시라도 지나가는 말로나마 권한다면 체면이고 뭐고 당장 따라나설 텐데. 하지만 두 사람은 그대로 그를 지나쳤고 단트는 원망과 슬픔이 가득한 눈으로 그들을 바라보았다.

"아 참, 단트 군."

그때 주스트 씨가 돌아보자 단트는 가슴이 뛰는 걸 느꼈다.

"네?"

"그럼 좋은 저녁 되게나."

"······네, 주스트 씨도요."

두 사람이 사라지자 단트는 참혹한 심정으로 자신의 방에 올라갔다. 그의 방에는 음식 대신 책만 잔뜩 있었다. 팔 수도, 먹을 수도 없는 이놈의 책들. 학생 시절엔 왜 그렇게 사 모았던지.

낡은 소파에 몸을 던져 누운 그는 식사 대신 시를 읊었다.

"여기 시인이 있도다. 시인은 본래 배고픈 직업이라 외치며 끝내 굶어 죽어 버린 시인이 있도다."

그는 킬킬거리고 웃었다. 정말 형편없었다.

시인은 그렇게 형편없는 시와 함께 잠들었다.

다음 날 아침 부엌에서 오래된 빵을 운 좋게 찾아낸 단트는 곰팡이만 대충 떼어 내고 우적우적 먹어 치웠다. 맹세컨대 여태껏 먹어 본 어떤 고급스러운 빵보다도 맛있었다. 사실 고급스러운 빵 같은 건 먹어 본 적도 없지만.

눈곱만 대충 떼고 방을 나서며 그는 소년들이 쓸 법한 둥근 모자를 푹 눌러썼다. 그렇게 하는 편이 항상 시인다워 보인다고 생각했기 때문이다. 그렇게 에즈강까지 걸어가는 동안 눈에 보이는 돌마다 걷어찼다. 하나는 땅에 박혀 있는 줄도 모르고 세게 걷어찼다가 눈물까지 찔끔 흘렸다.

'이게 다 그놈의 발렌틴 때문이야.'

시처럼 태어나 시처럼 살고 또 시처럼 죽어 버린 시인 발렌틴

따위 알 게 뭐람. 내 인생은 전혀 시 같지 않은데. 그런 삶은 천재에게나 주어지는 거라고!

"제 손을 잡으세요, 아가씨. 동화 속 공주님처럼 저와 함께 도망쳐요. 정말로 그 늙은 공작과 결혼하고 싶은 건 아니겠죠? 저는 아가씨께 배불리 먹을 수 있는 빵도 화려한 옷도 사 드릴 수 없지만, 대신 웃음을 드릴 수 있답니다."

에즈 강변의 나루터 근처에는 먼저 자리를 잡은 인형극단이 있었다. 인형극은 보기 쉽지 않은 만큼 아이 어른 할 것 없이 대단히 인기가 좋았다. 단트는 오늘도 장사는 틀렸다는 생각에 기왕 이렇게 된 거 뒤에서 구경이나 하기로 했다.

'왜 저런 이야기가 인기 있는지 모르겠다니까.'

그들이 공연하는 건 요즘 여성들에게 가장 인기 있다는 연애소설 『로잘리』였다. 단트가 보기엔 진부하고 비현실적인 사랑 이야기일 뿐인데 이상하게 사람들은 그런 걸 좋아했다.

'저걸로 시나 지어 볼까. 그럼 꽤 팔릴지도.'

고민하며 사람들의 반응을 보기 위해 주위를 둘러보는데, 하필 어제 만났던 노출 심한 옷을 입은 여성이 그의 눈에 들어왔다. 도저히 이유는 알 수 없었지만 그녀는 눈물까지 흘리며 인형극을 보고 있었다.

'뭐 이런 걸 보면서 운담. 윽, 눈에 뭘 칠했는지 다 흘러내리고. 최악이네.'

하지만 어째서인지 그 얼굴에서 눈이 떨어지질 않았다. 결국 단트는 자신이 너무 착하다는 것을 저주하며 그녀에게 다가 갔다.

"얼굴 닦아요. 손님들이 다 도망가 버려도 좋아요?"

그녀는 눈물 젖은 눈으로 단트를 빤히 올려다보더니 어째서 인지 생긋 웃었다.

"안녕, 나의 시인님."

너무 놀라 굳어 버린 단트에게서 그녀는 손수건을 받아 들었다. 그러곤 점잖게 얼굴을 닦고 자기 주머니에 넣었다. 정신을 차린 단트가 따지듯 물었다.

"내가 왜 당신의 시인이라는 겁니까?"

"어제 일 때문에 기분 상했어? 미안. 난 단지 시가 더 듣고 싶 었을 뿐인데, 좀 취했었나 봐."

"사과 같은 건 됐습니다. 손수건은 돌려주세요."

"싫어, 눈치 없긴. 깨끗하게 빨아서 나중에 돌려줄게. 당신도 매일 이곳으로 나오지?"

"그건 또 어떻게 알고……."

그때 단트는 어떤 불쾌한 사실을 깨달았다. 그러고 보니 상대 는 어제부터 지나치게 자신에게 접근하고 있었다. 이런 사람이 그럴 이유야 뻔하지 않은가.

"필요 없습니다. 가지든지 버리든지 마음대로 해요."

웃음기가 사라지는 그녀의 얼굴에서 몸을 돌린 단트는 강변 을 따라 성큼성큼 내려갔다. 늘 앉던 자리보다 멀찌감치 가서 슬쩍 돌아보니 여성은 그때까지도 그를 빤히 쳐다보고 있었다.

'상대를 말아야지.'

그는 무릎 위에 노트를 펴 놓은 채 시 흉내를 내어 이것저것 끼적이기 시작했다. 장소가 새로워선지 그날따라 좋은 시가 써질 것만 같았다. 그렇게 신이 나서 한창 써 내려가던 그때, 누군가 그의 팔을 세게 걷어찼다.

"억!"

통증은 말할 것도 없었지만 그보다 손에서 노트를 놓치고 말았다. 그대로 강물에 떨어진 노트는 다행히 가라앉진 않았지만 물에 뜬 채 속절없이 떠내려가고 있었다.

"안 돼!"

수영을 할 줄 모른다는 사실조차 잊고 단트는 물에 뛰어들려고 했다. 그러나 다행인지 불행인지 억센 손이 단트의 멱살을 콱 잡아챘다. 고개를 들어 보니 웬 불량배처럼 생긴 사내가 자신을 노려보고 있었다.

"너 저쪽에서 기분 나쁘게 뭔가 끄적거리던 나부랭이 아냐? 누구 마음대로 내 자리에 앉으래?"

"아, 저, 저기……."

"확 강물에 처박히고 싶냐? 깊이가 얼마나 되나 몸으로 직접 재 볼래?"

"자, 잘못했습니다. 정말 죄송해요. 그러니까 제발 이 손 좀……."

단트는 울고만 싶었다. 아무리 몸을 빼려고 해도 남자의 손이 어찌나 단단한지, 무섭기도 했지만 노트가 손에 닿지 않는 곳까지 떠내려갔을 걸 생각하면 가슴이 찢어지는 것만 같았다.

"그 사람 놔줘, 페도르."

그때 등 뒤에서 천사 같은 목소리가 들려왔다. 이게 웬 구세주인가 하고 돌아본 단트는 누군지 확인하곤 입을 떡 벌렸다.

"어어, 오펠리아."

그녀를 보자 페도르라는 남자의 얼굴이 흐물흐물 녹았다. 멱살을 잡은 손의 힘도 느슨해졌다.

"이거 당신이 아는 녀석이야?"

"뭐, 아는 것 같기도 하고."

오펠리아가 고개를 기울이며 단트를 쳐다보았다. 단트는 그녀의 입가에 심술궂은 미소가 떠오른 걸 보았다.

"그러지 마시고 좀…… 저 아시잖아요. 아까 제 물건도 빌려드렸잖아요."

단트의 다소 비굴한 애원에 페도르가 사실인지 묻듯 오펠리아를 바라보았다. 그녀는 한숨을 폭 내쉬고 말했다.

"그 말이 맞아. 날 봐서라도 한 번 봐줘. 나중에 데이트해 줄 테니."

페도르는 콧구멍을 벌렁거리며 얼른 단트를 놔주었다. 풀려나자마자 단트는 강물 쪽을 쳐다봤지만 수첩은 흔적조차 찾을 수 없었다. 억울하고 망연한 심정으로 서 있는 그에게 페도르가 버럭 소리를 질렀다.

"얼른 안 꺼지냐?"

단트는 찔끔하며 몸을 돌렸다. 그대로 자리를 벗어나려는데 오펠리아가 다가와 그의 손에 던지듯 뭔가를 쥐여 주었다.

"경멸하던 사람 덕분에 살아난 기분이 어때?"

차갑게 쏘아붙인 그녀는 페도르에게 가 버렸고, 단트는 한참이 지나서야 손에 쥔 게 뭔지 볼 생각이 났다.

그것은, 노트였다. 젖었지만 자신의 것인.

다시 고개를 들었지만 두 사람은 이미 사라지고 없었다. 그러고 보니 그녀의 치맛자락이 젖은 걸 얼핏 본 것 같기도 했다.

"……."

단트는 지금 느끼는 이 기분을 자신의 조악한 실력으로는 절대 표현할 수 없으리라고 생각했다.

집으로 돌아온 단트는 노트를 한 장씩 조심스럽게 뜯어 창가에 널어 두었다. 다행히 번지거나 지워진 부분이 적어 잘 말리면 모두 건질 수 있을 것 같았다.

소파에 누워 그것들을 바라보던 그는 문득 일어나 책장으로 걸어갔다. 여러 제목을 훑다 오랜만에 발렌틴의 시집을 꺼내 들었다. 그 책은 발렌틴이 학생 시절 썼던 작품들을 모아 둔 것으로, 아직 무르익기 전이지만 그렇기에 더 참신한 면도 볼 수 있었다.

'내일 다시 만나면 발렌틴의 시라도 들려줄까.'

그런 생각을 하며 시집을 뒤적거리던 그는 곧 잠이 들고 말았다.

다음 날 아침 깨어났을 때 가장 먼저 느껴진 건 허기였다. 어제처럼 횡재하지 않을까 싶어 부엌을 뒤져 보았지만 이번에야말로 먹을 게 하나도 없었다. 이틀이나 제대로 벌지 못했으니 그럴 만도 했다.

'힘이 하나도 없어. 못 나갈 것 같아. 하지만 그럼 또 굶게 되는데……'

게다가 그 여성을 만나 반드시 고맙다는 인사도 해야 했다. 단트는 억지로 몸을 움직여 옷을 갈아입고는, 문득 생각이 나서 창가를 보았다. 종이들이 잘 말랐어야 할 텐데 하면서.

"안 돼!"

하지만 그가 발견한 건 난장판이 된 바닥이었다. 창문을 그대로 열어 놓고 자는 바람에 종이가 여기저기 흩날린 것이다. 얼른 주워 모았지만 원래의 반도 되지 않았다. 나머지는 창밖으로 날아가 버린 듯했다.

"바보도 이런 바보가 있나. 정말 어떻게 이럴 수가 있냐!"

어제에 이어 오늘도 되는 일이 하나도 없었다. 단트는 한참을 멍하니 서 있다 실성한 사람처럼 웃음을 터뜨렸다.

"됐어, 됐다고. 어차피 그딴 것 시라고 부르기도 창피했어. 그

깡패 녀석 말대로 기분 나쁘게 끼적거리는 나부랭이일 뿐이지."

그러곤 갑자기 울상을 지었다.

"하지만 그래도, 그건 내……."

똑똑. 그때 단트에게 생소한 소리가 들려왔다. 그가 알기로 노크 소리라고 부르는 것이었다. 여기 살면서 한 번도 들어 본 적이 없었다.

"누, 누구세요?"

왠지 두려운 마음으로 그는 살며시 문을 열어 보았다. 그리 고 깜짝 놀랐다.

"아침 일찍 미안해요. 하지만 깨어 있는 거 같아서요."

단트는 지금 상황을 이해하기 어려웠다. 갑자기 이 남자가 왜?

"난 위층에 사는 라벨이라고 해요. 당신은 단트 씨죠?"

"네, 네에. 그런데요?"

단트의 물음에 라벨이 문틈으로 손을 내밀었다. 거기엔 차곡 차곡 정리된 종이 다발이 들려 있었다.

"새벽에 현관 앞을 쓸고 있는데 이런 게 떨어지더라고요. 당 신 방에서 나온 것 같은데, 아닌가요?"

단트는 입을 떡 벌렸다. 자신의 노트 조각들이었다.

"마, 맞아요. 이럴 수가, 다 날아가 버렸다고 생각했는데!"

"아마 한두 개 정도는 줍지 못했을 거예요. 그래도 도움이 될 까 해서요."

"물론 됐죠! 아, 저…… 고맙습니다."

그의 말에 라벨이 희미하게 웃었다.

"그럼 전 아침 식사를 준비해야 해서 이만 가 볼게요. 그리고 제가 참견할 일은 아닌 것 같지만, 거기 적혀 있는 시들이 무척 좋았어요. 주스트 씨가 당신을 재능 많은 시인이라고 하던데 정말이었군요."

"예에? 재능은 무슨, 절대 아니에요! 전 그냥 흔히 굴러다니는 나부랭이 중 하나일 뿐이에요."

겸손을 떤다는 것이, 내뱉고 나니 자기가 생각하기에도 지나치게 비굴했다.

"그런가요? 그거 유감이네요."

라벨은 그 말에 부정도 하지 않고 다만 고개를 끄덕였다. 단트가 할 말을 잃었을 때 그의 말이 이어졌다.

"어쨌든 좋은 시를 감상하게 해 준 보답으로 식사를 대접하고 싶은데, 조촐한 아침 식사라도 괜찮겠어요?"

"식사라고요!"

단트는 자신이 고작 식사 한 끼 때문에 떨지는 않을 거라고 다짐하며 말했다.

"그, 그, 그렇게까지 말씀하신다면야 거, 거절하는 것도 예의가 아니죠. 시인은 배고픈 직업이라고들 하지만 정신의 풍요만큼이나 몸의 풍요도 존중받아야 마땅합니다. 가요!"

그리고 오늘부터 이 남자를 좋아하기로 결심했다.

"아하, 그래서 당신은 시인이 되기로 결심한 거군요."

"네에. 그놈의 존경하지만 빌어먹을 발렌틴 때문이죠. 고향에서 여기까지 올라온 것도 이 레드포드가 그의 고향이자 무덤이기 때문이에요."

"그랬군요."

단트는 기분 좋게 취한 채 라벨의 방에서 가장 푹신한 의자에 앉아 있었다. 식사로 나온 베이컨과 달걀을 라벨 몫까지 먹어 치운 것도 모자라 후식으로 블루베리 파이를 세 접시나 비우고, 중간중간 마신 맥주가 어느새 다섯 병째였다. 그러고 나서야 집주인의 눈치를 볼 생각이 들었지만 라벨은 다만 사람의 위가 그토록 많은 음식을 소화한다는 것에 놀랐다면서 웃었다.

'이렇게 좋은 사람을 그동안 왜 특별한 이유도 없이 싫어했담.'

단트는 눈물이라도 흘릴 듯한 기분으로 말했다.

"아무튼 정말 감사해요. 시가 도움이 될 때도 있네요. 어제까지만 해도 밥벌이도 못 하는 시 따위 왜 시작했나 했거든요."

"그런 말 말아요. 물론 빵도 사람의 배를 부르게 해 주는 고마운 양식이지만, 시는 정신을 부르게 해 주는 고결한 양식이니까요."

단트는 충격과 함께 라벨을 뚫어져라 쳐다보았다. 라벨은 부드러운 얼굴로 마주 보았다.

"왜 그러시죠?"

"아, 아뇨."

그는 고개를 돌려 남아 있던 맥주를 벌컥벌컥 들이켰다. 갑자기 무척이나 쓰게 느껴졌다.

　'그 말이야말로 시적으로 들렸어.'

　그는 머리를 벅벅 긁었다.

　"처음 상경할 때만 해도 정말 기대가 컸어요. 도시로 가면 모든 게 해결될 듯 보였죠. 요즘 유명한 시인 론키스처럼 살롱에서 발표회도 열고 온갖 귀족들의 후원을 받으며 풍요롭게 살 줄 알았어요. 그런데 아니나 다를까, 나 같은 시골 출신에겐 기회조차 주어지지 않더군요. 한 번만 시를 봐 달라고 애원해도 문지기를 통과할 수 없었어요."

　"만나기 힘든 사람들이죠. 귀족들이란."

　그가 조용한 목소리로 대꾸했다.

　"고향으로 돌아갈 생각도 몇 번 했어요. 하지만, 창피하잖아요. 그렇게 큰소리치고 나왔는데 빈털터리가 되어 돌아가다니요. 훌륭한 시인이 되어 성공할 때까진 절대 돌아가지 않을 거예요."

　"멋진 결심이군요. 그래서 지금은 어떻게 하고 있나요? 여전히 귀족들을 찾아다니나요?"

　단트는 얼굴을 조금 붉혔다. 에즈 강변에서 시를 팔고 있다고 말하기 창피했던 것이다.

　"아뇨. 지금은 저, 에즈 강가에서 시를 구상하는 중이랄까……. 아실지 모르겠지만 발렌틴이 지은 시 중 절반 이상이 거기서 탄생했거든요. 나도 그 근처를 떠돌면 발렌틴처럼 영감을 좀 받을까 하고요. 아하하."

"단트 씨는 정말로 발렌틴을 좋아하나 보군요."

"뭐어, 요즘은 밉기도 하지만 그렇죠."

"그럼 당신의 꿈은 발렌틴처럼 위대한 시인이 되는 거겠군요?"

라벨의 부드러운 물음에 단트는 갑자기 자신의 소망을 말하고 싶은 충동을 느꼈다.

"아뇨, 제 꿈은……."

이상한 일이었다. 그러고 보면 누구에게도 말한 적이 없었는데.

"시처럼 죽는 거예요. 발렌틴이 그랬듯이요."

시처럼 죽은 시인 발렌틴.

발렌틴에게는 여러 수식어들이 따라붙지만 단트가 가장 좋아하는 건 그거였다. 항상 에즈 강변을 거닐며 정신 나간 사람처럼 시를 중얼거리던 발렌틴은 어느 날 늘 지나가던 자리에서 베일을 쓴 한 여인과 마주친다. 그녀의 얼굴을 본 적도, 목소리를 들은 적도 없지만 발렌틴은 강가에 발을 담그고 있는 그녀의 모습에 첫눈에 반하고 만다.

그는 그 자리에서 자신의 심정을 열렬히 고백하지만 여인은 곤란한 기색으로 고개를 저을 뿐이었다. 하지만 발렌틴은 쉬지 않고 자신의 시를 늘어놓아 마음을 표현했고, 아름다운 시 앞에서 여인의 마음도 기울지 않을 수 없었다.

결국 발렌틴의 간청으로 그녀가 베일을 벗게 되나, 한 줄 바람이 심술부려 그 베일을 강물 위로 떨어뜨린다. 어떻게든 자신의 애타는 마음을 증명하고 싶었던 발렌틴은 충동적으로 강물에 뛰어들었다. 자신이 수영을 할 줄 모른다는 사실마저 망각한 채로 말이다.

그렇게 간신히 베일을 손에 쥐었지만, 오히려 그 베일에 몸이 휘감겨 그는 그대로 강물 아래로 가라앉고 말았다.

"그건 허무하고 안타까운 죽음인데요. 왜 시처럼 죽었다고 하는 거죠?"

조금 전과 달리 라벨의 얼굴에선 웃음기가 사라져 있었다. 혀가 약간 꼬일 정도로 취한 단트는 그가 단지 납득할 수 없어 그러는 거라고 생각했다.

"나 참, 들어 봐요. 그는 서른 살이 될 때까지 한 번도 누군가를 사랑해 본 일이 없었어요. 그런데 얼굴도 본 적 없던 여인에게 단숨에 마음을 빼앗기고 그 때문에 죽어 버렸죠. 태어나 처음으로 느낀 사랑이 그를 죽였단 말이에요. 아주 낭만적이지 않나요?"

"글쎄요. 그 베일을 무사히 주인에게 돌려주고 그녀와 행복한 시간을 보내는 쪽이 더 낭만적이지 않았을까요?"

라벨의 말투 어디에도 따지는 기색은 없었지만 단트는 왠지 모르게 기분이 상했다.

"당신은 사랑을 모르는군요. 해 본 적 없죠?"

그 물음에 상대방은 묘한 침묵을 지켰다. 그것을 긍정으로 받아들인 단트는 퉁명스럽게 덧붙였다.

"한순간 자기 자신을 완전히 잊어버릴 만큼, 어쩌면 자신의 생각과는 다를 수도 있는 사람을 위해 검고 깊은 그 강물 속으로 아무렇지 않게 뛰어들 만큼, 그렇게 강렬한 사랑이었다고요. 그는 스스로의 죽음으로 자신의 처음이자 마지막이 될 사랑시를 완성한 거예요. 이 시도 모르는 양반아!"

단트는 포만감과 적당한 취기 속에 행복해하며 계단을 내려왔다. 오늘 하루는 구걸하지 않아도 될 거라 생각하니 기분이 더더욱 좋아졌다. 이러다 창밖으로 뛰어내려도 날 수 있겠다 싶을 정도가 되었을 때, 그는 자신의 방문에 붙어 있는 메모 하나를 발견했다. 여유 가득한 태도로 그 메모를 뜯어 볼 때까지만 해도 그는 웃고 있었다.

당신의 방 월세가 여섯 달째 밀려 있습니다. 일곱 달이 되기 전에 해결해 주십시오. 언제나처럼 7층 우편함에 넣어 주시면 됩니다.

V로부터.

'맙소사, 방세라고!'

어떻게 그걸 잊어버릴 수 있나 싶지만 정말로 석 달 전부터 생각도 못 했던 것이었다. 처음 한 달이야 집주인 보이드 씨로부터 불호령이 떨어지지 않을까 노심초사했지만 의외로 아무 일 없이 지나갔고, 두 달째에도 마찬가지였다. 세 달째가 되자 조금은 마음이 느슨해졌고 네 달째부턴 아예 잊어버리고 살았다. 하지만 자신은 틀림없는 세입자였다. 다달이 방세를 내야만 하는.

'하루 식사 해결할 돈도 없는데 방세를 어떻게 내라는 거야.'

그는 울상이 되어 메모를 읽고 또 읽었다. 그냥 쫓겨나고 다른 집을 알아볼까 생각도 해 봤지만 레드포드에서 이만한 가격의 방을 또 찾을 수 있을 리 만무했다.

'이번에야말로 돌아갈까. 고향……'

홀륭한 시인이 되어 성공할 때까진 절대 돌아가지 않을 거예요.

'하필이면 조금 전에 그런 이야길 했을 게 뭐람.'

결국 그 말을 지키기 위해 그가 할 수 있는 일은 하나밖에 없었다.

"거기 지나가는 멋진 신사 나리, 곁에 계신 아리따운 아가씨를 위해 시를 한 편 선물해 보심이 어떻습니까? 아가씨의 아름다움을 찬양하는 멋진 시를 지어 드리겠습니다."

그날은 운이 좋았는지도 모른다. 자리를 잡고 외치기 시작한 지 몇 분 지나지 않아 두 남녀가 관심 있다는 표정으로 그에게 다가왔다.

"정말 낭만적인 분들이시군요! 시의 아름다움과 가치를 아심이 틀림없어요. 그럼 레이디, 조금만 기다려 주십시오. 금세 레이디만을 위한 시를 지어 바칠 테니까요."

솔직히 두 사람의 모습을 보고 생각나는 내용이 없었지만 단트는 방세를 생각하며 억지로 수첩을 펼쳤다.

"초봄의 새싹처럼 순결하고 아름다운 그대여, 그대의 두 손에 내 마음을 포갠 채로 나 이 말을 고백하려 합니……."

"어머, 그건 어제 나한테 써 준 것과 똑같은 시잖아요?"

연인과 단트의 시선이 목소리가 들려온 쪽으로 동시에 향했다. 거기엔 평소보다도 과하게 가슴과 다리를 드러낸 빨간 머리카락의 여인이 있었다. 오펠리아였다.

"이, 이봐요! 무슨 말도 안 되는 소립니까? 내가 언제……."

"맙소사, 저런 사람에게 바친 시를 나에게 주려고 했단 말이에요? 어떻게 감히 이런 모욕을!"

여성이 한 손으로 얼굴을 감싸자 곁에 있던 신사가 험악한 표정으로 단트를 노려보았다. 단트는 고개를 흔들며 두 손을 저어 보았지만 신사의 지팡이는 가차 없이 그의 가슴을 후려쳤다. 단트가 넘어지자 두 사람은 잔뜩 화를 내며 저쪽으로 사라졌다. 단트는 일어설 생각도 못 하고 오펠리아에게 소리쳤다.

"이게 도대체 무슨 짓입니까!"

"아, 후련하네. 내가 때릴 거 대신 때려 준 건데 뭘."

어처구니없어 하며 올려다보는 단트에게 그녀가 손을 내밀었다.

"많이 아파? 일어나 봐."

단트는 그 손을 무시하고 일어나 옷을 탁탁 털었다. 그러곤 아무 일도 없었다는 듯 다시 자리에 앉아 목청껏 외쳤다.

"시를 지어 드립니다. 빌어먹을, 시를 판다고요!"

"그 시, 내가 사면 안 돼?"

오펠리아가 그의 곁에 드레스 자락을 모아 쥐고 앉자 단트는 험악하게 그녀를 노려보았다.

"정말 왜 이러는 겁니까? 나한테 원한 가진 거 있어요?"

"당신이야말로 나한테 왜 그렇게 날을 세우는 건데? 내가 몸을 파는 여자라서? 아니면 시라는 건 너무 고결한 나머지 귀족들만 들을 수 있는 건가?"

욱하며 뭐라고 쏘아붙이려던 단트는 오펠리아의 시선이 자신의 수첩으로 향하는 걸 느꼈다. 젖었다가 마른 나머지 올록볼록하고 너덜너덜해진 수첩. 그제야 그는 이 소중한 수첩을 누가 되찾아 주었는지 떠올렸다. 그녀에게 할 말이 있었다는 것도.

"뭐…… 일단 이 수첩을 찾아 주신 건 고맙다고 말씀드리지요."

그 말에 오펠리아는 생긋 웃으며 고개를 기울인 채 그를 보았다. 밉지만 예쁘다고 생각하던 단트는 퍼뜩 정신을 차렸다.

"그렇지만 더 이상 장사를 방해하지 말아 주십시오. 그동안 제가 무례했다면 사과할 테니까요."

"사과 대신 시를 들려주면 안 될까? 저번에 들려줬던 것처럼 그런 나른하고 허무한 시였으면 좋겠어."

나른하고 허무한 시였다고? 발렌틴의 시가 그랬던가 떠올려 보던 단트는 그때 다른 뭔가를 깨달았다. 그러고 보니 이 사람, 전부터 계속 시를 들려 달라고 하지 않았던가.

"저 혹시…… 이건 대단히 무례한 질문이 될 수도 있겠습니다만, 계속 저한테 접근하신 이유가 시를 듣고 싶어서였습니까?"

"그럼 뭐라고 생각한 건데? 매번 말했잖아. 시를 들려 달라고."

그녀의 대답에 단트는 얼굴이 화끈거리는 걸 느꼈다. 오펠리아는 뭔지 알겠다는 듯 눈을 가늘게 떴다.

"손님이 필요했으면 좀 더 돈이 있는 사람에게 갔겠지. 당신은 가난해 보이는 데다 촌스러운걸. 특히 그 모자와 스카프, 어린애 같아."

"뭐, 뭐라고요?"

"하지만 그래서일까, 더 시인다워 보이기도 해. 나쁘지 않아."

단트는 화를 내야 할지 말아야 할지 갈피를 잡을 수가 없었다. 오펠리아는 머리카락 사이로 까만 눈동자를 빛내며 물었다.

"그래서, 들려줄 거야? 나의 시인님."

또 그 뻔뻔하고 낯 뜨거운 호칭이다. 하지만 어째서인지 처음 들었을 때만큼 불쾌하지는 않았다.

"좋습니다. 사과의 뜻으로 그럼 들려 드리죠."

그녀의 시인은 노래하듯이 두 손을 모으고 입을 열었다.

"나뭇결 위로 흐르던 햇빛
서늘하게 몸을 휘감던 바람

몹시 따뜻했던 그 봄날
나는 그녀를 위해 사과나무에 그네를 매었다

재잘거리고 삐걱거리고
마지막에는 반드시 웃음소리가 뒤잇던

삐뚤어진 그네와
힘차게 뒤를 밀어 주는 나 그리고

행복하게 하늘을 향해 발을 차던
아름다운 나의 아가씨."

오펠리아는 단트를 빤히 쳐다볼 뿐 말이 없었다. 머쓱해진 단
트는 괜히 텅 빈 노트를 뒤적이며 말했다.

"별로 대단한 시는 아니지만 어쨌든 제가 지은 거예요. 전에
들려준 건 발렌틴의 시였고요. 그 사람의 시가 더 좋다면, 다음

번에는……."

그는 말을 잇지 못했다. 오펠리아의 까만 눈에서 눈물이 뚝
뚝 떨어지고 있었다. 당황한 그는 황급히 주머니를 뒤적거렸지
만 하나뿐인 손수건은 이미 예전에 그녀에게 줘 버리고 없었다.

"이, 이봐요?"

"고마워."

그녀는 눈물을 닦을 생각도 하지 않고 희미하게 웃었다.

"오랜만에 누군가 나에게 시를 읊어 줘서 정말로 좋아. 조금
은 어설픈 시인일지 몰라도 충분히 느낌이 전해졌어. 당신, 좋
은 시인이 될 거야. 그러니까 포기하지 마."

어째서인지 그녀의 말에 단트는 충격을 받았다. 무슨 대답이
든 하고 싶었지만 뜻대로 입이 떨어지질 않았다. 그가 혼란스러
워하는 사이 오펠리아가 자리에서 일어섰다.

"이젠 귀찮게 하지 않을게. 그럼 안녕, 나의 시인님."

그대로 그녀가 사라질 때까지 단트는 멍하니 흩날리는 드레
스 자락만 바라볼 뿐, 무언가 할 생각을 떠올리지 못했다.

'말도 안 돼. 그걸로 끝이라고?'

이 안타까움은 뭘 기대했기에 드는 감정일까.

허탈하게 노트와 연필을 챙기던 그때 뒤에서 소름 끼치는 고
음의 목소리가 그에게 말을 걸었다.

"당신, 이 에즈 강변의 시인이지요?"

"어, 네. 그런데요?"

돌아보니 가장 먼저 부자연스러울 만큼 빨간 입술이 보였다. 목소리를 듣고 당연히 여자일 거라고 생각했는데 의외로 상대방은 격식 있는 차림의 귀족 신사였다. 온통 검은색으로 치장한 그는 모자 아래로 두 눈을 감춘 채 입술만 길게 찢어 웃고 있었다.

　왜 이런 사람이 자신에게 말을 걸었나 고개를 갸웃거리고 있을 때, 뜻밖에도 그가 너무나 행복해하는 목소리로 말했다.

　"당신에게 시를 하나 의뢰하고 싶습니다만."

　단트는 가슴이 쿵쾅거리는 걸 느끼며 순식간에 에즈강을 가로질렀다.

　'의뢰라니, 드디어 내가 귀족한테 의뢰를 받았어!'

　우아한 살롱에서의 낭독회, 황홀한 표정으로 자신을 바라보는 귀부인들, 지적이고 감성적인 예술가들과의 조우. 그리고 무엇보다 더 이상 끼니 걱정을 하지 않아도 되는 풍족한 삶!

　'무슨 수를 써서라도 그를 만족시켜야 해. 날 후원하고픈 마음이 들도록 훌륭한 시를 써야 한다고.'

　그렇게 생각하니 들떴던 기분이 갑자기 무거운 부담감으로 그의 배 속을 짓눌렀다. 신사는 퍽 이상한 시를 요구해 왔다.

　"발렌틴에 대해 알고 있나요?"

　"물론이죠! 그를 모르는 시인이 있을 리가요. 특히 저는 그를 무척이나 존경한답니다."

"그렇습니까. 잘됐군요."

그는 만족한 듯이 웃고는 지팡이 끝으로 에즈강의 수면을 살짝 건드렸다. 희미한 파문이 일어났다 다시 잠잠해졌을 때, 그의 입에서 잊을 수 없는 말이 흘러나왔다.

"그와 같이 시처럼 죽은 시인에 대한 시를 부탁합니다."

기한은 겨우 일주일이었다. 그는 계약금이라면서 단트가 상상도 하지 못한 액수의 돈을 지불했다. 여섯 달치 방세를 한 번에 해결할 수 있는 금액이었다.

'이런 게 바로 기회야. 이것만 제대로 붙잡으면……'

차림새와 분위기, 아무렇지 않게 거액을 내놓는 행동 등으로 봐서 그는 어마어마한 신분의 귀족임에 틀림없었다.

원래 이곳 레드포드는 수도에서 크게 멀지 않고 에즈강을 중심으로 아름다운 경관이 펼쳐져 있어 주로 은퇴한 귀족들에게 인기가 많았다. 그리고 은퇴 귀족이란 젊은 시절 정력적으로 돈을 모아 남은 인생을 풍족하게 살아가는 이들을 말했다. 즉 후원해 줄 귀족 하나만 잘 만나면 그 예술가의 인생도 따라서 풍족해지는 것이다.

'그렇지만 왜 하필 시인의 죽음일까.'

시상을 떠올리기에도 촉박한 시간에 단트는 자꾸만 다른 쪽으로 생각이 기우는 것을 느꼈다. 그 신사도 자신처럼 발렌틴의 죽음을 동경하는 걸까?

기대되는 한편 걱정스러운 마음으로 집에 돌아왔을 때 현관문 앞에 3층 남자가 서 있는 게 보였다. 그러고 보니 그의 이름이 뭐였더라? 그렇게 훌륭한 식사를 대접받고 이름조차 기억하지 못하다니 자신이 대단히 불손하게 느껴졌다.

"저, 안녕하세요."

단트가 어색하게 인사했지만 3층 남자에게선 아침과 같은 부드러운 미소를 찾아볼 수 없었다. 심지어 단트를 보면서도 대꾸조차 하지 않았다. 의아해하며 다시 말을 걸려는 순간, 남자의 뒤에서 자그마한 뭔가가 고개를 내밀었다. 자신도 모르게 시선을 내렸던 단트는 하마터면 소리를 지를 뻔했다.

"저건, 뭐예요? 라벨."

그것이 3층 남자를 올려다보며 물었다. 그제야 단트는 그의 이름이 라벨이었구나 하고 깨달았다.

"저게 아니야. 저 사람이라고 말해야 하는 거야. 저 사람은 이 저택 2층에 살고 있는 시인 단트 씨란다."

라벨은 친절하게 대답한 후 단트를 바라보았다. 그 시선에서 어떤 무게감을 느낀 단트는 황급히 대답했다.

"아, 아하하. 안녕? 라벨 씨 말대로 난 단트라고 해. 별 볼 일 없지만 어쨌든 시인이지."

그런데 너는 뭐니, 라고 묻고 싶은 걸 그는 꾹 눌러 참았다. 그것은, 정말이지 어떻게 말을 하고 움직이는 건지 신기할 만큼 엉망진창인 모습의 소녀였다.

어쩌다 그런 끔찍한 상처가 생겼고 또 그런 끔찍한 치료를 받은 것인지 알 수 없지만, 소녀의 얼굴은 조잡하게 꿰맨 자국들로 가득했다. 인형 옷 같은 깜찍한 드레스 사이사이 드러난 목덜미와 팔, 다리도 마찬가지였다. 어린 숙녀의 얼굴에서 단 하나 눈만이 보석처럼 반짝였다. 이런 상처만 아니었더라면 틀림없이 무척 사랑스러운 아이였으리라.

"나는, 루이제, 라고 해요."

소녀는 성치 않은 몸으로 비틀거리며 불안하게 드레스 자락을 올렸다 내렸다. 단트도 황급히 허리를 굽혔다.

"만나서 반갑구나, 루이제. 그런데······."

"단트 씨는 바쁘시겠군요. 월세가 밀렸다고 들었는데요?"

단트의 시선이 소녀에게서 라벨로 향했다. 라벨은 나지막이 웃고 있었지만 단트가 아무리 눈치 없는 시골뜨기라고 해도 그 웃음을 달리 해석할 수는 없었다.

"아아, 네. 사실은 그것부터 빨리 해결해야 한답니다. 다음에 보자, 루이제."

서둘러 계단을 올라간 단트는 그래서는 안 된다는 직감의 경고도 무시하고 복도 창밖을 슬쩍 내다보았다. 라벨은 뒤에서 소녀의 두 어깨를 짚은 채로 무언가를 조용조용 말하고 있었다. 표정 없는 얼굴로 듣고 있던 소녀는 갑자기 눈을 크게 뜨며 앞으로 뛰쳐나갔다.

"마라!"

언제 나타났는지 모를 시커먼 마차가 소녀의 앞에 섰다. 그리고 놀랍게도 아까 본 새빨간 입술의 신사가 거기에서 내렸다. 단트는 다시 한번 직감이 무어라 외치는 소리를 들었다.

"이제 돌아가지요, 루이제."

"벌써요? 하지만……."

소녀가 라벨을 돌아보자 라벨은 부드럽게 웃었다.

"다시 만날 수 있을 거야."

소녀는 가만히 라벨을 바라보다가 신사의 손을 잡았다. 신사는 그녀가 귀한 공주님이라도 되는 것처럼 마차로 에스코트했다.

단트가 보기에 그들의 모습은 이상했다. 틀림없이 이상했다. 오늘 아침 저 라벨이라는 남자에게 발렌틴과 그의 죽음에 대해 말했는데 그날 오후 갑자기 나타난 귀족 신사가 거액을 지불하며 그에 대한 시를 써 줄 것을 부탁하고, 마지막으로 그 두 사람이 만났다?

잠시 후 정신을 차렸을 때는 마차도 소녀도 가 버린 뒤였다. 문제는 라벨도 함께 시야에서 사라졌다는 점이다. 단트는 목덜미에 소름이 끼치는 걸 느끼며 황급히 뒤를 돌아보았다. 하지만 계단 아래로 아직 그가 올라오는 기색은 없었다.

다행이라고 생각하며 자신의 방으로 달음질쳐 가려는 순간, 쾅 하면서 세게 문이 닫히는 소리가 들렸다. 단트는 그 자리에 우뚝 멈춰 선 채 한참 동안 움직이지 못했다.

대체 언제 자신의 뒤로.

그것은 의심할 여지없이 바로 위층에서 난 소리였다.

하루하루 말라 간다는 느낌이 어떤 건지 단트는 절실히 느끼고 있었다. 오늘로 신사가 시를 의뢰한 지 6일째. 그러나 여태껏 제대로 완성된 시가 하나도 없었다.

스스로도 이유를 알 수 없었다. 반드시 훌륭한 시를 써내야 한다는 압박감 때문인지, 한정된 주제 때문에 자유로운 상상력마저 닫혀 버린 건지, 아니면 3층 남자에 대한 불안감 때문인지.

그 일이 있은 후 단트는 그와 마주친 적이 한 번도 없었지만 그래서 오히려 매일매일이 불안했다. 나가기 전엔 항상 문을 살짝 열고 복도를 살폈고 들어갈 때도 일부러 사람들의 퇴근 시간을 피했다. 자신이 그러는 이유를 알 수가 없었다.

'바보 같으니. 3층 남자 따위는 잊어버려. 그토록 바라던 기회가 눈앞에 왔는데 그걸 잡지 못한다는 게 말이 돼?'

처음 의뢰를 받았을 때만 해도 이상하다는 생각은 들었지만 은근히 자신 있었다. 가장 존경하는 시인의 가장 좋아하는 이야기가 주제였으니까. 하지만 그에 대한 시를 적으려 할 때마다 과도하게 그것을 치장하고 있어 보이게 만들려는 자신을 발견했다. 물론 그럴수록 시는 더욱 나빠졌다.

'정말 왜 이럴까.'

그는 자괴감에 빠져 에즈 강변을 거닐었다. 오늘도 연인의 거리라 불리는 그곳은 많은 예술가들과 공연가, 그들을 구경하는 사람들로 가득했다. 그 모든 광경을 우울하게 훑으며 걷던 그때, 앞쪽에서 물이 맑게 첨벙거리는 소리가 들려왔다. 순간 그는 발렌틴의 이야기 속에 들어온 듯한 착각을 느꼈다.

세심하게 드레스 자락을 모아 쥐고 흰 천으로 머리를 말아 올린 여성이 발로 에즈강의 수면을 살짝살짝 건드리고 있었다. 완전히 거기에 몰두한 듯 얼굴엔 즐거운 미소가 가득했다.

단트는 입을 벌리고 한참을 쳐다보았다. 그의 시선을 느낀 여성이 고개를 들어 그를 바라보았다. 넋 놓고 있던 단트는 어찌할 새도 없이 그녀와 눈이 마주치고 말았다.

"어라, 당신."

그녀의 얼굴에 친근한 기색이 서리자 단트는 적지 않게 당황했다. 분명히 저 까맣고 동그란 눈동자가 눈에 익긴 한데. 그가 괜히 헛기침을 하며 어디서 봤나 떠올려 보는 사이 그녀가 생긋 웃었다.

"오늘은 시상이 잘 떠올라? 나의 시인님."

그제야 단트는 그녀가 누군지 깨닫고 경악했다.

"당신이었습니까?"

"그럼 누군 줄 알았는데? 이런 차림이니까 다른 사람으로 보이나 보네. 역시."

오펠리아가 조금 자조적인 표정을 지었다. 단트는 괜히 얼굴을 붉히며 그녀에게 다가갔다.

"그 천은 왜 두른 겁니까? 머리카락을 봤더라면 알아봤을 겁니다."

"아, 이게 그 머리카락 때문이야."

"예?"

그녀는 다시 에즈강을 내려다보며 발을 첨벙였다.

"사실은 나 빨간 머리가 아니거든."

"예에?"

"사람들이 좋아하니까 그렇게 물들이는 거야. 사실은 그냥 칙칙한 검은색인걸. 아무도 좋아하지 않는 색."

그대로 그녀가 입을 다물자 단트는 뭐라고 대꾸해야 할지 알 수 없었다. '그럴 리가요.' 하고 답하기도 어색하고 '그런가요.' 하고 말할 수도 없었다. 그녀는 더 이상 아까처럼 즐거운 얼굴이 아니었고 그게 자기 탓인 것 같아 괜히 마음이 찜찜했다.

단트는 그녀의 곁에 털썩 앉았다. 오펠리아가 조금 놀란 듯 돌아봤다. 하지만 그는 말 대신 수첩을 펼쳤다. 그리고 주루룩 넘기다가 한 페이지에서 멈췄다.

"지평선 끝으로부터 밤이 번져 온다
별무리가 흐르는 고즈넉한 겨울밤

나는 이런 밤을 사랑한다

은밀하게 가슴이 두근거리는
세상마저 죽은 듯이 잠든 것만 같은

밤은 황홀한 폐허다."

마지막 대목이 끝나고도 단트는 채 시선을 들지 못했다. 오펠리아가 또 울고 있을 것만 같았다. 하지만 잠시 후 조심스럽게 고개를 들었을 때 그녀는 웃고 있었다.

"그거, 내가 검은색을 아무도 좋아하지 않는다고 말하니까 읽어 준 거야?"

"네…… 아마도 그런 것 같아요."

단트는 머리를 긁적였다.

"그래, 밤은 아름답지."

그녀는 흐려진 눈동자로 하늘을 올려다봤다. 오늘따라 진한 석양 때문에 구름조차 독특한 보랏빛으로 보였다.

"어느 날엔가, 문득 창밖을 봤는데 밤의 불빛이 너무 예쁜 거야. 그리로 뛰어내리고 싶더라. 그대로 밤에 섞여 죽고 싶었어."

그녀의 공허한 말투에 단트는 다만 눈을 크게 떴다. 그녀는 스스로의 말이 우스운지 가볍게 웃고는 머리에서 흰 천을 풀어냈다.

"하지만 밤도 나 같은 사람은 좋아하지 않을 거야."

아, 그 순간을 단트는 죽을 때까지 잊을 수 없을 듯했다. 텅 비어 있는 웃음, 곱슬거리며 흘러내리는 붉은 머리카락, 석양이 그려 내는 독특한 그림자, 하얀 발에서 떨어지는 반짝이는 포말…….

가슴이 너무나 쿵쾅거려 귀까지 들려올 지경이었다. 얼굴이 확확 달아오르고 숨이 막혔다.

이건 말도 안 돼. 이런 일은 정말이지 있을 수 없어.

믿고 싶지 않았지만 그의 손은 이미 의지를 벗어나 오펠리아를 향해 뻗어 가고 있었다. 그녀가 놀란 듯 돌아보았을 때 단트는 다시 생각해 봐도 바보스럽기 그지없는 목소리로 외쳤다.

"제발 제 시를 읽어 주세요!"

"아하하!"

주스트 씨는 유쾌하게 웃음을 터뜨렸다. 단트는 죽을상이 되어 고개를 푹 숙였다.

"그렇게 너무 좋아하지 마세요. 저는 죽고만 싶어요……."

"그런 말 말게나. 시를 좋아하는 사람이라며. 어쩌면 자네의 노트를 읽고 자네에게 푹 빠질지도 모르지."

"그 반대라면요……?"

"자신감을 가지게나, 단트 군. 어쨌든 훌륭한 시는 에즈의 마음마저 흔들었으니까."

단트는 우울한 얼굴이면서도 그의 앞에 놓인 음식 접시를 빠르게 비워 나갔다. 오펠리아에게 노트를 건네주고 반쯤 넋이 나간 채 저택에 돌아왔을 때, 현관에서 그는 주스트 씨와 마주쳤다. 얼굴이 너무 안되어 보였는지 주스트 씨는 식사나 함께 하자고 했고, 그 와중에도 식욕을 느낀 단트는 얼른 그를 따라 올라온 상태였다.

"네, 뭐. 이미 줘 버린 거 어쩔 수 없죠. 그런데 훌륭한 시가 에즈의 마음을 흔들었다는 건 무슨 소리인가요?"

"저런, 발렌틴을 가장 좋아한다면서 이 이야기는 왜 모르나. 발렌틴이 반해 목숨까지 버리게 된 여인이 실은 에즈강의 현신이었다더군."

"네에?"

너무 놀란 나머지 단트는 입에 든 음식물을 적잖게 흘렸다. 주스트 씨는 눈가를 살짝 찡그렸지만 그 푸근한 웃음을 잃지 않았다.

"알다시피 발렌틴은 에즈강을 너무나 사랑하지 않았나. 그래서 일부러 빠져 죽은 거라는 이야기가 있지. 그 품에 안기기 위해서 말이야."

"마, 말도 안 돼. 아니, 그게 사실이라면 그것이야말로……."

"시적인 죽음이지."

주스트 씨가 덧붙이고는 피식 웃었다.

"하지만 그것도 다 발렌틴을 좋아하는 사람들이 만들어 낸 전설 아니겠는가. 진지하게 믿는 건 그만두게, 단트 군."

그렇게 말해도 이미 단트의 가슴은 온갖 설렘으로 두근거리고 있었다. 아, 역시 발렌틴은 너무나 좋다. 시라는 게 너무나 좋다!

"주스트 씨, 방에 계신가요?"

"어, 이런. 오늘은 손님이 많군."

문밖에서 들려온 목소리에 주스트 씨는 기쁜 듯 자리에서 일어났지만 단트는 새하얗게 질렸다. 이 목소리는, 이 목소리는!

"어서 오게나, 라벨 군."

"오늘 좋은 커피 원두가 들어와서요. 맛이나 보시라고…… 아, 손님이 계셨군요."

"괜찮으니 들어오게. 아직 식사 전이라면 함께 들지. 단트 군도 괜찮겠지?"

단트는 멍하니 고개만 끄덕였다. 라벨은 그에게 의례적인 인사를 하고 맞은편에 앉았다. 눈이 마주치는 걸 최대한 피하며 단트는 빨리 음식을 주워 먹고 나가기로 결심했다.

"여기 단트 군이 오늘 재미있는 이야기를 해 줬다네. 글쎄, 에즈 강변에서 한 여성과 사랑에 빠졌다지 뭔가."

"푸흡. 주, 주, 주스트 씨!"

"그녀에게 애타는 심정을 고백하기 위해 습작하던 시를 노트째 줘 버렸다는군. 하여튼 요즘 젊은이들이란."

껄껄 웃는 주스트 씨를 보고 단트는 다리라도 붙잡고 매달리고 싶은 심정이었다.

"그런가요."

라벨은 차분히 반응하고 찻잔을 들어 입가로 가져갔다. 단트는 안절부절못하며 입이 터질 듯 음식을 집어넣었다. 그렇게 하면 아무 말을 하지 않아도 될 거라 생각했기 때문이다.

"그럼 라벨 군이 가져온 커피 맛 좀 볼까? 운 좋은 줄 알게, 단트 군. 라벨 군의 커피는 롤랑 거리에서도 유명하거든."

주스트 씨가 일어나 부엌으로 사라지자 테이블 위에는 정적만 남았다. 단트의 생각보다 빠르게 음식물이 목구멍으로 넘어갔다. 그것들을 꿀꺽 삼키고 눈치를 보니 어느새 찻잔을 내려놓은 라벨이 그를 똑바로 쳐다보고 있었다.

'으엑!'

심장이 떨어진다는 건 이런 때 쓰는 표현이리라. 자신이 찔끔하는 게 그의 눈에도 보였던지 문득 한숨을 내쉰 라벨이 입을 열었다.

"저를 그렇게 피해 다니실 필요 없어요."

"네, 네?"

"그래서 일부러 저도 마주치지 않도록 주의했어요. 하지만 이제 그럴 필요……."

말을 이어 가던 그가 문득 입을 다물었다. 그러곤 도저히 해석할 수 없는 눈길로 단트를 바라보았다. 어쩔 줄 몰라 하며 단트가 시선을 떨어뜨리자, 그의 목소리가 이어졌다.

"미안해요."

"네? 아, 아뇨. 죄송한 건 저인데……."

대답은 그렇게 했지만 단트는 라벨이 왜 미안해하는 건지, 자신은 그에게 뭐가 죄송한 건지 알 수 없었다. 그때 소녀와 함께 있는 걸 훔쳐보다 들킨 일? 하지만 단지 지켜본 게 무슨 잘못이란 말인가.

"그 아이, 뭔가 사정이 있는 거죠?"

단트의 물음에 이번엔 라벨이 시선을 피했다. 말하고 싶어 하지 않는 게 분명했다.

"전 다만, 이상해서요. 그 아일 데려간 신사분…… 저도 만났던 분이라서."

"그렇겠죠."

그가 자르듯이 답했다.

"그래야겠죠. 언제나 그랬으니까요."

"네? 뭐가 그랬다는 건지……."

"노트, 그 노트."

라벨은 말하기 힘겨운 듯 몇 번이고 입술을 열었다 닫았다. 평소 반듯하고 여유롭던 인상과는 너무 달라 단트는 속으로 꽤 놀랐다. 마침내 결정을 내린 듯 라벨이 단호하게 말했다.

"그 노트를 태워요."

"……예?"

"그러면, 그렇게 하면 어쩌면 무효가 될지도……."

쾅 소리를 내며 의자가 뒤로 넘어갔다. 단트는 그게 자신이 저지른 짓인지도 몰랐다. 머리가 뜨거워질 정도로 화가 나서 손이 아프도록 주먹만 쥐었다.

"그걸 지금 말이라고…… 그만해요. 그만 무시하라고요! 비록 밥도 제대로 못 벌어먹고 이렇다 할 작품도 쓰지 못했지만, 나는 시인이에요. 그래도 시인이라고! 아직 아무것도 포기하지 않았단 말이야!"

"단트 군?"

소리를 듣고 나온 주스트 씨가 놀라 그를 불렀지만 단트는 대꾸하지 않고 방을 뛰쳐나갔다. 쿵쾅거리며 자기 방으로 내려온 그는 문을 세게 닫고 한참 동안 씩씩거렸다. 그 착해 보이던 사람이 그런 말을 했다는 걸 믿을 수가 없었다.

'다시는 상대하지 않을 거야. 마주치고 싶지도 않아!'

그대로 침대 위에 몸을 던졌던 단트는 다음 날 아침이 되고 나서야 현실적인 문제를 해결해야 할 때가 왔음을 깨달았다.

'맞아. 오늘까지지.'

완성한 시가 없는 데다 참고할 노트까지 줘 버렸으니 이젠 남은 방도가 없었다. 그는 우울하게 몸을 일으켰지만 아무것도 쓰고 싶지 않았다.

'그냥 돌려줄까, 돈.'

계약금은 받은 그대로 남아 있었다. 왠지 방세로 한꺼번에 내기는 아까웠던 것이다. 머리맡에 놓아둔 봉투를 괜히 뒤적거리다 문득 오펠리아의 하얀 목이 떠올랐다.

'허전하던데 목걸이라도 선물할까?'

그리고 곧바로 자신을 저주했다.

'나가 죽어라. 시도 못 써낸 데다 방세도 밀렸는데 다른 사람에게 줄 목걸이나 산다고?'

하지만 붉은색 보석이 박힌 목걸이가 그녀의 목에 걸렸을 때 머리카락과 얼마나 어울릴지 상상만 하면…….

'안 돼. 정신이 나간 거야. 시라도 완성하고 나서 사!'

하지만 정신을 차렸을 때 단트는 이미 돈이 든 봉투와 목걸이 하나를 바꿔 들고 있었다.

'이까짓 게 여섯 달치 방세랑 맞먹는다니.'

어쨌든 그녀의 목에 걸리면 더없이 어울릴 목걸이임에는 틀림없었다.

'그나저나 어떻게 전해 준담. 강변에 나갔다간 그 신사와 마주칠지도 모르는데. 일단 기한을 늘려 달라고 부탁해 보자.'

그는 일찍부터 강가로 나갔다. 아직 정오가 되기도 전이라 사람은 별로 많지 않았다. 계속 주위를 두리번거리며 연인의 거리를 끝에서 끝까지 걸었지만 오펠리아의 모습은 보이지 않았다.

'하긴. 저녁이 다 되어야 나오겠군.'

그는 늘 앉던 자리로 가서 털썩 주저앉았다. 오늘도 에즈강은 너무나 평화로이 흐르고 있었다.

"당신이 사랑할 만하군요, 발렌틴."

그렇게 중얼거리고 나서 그는 벌렁 드러누웠다. 하늘도 파랗고 바람도 잔잔하니 누워서 자기 딱 좋은 날씨였다. 그는 졸음이 몰려오는 걸 느끼며 눈을 감았다.

"나의 시인님."

아름다운 나의 오펠리아.

"미안해."

뭐가요?

"미안해……."

왜 그러죠? 왜 우는 거예요?

"오펠리아?"

단트는 눈을 번쩍 떴다. 얼굴을 간질이는 머리카락이 느껴져 고개를 돌려보니 곁에 그녀가 앉아 있었다.

"정말 당신이었군요!"

오펠리아는 두 무릎을 세워 꽉 안은 채 단트를 가만히 바라보았다. 방금 꿈을 꾼 탓인가 그녀의 얼굴이 얼룩진 듯 보였다.

"언제 왔어요? 오늘은 일찍 나왔네요."

그녀는 대답 없이 뭔가를 꾹 참는 듯하다가 결국은 얼굴을 일그러뜨렸다.

"미안해."

"왜 그래요? 무슨 일인지 이야기해 봐요. 그게 뭐든 나한테 미안해할 필요는 없으니까요."

"……잃어버렸어."

그녀가 속삭이듯 떨면서 말했다. 그녀를 달래려던 단트의 몸도 굳었다.

"아니, 도둑맞았어. 당신이 준 노트 말이야!"

세상이 멀어지고 갈라졌다가 다시 제자리를 찾았다. 물론 그게 원래대로일 리는 없다. 단트는 뒤죽박죽이 된 배경 속에 유일하게 온전한 그녀를 바라보았다. 사랑스럽고 미워 견딜 수 없는 얼굴이다.

"어쩌다가요?"

"모르겠어. 어제 잠자리에서 읽다가 머리맡에 놓아두었는데, 자고 일어나니 없어져 버렸어. 정말 미안해!"

"괜찮아요."

스스로도 놀랄 만큼 담담한 목소리가 흘러나왔다. 지금 이 상황이 실감이 나지 않는 것이거나 혹은 정말로 아무렇지 않은 것이리라.

"어차피 그때 당신이 구하지 않았더라면 잃어버렸을 물건이에요."

"하지만……."

"그런 건 이제 중요하지 않아요."

단트는 노트 대신 그녀의 손을 잡았다. 오펠리아가 놀라 바라보자 그는 주머니에 넣어 두었던 것을 꺼내 그 손에 쥐어 주었다.

"당신에게 어울릴 것 같아서 샀어요."

"뭐?"

"차라리 잘 되었어요. 덕분에 결정을 내릴 수 있게 됐어요."

단트는 머릿속이 차분해지는 걸 느꼈다. 지금까지 해 온 모든 일이 부정당해도 절대로 이 말을 후회하지는 않으리라.

"나 고향에 내려갈 거예요. 당신도 나와 함께 가 줘요."

오펠리아는 눈을 크게 뜨고 있을 뿐 무슨 말을 들은 건지 이해하지 못하는 얼굴이었다. 단트는 그녀의 눈을 들여다보며 침착하게 기다렸다. 한참 후, 그녀의 입이 열렸다.

"그게 무슨 말이야?"

"도망치자고 말하는 거예요. 이런 사람을 짓밟는 도시 따위 버리고 우리 둘이 떠나요. 내 고향은 좋은 곳이에요. 화려하진 않지만 평화롭고 따스해요."

"난 도저히, 도저히 지금 왜 그런 이야기가 나오는지 알 수가……."

"당신을."

단트는 격해지려는 마음을 간신히 가라앉혔다.

"……내내 당신만 생각했어요. 방세도 밀렸고 먹을 음식도 없는데 이 목걸이를 사면서 오직 당신 목에 걸어 줄 상상만 했죠. 나도 내가 제정신이 아니라고 생각해요. 하지만 그렇기에 확신해요. 내 안에 가장 아름답고, 가장 소중한 사람이 당신이에요."

젠장, 시인이라면서 이보다 더 그럴듯한 말도 못 하나.

"당신을 사랑해요."

가슴이 터질 듯한 기분으로 기다렸건만 한참 후 오펠리아의 입에서 이런 말이 나왔다.

"왜?"

단트는 난처한 기분을 느꼈다.

"왜냐니, 그걸 어떻게 설명할 수가 있나요."

"내가 당신의 노트를 잃어버렸다니까?"

"그건 상관없어요. 어차피 형편없는 시밖에······."

"그렇지 않아!"

그녀는 자리에서 벌떡 일어나며 화를 냈고 단트는 더욱 난감해졌다.

"당신의 시는 좋아. 순수하고 아름답다고! 당신은 재능 있는 시인이야. 어째서 벌써 포기한다는 거야? 뭐, 고향? 도망치자고?"

그녀는 코웃음까지 쳤다.

"소설을 너무 많이 본 거 아냐? 내가 눈물이라도 흘리면서 그러자고 할 줄 알았어? 날 봐, 나를 잘 보라고! 이 도시에서 길거리 여자로 산다는 게 뭘 의미하는지 당신은 짐작도 못 할걸? 이 환상에 빠져 앞뒤 구분도 못 하는 얼간이!"

단트는 멍하니 그녀의 독설을 듣고만 있었다. 거절당할 거야 예상했고 그러거나 말거나 끝없이 구애할 작정이었건만, 그녀의 반응은 상상 이상이었다.

"당신도 결국은 그저 그런 사람이라는 거야. 내가 적당히 관심 가져 주고 웃음을 흘리니까 뭔가 착각한 거 아냐? 처음 나를 만났던 때를 떠올려 봐. 당신이 나를 얼마나 경멸했는지 기억해 보라고!"

그녀는 몸을 돌려 성큼성큼 멀어졌다. 그리고 여전히 정신 못 차리고 뒷모습만 바라보는 단트에게 다시 한번 소리 질렀다.

"비싸 보이는 이 목걸이도 눈물 나게 고마워! 내가 당신을 거절한다고 이것까지 돌려줄 줄 알았어? 천만에, 아주 잘 쓸 거야!"

그리고 다시 멀어지는 그녀. 단트는 뭔가 세상에 대한 새로운 깨달음을 얻은 기분이었다.

"사랑도 잃고 시도 잃고 돈도 잃고."

넋이 나간 채 앉아 있던 단트는 조금 뒤에야 그것이 자신을 향한 노랫말이었음을 깨달았다. 퍼뜩 고개를 돌린 그는 가장 우려하던 상황과 맞닥뜨렸다.

"나에게 줄 시도 없는 것 같군요. 그렇지요?"

새빨간 입술의 신사가 너무나도 다정히 웃으며 그렇게 말했기에, 단트는 머리끝까지 소름이 끼치는 걸 느꼈다.

"저, 저, 이건, 이건……."

"그렇게 겁먹지 마십시오. 나는 너그러운 사람입니다. 특히 기다림에 있어서는 더욱 그렇지요. 당신에게는 아마 시간이 더 필요할 겁니다."

"네, 네에! 그렇습니다. 감사해요!"

"별말을. 그렇지만 당신은 틀림없이 계약금을 받았습니다. 조금 늦는 것은 상관없지만, 약속만큼은 반드시 지켜야 합니다.

그래야 하고 말고요."

단트는 침을 꿀꺽 삼켰다. 마치 자신이 도망가기로 했던 사실을 알고 하는 말인 것만 같아 제대로 대답하기 힘들었다.

"다, 당연히 지켜야지요."

"좋습니다. 그럼 잠시 나와 함께 갈까요?"

"예? 어딜 가시자는 건지……."

"친애하는 나의 벗으로부터 당신이 귀족의 살롱에서 시를 낭독하고 싶어 한다는 이야기를 들었지요. 당장은 무리겠지만 언젠가 당신도 그러게 될 날이 오지 않겠습니까? 마침 오늘 내가 후원하고 있는 론키스의 발표회가 있으니, 가서 한번 들어 보도록 하십시오."

맙소사, 론키스라고!

"저, 저는 별로……."

"지금 특별히 할 일도 없는 것 같은데요."

"사실은 집에 가야, 볼일이……."

"아니, 당신은 나와 함께 갈 겁니다."

신사의 목소리는 나직했지만 도저히 거절할 수 있는 분위기가 아니었다. 결국 단트는 억지로 고개를 끄덕이고 신사를 따라나섰다.

말로만 듣던 귀족의 살롱. 그곳은 단트가 상상하던 그대로의 모습이었다.

눈이 부실 만큼 어마어마한 촛불이 밝혀진 샹들리에, 그 아래 휘황찬란한 옷차림의 신사 숙녀들, 한쪽 구석에서 오가는 지적인 토론과 가슴 설레는 여인들의 웃음소리, 향긋한 와인과 이름조차 알 수 없는 진귀한 음식들까지.

"정말 믿기지가 않네요. 제가 이런 곳에 오다니."

감격에 떨며 그렇게 말했지만 신사에게선 아무 대꾸도 없었다. 의아해하며 고개를 돌려 보니 신사는 어느새 사라지고 없었다.

'나 혼자 두고 어딜 간 거야!'

단트는 안절부절못하며 주위를 둘러보았지만 어디에서도 그 칠흑의 코트를 찾아볼 수 없었다. 설상가상 모임과는 전혀 어울리지 않는 단트의 차림새를 보고 사람들이 무어라 속삭이는 소리가 들려왔다. 귀 끝까지 빨개진 채 단트는 간신히 구석 자리를 찾아 숨었다.

"아직도 귀찮게 한다고?"

"그래. 정말이지 지겨운 여자라니까."

"아무튼 당신은 너무 착해서 탈이야. 다시는 그 여자에게 돈을 주지 마."

"나도 후회 중이야. 아, 내 차례인가 보다. 잠깐 실례할게."

"얼마든지 그러세요, 나의 시인님."

그 말에 단트는 퍼뜩 고개를 들었다. 조금 전까지 한 여성과 손을 잡고 있던 청년이 일어나 홀의 중앙으로 걸어가고 있었다.

사람들의 시선이 저절로 모이며 그의 주위에는 빈 공간이 생겨
났다.

"오늘 저녁도 다들 평안하신지요. 저는 시인 론키스라고 합니다."

사람들이 환호하며 박수를 보냈다. 단트는 눈살을 찌푸린 채
그 건달 같은 사내를 바라보았다. 저게 론키스라고?

"약속드린 대로 오늘은 저의 새로운 시를 들려 드리겠습니다.
언제나처럼 보잘것없는 시이지만 말입니다."

그가 허리를 굽혀 절하자 짧게 터지는 웃음 속에 겸손이라느
니, 기대라느니 하는 단어들이 들려왔다. 잠시 목을 가다듬은
론키스는 섬세하게 말아 두었던 하얀 종이를 펼쳤다. 단트는 못
마땅하게 팔짱을 낀 채 어디 한번 들어나 보자는 심정으로 귀
를 열었다.

"지평선 끝으로부터 밤이 번져 온다. 별무리가 흐르는 고즈넉
한 겨울밤."

단트는 믿을 수 없어 눈을 크게 떴다. 그건 분명 자신의 목
소리가 아니었다. 그런데 자신의 시를 읽고 있었다. 너무도 태연
하게.

"은밀하게 가슴이 두근거리는, 세상마저 죽은 듯이 잠든 것만
같은, 황홀한 폐허와도 같은 밤. 나는 이런 밤에 섞여 죽고 싶다."

뒤이어 몇 마디가 더 이어졌지만 단트의 귀에는 더 이상 들
리지 않았다. 낭독이 끝났는지 이명처럼 사람들의 박수 소리가
이어졌다. 론키스는 허리를 굽혀 화답하고 있었다. 단트는 망연

히 벽에 기댄 채 그를 멀리서 바라보았다. 머릿속은 이상하리만치 차가웠다.

　언제나처럼 몸은 천박하고 정신만 고결하신 거지, 당신네들은.

　오랜만에 누군가 나에게 시를 읊어 줘서 정말로 좋아.

　잃어버렸어. 아니, 도둑맞았어.

　나의 시인님.

　단트는 누군가와 부딪혔다. 상대방이 짜증 섞인 말투로 물었다.

　"왜 길을 가로막고 그럽니까?"

　"……오펠리아."

　"네?"

　"그녀를 알죠?"

　론키스는 주위를 힐끔거리고는 낮게 으르렁거렸다.

　"무슨 부탁을 받고 왔는지 몰라도 창피당하기 싫으면 썩 꺼져."

　"어제 그녀를 만났나요?"

　"뭐야?"

　"그녀의 방에서 밤을 보냈어요?"

　"이 자식이!"

　"머리맡에 있던 노트를 훔쳤죠?"

　론키스는 기어이 단트의 멱살을 잡았다. 주위 사람들이 동요하며 물러났다. 론키스가 얼굴을 끔찍이도 일그러뜨리며 말했다.

"감히 누굴 도둑 취급하는 거야? 그건 오펠리아가 나한테 준 거야. 도움이 됐으면 좋겠다면서, 이걸 참고하라면서!"

단트는 머리와 가슴에 묵직한 충격을 느꼈다. 귀가 왱왱거렸다. 그는 론키스의 손에 매달린 채 필사적으로 고개를 저었다.

"아니야, 훔친 거잖아."

"미친놈이, 어디서 헛소리를 하는 거야!"

그가 달려온 경비병들에게 단트를 밀쳤다.

"누가 이런 놈을 들여보낸 겁니까? 썩 내쫓으십시오!"

단트는 끌려가면서도 쉴 새 없이 중얼거렸다.

"당신이 훔친 거잖아. 오펠리아가 그런 게 아니야. 당신이 훔쳤어. 당신이 내 시를 훔쳐 갔어……."

괘씸해, 괘씸해, 괘씸해!

사람도 아니야, 사람이 어떻게 그런 짓을 할 수 있어?

그런 사람은 론키스 같은 자식에게 버려져도 싸. 정말 나쁜 여자라고!

……하지만 보고 싶어.

단트는 눈가를 문지르며 자리에서 일어났다. 속이 엉망진창이었고 머리가 지끈거렸다. 무엇보다 목은 왜 이리도 마른지. 비몽사몽하며 물을 찾던 그는 시야에 뭔가 납득할 수 없는 존재가 들어와 있다는 걸 깨달았다.

"어, 어?"

라벨은 너무도 태연한 얼굴로 그에게 물을 건넸고 단트는 홀린 듯 그 물을 받아 마셨다. 하지만 다 마시고 났는데도 눈앞의 남자는 여전히 그 자리에 있었다.

"당신이 왜 여기에 있죠?"

"역시 기억 못 하시는군요."

기억? 되짚어가던 단트는 어젯밤 될 대로 되란 심정으로 돈 한 푼 없이 롤랑 거리의 어느 술집에 들어갔던 일을 떠올렸다. 그리고 맥주를 세 잔쯤 마셨던가. 세상이 뒤집혔고 이후로는 기억이 없었다.

"무슨 일이 있었던 거예요?"

"제가 일하는 곳이 그 술집 근처라서요. 어제 좀 늦게 퇴근했는데 단트 씨가 입구에서 매를 맞고 있는 게 보였어요."

"네에?"

그 말을 듣고 나니 갑자기 몸 여기저기가 쑤시기 시작했다. 팔다리를 살펴보니 멍 자국들로 가득했다.

"돈도 없으면서 술을 마셨다고 매질을 하시더라고요. 그래서 제가 대신 지불하고 단트 씨를 방까지 데려왔어요."

그는 별로 특별할 것 없다는 듯 이야기했지만 단트는 얼굴이 확확 달아올랐다.

"전 그런 줄도 모르고…… 정말 감사합니다."

"별말씀을요. 괴로운 일이 있었던 모양인데, 술은 더 괴롭게 만들 뿐이니까 다른 방법을 찾아보시는 게 좋아요."

"예. 그런데 저, 정말로 돈이 없어요. 어떻게 갚아야 할지 도저히……."

"괜찮으니까 몸부터 추스르세요. 그런데 허락 없이 살펴봐서 미안하지만 집에 먹을 만한 게 전혀 없더군요. 묽은 수프라도 만들어 놓고 싶었는데 말이에요."

이해할 수 없는 일이지만 그 말을 듣는 순간 단트는 눈물이 핑 돌았다. 황급히 고개를 숙이며 눈을 비비는 척했다.

"예. 아무것도 없어요. 방세도 해결하지 못했고 식량도 없어요. 제겐 아무것도 없어요. 정말로 아무것도……."

그를 보며 잠시 침묵을 지키던 라벨이 나지막이 입을 열었다.

"보이드 씨는 예술가들을 좋아해요."

"네?"

"당신의 시를 선물해 보세요. 그걸로 방세에 관한 일은 조금 미뤄 줄지도 몰라요."

"아……."

"그리고 전 요리하는 것도, 다른 사람과 함께 식사하는 것도 좋아해요. 단트 씨만 괜찮다면 제 방으로 초대하고 싶은데요."

그렇게 말하고 조용히 웃는 라벨을 단트는 멍하니 바라보았다. 세상엔 오펠리아 같은 사람이나 론키스 같은 녀석도 있지만, 이런 사람도 아직 남아 있다.

"고마워요……. 정말 고맙습니다."

그날 아침 단트는 다시 한번 눈이 휘둥그레지는 식사를 대접받고 주스트 씨가 극찬한 커피도 얻어 마셨다. 몇 번이나 감사를 표하고 라벨의 방에서 나온 그는 빼앗긴 노트에서 기억나는 시를 적어 미안하다는 말과 함께 7층 우편함에 넣었다.

다음으로 자신의 방을 차분히 정리한 뒤 아끼던 발렌틴의 시집 하나를 3층 우편함에 넣었다.

'뭔가 그럴듯한 말이 없을까?'

마지막으로 뭔가 끼적이던 그는 결국 픽 웃고 종이를 구겨 쓰레기통에 넣었다. 그리고 나가기 전 방을 한번 둘러봤다.

'잘 있어라.'

에즈강은 오늘도 따스하고 평화로웠다. 아마도 이런 날이었을 거다. 발렌틴이 그 아름다움에 반해 자신의 몸을 던진 날은.

'그래. 항상 그게 내 꿈이었잖아.'

그는 늘 앉던 자리로 가서 잠시 심호흡을 했다. 세상에서 들이쉬는 마지막 숨이라고 생각하니 기분이 묘했다.

'그러고 보니 정말 똑같네. 나도 사랑 때문에 죽는 거잖아.'

아니면 발렌틴과 자신을 어떻게든 동일시하고 싶어 그렇게 생각하는 건지도 몰랐다. 뭐, 이제는 아무래도 상관없지만.

'시인 단트. 향년 스물하나. 시처럼 죽어 버리기는커녕 빚지고 배신당하고 더 이상 희망이 없어 강물에 몸을 던지다.'

풍덩.

겉으로 보이던 것과 달리 강물은 차디찼다. 또한 컴컴했다.

아래위 방향을 구분할 수 없고 그저 빙글빙글 도는 기분이었다. 숨이 막혀 점차 괴롭다고 느낄 때쯤, 발에 뭔가가 닿았다. 그래서 그는 본능적으로 그걸 박찼다.

"푸하!"

세상 그 무엇보다 달콤한 공기가 폐를 관통했다. 머리카락과 스카프에서 물이 뚝뚝 떨어졌다. 단트는 덜덜 떨면서 잠시 이 상황을 이해해 보기 위해 애썼다.

"어, 그러니까⋯⋯."

"지금 대체 뭐 하는 거야?"

그는 퍼뜩 고개를 들었다. 날카로운 것이 가슴을 푹 찔렀다. 미워해야 마땅할 사람인데 왜 이렇게 눈물이 날 것처럼 그리운지.

"오펠리아."

"바보 아냐? 그런 차림으로 무슨 수영을 해?"

수영?

그녀의 신랄한 말투에 단트는 정신이 조금 돌아오는 걸 느꼈다. 얼떨결에 시선을 내려 보니 강물은 허리 근처에서 찰랑거리고 있었다. 발에는 너무나 단단하게 바닥이 닿았다.

"사람 가지고 장난치긴. 난 또 그 얕은 물에 코 박고 죽으려는 줄 알았지."

정말로 그럴 생각이었다는 것을 단트는 죽을 때까지 말할 수 없으리란 걸 깨달았다. 이런 얕은 강물에 발렌틴이 빠져 죽었다는 게 믿기지 않았다. 그때 그의 눈에 오펠리아가 묶었던 드레스 자락을 풀고, 벗어 두었던 구두를 집어 드는 모습이 보였다.

'설마 나 때문에?'

그대로 그녀가 등을 돌리자 단트는 첨벙거리며 강 밖으로 뛰쳐나갔다.

"잠깐, 잠깐만요!"

"왜, 나한테 그렇게 당하고도 아직 말 붙여 보고 싶어?"

"그래요. 이 말은 듣고 가요."

이해할 수 없는 일이었다. 그녀의 고집스러운 눈동자를 보고 있자니 어디선가 이상한 희망이 솟구쳤다.

"내 고향은 여기서 남쪽에 있는 그린버리예요. 한동안 거기가 있을 거예요. 혹시라도 이곳 생활에 지치고 도망치고 싶은 기분이 들면 그곳으로 와요. 후회하지 않을 거라고 말할 수 있어요."

"또 그 소리야? 안 간다고 내가 말……."

"오지 않더라도 괜찮아요. 내가 돌아올 테니까."

오펠리아는 멈칫하며 입을 다물었다. 단트는 부드럽게 미소 지으며 젖은 스카프를 풀어 강 위에 떨어뜨렸다. 모자는 이미 떠내려가 버리고 없었다.

"그때는 도망치자고 안 해요. 여기서 내가 구해 줄게요. 더 이상 빨간 머리로 물들이지 않아도 되게 하겠어요. 당신의 검은 눈동자만큼이나 그 머리카락도 사랑할 테니까. 내가 밤을 사랑하듯이."

오펠리아는 아무 말도 하지 않고 다만 손을 들어 어깨를 감쌌다.

"그때가 되면, 나를 다시 당신의 시인이라고 불러 줘요."

기어이 그녀는 고개를 떨어뜨렸다. 단트는 더없이 자유로워진 기분으로 돌아섰다. 그때 오펠리아가 그를 불러 세웠다.

"잠깐만. 그 노트, 그 노트 내가 사실은……."

"잊어버려요."

단트는 돌아보지 않고 나직이 말했다.

"거기 있는 것들과 비교도 안 될 만큼 멋진 시를 새로 쓸 테니까요."

그러곤 아무렇지 않은 듯 손을 흔들고 걸음을 뗐다. 그는 더 이상 저택으로도 에즈강으로도 향하지 않았다.

오펠리아는 사라지는 단트의 뒷모습을 하염없이 지켜보았다. 마침내 그의 그림자조차 없어지고 나서야 정말로 물어야 했던 말이 있었다는 걸 깨달았다.

"나는 당신, 이름조차 모른단 말이야……!"

"어째서죠?"

멀리서 오펠리아의 모습을 바라보며 라벨이 물었다. 그의 곁에 서 있던 신사는 찢어져라 웃기만 했다.

"왜 받아 가지 않았죠?"

"사실은 이미 받았답니다."

라벨은 고개를 돌렸다. 신사의 창백한 검은 손에 낡은 노트가 들려 있었다.

"어째서 그게 당신의 손에 있죠?"

"어젯밤 론키스가 죽었으니까요."

라벨의 눈이 미세하게 움직였다.

"당신이?"

"설마요. 이 노트에는 저 시인의 소원이 묻어 있지요. 시인의 소원은 알다시피 시처럼 죽는 것. 하지만 당신은 한 가지를 간과하고 있더군요."

"무엇을 말이죠?"

"발렌틴의 시와 그의 시는 다르다는 걸 말입니다."

라벨은 자신도 모르게 손에 힘을 주었다. 그러자 그 손을 잡고 있던 소녀가 그를 올려다봤다.

"라벨?"

"아. 미안, 루이제."

라벨은 그녀의 머리카락을 소중하게 쓰다듬었다. 신사는 노트를 품속에 넣으며 말했다.

"그의 시에서 시처럼 죽는다는 게 무엇을 의미할지는 당신도 나도 알 수 없지요. 발렌틴의 그것보다 끔찍할 수도 있고, 행복하게 말년을 보낸 뒤 평화롭게 잠드는 일일 수도 있습니다. 어쨌든 그 죽음을 어떻게 읊조리는가 하는 것은 시인의 마음. 그날이 오면 내가 찾아가리라는 것만이 분명하지요."

"그렇군요."

라벨은 한층 부드러워진 얼굴이 되었다. 단트라면 괜찮을 거란 생각을 했는지도 모른다.

"한데 론키스는요?"

"말했다시피 이 노트에는 저 시인의 소원이 묻어 있었지요. 그는 자기 것으로 취한 노트에 다른 사람의 시상을 빼앗아 적는 불결한 짓을 했습니다. 그 때문에 그렇게 죽게 되리라곤 상상도 하지 못했겠지만."

"그는 어떻게 죽은 거죠?"

신사는 재미있어 못 견디겠다는 듯, 그 말을 하고 싶어 내내 조바심을 느꼈던 사람처럼 황홀하게 말했다.

"시에 쓴 그대로, 밤에 섞여 죽었지요."

소녀가 고개를 갸웃거리며 올려다보는 동안 라벨은 잠시 눈을 감았다. 신사의 말이 어떤 비유적 표현이 아닌 사실 그대로임을 알기에.

"다른 사람의 시를 훔친 건 잘못이지만 벌치고는 과하군요. 당신답지 않게 정의라도 구현하고 싶었던 건가요."

라벨이 가라앉은 목소리로 묻자 신사는 재미있다는 듯 웃었다.

"그럴 리가요. 나는 당신과 관계된 모든 기원자들의 부산물을 모으는 수집가일 뿐. 선한 결과나 악한 결과, 행복과 불운

같은 사람의 일은 관심사가 아닙니다. 모두 본인이 초래한 결말 이지요."

"그렇다면 보이드 씨는요?"

그 이름이 나오자 신사는 지팡이 끝으로 모자를 눌러 그나 마도 보이지 않던 눈을 완전히 감췄다.

"그는 대가를 지불하지 않는 사람을 몹시 싫어할 텐데요. 시 하나에 정말로 단트 씨를 용서했단 말인가요?"

"아, 물론 아니죠."

신사의 지팡이가 이번엔 강 건너편에 있는 붉은 머리의 숙녀 에게로 향했다.

"시인은 몰랐겠지만 저 여성이 지불했습니다. 그녀의 목이 여 전히 허전하지 않습니까."

라벨은 아직도 그 자리에 서 있는 오펠리아를 한동안 바라보 았다. 그리고 조용히 미소 지었다.

"그렇군요."

"라벨."

신사가 가고 나자 소녀가 그의 손을 흔들었다. 라벨은 다정한 얼굴로 소녀를 내려다보았다.

"왜 그러니?"

"저기."

소녀가 강변의 한쪽을 가리켰다. 거기엔 누군가 앉아 있었다. 베일을 쓴 채 강물에 발을 담가 첨벙거리는 여인이.

"그래. 네게도 보이는구나."

라벨은 소녀와 함께 그쪽으로 걸어갔다. 여인의 모습은 금방이라도 스러질 듯 아슬아슬하게 보였다.

"오늘도 기다리고 계시는군요."

그녀는 대답하지 않았다.

"고단하지 않으신가요?"

물결이 청아한 소리를 내며 튀어 오를 뿐이었다.

"언젠가는 다시 만나게 되실 거예요."

그 말에는 여인이 살짝 고개를 돌렸다. 베일 아래로 드러난 입술이 희미하게 곡선을 그렸다.

"그럼 오늘도 평안하세요."

그리고 라벨은 자리를 떠났다. 말없이 손을 잡고 걷던 소녀는 여인의 모습이 사라지고 나서야 입을 열었다.

"저 사람은 누구를 기다리고 있는 거예요?"

"결코 돌아오지 않을 사람."

"돌아오지 않는데, 왜?"

"그래도 기다릴 수밖에 없으니까."

"그건 어리석은 일인걸요."

"그럴지도."

라벨은 잠시 후 덧붙였다.

"하지만 난 슬픈 일이라고 말하고 싶구나."

첨벙.

머나먼 어느 날엔가, 맑게 찰랑거리는 물결을 바라보며 발렌틴은 부드럽게 미소 지었다. 그리고 그의 하나뿐인 반려를 위한 시를 적었다.

끝없이 흐르면서도 에즈강은 언제나 그 자리에 있다

과거에도 지금도

짐작할 수 없는 앞으로의 수많은 날들에도

3층. 연인의 방

"모두의 소원을 들어줄 수 있는 그 남자는 자신의 소원만은 빌 수가 없단다."

그가 처음 마리를 만났을 때, 그녀는 자신에게 왜 날 수 있는 능력이 없는지 고민하고 있었다.

"그렇지 않아, 일렌? 이건 불공평하다고. 새는 날 수 있는데 왜 나는 그렇게 못 해?"

"그야 아가씨는 새가 아니고 사람이니까요."

"난 그렇게 결정하지 않았는걸. 누가 나 대신 그런 결정을 한 거야?"

"저기 높이 계신 거룩한 분께서 하셨죠."

"난 받아들일 수 없어. 내게 물어보지도 않았는걸."

"신부님께 혼이 날 소리는 하지 마세요, 아가씨!"

그녀는 꺄르르 웃고 두 팔을 벌린 채 정원을 뛰어다녔다.

"이러다 보면 날게 되지 않을까? 응? 어떻게 생각해?"

정신없이 달리던 마리는 정원 한구석에 서 있던 그와 마주쳤다. 그러곤 눈을 동그랗게 떴다.

"어, 누구?"

그는 먼저 마리 앞에 무릎을 꿇고 흙투성이가 된 치맛자락을 털었다. 마리는 얌전히 있었다. 마침내 마음에 들게끔 정리되자 그는 고개만 들어 마리를 올려다보았다. 햇빛이 그녀의 머리카락 위에서 부서진다.

"처음 뵙겠습니다, 아가씨. 저는 아돌프라고 합니다. 오늘부터 아가씨의 시종이 될 사람입니다."

"이거 싫어."

스튜를 뜨던 아돌프의 손이 멈췄다. 그는 얼음장 같은 얼굴로 식탁 맞은편에 있는 마리를 바라보았다. 그녀는 몸을 웅크렸다가 다시 조심스럽게 말했다.

"싫은걸."

"그래도 먹어. 먹을 거라곤 이거밖에 없으니까."

"싫어. 싫어, 싫어!"

"소리 지르지 마."

그가 나직이 윽박지르자 마리는 눈치를 보며 입을 다물었다. 눈물이 그렁그렁한 채 그릇을 노려보던 그녀는 기어이 그것을 엎어 버렸다.

　바쁜 와중에 간신히 만든 아침 식사가 그렇게 쏟아지는 걸 보면서도 아돌프의 얼굴은 조금도 변하지 않았다. 말없이 국자를 내려놓고 수건을 가져와 마리의 옷에 묻은 음식부터 닦았다.

　"미워."

　아돌프의 손이 잠깐 멈췄다. 하지만 곧 다시 움직였다. 능숙한 속도로 테이블까지 치운 그는 그제야 마리를 바라보았다. 아까 그릇을 노려보던 증오와 경멸 가득한 눈이 이제 그에게 향하고 있었다.

　"미워."

　"알고 있어."

　그는 대수롭지 않게 대답하곤 시계를 봤다.

　"이제 나가 봐야 해."

　마리의 얼굴이 금세 슬프게 변했다.

　"밥은?"

　"당신이 엎었잖아."

　"내가……?"

　"그래. 돌아올 때까진 어쩔 수 없이 굶어야 해."

　그녀는 맥이 풀린 듯 의자에 기대었다. 아돌프는 그녀를 내버려 두고 차분히 옷을 갈아입었다. 방도 가구도 허름했지만 그의 검은색 제복만큼은 윤기가 날 만큼 고급스러웠다.

　"아무것도 망가뜨리지 말고, 어디 나가지도 말고, 누가 찾아와도 대답하지 마."

하지만 이미 넋이 나간 얼굴의 그녀는 아무것도 듣지 못하는 것 같았다. 마치 중요한 뭔가가 빠져나가고 껍데기만 거기 앉아 있는 듯했다. 아돌프는 그런 그녀의 머리카락에 입을 맞췄다.

"다녀올게. 오늘도 사랑해."

마지막으로 구두를 확인한 그는 방을 나섰다. 바깥에서 세 개의 자물쇠를 차례대로 잠그고 있을 때 뒤에서 인기척이 났다. 돌아보니 맞은편에 살고 있는 남자 역시 출근하는 중이었다.

"안녕하세요, 아돌프 씨."

"안녕하십니까, 라벨 씨."

라벨은 빙긋 웃고 문을 닫았다. 그뿐이었다. 아돌프는 왜 항상 그가 문을 잠그지 않는지 궁금했다. 도둑맞을까 봐 걱정할 만한 물건조차 없단 말인가?

앞서 계단을 내려가는 라벨의 뒤를 따라가며 아돌프는 이 기묘한 이웃에 대해 생각했다. 사실 그는 이웃이라는 관계만 놓고 본다면 그 이상 좋을 수 없는 남자였다. 시끄럽게 우는 애나 성가시게 구는 아내도 없었으며 술에 취해 소란을 부리지도 않았다.

또한 자기 몫의 계단 청소를 하루도 빠짐없이 했고 복도에 쓸데없이 짐을 늘어놓지도 않았다.(1층에 사는 마레 부인은 특히 이 점을 본받을 필요가 있었다.) 무엇보다 마주칠 때마다 기분 좋은 얼굴로 인사하면서도 그 이상 사적으로 접근하거나 참견하지 않았다. 따라서 객관적으로 놓고 본다면 그는 상당히 괜찮은 이웃이었다.

하지만 아돌프는 바로 그런 점이 마음에 들지 않았다. 어쩌면 배부른 불만일지도 모르지만, 라벨의 그런 점들이 오히려 비인간적으로 느껴졌던 것이다.

아돌프와 같이 일하는 파브가 이런 말을 한 적이 있다. 사람이 두려움을 느끼는 상대는 자신보다 강한 존재가 아니라 자신이 결코 이해할 수 없는 존재라고.

"그 제복은 언제 봐도 멋있군요."

생각에 빠져 있던 아돌프는 라벨이 돌아보고 나서야 그가 말을 걸었다는 사실을 알았다.

"뭐라고 하셨죠?"

"제복이 정말 멋지다고 했어요."

"그렇습니까? 감사하군요."

칭찬의 말이었지만 아돌프는 일부러 딱딱하게 대답했다. 그이상 대화가 이어지는 걸 피하고 싶었던 것이다. 하지만 왜인지 오늘따라 그의 친절한 이웃은 말이 많았다.

"신경 써서 다리지 않으면 그런 모양이 안 나올 텐데, 부인께서 정성을 많이 들이시나 보군요."

아돌프는 억지로 웃으며 물었다.

"제게 아내가 있는지 어떻게 아십니까? 결혼했다고 말한 적 없는데요."

"티가 나거든요. 누군가 곁에 있는 사람과 그렇지 않은 사람은 말이에요."

라벨은 그렇게 아돌프가 결코 납득할 수 없는 말을 내뱉고 현관 앞에서 인사했다.

"그럼 좋은 하루 되세요."

"당신도."

싸늘하게 대꾸한 아돌프는 그가 사라지자마자 중얼거렸다.

"좋은 이웃 관계도 그만 끝난 것 같군."

"늦었잖은가, 아돌프."

"죄송합니다."

"그렇지 않아도 따로 사는 녀석이 일찍 와서 준비하지는 못할망정……."

"죄송합니다."

아돌프는 고개를 숙인 뒤 시계를 힐끔 보았다. 고작 2분 정도 지났을 뿐이다. 폴리뉴가의 집사인 바이안은 항상 몇 분 사이에 목숨이라도 왔다 갔다 할 것처럼 굴었다.

"네 녀석이 어떤 입장인지 늘 잊지 마라. 마님의 은혜로 그 자리나마 보전하고 있다는 걸 말이야."

"잘 알고 있습니다."

"그럼 가서 테이블부터 점검해. 오늘은 마님의 생신이니 모든 게 완벽해야 한다."

수저 하나라도 떨어뜨렸다간 불호령이 내려질 분위기였다. 아돌프는 그 자리를 벗어나 파티 장소로 갔다. 거대한 홀 안에는 어느 자리에서든 중앙의 무대를 바라볼 수 있도록 긴 식탁이 U자 형태로 놓여 있었다. 테이블보를 정리하던 다른 하인들이 그를 보고 친근하게 인사했다.

"집사님 목소리 한번 크시더군. 다 들렸어, 아돌프."

"늦어서 미안. 바로 시작할게."

"괜찮아. 보나 마나 집에 숨겨 둔 아리따운 부인님 때문에 늦은 거겠지."

파브의 말에 주위 하인들이 웃음을 터뜨렸다. 아돌프는 겸연쩍은 표정밖에 지을 수 없었다.

"그나저나 오늘은 부인님 혼자 집을 지켜야 할 텐데 어쩔 거야?"

"그게 무슨 소리야?"

"마님께서 오늘 기분이 좋으신가 봐. 뜬금없이 '자정의 술래잡기'를 하신다지 뭐야? 파티가 내일 새벽까지 이어지리란 건 불 보듯 뻔하지."

그 말에 아돌프의 얼굴이 딱딱하게 굳었다. 재미있지 않느냐는 듯 웃던 파브도 그의 표정이 심상치 않다는 걸 깨닫고 물었다.

"괜찮아?"

"아, 그래."

아돌프는 관자놀이를 문지르는 척 얼굴을 감췄다. 머릿속으로는 마리를 생각하고 있었다.

'빵이 남아 있으니 어쨌든 배가 고프면 찾아 먹겠지. 하지만 자정이 되기 전에 돌아가지 않으면 울거나 소리 지를 텐데.'

심경이 복잡했지만 은식기가 도착했기에 더는 걱정할 시간이 없었다. 하인들이 정성을 다해 닦은 식기들은 눈이 아플 만큼 번쩍거렸다. 아돌프는 테이블 위에 작은 천을 깔고 그 위에 하나하나 은식기를 놓았다. 얼룩이 묻지 않도록 장갑을 낀 손으로 조심스럽게 다뤄야 하는 작업이었다.

다음으로 은촛대와 꽃 장식을 올리고 먼지가 쌓이지 않도록 천으로 한 번 더 덮었다. 총 100명이 앉을 수 있는 대규모였기에 시간이 오래 걸렸다.

'아무튼 대단한 가문이야.'

그만한 인원이 들어갈 수 있는 홀의 크기도 그렇지만, 무엇보다 그 자리를 전부 은제품으로 장식할 수 있다는 것이야말로 폴리뉴 가문의 재력을 잘 말해 주고 있었다.

"아돌프, 다 했으면 이것 좀 도와줘."

파브의 부름에 그는 커튼 정리를 도우러 갔다. 모양이 나게 주름을 만든 다음 끈으로 묶고 있는데 곁에서 잡아 주던 파브가 속삭였다.

"오늘 남아 있기 곤란한 거야?"

"아니, 어떻게든 될 거야."

"부인이 걱정되는 거면 집에 사람을 보내서 늦는다고 전해."

"그거야말로 곤란해."

파브는 무언가 더 말하고 싶은 얼굴이었지만 아돌프는 끈을 꽉 묶은 다음 다른 곳으로 걸어갔다. 친구로서 파브는 좋은 녀석이었지만 필요 이상의 참견은 싫었다. 3년 이상 함께 일한 터라 그 사실을 아는 파브도 더는 말하지 않았다.

"아돌프, 아돌프."

순간 홀 안에 있던 모든 하인들이 일제히 정자세를 했다. 아돌프도 마찬가지였다. 열린 홀의 문으로 살짝 고개를 내민 여성이 그를 향해 손짓했다.

"잠깐 와서 내 방에 있는 가구 좀 옮겨 줘."

"네, 주인마님."

아돌프는 하던 일을 중단하고 그녀에게 걸어갔다. 등 뒤에서 쫓아오는 동료들의 시선이 느껴졌지만 그것도 이제는 익숙했다.

"아무리 위치를 바꿔 봐도 도무지 마음에 들게 나오지 않아. 잘 부탁해. 응?"

그는 저택 동편에 있는 그녀의 거처로 갔다. 오직 그녀만을 위해 따로 마련된 별채에는 세련되고 비싼 가구들이 즐비했다. 남편인 아르셀 폴리뉴 백작은 그의 부인 카밀레를 위해서라면 성 하나도 통째로 선물할 수 있는 위인이었다.

"이 장식장의 위치가 이상해. 저쪽으로 옮겨 줄래?"

아돌프는 그녀가 시키는 대로 했다. 감정하듯이 그의 동작을 하나하나 지켜보던 카밀레는 이윽고 고개를 저었다.

"아니야. 다시 저쪽으로."

아돌프는 그렇게 했다. 이번에도 빤히 바라보던 카밀레는 그 다음엔 창가를 가리켰다.

"저쪽은 어떨까?"

작은 장식장이었지만 흠집이 나지 않도록 조심해야 하는 데 다, 이리저리 옮겨 다니니 금세 땀이 났다. 아돌프는 창가 아래 장식장을 내려놓고 흰 장갑으로 이마를 닦았다.

"잠깐만."

카밀레가 다가오자 청결한 향기가 느껴졌다. 부유하고 깨끗 하게 자란 사람들에게서만 나는 향이었다. 마리에게서도 3년 전까지는 이런 냄새가 났다.

"머리가 흘러내렸어."

그녀의 말대로 아침에 단정히 빗어 넘겼던 머리가 조금 흐트 러져 있었다. 무의식중에 쓸어 올리려는데 그녀가 손을 잡았다.

"내가 해 줄게."

카밀레의 손이 아돌프의 머리를 조심스럽게 매만졌다. 집중 한 듯 약간 벌어진 입술이 매혹적이었다. 아돌프는 그쪽을 보 지 않으려고 살짝 고개를 돌렸다. 그런 기색을 눈치챈 듯 카밀 레가 미소를 지었다.

"됐네."

머리가 정돈된 후에도 그녀는 손을 떼지 않고 아돌프의 타이 를 매만졌다.

"아무튼 우리 집안 하인들의 제복은 멋지다니까."

이어서 그녀는 괜히 셔츠를 쓸고 소매의 단추를 다시 채우고, 장갑 낀 아돌프의 손을 들어 자신의 눈앞으로 가져갔다. 한동안 관찰하듯 들여다보던 그녀는 거기에 이마를 살짝 대었다가 아무 일도 아니라는 듯 뗐다. 비로소 그녀가 손을 놓아 주자 아돌프가 사무적으로 물었다.

"장식장의 위치는 이제 마음에 드십니까?"

카밀레는 흠칫하더니 한 걸음 뒤로 물러났다. 그러곤 가까스로 고개를 내려 가구의 아래위를 훑어보고 대답했다.

"그래. 괜찮은 것 같네."

"더 시키실 일이 없으면 이만."

"잠깐, 아돌프."

그녀의 얼굴에는 분명 부끄러움이 떠올라 있었다. 하지만 그런 기색은 금세 사라졌다.

"당신을 내 전담 바렛으로 임명하려고 해."

아돌프의 눈썹이 살짝 움직였다. 그런 그의 반응을 예상이라도 한 듯 카밀레가 얼른 덧붙였다.

"부인과 함께여도 좋으니까 저택으로 들어와. 그 사람에게도 힘들지 않은 적당한 일자리를 줄게."

"그건 곤란합니다."

"어째서 곤란하다는 거야? 그런 다 무너진 낡은 집보다는 여기가 훨씬 좋잖아. 부인과 함께 지낼 수 있도록 따로 방도 내줄게."

"그렇게까지 해 주실 필요 없습니다."

끝내 카밀레의 얼굴이 붉어졌다. 그녀는 등을 돌리며 말했다.

"알았으니 그만 나가."

아돌프는 고개를 숙이고 그 방에서 나왔다. 다시 연회장으로 돌아오니 어느새 도착한 악단이 서둘러 자리를 마련하고 있었다. 그들이 악기를 꺼내 조율하는 걸 지켜보고 있는데 누군가 어깨를 두드렸다.

"홀 쪽은 끝났어. 손님방을 점검하래."

아돌프는 말없이 파브를 따라나섰다. 복도를 걷는 동안 그가 내내 힐끔거리자 결국 아돌프가 한숨과 함께 말했다.

"전담 바렛이 되라더군."

"허?"

파브는 정말로 놀란 듯 걸음까지 헛짚었다.

"이게 웬 출세야? 잘됐네. 이제 집사님도 함부로 못 할걸."

"거절했어."

파브는 세상 희귀한 걸 보듯 아돌프를 바라보았다. 그도 그럴 것이, 전담 바렛은 지금까지 했던 허드렛일 대신 부인의 곁에서 간단한 시중 정도만 들면 되는 일이었기 때문이다.

시녀가 있는데 굳이 남성 바렛을 두는 이유는 귀족 사회에서 그게 일종의 유행처럼 번진 탓이었다. 귀부인들이 서로의 수준을 재는 세 가지 덕목이 남편과 보석과 바렛이라는 말이 있을 정도로, 잘생긴 바렛을 곁에 두는 게 그녀들의 로망이었다.

"또 부인 때문이야? 같이 들어오면 되잖아."

"그럴 수 없어."

"도대체 얼마나 아끼길래 그렇게 무서울 정도로 숨기냐? 3년 동안 알고 지냈지만 도대체 집에 초대를 한번 해 주나, 부인 초상화를 보여 주기를 하나."

아돌프는 대답하지 않았다. 표정도 걸음걸이도 그대로였다. 결국 파브는 졌다는 듯 고개를 저었다.

성대하다는 말이 절로 나오는 파티였다. 레드포드는 그렇게 대도시가 아님에도 수많은 귀족들과 지역 유지들이 몰려들었다. 의자가 모자라 일손이 갑자기 바빠졌으며 부엌 사정도 마찬가지였다. 준비되어 있던 방에 선물이 다 들어가지 않아 손님방 하나를 더 비워야 했고, 같이 들어오던 마차가 정문에서 부딪히는 바람에 작은 소란도 일었다.

"아돌프, 홀에서 샴페인을 접대하라는 지시야."

땀을 닦고 일어서기 무섭게 새로운 지시들이 떨어졌다. 이러다 자정이 되기도 전에 지칠 판이었다.

'저녁은 먹었겠지.'

정원을 지나며 그는 잠깐 마리를 생각했다. 그녀가 좋아하던 자주색 양귀비가 보였던 것이다. 마리의 눈은 그 꽃을 꼭 닮았는데, 그래서인지 마리의 아버지도 정원 가득 양귀비를 심어 놓곤 했다. 그 한복판을 뛰어다니던 마리는 어찌나 천진하고 아름다웠는지.

'다 옛날 일.'

아돌프는 고개를 저어 상념을 털어 내고 접대에 필요한 사항들을 떠올렸다.

"하아. 팔 빠지는 줄 알았네."

그에게 쟁반과 냅킨을 건넨 하인이 불쌍하다는 듯 아돌프를 바라보았다.

"오늘 손님들은 마시다가 죽기로 작정한 사람들 같아. 적당히 요령 피우면서 하라고."

"걱정 마."

아돌프는 쟁반에 샴페인이 든 잔을 가득 올린 채 홀로 나갔다. 그가 나타나자 귀부인들이 부채로 입을 가리고 뭔가를 소곤거렸다. 아돌프는 신경 쓰지 않고 정해진 동선을 따라 움직였다. 홀의 중앙에서 춤을 추고 있는 아르셸 백작과 카밀레 부인이 보였다. 부인은 즐거운 듯 웃고 있었지만 이따금씩 백작이 다른 곳을 볼 때면 표정이 없어졌다.

"거기, 샴페인 잔 이리 가져올래?"

아돌프는 목소리가 들린 쪽으로 고개를 돌렸다. 그리고 상대를 확인하자마자 멈칫했다. 아뿔싸, 그녀도 오리라는 걸 짐작했어야 하는데.

"못 들었어?"

그는 마음을 굳히고 그쪽으로 걸어갔다. 그녀의 환심을 사기 위해 둘러싸고 있던 남성들이 일제히 아돌프를 바라보았다.

"기민하지 못한 하인이로군."

그녀가 놀리듯 말하고는 우아한 손동작으로 잔을 집었다. 곁에 있던 남성 중 몇몇도 그렇게 했다. 아돌프가 그만 몸을 돌리려 하자 그녀가 갑자기 쟁반 끄트머리를 잡았다.

"게다가 허락도 없이 가려고 하는군."

"죄송합니다. 이만 물러갈 것을 허락해 주십시오."

"싫다면?"

"……놓아 주십시오."

하지만 그녀는 짓궂은 미소를 짓고 있을 뿐 그럴 생각이 없어 보였다. 분위기가 이상하다고 느낀 그녀의 추종자 중 하나가 어색하게 웃음을 터뜨렸다.

"귀네스 백작 부인, 이젠 저희들로 부족해서 하인까지 놀리려고 하십니까?"

"이 사람이 내게 불손한 태도를 몇 번 보였거든요. 버릇을 고쳐 주려고 한답니다."

"그런 일이라면 저희에게 맡기시지요. 부인을 위해서라면 미천한 하인과의 결투도 마다하지 않을 테니까요."

"그 무슨 거친 말씀을. 나는 이런 방식이 더 좋답니다."

귀네스는 짙게 미소와 함께 쟁반 끝을 지그시 눌렀다. 그러면서 아돌프를 바라보았다.

"이대로 뒤집을까?"

아돌프는 악마란 게 있다면 바로 이런 표정을 하고 있지 않을까 생각했다.

"제가 무례를 저질렀다면 용서해 주십시오. 결코 그럴 의도는 없었습니다."

"그래? 그럼 앞으로는 나를 경애하고 존중하는 눈으로 바라보겠지?"

"물론입니다."

그녀는 흡족한 듯 웃었다.

"그럼 그걸 기억하라는 의미로……."

한순간 쟁반이 중심을 잃고 뒤집혔다. 대여섯 개 남아 있던 잔이 모두 떨어지면서 어마어마한 소리를 냈다. 음악마저 잠시 중단되었고 홀 안의 모든 사람들이 그를 쳐다보았다.

"……."

화가 나지는 않았다. 아돌프는 다만 머릿속으로 손님용 샴페인 잔의 가격을 계산하고 있었다.

"도대체 이게 무슨 무례지?"

귀네스가 화를 내며 자신의 젖은 드레스 자락을 가리켰다.

"누가 이런 모자란 하인에게 접대를 시킨 거예요?"

추종자들이 안절부절못하며 그녀를 달래는 동안 집사 바이안이 빠른 걸음으로 다가왔다.

"죄송합니다. 정말로 죄송합니다."

그는 사과하는 간간이 아돌프를 죽일 듯이 노려보았다. 아르셀 백작의 손짓으로 음악이 다시 연주되었고 사람들도 다시 춤과 대화에 몰두했다. 하지만 카밀레는 멀리서도 아돌프에게서 눈을 떼지 못했다.

"어서 주방으로 내려가. 내가 치울게."

황급히 다가온 파브가 그를 밀어내며 말했다. 아돌프는 고맙다는 말도 못 하고 쫓겨나듯 홀에서 나왔다. 어쩐지 허탈한 기분이 들었다.

'누군가를 사랑하는 방식은 왜 사람마다 극단적으로 다를까.'

주방으로 내려가는 대신 정원으로 나온 그는 두 귀족 부인에 대해 생각했다. 먼저 귀네스 백작 부인이 그러는 이유는 간단했다. 지난번 살롱 모임 때 따로 불려 간 방에서 그녀의 코르셋을 풀어 주지 않은 까닭이다.

하지만 카밀레의 경우는 조금 더 복잡했다. 그녀는 단지 자신에게 욕망을 느끼는 게 아니라 그 이상의 어떤 일이 일어나기를 바라고 있었다. 그리고 아돌프는 그 일의 결과가 어떤지 이미 너무나 잘 알고 있었다.

'마리. 네 말대로 얼굴에 흉터라도 만들어 볼까?'

물론 자조적인 생각에 불과했다. 귀부인들이 선호하는 이 얼굴이 아니었더라면 폴리뉴 가문에 일자리를 얻기도 불가능했을 테니 말이다. 어쨌든 옥외(屋外)하인이란 그만큼 드문 것이었다.

"그녀가 뭐라고 했지?"

아돌프는 얼른 자세를 바로 했다. 어느새 다가온 카밀레가 따지듯이 물었다.

"무슨 일이 있었냐니까?"

"제가 실수했을 뿐입니다."

"거짓말."

"들어가십시오. 파티의 주인공께서 자리를 비우시면 안 됩니다."

"그런 건 상관없어."

그녀가 기대 오려 했기에 아돌프는 얼른 뒤로 물러났다.

"취하셨나 보군요."

"그렇지 않아. 멀쩡해. 너무 멀쩡하다고."

그녀는 허탈한 듯 웃고는 손을 뻗어 아돌프의 얼굴을 만졌다.

"그런데도 이렇게나 너를 원해."

"……사람들이 보고 있습니다."

"보라고 해. 차라리 함께 쫓겨났으면 좋겠어. 그럼 너는 나를 데리고 도망가 주겠지?"

아돌프는 그녀의 손을 홱 잡아챘다. 카밀레가 조금 놀라고 또 조금은 황홀해하는 표정을 지었다. 하지만 그는 단호한 동작으로 카밀레의 손을 자신의 얼굴에서 떼어 놓았다.

"도망치는 삶이란 게 그렇게 동화처럼 낭만적인 줄로만 아십니까?"

카밀레가 눈살을 찌푸렸지만 아돌프는 상관하지 않고 쏘아붙였다.

"하긴, 동화에서는 '그리고 행복하게 잘 살았다.'라는 말 한마디로 모든 게 끝나니까요. 그 후 주인공들이 배가 고파 구걸을 했는지, 끝내 싸우다 헤어졌는지 그런 이야기는 누구도 적지 않죠. 그래서 당신은 이후의 일을 상상하지 못하는 겁니다. 옷을 입혀 주고 씻겨 주는 하인이 없는 삶. 부드러운 빵 대신 곰팡이가 잔뜩 난 딱딱한 빵을 먹어야 하는 삶. 파티도, 사교 모임도 없이 오직 낡은 옷을 걸친 채 집 안에만 틀어박혀 살아야 하는 삶을 말입니다."

카밀레는 두 손을 모아 가슴에 댄 채 두려운 듯 아돌프를 바라보았다. 하지만 이내 단호하게 말했다.

"나는 할 수 있어. 너와 함께라면."

아돌프는 허탈감을 느꼈다. 어쩌면 그렇게도 잔인하게 똑같은 말을 하는지.

"마님, 마님!"

그때 저택 바깥으로 시녀들이 뛰어나왔다.

"자정이 다 됐는데 여기 계시면 어떻게 해요? 어서 들어가세요. 술래잡기가 곧 시작돼요!"

"벌써 그렇게 됐나? 알았어. 들어갈게."

금세 차분한 백작 부인의 얼굴로 돌아간 카밀레는 아돌프에게 살짝 눈짓했다.

"나를 찾아줘. 기다릴게."

"자정의 술래잡기? 그게 뭔데?"

마리가 고개를 내밀며 눈을 동그랗게 떴다. 궁금한 게 있을 때마다 그녀가 보이는 반응인데 꽉 끌어안고 싶을 만큼 사랑스러웠다. 아돌프는 빙긋 웃으며 설명했다.

"자정이 되면 신사분들은 모두 정원으로 나갑니다. 거기서 잠시 담배를 피우며 시간을 보내시지요. 그러는 동안 저택에 남은 숙녀분들은 저택 여기저기에 몸을 숨깁니다. 반 시간쯤 지나 모든 숙녀분들이 숨으면 하녀가 나와 술래잡기가 시작됨을 알리지요. 그럼 신사분들은 들어가 자신만의 숙녀를 찾아내면 됩니다."

"아무나?"

"예. 하지만 남편이 있는 부인은 찾고도 모른 척하는 것이 관례입니다. 남의 부인에게서 키스를 받을 수는 없으니까요."

"키스?"

마리는 누가 자신에게 하기라도 한다는 듯 두 손으로 황급히 입을 가렸다. 아돌프는 부드러운 시선으로 그런 그녀를 바라보았다.

"그게 숙녀분을 찾은 데 대한 보상이니까요. 그리고 키스를 한 남녀는 파티가 끝날 때까지 서로의 파트너가 되어야 합니다."

"오늘 우리 집에서 그런 걸 한단 말이지? 흐음, 잘 숨어야겠네."

그녀가 골똘하게 생각하는 걸 보고 아돌프가 물었다.

"누가 찾아주길 바라시는지요. 샤우드 소공작님?"

"아니, 아무도 안 찾았으면 좋겠어. 난 키스하고 싶지 않은걸."

"그러신가요."

아돌프는 왜인지 미소 짓고 그녀의 손을 잡아끌었다.

"그렇다면 제가 좋은 장소를 알고 있습니다. 거기 숨어 계시면 아무도 찾지 못할 거예요."

마리는 기대감에 눈을 빛내며 그 손을 붙잡고 따라갔다. 하지만 아돌프가 데려간 곳은 고작 2층의 테라스였다.

"여긴 파티장에서 너무 가깝잖아. 금방 찾아내고 말 거야."

"그렇지 않아요. 이쪽으로 오세요."

테라스로 나오는 문 옆에는 복잡한 부조가 새겨진 기둥이 있었는데, 그 기둥 사이에 작은 틈이 있었다.

"아가씨라면 이 사이로 들어가실 수 있을 거예요."

마리는 그가 시키는 대로 했다. 기둥 사이로 들어가서 몸을 숨기니 바깥에선 정말로 감쪽같이 보이지 않았다.

"됐어요. 전혀 보이지 않아요."

"정말? 우와."

"아무도 이 틈으로 누군가 들어갔을 거라고는 생각하지 못할 거예요."

"대단해, 아돌프. 역시 유능한 내 바렛이란 말이야."

"감사합니다, 아가씨."

아돌프가 과장되게 절하자 마리는 꺄르르 웃었다.

그날 역시 마리의 생일이었다. 수도에서 영향력이 큰 로버티 후작의 딸이었기에 그녀의 생일파티에는 수많은 사람들이 참석했다. 비단 그녀의 신분 때문이 아니더라도 아름다운 금빛 머리카락에 자주색 눈을 가진 그녀를 탐내는 귀족들이 많았던 것이다. 그중 샤우드 소공작의 구애는 사교계에서도 유명했다.

"레이디 마리, 오늘도 아름다우시군요. 부디 제가 준비한 작은 선물을 받아 주셨으면 좋겠습니다."

동화책에서 볼 법한 왕자처럼 생긴 그는 역시 동화책에서나 볼 법한 어린 흰 사슴을 선물했다. 사슴의 신비하고 아름다운 자태에 다른 귀족들도 감탄을 금치 못했다. 특히 마리는 너무나 감동해서 사슴을 바라보는 눈에 눈물까지 맺혔다.

"마음에 드시는지요?"

"네, 정말 마음에 들어요. 지금껏 받아 본 선물 중에 이보다 더 아름다운 게 있었을까 싶네요."

"다행입니다. 타국에서 어렵게 구한 보람이 있군요."

"그러셨나요? 정말 고마워요, 소공작님."

그녀의 인사에 소공작은 얼굴까지 붉혔다. 헛기침을 하는 그의 주위에선 장난스럽게 좋은 소식을 기다린다는 말까지 들렸다. 마리는 여전히 꿈꾸는 듯한 눈동자로 아돌프를 돌아보며 말했다.

"이 사슴을 내 방으로 데려가줘."

"아가씨, 방에 동물을 들일 수는 없습니다."

"오늘 하루는 괜찮아! 같이 잘 거야."

그녀의 고집스러운 눈을 보고 아돌프는 입을 다물었다. 누구도 꺾을 수 없는 저 고집이야말로 후작의 딸이라는 훌륭한 증거였다. 로버티 후작은 난감한 기색이었지만 하나뿐인 딸이라 예쁘기만 한지 그저 웃었다.

아돌프는 하는 수 없이 사슴 목에 묶인 끈을 붙잡고 저택으로 들어갔다. 그를 따라오는 새끼 사슴은 신기할 정도로 얌전했다. 야생에서 갓 잡은 놈이라면 그럴 리가 없는데 말이다. 문득 사슴을 이렇게 만들기 위해 사람들이 무슨 짓을 했을 거란 생각이 들었다.

"가엾구나, 너도."

그는 사슴을 홀로 방에 남겨 두고 나왔다. 문 너머에서 사슴이 조용히 한 번 울었다.

다시 복도를 지나 연회장으로 가던 그때 자정을 알리는 종소리가 들려왔다. 신사들이 우르르 연회장을 빠져나와 정원으로 가고 있었다.

'시작되었나. 귀족들 놀음.'

아돌프는 정원으로 나가 2층 테라스 쪽을 힐끔거렸다. 안에서 희미하게 여인들의 웃음소리만 들려올 뿐, 누군가 나오려는 기색은 없었다.

'아가씨는 거기 숨지 않을 거야.'

그는 샤우드 소공작을 바라보았다. 소공작은 아직도 놀라운 선물에 대해 로버티 후작으로부터 감사의 말을 듣고 있었다.

'그에게 찾아지길 원할 거라고.'

아돌프는 정원의 한쪽으로 걸어갔다. 그곳에도 가득 양귀비가 피어 있었다. 붉은색, 흰색, 그리고 저주받을 자주색.

'어딜 가도 도무지 이 꽃이 안 보이는 곳이 없군.'

그는 쓰게 웃으며 손을 뻗어 자주색 꽃 한 송이를 잡았다. 그러곤 손안에서 짓이겨 입으로 가져갔다.

어딜 가도 도무지 그녀의 얼굴이 안 보이는 곳이 없었다.

"마리가 없다고?"

"네. 다른 귀부인들은 모두 찾았는데 마리 아가씨만……."

하녀는 걱정으로 안절부절못했다. 로버티 후작이 난감한 얼굴로 샤우드 소공작을 바라보았다. 소공작은 그게 자신의 잘못인 양 죄스러운 표정을 짓고 있었다. 하지만 마리를 가장 찾고 싶었던 건 틀림없이 그일 터였다.

"하는 수 없지. 놀이가 끝났다고 알려서 그만 나오도록 하게."

"네, 주인님."

하녀들이 흩어지자 아돌프도 움직였다. 설마 하면서도 기대감을 감출 수가 없었다. 그는 단번에 2층 테라스로 올라갔다.

"아가씨? 아가씨!"

잠시 간격을 두고 마리가 고개를 내밀었다.

"으, 다리가 잘 안 움직여. 너무 오래 서 있었나 봐."

"제 손을 붙잡고 천천히 걸어 보세요."

마리는 아돌프의 손을 잡았다. 조심조심 움직여 마침내 좁은 틈을 빠져나온 그녀는 짓궂은 장난에서 승리한 악동처럼 눈을 반짝였다.

"아무도 못 찾았네. 그렇지?"

"아니요."

아돌프는 따뜻하게 웃으며 그녀의 식은 볼을 두 손으로 감쌌다. 보랏빛 홍조가 뺨에 묻어났다.

"제가 찾았잖아요."

놀라 눈만 동그랗게 뜬 그녀에게서 아돌프는 세상 가장 부드러운 보상을 받았다.

숨이 턱에 닿도록 뛰었다. 롤랑 거리 6번가의 낡은 저택에 도착한 그는 쿵쾅거리며 계단을 올라갔다. 한밤중에 어마어마한 소음을 내면서도 신경 쓰지 않았다.

3층에 도착하자마자 아돌프는 서둘러 자물쇠를 열다가 문을 거의 부술 뻔했다. 마침내 열고 안으로 들어가고 나서야 그는 잠시 숨을 돌리고 그녀를 불렀다.

"마리."

아무 대답이 없다.

"마리?"

거실을 둘러봤지만 어지럽혀진 흔적만 있을 뿐 그녀가 없었다. 아돌프는 침실로 가 보았다. 이불은 아침에 정리한 그대로였고 욕실도 말끔했다. 가슴 가득 기분 나쁜 불안감이 차올랐다. 그는 망설이는 걸음으로 천천히 부엌에 갔다. 무언가 먹은 흔적이 없고 무엇보다 마리가 없었다.

"마리, 마리. 마리!"

그는 홀린 듯 이름을 부르며 집 안을 돌아다니다 퍼뜩 정신을 차렸다.

'대체 어떻게 나간 거지? 자물쇠는 틀림없이 그대로 잠겨 있었는데.'

문을 확인하기 위해 현관 쪽으로 걷던 그때 어떤 소리를 들었다. 지켜보던 누군가가 일부러 내는 소리라면 절대 용서할 수 없는 종류의 것이었다. 제자리에 멈춘 채 부르르 몸을 떤 아돌프는 성큼성큼 옷장으로 걸어갔다. 그리고 거칠게 문을 열어젖혔다.

"앗, 들켰다!"

마리는 천진난만하게 외치고 꺄르르 웃었다. 아돌프는 옷장의 문을 잡은 채 자신을 다스리기 위해 안간힘을 썼다.

"어째서…… 숨어 있었던 거야? 내가 그렇게 불렀는데, 못 들었어?"

"들었어. 하지만 찾아 주길 바랐는걸."

"왜 그런 장난을 하는 거야!"

그가 버럭 소리 지르자 마리는 두 손으로 입을 가렸다. 눈에는 금세 눈물이 가득 차올랐다. 아돌프는 바로 후회하며 손을 내밀었지만 마리는 그를 피해 옷장 밖으로 나갔다.

"마리, 미안해."

하지만 그녀는 거실로 가서 어지럽혀진 바닥에 웅크리고 앉았다. 잠시 지켜보던 아돌프는 그녀의 등 뒤에 조용히 무릎을 꿇었다.

"미안해. 그만 일어나. 이런 곳에 앉지 마."

그녀는 스스로의 어깨를 꼭 감쌀 뿐이었다.

"이런 곳에 앉지 말라니까? 지저분하단 말이야."

대답이 없는 그녀에게서 아돌프는 한계를 느꼈다.

"아가씨였잖아. 권세 높은 후작가의 하나뿐인 따님이었잖아! 귀족 아가씨는 이런 곳에 앉지 않아. 이런 곳에서 이런 모습으로 살지 않아. 파티, 만찬, 드레스, 살롱, 보랏빛 양귀비가 가득하던 정원. 그 모든 게 다 당신 거였다고!"

더 이상 말을 이을 수가 없었다. 등을 돌린 그녀가 표정을 보여 줬더라면 조금은 쉬웠을까.

"그런 거, 마리는 몰라."

잠시 후 꺼질 듯 희미한 목소리로 그녀가 중얼거렸다. 그리고 속삭임처럼 덧붙였다.

"미워."

"제정신인가? 파티 도중 말도 없이 사라지다니!"

"죄송합니다."

"그놈의 진심도 담겨 있지 않은 입버릇 집어치워. 이번 일은 마님께서도 절대 용서하시지 않을 거다."

"죄송합니다."

바이안은 꼴도 보기 싫다는 듯 몸을 돌려 앞장섰다. 아돌프는 고개를 숙인 채 따라갔다. 별채까지 이어지는 복도가 가시밭길 같았다. 여기서 쫓겨나면 당분간 어떻게 살아야 할지 막막하기만 했다.

"마님, 집사 바이안입니다."

아돌프를 대할 때와 비교도 안 되는 정중한 태도로 바이안이 문을 두드렸다. 안에서 뭘 하는지 카밀레의 대답은 잠시 지체된 후에 들려왔다.

"들어와요."

의도한 건지 몰라도 그녀는 어제 아돌프가 옮겨 두었던 장식장 옆에 서 있었다. 차분한 태도로 두 사람을 훑은 그녀가 말했다.

"수고했어요, 집사. 이만 나가 봐요. 얘기는 내가 하지요."

바이안은 의외라는 듯 눈을 치켜떴지만, 아무것도 묻지 않고 방을 나갔다.

"충직하고 말수가 적은 사람이지. 내가 그를 높이 평가하는 이유야."

문이 닫히자 카밀레가 딱딱한 목소리로 말했다. 아돌프는 시선을 바닥에 고정한 채 고개를 들지 않았다.

"술래잡기가 시작된 직후에 저택을 나갔다지?"

"죄송합니다."

"그런 말은 불필요해. 이유를 말해."

"집에 급한 볼일이 생겼습니다."

"그래, 구체적으로 어떤 볼일 말이지? 갑자기 사무치게 부인이 그리워지기라도 했어?"

그녀의 비아냥거림이 진실과 가장 가까울지도 모른다는 생각에 아돌프는 잠깐 웃었다. 하지만 그게 카밀레의 화를 더 돋운 모양이었다.

"웃어? 부인 소리만 들어도 행복해서 웃음이 나와? 나는 지옥 속에 빠뜨려 놓고!"

그녀가 성큼성큼 다가왔다. 뺨을 맞겠다고 생각한 아돌프는 눈을 감았다. 하지만 아픔 대신 묵직한 것이 그의 가슴을 눌렀다. 눈을 떠 보니 카밀레의 머리가 가슴에 닿아 있었다.

"버릴 수 없어?"

그녀의 목소리는 가여울 만큼 간절했다. 아돌프 또한 그녀가 말한 일에 대해 생각해 보지 않은 건 아니었다.

"도망칠 수 없어?"

수백 번, 수천 번 그런 생각을 했다. 어젯밤에도 그러했다. 이 모든 것에서 벗어날 수만 있다면 하고.

"아돌프, 나와 같이……."

"저는 쫓겨납니까?"

카밀레가 고개를 들었다. 아돌프는 무표정한 얼굴로 그녀를 마주 보았다. 옷깃을 꽉 붙든 채 말이 없던 그녀는 잠시 후 나지막이 대답했다.

"아니, 이번만은 용서해 줄게."

"감사합니다."

그는 카밀레를 그대로 두고 한 걸음 물러났다. 그리고 고개를 숙였다.

"다시는 이런 일 없도록 하겠습니다."

그가 말하는 '이런 일'이 뭔지 카밀레도 알아들은 것 같았다. 말없이 고개를 숙이는 그녀를 남겨 두고 아돌프는 방에서 나왔다.

"일부러 눈 밖에 나려고 안간힘 쓰는 거야?"

문밖에서 파브가 기다리고 서 있었다. 아돌프가 긴장하며 바라보자 그는 피식 웃었다.

"또 그렇게 적 보듯이 한다. 네 녀석은 세상에 믿을 사람이 그렇게도 없나?"

"없어."

"허, 단칼에 자르기는. 너무하네. 3년 우정도 별거 아니야?"

"그 우정은 엿듣는 데 쓰는 건가?"

허를 찔린 듯 멍하니 있던 파브가 벌컥 화를 냈다. 물론 카밀레의 방에 들리지 않도록 표정으로만 그랬지만 말이다.

"너 나를 뭐로 보는 거냐? 엿듣지 않았어. 그렇지만 꼭 들어야만 아냐?"

"듣지 않고 추측하는 거야말로 불쾌하군."

파브는 소리를 지르려다가 간신히 자제했다. 그러곤 머리만 벅벅 긁었다.

"네놈 걱정을 하고 도와주려던 내가 갑자기 한심하게 느껴진다."

"지금이라도 깨달아서 다행이야. 난 별로 도움이 필요하지 않거든."

"너 진짜!"

"들리겠다. 일하러 가자."

아돌프는 먼저 걸음을 옮겼다. 몇 마디 더 투덜거리던 파브도 곧 뒤를 따라왔다.

"무슨 공작이란 사람이 그래? 게다가 이런 조그마한 도시에는 왜 머무른다는 거야."

"내가 알아. 아무튼 눈치도 없어. 어제 늦게까지 파티를 한 걸 알면 좀 나중에 찾아와야지. 이렇게 준비할 시간도 없이 불쑥 오냐고."

하녀 둘이 투덜거리며 카밀레의 방으로 향하다 두 사람과 마주쳤다. 파브가 궁금한 듯 물었다.

"이렇게 일찍 누가 방문했어?"

"백작님도 머리를 숙여야 하는 어마어마한 공작님이래. 집사님 말로는 약속도 없이 왔다는데, 하여튼 높으신 분들 하는 짓이 다 그렇지. 덕분에 우리만 죽어나게 생겼어."

"허, 공작이라? 그런 사람이 있긴 있었네."

"까만 말이 이끄는 까만 마차를 타고 왔어. 얼굴은 제대로 못 봤지만 옷이랑 머리카락도 마찬가지던데. 유별나게 검은색을 좋아하나 봐. 이름도 까만 공작이 아닐까?"

세 사람은 키득거렸지만 아돌프는 별 관심이 없어 그대로 지나치려 했다. 하지만 하녀가 그를 불러 세웠다.

"아참, 아돌프. 백작님이 찾으셔."

카밀레라면 모를까 아르셀 백작이 그를 따로 부른 건 처음 있는 일이었다. 아돌프는 어쩌면 그가 부인의 행적에 대해 알고 있을지도 모른다고 생각했다. 하긴, 하인들도 이미 눈치챈 일을 주인이 모른다는 게 더 이상했다.

하지만 그런 중요한(그리고 위험한) 이야기를 하려는 것이라면 왜 손님이 들이닥쳤다는 지금 자신을 부르는 건지 알 수 없었다.

"아돌프입니다, 주인님."

노크하고 말하자 문 너머에서 웃음소리가 들려왔다.

"그랬습니까? 하하! 아, 잠시만요. 들어오게."

아돌프는 고개를 조아린 채 안으로 들어갔다. 백작은 그를 쳐다보지도 않고 손짓했다. 문 옆에 서서 기다리는 동안 등을 보인 채 소파에 앉아 있는 다른 두 남자가 보였다. 하나는 하녀들이 말한 까만 공작인 듯했고 다른 하나는 누군지 알 수 없었다.

"이야기를 계속 들려주십시오. 재미있군요."

"예. 하지만 끝은 꽤나 비극적이니 너무 좋아하지 말아 주십시오. 그 일이 있은 후 나는 희망을 가지고 더욱 자주 그녀의 집을 방문했습니다. 그녀도 차츰 저를 친근하게 대하기 시작했고, 그대로라면 청혼할 수 있을 날이 머지않은 듯했지요. 하지만 어느 날엔가 그녀를 보러 갔을 때 무슨 일인지 매우 슬픈 표정을 짓고 있더군요. 내가 그 이유를 묻자 그녀가 말했습니다.

'당신은 정말 좋은 분이세요.'

'고마운 말씀입니다만, 레이디의 어두운 얼굴을 보고 있자니 순수하게 기뻐할 수가 없군요. 무슨 일이라도 있으십니까?'

'저 곧 떠나게 될지도 몰라요.'

'떠나다니! 갑자기 어디로 말입니까?'

'모르겠어요. 하지만 먼 곳일 거예요. 어쩌면 다시 뵐 수 없을지도 몰라요.'

그 말이 얼마나 내 심장을 찢어 놓았을지 두 분께서도 짐작하시겠지요. 나는 누차 어디로 가는지와 이유를 물었지만 그녀는 결코 대답해 주지 않았습니다. 다음 날 후작님께 물어야지 하고 집으로 돌아올 수밖에 없었죠. 한데 바로 그날 일이 벌어진 겁니다."

"일이라고요?"

"다음 날 다시 찾아가니 그녀가 이미 사라지고 없더군요."

"허, 저런."

아르셀 백작이 안타깝다는 듯 물었다.

"어디로 가 버렸답니까?"

"후작님은 그저 그녀에게 약간의 폐렴 증세가 있어 요양차 시골에 보냈다고 하시더군요."

"찾아가 보셨습니까?"

"네. 묻고 물어 그 가문에서 별장을 소유했다는 지역에는 다 가 보았습니다. 하지만 어디에도 없더군요."

"그럼 도대체……."

"모르겠습니다. 그녀는 그냥 사라져 버렸습니다. 증발하듯이."

침통한 목소리로 남자가 이야기를 끝마치자 잠시 침묵이 흘렀다. 아르셀 백작이 말없이 파이프를 태우는 동안 그 까만 공작이란 사람이 물었다.

"그래서 그녀를 찾아 여행 중이시라고요?"

목소리가 너무 높고 고왔기에 아돌프는 순간 여성일지도 모른다고 생각했다. 하지만 뒷모습을 보아 그럴 리는 없었다.

"네, 마라 공작님. 벌써 3년이나 흘렀군요. 그래도 저는 포기하지 않았습니다. 간간이 그녀의 가문으로 편지를 보냈지만 답장은 한결같았습니다. '아직 병을 치료하는 중이다.' 후작님이 그렇게까지 그녀를 숨기는 이유를 모르겠습니다. 아니, 짐작은 하지만…… 설마 그런 일은."

"사람 일에 설마란 없답니다, 소공작님."

그 말에 소공작이라 불린 사람이 고개를 들었다. 그의 우울한 금빛 머리카락 사이로 옆모습이 드러나는 순간, 하마터면 아돌프는 고함을 지를 뻔했다.

샤우드 소공작!

눈앞이 핑 돌았다. 아돌프는 두 다리에 힘을 주고 비틀거리지 않기 위해 애썼다. 그럴 리 없다고, 어렵게 가슴을 진정시키고 다시 고개를 들었지만 착각한 게 아니었다. 전보다 머리가 길고 얼굴이 몹시 야위었지만 결코 헷갈릴 수 없었다.

마리와 함께 있을 때마다 그녀를 보는 만큼이나 증오에 차 노려본 얼굴이었으니까!

"소공작께서 짐작하시는 일이 벌어졌을 수도 있지요. 가령…… 눈앞에서라든가."

그 말을 하며 마라 공작이 뒤쪽으로 고개를 기울인 건 틀림없이 우연일 터였다. 아돌프는 가까스로 시선을 마주치지 않고 내릴 수 있었다. 너무 큰 충격 때문에 그로부터 몇 마디는 놓쳤지만, 가장 중요한 이 한마디는 들을 수 있었다.

"어쨌든 이 레드포드에서는 꼭 그녀를 찾을 수 있을 겁니다."

두 신사가 돌아간 뒤에도 아돌프는 여전히 같은 자리에 서 있었다. 아르셀 백작은 그를 불러 놓고 완전히 잊어버린 사람처럼 한동안 편지 쓰는 일에만 몰두했다. 하지만 아돌프는 불평 없이 잠자코 서 있었다.

그대로 한 시간쯤 지났을까. 편지를 다 쓰고 봉인을 마무리한 백작이 마침내 고개를 들었다. 아돌프는 허리를 곧게 폈다.

"워낙 독특한 손님들을 맞이하느라 자네를 부른 걸 잊고 있었군."

하지만 백작의 표정은 전혀 잊고 있었던 걸 떠올린 사람 같지 않았다.

"재미있지 않은가? 마라 공작은 여기 레드포드에 거주하는 귀족들 중 가장 신분이 높은 사람이지. 한데 사교계든 어디에서든 잘 얼굴을 비추지 않는단 말이야. 그런 사람이, 수도에서 온 소공작 때문이라곤 하나 다른 사람의 일로 직접 나를 방문하다니 흥미로운 일이야."

그는 안경을 벗어 내려놓고 자리에서 일어났다. 그러곤 아돌프를 등진 채 창밖을 내다보았다.

"어쩌면 일부러 내게 경고하기 위해 온 건지도 모르지."

아돌프는 망설이다가 조용히 물었다.

"경고라 하심은……."

"자네도 듣지 않았는가. 샤우드 소공작의 이야기."

아돌프는 다시 한번 가슴이 내려앉는 걸 느꼈다. 설마 그럴 리가. 샤우드 소공작은 분명 자신을 못 알아보고 지나쳤다. 한데 아르셀 백작이 자신과 마리의 일에 대해 알 리가 없지 않은가.

"소공작이 말한 '설마 그런 일.' 그는 사라진 레이디의 명예를 지키기 위해 얼버무렸지만, 공작도 나도 눈치챘다네. 후작의 딸은 스스로와 가문의 명예를 더럽히고 보잘것없는 놈과 도망친 거야."

아돌프는 등이 축축하게 젖어 오는 걸 느꼈다.

"나는 바보가 아닐세, 아돌프. 카밀레를 너무나 아끼기 때문에 바보인 척하고 있을 뿐이야."

백작이 몸을 돌려 아돌프를 바라보았다. 하인들에게도 친절한 그가 드물게 무서운 얼굴을 하고 있었다.

"나는 소공작처럼 무르게 여행이나 다닐 생각은 없네."

"……백작님."

"하지만 만일, 그래야 할 일이 생긴다면."

아르셀 백작의 눈에 분노가 서렸다.

"평생에 걸쳐서라도 찾아내서 반드시 둘 다 죽여 버리고 말 거야."

저택을 나와 집으로 돌아가며 아돌프는 문득 현기증을 느꼈다.

'카밀레에 대해서야 모르는 게 이상한 거지. 그래도 다행히 마리에 대해선 눈치채지 못했어. 하긴, 백작이 어떻게 알겠어.'

롤랑 거리로 접어들자 우울한 잿빛이 건물을 차례대로 물들이는 게 보였다.

'샤우드 소공작이 여기서 얼마나 머무를지 모르지만 마리가 집 밖으로 나가지 않으니 상관없겠지. 괜찮아. 그는 절대로 찾을 수 없어.'

그래, 틀림없이 괜찮았다. 하지만 왜 안심이 되는 한편 아까운 기분 또한 든단 말인가.

'설마 나는…… 바라고 있나?'

문득 떠오른 생각에 아돌프는 충격을 받았다. 잠시 제자리에 서 있던 그는 얼굴을 일그러뜨리며 고개를 저었다.

'아니야.'

그녀에게 약속했었다. 행복하게 해 주겠다고.

'아니야. 아니야. 아니야!'

그녀는 대답했었다. 당신만 있어도 행복할 거라고.

아돌프는 가슴이 터질 듯한 기분으로 집으로 내달렸다. 그러다 빵 가게를 발견하고 충동적으로 들어가 가장 비싸고 맛있는 빵을 샀다. 일주일치 식비가 한꺼번에 날아갔지만 지금 당장이야 그런 것쯤 아무래도 좋았다. 그대로 집까지 달려 질게 노을이 묻어 있는 반쪽짜리 아치형 입구를 지나 황급히 계단을 올랐다.

"마리!"

문을 벌컥 열고 안으로 들어갔으나 오늘도 그 안은 조용했다.

"맛있는 거 사 왔어. 그런 짓 그만하고 이제 나와."

거실에도 부엌에도 방에도 없었다.

"그만 나오라니까? 왜 자꾸 거기 들어가 있는 거야."

옷장을 열었지만 그 안도 텅 비어 있었다.

"마리?"

아돌프는 그녀가 숨을 만한 모든 곳을 열고 뒤졌다. 하지만 어디에서도 그녀의 모습은 보이지 않았다.

"좋아. 내 인내심은 여기까지야. 이제 그만해. 화 안 낼 테니까 이제 나오라고!"

들려오는 건 긴 정적뿐이었다.

"마리……?"

빵이 든 봉투가 떨어지면서 둔탁한 소리를 냈다. 아돌프는 떨면서 천천히 집 안을 한 바퀴 둘러보았다. 너무 조용하고 너무 삭막한 집이다. 그곳에 그는 혼자였다.

"정말로 없어?"

확신을 가지려는 사람처럼 그는 잠시 기다렸다. 그리고.

"없어."

다음 순간 환호성을 질렀다.

"저, 아돌프 씨?"

아돌프는 황급히 입을 다물고 몸을 움츠렸다. 그리고 천천히 뒤를 돌아보았다. 열어 놓고 채 닫지 않은 문 사이로 앞집 남자의 얼굴이 보였다.

"……뭡니까?"

그가 두려워하며 묻자 라벨이 곤란한 표정으로 말했다.

"들어오시는 소리를 듣고 나와 봤어요. 부인을 찾고 계실 것 같아서요."

놀란 아돌프는 그대로 굳어 버렸다. 마치 그런 단어는 처음 듣는다는 듯.

"아돌프 씨?"

"아…… 네. 그녀가 지금 어디 있는지 당신이 알고 있단 말입니까?"

"예. 지금 제 방에 계세요. 오해하지 않으셨으면……."

아돌프가 거의 덤비듯 몸을 날렸기에 라벨은 뒤로 물러났다. 하지만 아돌프는 그를 그냥 지나쳐 맞은편 방으로 허락도 없이 뛰어 들어갔다.

"마리!"

깔끔하고 아늑하게 정돈된 식탁 앞에 마리가 앉아 있었다. 입으로는 꾸역꾸역 음식을 밀어 넣는 중이었다. 아돌프는 달려가 그녀의 머리를 와락 안았다. 하지만 그러거나 말거나 마리는 먹는 데에만 몰두했다.

그녀를 안은 채 말이 없던 아돌프는 한참이 지나서야 그녀를 놓아주었다. 그리고 딱딱하게 굳은 얼굴로 라벨을 돌아보았다.

"신중하게 대답하셔야 할 겁니다. 어떻게 된 겁니까?"

"제 방문을 계속 두드리시기에 안으로 모셨어요. 배가 많이 고프신 것 같더라고요. 그렇게 좋은 음식은 아니지만 간단히 요기를 해결할 수 있게 대접했어요."

라벨이 친절하게 설명했지만 아돌프는 그를 죽일 듯이 노려보았다.

"그럴 리 없습니다. 내가 바깥에서 문을 잠갔습니다. 어떻게 그걸 열었죠?"

"저는 열지 않았어요. 부인께서 혼자 나오신걸요."

"거짓말 마십시오!"

"거짓말이 아니에요."

라벨이 두 손을 펼쳐 보이며 호의적으로 말했지만 아돌프는 고개를 돌렸다. 그러곤 접시를 향해 몸을 숙이고 있던 마리의 팔을 잡아챘다.

"그만둬. 거지도 아니고 뭐 하는 거야?"

"놔. 마리 더 먹을래. 더 먹을래."

"그만두라니까!"

그녀를 거칠게 잡아당기던 아돌프는 어느새 라벨이 곁에 다가와 있는 걸 보고 흠칫 놀랐다. 라벨은 차분한 목소리로 말했다.

"음식은 제가 더 가져다 드릴 테니 부인께 그러지 마세요. 소중한 분이잖아요?"

"참견하지 마십시오. 불쾌한 자식 같으니."

라벨을 밀친 그는 마리를 데리고 돌아와 방문을 쾅 닫았다.

자물쇠를 있는 대로 채우고 돌아보니 마리는 주눅이 든 채 서 있었다. 아돌프는 그녀를 안을 듯 다가갔으나 결국 지나쳐 소파에 털썩 앉았다. 그대로 잠시 침묵이 흘렀다.

"……미안."

사과를 한 쪽은 아돌프가 아닌 마리였다. 그럼에도 아돌프는 그녀가 또다시 밉다고 말한 줄 알고 움찔했다.

"나 때문에 화났어?"

마리의 억양은 마치 옛날의 그녀처럼 섬세하고 정확했다. 아돌프는 그럴 리 없다고 확신하면서도 혹시나 하고 뒤를 돌아보았다. 마리는 평소처럼 몽롱한 표정이 아닌 맑고 선명한 얼굴을 하고 있었다.

"마리?"

"응?"

그녀는 다정하게 웃기까지 했다. 그리고 보채듯 물었다.

"왜."

"돌아온…… 거야?"

"돌아오다니 무슨 소리야? 방금 아돌프랑 같이 왔잖아."

아돌프는 자리에서 벌떡 일어났다. 하지만 그대로 떨기만 할 뿐 차마 그녀에게 다가가지 못했다.

그럴 리 없어. 그럴 리 없어. 마리는 그날부터 더 이상 내 이름을…….

"그보다 나, 어쩌면 날 수 있게 될지도 몰라!"

그녀가 신이 난 듯 외치더니 두 팔을 벌린 채 방을 뛰어다녔다. 아돌프는 멍하니 그것을 바라보기만 했다. 입술은 한참 후에 떨어졌다.

"날 수 있다고?"

"앞집 남자가 그랬어. 정말로 바라면 뭐든지 할 수 있다고."

그녀는 즐거운 듯 깔깔거리며 아돌프의 주위를 돌다가 폭 하고 그의 품에 안겼다. 해맑은 얼굴로 자신을 올려다보는 그녀는 분명 옛날 그가 사랑했던 소녀였다. 언제였더라? 마리의 이런 얼굴을 마지막으로 본 게.

"그거 정말 잘됐네."

아돌프는 그녀를 안은 채 목이 메어 중얼거렸다. 그녀가 있어 다행이었다. 그녀를 찾아 다행이었다. 아까 그녀가 없어진 걸 알고 자신이 지른 건 틀림없이 비명이었을 거다. 환호성이 아니라.

"정말 잘됐어."

"그렇지? 마리는 열심히 바랄 거야!"

"응. 하지만 마리, 그 전에 할 말이 있어."

마리가 눈을 동그랗게 뜨고 올려다보았다. 아돌프는 가슴이 이상하게 뛰는 것을 느끼며 말했다.

"기억해? 우리가 수도에 있을 때 마리를 자주 만나러 왔던, 마리에게 생일 선물로 흰 사슴을 줬던 사람. 그 사람이 마리를 찾고 있어."

마리는 눈만 깜빡였다. 아돌프가 달래듯 덧붙였다.

"알잖아. 금발 머리에 다정한 푸른 눈을 하고 있던 젊은 소공작 말이야."

그녀는 고개를 갸웃거리더니 웃었다.

"마리는 그런 거 몰라."

"왜, 왜 몰라? 나는 알아봤잖아. 그 사람도 얼굴을 보면 틀림없이……."

"몰라. 몰라. 몰라."

그녀는 아돌프의 품에서 떨어져 나와 춤추듯이 빙글빙글 돌았다. 아까 떨어뜨린 빵 봉투가 그녀의 발밑에서 뭉개졌지만 아돌프는 그 모습을 가만히 바라보기만 했다. 그리고 꺼질 듯 조용한 목소리로 물었다.

"내가 누구라고, 마리?"

노래를 흥얼거리며 그녀는 여러 이름들을 차례대로 불렀다.

"로저, 데이빗, 크리스티안."

그러곤 미동 없는 아돌프를 바라보며 웃었다.

"샤우드."

쾅쾅.

"네, 나갑니다."

파브는 눈을 비비고 일어나 램프에 불을 붙였다. 문을 열자 뭔가 무거운 게 그에게로 쓰러졌다.

"으악! 뭐, 뭐야?"

"나."

"아돌프? 젠장, 사람 간 떨어지게 무슨 짓이야."

"하루만 여기서 신세 좀 지자."

파브는 별 해괴한 걸 다 보겠다는 표정으로 군말 없이 입구를 터 주었다. 비틀거리며 들어온 아돌프가 침대에 쓰러지자 그는 문을 닫고 심각하게 물었다.

"무슨 일인데? 그렇게 애지중지하던 부인님하고 싸우기라도 했냐?"

"그런 것 같아."

"그렇다고 집을 나오냐? 같이 있어야 화해할 구실이라도 찾지."

"그 반대야."

아돌프는 불분명하게 중얼거렸다.

"같이 있을수록 내가…… 무서워져."

고개를 갸웃거리던 파브는 그의 어깨를 탁 쳤다.

"괜찮아, 임마. 겨우 3년 같이 지낸 친구의 증언이라 신빙성은 좀 떨어지지만, 너 무서운 놈은 아니야."

아돌프가 비웃듯이 물었다.

"그럼 어떤 놈이지?"

"굳이 말하자면, 너무 잘생겨서 인생 피곤하게 사는 놈이지."

"역시 그렇지?"

"……겸손해 볼 생각은 이만큼도 안 드는 거냐."

"아니. 나도 항상 이 얼굴이 지나치게 잘나서 문제라고 생각했어."

그렇게 말하고 아돌프는 두 팔로 얼굴을 덮어 버렸다. 파브는 눈알을 굴리다 거칠게 뒷머리만 긁적였다.

"네 사정 복잡한 건 알겠는데 어쨌든 내겐 말 안 할 테니 관두고, 그만 자라. 오늘은 재워 주겠지만 내일은 들어가."

"그래. 고맙다, 파브."

"와, 아돌프 경께서 고맙다는 말씀도 다 하시네."

아돌프는 킬킬거리고 웃다가 곧 조용해졌다.

그날 새벽, 파브는 이상한 냄새를 맡고 눈을 떴다. 평생을 하인으로 살아온 그답게 잠결에도 이 냄새나는 물건을 얼른 치워야겠다고 생각했다. 하지만 완전히 정신이 돌아왔을 때 그는 냄새의 근원지가 무언지 깨닫고 비명을 질렀다.

"아돌프! 맙소사, 아돌프!"

저택 모든 곳에 불이 켜지고 사람들이 달려오는 데까지 시간이 얼마 걸리지 않았다. 하인들은 물론이고 집사 바이안까지 파브의 방으로 달려왔다.

"무슨 일이…… 세상에!"

아돌프는 얼굴 반을 손으로 덮은 채 좌중을 둘러보며 씩 웃었다.

"모두들 안녕하십니까? 좋은 아침입니다."

턱 아래로 선명히 피가 뚝뚝 떨어지고 있었다. 그의 얼굴과 기괴한 웃음에 압도당해 아무도 입을 열지 못하던 그때, 카밀레 부인이 방으로 들어왔다.

"도대체 무슨 일…… 아."

그녀는 아돌프를 보고 멈춰 섰다. 하인들은 존경하는 주인을 위해 그래서는 안 된다는 걸 알았지만, 그래도 그녀의 얼굴로 시선이 가는 걸 막을 수가 없었다. 한참 동안 굳어 있던 카밀레가 끝내 뒤로 물러서다 비틀거렸다. 바이안이 곁에서 얼른 부축했다.

"집사, 날 좀 방으로…… 날 방으로 데려다줘요. 여기서 당장 나가게 해 줘!"

집사와 시녀들이 서둘러 그녀를 모셔 가는 동안 파브는 천으로 아돌프의 상처를 꾹 눌렀다.

"미친놈."

"말 안 해도 알고 있어."

그때 묵직한 발걸음 소리가 들려왔다. 아돌프를 제외한 하인들 모두가 얼른 자세를 바로 했고 그 사이로 한 남자가 들어섰다. 아돌프는 그를 똑바로 바라보며 자리에서 천천히 일어났다.

"이게 도대체 무슨 일인가?"

아르셀 백작의 얼음장 같은 목소리를 들으며 아돌프는 조소했다.

"백작님께서 하신 말씀에 대해 현실적인 대답을 드렸을 뿐입니다."

백작은 주위 하인들을 둘러보고 무겁게 말했다.

"이런 짓을 했으니 더 이상 여기 남을 수 없다는 걸 알겠지."

"압니다."

"그렇다면 당장 나가라."

아돌프는 그렇게 했다. 백작을 지나쳐 가는 동안 다른 하인들은 불안한 기색으로 바닥만 쳐다볼 뿐 작별 인사도 하지 못했다. 하지만 1층으로 내려왔을 때 단 한 사람만이 그를 쫓아왔다.

"아돌프! 이봐, 아돌프!"

아돌프는 상처를 가린 채 뒤를 돌아보았다.

"왜?"

"가냐?"

"간다."

"……그래, 그럼. 잘 가라."

"잘 있어."

다시 몸을 돌려 걸어가자 파브가 뒤에서 욕설을 내뱉었다.

"젠장, 난 역시 너처럼은 안 되겠다. 그게 끝이냐?"

"그럼 뭐가 더 남았지? 애인도 아니고 날 좀 그만 쫓아다니지 그래."

말 한마디로 파브를 공황 상태로 만든 아돌프는 왠지 즐거운 기분으로 걸음을 떼었다. 이상한 일이었다. 상처는 타는 듯이 아픈데 가슴은 묘한 기대감으로 차올랐다.

마리는 어떤 반응을 보일까? 놀랄까, 걱정할까, 울까. 혹은 아무렇지 않게 웃을지도 모른다. 그리고 그 순간이 오면 모든 게 끝이라는 걸 아돌프는 알고 있었다.

칠흑의 마차를 발견한 건 그가 저택에서 나온 직후였다. 마차는 마치 그를 기다리는 듯 서 있었다. 착각이 아니었는지 아돌프가 다가가자 저번에 본 까만 공작이 거기서 내렸다.

"안녕하신가요."

아돌프는 즉시 허리를 숙였다.

"말씀을 낮추십시오, 고귀한 분."

"괜찮습니다. 그보다 상처를 보니 저택에서 쫓겨난 게 분명하군요."

어떻게 상처만으로 그걸 알았는지 궁금했지만 아돌프는 굳이 반문하지 않았다.

"예, 그렇습니다."

"저런. 그렇다면 일자리가 필요하겠군요?"

"아마 그렇겠지요."

"그렇다면 내 저택으로 오는 것이 어떻습니까?"

아돌프는 의아해하며 고개를 들었다. 너무 갑작스러운 말이었다.

"저는 옥외하인밖에 하지 못합니다만."

"잘됐군요. 내 저택에서 일하는 모든 하인들이 그렇습니다. 밤에는 결코 누구도 저택에 남을 수 없지요."

그거야말로 이상한 일이었다. 게다가 기다렸다는 듯이 자신에게 이런 제의를 하는 까닭이 뭐란 말인가?

"대단히 무례한 질문일 수 있겠습니다만, 갑자기 왜 저를 하인으로 들이시려는 겁니까? 혹시 부인이 계셔서 전담 바렛으로 두려는 거라면……."

"아니요. 나에게는 부인이 없답니다."

"그럼 어째서입니까?"

"그 상처가 마음에 듭니다."

신사는 지팡이로 아돌프의 얼굴을 가리켰다. 아돌프는 반사적으로 상처를 누른 손에 힘을 주었다. 그가 치려던 것도 아니었는데 왜 그랬는지는 알 수 없었다.

"이 상처 말입니까?"

"네. 그것은 십자가 모양이니까요. 내 문장과 같지요."

그가 이번엔 자신의 마차를 가리켰다. 처음에 아돌프는 문장이 어디 있다는 건지 몰랐다. 자세히 보니 검은 바탕 위에 검은색 십자가가 그려져 있는 게 보였다.

"숨으려는 듯, 혹은 더 도드라지려는 듯. 아름다운 얼굴에 난 그 상처야말로 이 금언에 딱 들어맞지요. 나는 이 말을 아주 좋아한답니다."

아돌프는 간신히 무표정을 유지한 채 생각했다. 서슴없이 '아름다운 얼굴'이라고 하지 않나, 부인이 없다는데도 굳이 자신 같은 하인을 원하지 않나. 어쩌면 다른 쪽 취향을 가진 귀족일지도 몰랐다. 하지만 어쨌든 그에게도 일이 필요했다.

"좋습니다. 하지만 먼저 제가 일할 곳을 둘러보고 싶습니다."

"물론 그렇게 해야지요. 자, 타십시오."

공작을 따라 저택으로 향하는 동안 아돌프의 머리에 얼핏 스친 묘한 생각이 있었다.

분명 천으로 가리고 있었는데 공작은 상처가 십자 모양이라는 것을 어떻게 알았을까?

신사의 저택은 레드포드의 중심지에서 제법 떨어진 곳에 있었다. 다행히 아돌프가 살고 있는 곳과 방향이 같아 다니기 그리 어렵지는 않을 듯싶었다.

마차에서 내린 아돌프는 저택을 올려다보고 자신도 모르게 입을 벌렸다. 공작이라는 말은 들었지만, 이미 엄청난 부자라고 생각했던 아르셀 백작과도 이렇게 차이가 날 줄은 몰랐다. 그건 저택이 아니라 거의 성이었다. 이런 규모를 모두 옥외하인들이 관리하고 있다니 믿기지 않을 정도였다.

"이제 그건 치워도 될 것 같군요."

무슨 말인지 몰라 신사를 쳐다보고 나서야 상처를 덮은 천을 가리키고 있음을 깨달았다. 아돌프는 조심스럽게 천을 떼어 냈다. 상처를 더듬어 보니 핏자국이 말라붙어 있었다.

"내게는 방문객이 그리 많지 않습니다. 당신이 주로 해야 할 일은 나의 수집품들을 관리하는 일이지요."

"수집품이라고요?"

"그렇습니다. 오랫동안 모아 온 귀중한 물건들이니 반드시 조심스럽게 다루어야 합니다. 어떤 것은 살아 있기도 하니까요."

아돌프는 조용히 대답하고 그를 따라갔다. 그 정도는 별로 어려운 일이 아니라고 생각하면서. 그러나 안으로 들어서는 순간 그는 이 드넓은 성을 가득 채운 게 바로 그 수집품들임을 깨달았다.

인물의 고통스러운 표정이 사실적으로 그려진 명화, 칼에 찔려 무릎을 꿇은 모습 그대로의 갑옷(새카만 자국은 혹시 핏자국일까?), 어떤 용도로 쓰이는 건지 도무지 알 수 없는 그릇들, 흉상에 입혀 놓은 연미복과 드레스, 각종 가구, 피아노, 낡은 노트까지.

그것들을 인상적으로 둘러보는 동안 아돌프는 한 가지 의문을 떠올렸다. 공작이 말하길, 어떤 것은 살아 있다고 하지 않았던가?

"마라."

그때 수집품들 틈에서 작은 형체가 움직였다. 삐걱거리며 걸어오는 그것이 처음에는 인형인 줄 알았다. 하지만 말을 하며 움직이는 인형이 있을 리 만무했다. 다리에 매달리자 신사는 그것을 살짝 쓰다듬었는데, 기이하게도 그 태도는 조심스러워하는 게 아니라 만지기를 꺼리는 듯했다.

"인사하십시오, 루이제. 이쪽은 앞으로 이곳에서 일하게 될 아돌프입니다."

아직 결정하지 않았는데 신사는 당연하다는 듯 말했다. 게다가 벌써 자신의 이름까지 알고 있었다.

"안녕, 아돌프."

"안녕하세요, 아가씨."

아돌프는 허리를 숙였다. 그녀의 얼굴에 난 끔찍한 봉합 자국을 보면서 자신도 모르게 얼굴에 난 상처를 쓰다듬었다.

"이곳에서 일하게 되면 특히 루이제를 잘 부탁합니다. 나의 모든 수집품 중에 가장 귀한 것이지요."

"……예, 알겠습니다."

하마터면 이 소녀가 어떻게 수집품이냐고 반문할 뻔했지만 아돌프는 간신히 말을 삼켰다. 소녀는 삐걱거리며 걸어와 이번 엔 아돌프의 다리에 매달렸다. 아돌프는 난처하게 소녀를 내려 다보았다.

"자, 그럼 이제 결정을 내렸나요?"

신사가 새빨간 입술을 비틀어 웃으며 물었다. 아돌프는 잠시 주저했지만 어째서인지 자신의 다리를 붙들고 있는 소녀에게서 눈을 뗄 수 없었다. 그는 머뭇머뭇 말했다.

"며칠만 시간을 주시면 안 되겠습니까? 하인인 주제에 건방 진 부탁을 드리는 것 같습니다만……."

"아니, 아닙니다. 당신에겐 요구할 자격이 충분히 있지요. 그렇 게 하십시오. 하지만 아마 금세 결정하게 될 겁니다."

신사는 저택에 대해 몇 가지 사항을 말해 주고 일하면 받게 될 보수에 대해서도 이야기했다. 아돌프는 그 후한 액수에 놀랐지만 필시 그럴 만한 이유가 있을 거라고, 신중하게 생각하기로 마음먹었다.

저택을 빠져나오던 그는 하필이면 샤우드 소공작과 마주쳤다. 그 저택에 머물고 있는 듯했는데, 다행히 생각에 몰두한 소공작은 고개도 들지 않고 지나쳤다. 그의 얼굴에 드리워진 짙은 그림자가 집으로 향하는 내내 눈에서 사라지지 않았다.

'그는 아직도 마리를 저렇게나 사랑하고 있어.'

상처가 또다시 쓰렸다.

롤랑 거리의 집으로 돌아온 아돌프는 현관 앞에 서 있는 한 대의 마차를 발견했다. 어디서 본 듯하다고 생각하다가 머릿속에 벼락이 떨어지는 기분을 느꼈다.

'귀네스 백작 부인!'

분명 그녀가 타고 다니는 그 쓸데없이 화려한 마차였다. 아돌프는 한달음에 계단을 달려 올라갔다. 요란한 소리에 1층에서 마레 부인이 고래고래 소리를 질렀지만 대꾸할 틈이 없었다.

3층에 도착하니 방문에 공들여 달았던 자물쇠가 모두 부서져 있었다. 아돌프는 화가 머리끝까지 치밀어 오르는 걸 느꼈다. 이미 백작가에서도 쫓겨났겠다, 오늘만큼은 참지 않기로 결심했다.

그러나 한 걸음 한 걸음 걷는 동안 집에 마리가 남아 있었다는 사실이 그를 무겁게 짓눌렀다. 만약 귀네스가 마리에게 무슨 짓인가 했다면, 그녀의 상태를 눈치채고 그걸 놀리거나 비웃는다면 자신의 행동은 단순한 모욕에서 그치지 않을 터였다.

그렇게 방 안에 들어선 순간, 아돌프는 예상했던 어떤 장면과도 다른 모습을 보게 되었다.

"아, 저기 부인의 남편께서 돌아오셨군요."

귀네스가 점잖은 태도로 말하자 마리는 생긋 웃으며 아돌프를 돌아봤다. 둘은 마치 한가롭게 티타임을 즐기던 사람들 같았다. 마리는 어울리지 않게 찻잔을 손에 들고 있었는데 역시나 옷자락 위로 적잖게 흘렸다.

아돌프는 귀네스를 죽일 듯이 노려보며 마리에게 걸어가 손수건으로 옷을 닦았다. 불쾌하고 끈적끈적한 시선이 따라오는 걸 느꼈지만 꿋꿋이 자기 할 일만 했다.

"참 볼 만한 얼굴이 됐군. 그런 상처를 내면 나 같은 사람이 더 이상 귀찮게 하지 않을 줄 알았나 봐? 카밀레는 그럴지도. 하지만 네겐 유감스럽게도 난 아니야. 난 독특한 게 더 좋거든."

귀네스의 말에 아돌프는 아무 대꾸도 하지 않았다.

"건방진 하인 같으니. 밖에서는 날 완전히 무시하겠다 이건가?"

"부인께서는 제가 충분히 무례해도 될 만한 일을 저지르셨습니다."

"인정하겠어. 하지만 너무나 보고 싶었는걸. 네가 그렇게 애지중지하는 부인의 얼굴이라는 걸 말이야."

귀네스는 감상하듯 마리의 얼굴을 바라보았다.

"기대 이상인걸. 예전에 비하면 좀 상하긴 했지만 여전히 아름다워."

아돌프의 손이 멎었다. 그는 천천히 고개를 돌려 귀네스를 바라보았다. 그녀의 얼굴에 숨길 수 없는 승리감이 떠올라 있었다.

"마리 드 로버티. 로버티 후작의 하나뿐인 따님이자 3년 전 병을 치료한다는 목적으로 떠난 뒤 행방불명이 된 아가씨. 작년이었나, 남편을 따라 수도에 갔다가 로버티 후작가를 방문한 일이 있지. 그 집 복도에 이 아가씨의 초상화가 여러 개 걸려 있었어. 워낙 유명한 스캔들의 주인공이다 보니 유심히 봤었는데, 그때 본 아가씨가 지금 내 눈앞에 있네?"

"……부인께서는 지금, 뭔가 대단히 큰 착각을 하고 계신 것 같군요."

"그럴까? 다른 건 몰라도 저 독특한 보라색 눈은 결코 헷갈릴 수 없는걸. 그렇다면 며칠 전부터 이곳에 머무르고 있다는 샤우드 소공작을 한번 모셔와 볼까? 여전히 그 아가씨를 찾고 있다는 소문이 레드포드 안에 자자하니까."

아돌프는 이를 꽉 깨물었다. 결국 손수건을 테이블 위에 내던진 그는 마리를 감싼 채 말했다.

"원하는 걸 말씀하십시오."

"판단이 빠르네, 영리하게도. 역시 네가 내 전담 바렛이 되었어야 했는데."

"쓸데없는 이야기는 집어치우십시오. 뭘 원하십니까?"

"나와 같이 방으로 들어가. 전에 거절했던 그 일을 해 줘. 지금."

각오했지만 그녀의 요구는 아돌프의 예상보다 충격적이었다. 제정신으로 하는 말일까? 지금 눈앞에는 마리가 있었다. 무슨 이야기가 오가는지도 모른 채 해맑게 웃고 있는.

"농담이…… 심하시군요, 백작 부인."

"그래? 농담일까?"

"지금 이곳엔 제 부인이 함께 있습니다. 말씀을 삼가시죠."

"내가 지금 요구하는 이유도 그 때문이라는 걸 알아야지. 생각보다는 덜 영리하군그래."

아무리 억제하려 해도 아돌프의 온몸이 부들부들 떨렸다. 누군가에게 그처럼 폭력을 행사하고픈 기분을 느낀 건 처음이었다.

"그래, 못 하겠단 말이지."

귀네스가 유감이라는 듯 자리에서 일어났다. 그러곤 마리를 향해 친근한 미소를 지어 보였다.

"이렇게 헤어지게 되어 아쉬워요, 부인. 하지만 곧 다시 올 테니 조금만 기다려 주세요. 보고 싶어 했던 옛 친구와도 함께 올 거예요. 알았죠?"

"응."

즐거운 듯 대답하는 마리의 목소리에 아돌프는 힘겹게 지탱하던 뭔가가 무너지는 걸 느꼈다. 귀네스가 곁을 지나쳐 방을 나가려는 순간 그는 손을 뻗어 그녀의 팔을 잡았다.

"그렇게 바라신다면 원하는 대로 해 드리지요, 백작 부인."

그는 끌고 가다시피 귀네스를 붙잡아 방으로 들어갔다.

문이 세게 닫히자 마리는 깜짝 놀라 찻잔을 엎었다. 테이블 위로 쏟아진 차를 가만히 바라보던 그녀는 손가락으로 찍어 입에 물었다. 맛있었다. 다시 그쪽으로 손을 뻗는데, 누군가 그런 그녀의 손을 잡았다.

"그런 일을 하지 않는 게 좋아요, 아가씨."

따스한 음성이었다. 마리는 그를 올려다보았다. 그러곤 활짝 웃었다.

그의 이성을 잃게 한 게 분노인지 욕정인지는 알 수 없었다. 분명한 건 정신을 차렸을 때 그가 옷이 반쯤 벗겨진 귀네스의 목을 조르고 있었다는 사실이다.

아돌프는 황급히 손을 거두었다. 그에게서 벗어난 귀네스가 기침을 하며 괴로워했다. 충격과 두려움에 떨며 뒤로 물러선 아돌프의 등에 뭔가가 닿았다. 그는 화들짝 놀라 뒤를 돌아보았다.

"진정하세요."

그래도 아돌프가 정신을 차리지 못하자 그 목소리가 다시 말했다.

"이제 괜찮아요. 바깥에 부인이 계시니 가 보세요."

부인이라는 말에 아돌프는 방에서 뛰쳐나갔다. 잠이 든 마리가 식탁 앞에 앉아 있었다. 울컥한 그는 그녀를 껴안았다. 참으로 오래간만에 눈물이 흐르고 몸의 떨림이 멈추지 않았다. 그래도 마리는 곤히 자고 있을 뿐이었다.

잠시 후 목소리의 주인공이 귀네스와 함께 방에서 나왔다. 그제야 아돌프는 그가 라벨임을 알아보았다. 안에서 두 사람이 무슨 이야기를 나눴는지 몰라도 귀네스는 아돌프의 시선을 외면하고 도망치듯 방을 떠났다.

"이제 좀 진정이 되셨나요?"

라벨의 차분한 목소리를 듣고 나서야 아돌프는 마리를 놓아주었다. 그러곤 얼굴을 닦아 내고 깊이 허리를 숙였다.

"뭐라고 말씀드려야 할지 모르겠습니다. 늦었지만 예전에 제가 저질렀던 무례에 대해 사과하고 싶습니다. 그리고…… 감사합니다."

"그러지 마세요. 운이 좋아 도울 수 있었던 것뿐이에요."

하지만 라벨이 다가와 일으켜 줄 때까지 아돌프는 고개를 들지 못했다.

"잠시 제 방으로 와서 커피 한잔하시겠어요?"

부드럽게 말하는 그를 보며 아돌프는 자신도 모르게 고개를 끄덕였다. 하지만 잠든 마리를 혼자 두는 게 신경 쓰였다. 그의 마음을 아는 듯 라벨이 말했다.

"부인께서는 괜찮으실 거예요."

그가 괜찮다고 하면 괜찮은 것이리라. 아돌프는 라벨을 따라 그의 방으로 갔다.

맞은편 방은 지난번과 마찬가지로 조용하고 아늑했다. 라벨이 부엌에 커피를 끓이러 간 사이 아돌프는 푹신한 의자에 앉아 있었다. 가슴이 이상하리만치 차분했다. 그대로 자신의 손을 내려다보았다. 정말 이 손으로 사람을 죽이려 했단 말인가?

"운이 좋게도 커피를 다루는 일을 하고 있어서, 조금이지만 이런 훌륭한 커피를 맛볼 수 있답니다. 아마 마음에 드실 거예요."

라벨이 커피를 가져오며 말했다. 찻잔을 받아 든 아돌프는 향부터 음미해 보았다. 부드럽고 고급스러운 향이었다.

"확실히 자주 접할 수 있는 커피는 아니군요. 꽤 비싸 보이는데요."

"커피에 대해 잘 아시나요?"

"귀족가에서 오랫동안 일했으니까요. 마셔 본 적은 없지만 향은 늘 맡았죠."

그렇게 말하고 아돌프는 한 모금 목으로 넘겼다. 향만큼이나 달콤하고 고소한 커피 맛이 입 안을 맴돌았다. 어쩐지 목이 메었다.

"어제 마리에게도…… 이걸 주셨나요?"

"예. 좋아하시더군요."

그랬을 거다. 예전에도 그녀는 차보다 커피를 더 좋아했다. 마

리가 잠시나마 옛날 모습으로 돌아간 건 이 커피 덕이었는지도
모른다.

"당신에게 고마워할 일이 많네요."

"그런 말씀 마세요. 제가 할 수 있는 일을 했을 뿐이에요."

라벨은 일부러 겸손한 척하는 것 같지도 않았다. 마치 사실
이 정말로 그렇다는 듯했다.

"그런 줄도 모르고 무례한 모습을 보여 죄송합니다. 눈치채셨
겠지만, 제 상황이 좀 복잡해서요."

"예. 그러신 것 같더군요."

"사실 마리는…… 아, 이해할 수 없군요. 저는 원래 이렇게 말
이 많은 사람이 아닙니다."

"짐작하고 있었어요."

그가 희미하게 웃자 아돌프는 잠시 침묵하다 조용히 물었다.

"혹시 술 있습니까?"

그녀는 사실 수도에서도 재력가에 속하는 로버티 후작의 따
님입니다. 저와는 비교할 수 없이 신분이 높은 귀족 아가씨죠.
일찍 상처한 후작에게 남은 혈육이라곤 그녀뿐이고, 그래서 그
는 딸을 끔찍이 아꼈습니다.

열두 살 생일에 마리는 귀부인이라면 반드시 하나씩 가지는
전담 바렛을 선물로 받았죠. 그게 바로 저였습니다. 저는, 제 입

으로 이런 말씀을 드리기는 그렇지만 당시 가장 인기 있던 바렛 후보였거든요. 그렇게 해서 마리와 만나게 되었습니다.

지금은 옛날보다 얼굴이 많이 상했지만 그 시절 마리는 사람들이 천사라고 부를 만큼 아름다웠답니다. 깨끗한 금발에 보기 드문 자주색 눈을 가졌고, 항상 즐거운 웃음으로 사람들을 기분 좋게 해 주었죠. 아버지의 사랑을 듬뿍 받고 자란 부유한 집안의 아가씨답게 얼굴에 그림자라곤 전혀 없었습니다.

그녀와 함께 보낸 후작가에서의 몇 년이 제겐 가장 행복한 시간이었다고 말해야겠네요. 네, 정말 그랬습니다. 그대로 만족했으면 좋았을걸, 어째서 사람은 더 큰 욕심을 부리다 스스로 화를 부르는 걸까요?

저도 제게 그런 욕심이 있는 줄 몰랐습니다. 어렸을 때부터 신분 차이를 분명히 자각해 온 터라 꿈에라도 그녀를 탐낼 생각은 하지 않았습니다. 오직 종으로 충실히 모실 생각만 했지요.

한데 스스로도 몰랐던 제 욕망을 깨닫게 해 주는 사람이 나타났습니다. 바로 샤우드 소공작님이었죠. 왕가와 친척 관계에 있을 정도로 지위가 높은 사람이라는데, 어느 날 무도회에서 마리를 보고 첫눈에 반했다고 하더군요. 그 후 로버티 후작가에 어찌나 자주 나타나던지. 마리는 저와 있어야 할 정원에서 그와 함께 있고, 저와 함께 해야 할 오후의 티타임도 그와 함께 했습니다.

멀리서 그 모습을 지켜보며 저는 생각했지요. 그래, 1년만 지나면 그녀도 성인이야. 숨이 막힐 만큼 고혹적으로 자라 누구든 원하는 남자와 결혼하겠지. 어쩌면 그게 저 소공작일 수도 있어.

그렇다면 저는 그녀의 행복을 빌어 주고 떠나는 걸로 만족해야 했습니다. 결혼해도 물론 전담 바렛으로 남아 있을 수 있지만, 그러고 싶지 않았습니다. 곁에서 더 이상 둘의 모습을 지켜볼 수 없었으니까요.

그렇게 그녀가 성인이 되던 날, 로버티 가에서는 어느 때보다도 성대한 생일파티가 열렸습니다. 후작은 기다렸다는 듯이 그날의 이벤트로 자정의 술래잡기를 하겠다고 하더군요. 자정의 술래잡기란…… 네, 아시는군요. 그건 누가 봐도 샤우드 소공작님을 위해 마련된 것이었지요.

저는 키스하고 싶지 않다는 그녀를 위해 숨을 곳을 알려 주었고, 그녀는 약속대로 거기에 숨어 누구에게도 들키지 않았습니다. 하지만 물론 저는 찾아낼 수 있었지요. 덕분에 그녀에게서 황홀한 키스를 받았습니다. 비겁하다고 하셔도 좋습니다. 어쨌든 그때가 제 인생에서 가장 행복한 순간이었으니까요.

입술을 떼고 저를 바라보면서 그녀가 저를 좋아한다고 말했습니다. 물론 기뻤지만, 그보다는 당혹스러웠기에 아무 대답도 하지 못했습니다. 말이 없는 제게 토라진 그녀는 아버지에게 달려가 버렸죠. 저는 밤새도록 잠을 이룰 수가 없었습니다.

다음 날부터 본격적으로 마리와 샤우드 소공작의 약혼 이야기가 오고 가더군요. 로버티 후작에게도 소공작의 지위나 세련된 외모, 마리에게 헌신하는 점 등이 눈에 차지 않을 리 없었죠. 그렇게 약혼이 진행되는 동안 마리의 얼굴에는 근심이 쌓여 갔습니다. 이기적인 저는 그게 제 탓일 거라 여기고 은근히 기뻐했지요.

한편 로버티 가에서는 또 다른 문제로 골치를 앓고 있었습니다. 저택의 자랑으로 여기는 정원에 양귀비가 가득 피어 있었는데, 그중 마리의 눈을 닮아 후작도 마리도 아끼는 보라색 양귀비를 누군가 자꾸만 훼손한 겁니다.

미리 고백하자면 그건 저였습니다. 왜인지 그 꽃을 볼 때마다 참을 수가 없었거든요. 그러다 들켜서 후작가에서 쫓겨났으면 하는 마음도 있었습니다. 마리의 곁에 있기가 점점 더 어려워졌으니까요. 그녀는 제가 고백에 대해 아무 반응도 보이지 않아서인지 매일 같이 저를 불러 괴롭혔습니다. 하지만 힘겨운 시간이 끝나면 항상 입맞춤을 해 주었지요. 제겐 그게 더 고통스러웠는지도 모르겠지만 말입니다.

그러다 결국 마리에게 들키고 말았습니다. 여느 때와 같이 정원에서 양귀비꽃을 따서 입에 넣었을 때 그녀가 그 모습을 본 것이지요. 마리는 무척 화를 냈습니다. 나중에는 울기까지 했지요. 잠시 후에야 저는 그게 꽃 때문이 아니라는 걸 깨달았습니다. 그래서 그녀를 끌어안고 물었습니다.

'저를 사랑하십니까?'

'응. 누구보다도 사랑해.'

'저를 위해 어떤 일이든 하실 수 있습니까?'

'응. 무슨 일이든 할 수 있어.'

'그러시다면……'

"저는 그녀에게 말했습니다. 나와 함께 도망치자고."

어느새 해가 지고 주위가 어둑해져 있었다. 어둠 속에서 라벨이 일어나 초에 불을 붙였다. 그리고 남아 있던 술을 아돌프의 잔에 모두 따르며 말했다.

"신분 차이가 나는 두 사람이 사랑에 빠져 함께 도망치는 이야기라. 마치 동화 같군요."

"예. 하지만 결말은 전혀 동화 같지 않습니다. 지금의 저와 마리를 보셨으니 아시겠지만."

"글쎄요. 겉모습이 모든 걸 설명하지는 않죠. 두 분이 행복하다면 그걸로 된 일일 텐데요."

"행복이라고요?"

아돌프는 쓰게 웃었다.

"처음에는 그런 것 같았죠. 모험을 하는 악동들처럼 신이 나기도 했습니다. 그녀를 데리고 후작에게서 무사히 도망쳤다는 게 믿기지 않았고, 그녀가 나를 믿고 따라와 주었다는 사실이 감격스러웠습니다. 어떻게든 행복하게 해 주리라 결심했지요.

내 모든 걸 바쳐서라도. 하지만……."

그는 잠시 침묵했다.

"저도 모르겠습니다. 어쩌다 이렇게까지 된 건지. 사고로 마리는 기억을 잃었고, 이제 저조차 알아보지 못하는 그녀를 점점 감당하기 힘듭니다. 사실 사고 이전부터 마리는 후회하고 있었습니다. 태어나 처음 느끼는 배고픔에, 더러움에, 현실에 지쳐갔지요. 무엇보다 아버지를 보고 싶어 했습니다."

"삶은 결코 옛이야기처럼 달콤하지만은 않다. 발렌틴의 시 구절이 떠오르는군요."

"그런 말이 있었군요. 진작 알았더라면, 이런 것이란 걸 진작 알았더라면……."

아돌프는 머리를 감싼 채 우울한 웃음을 터뜨렸다. 그건 곧 울음 같은 탄식으로 바뀌었다. 라벨은 그의 어깨에 손을 얹으려다 거두었다. 어찌 됐든 그는 결코 참견할 수 없는 일이었다.

잠시 후 아돌프가 고개를 들더니 남아 있던 술을 모두 비웠다.

"신기하군요. 당신에게 이런 말을 다 늘어놓다니. 아마 술 때문이겠지요."

라벨은 긍정도 부정도 하지 않았다.

"당신은 마리에게 그런 말도 했다지요. 정말로 바라면 뭐든지 할 수 있다고."

잠시 간격을 두고 라벨의 고개가 위아래로 움직였다. 어떤 이유에선지 한참 웃은 아돌프가 음울하게 내뱉었다.

"그렇다면 나도 한번 바라 볼까요. 그걸 정말 할 수 있는지."

"취하셨어요, 아돌프 씨. 쉽게 말을 꺼냈다가는 후회할지도……."

"나는 이제 그만 그녀를 포기하고 싶습니다."

라벨은 입을 다물었다. 그리고 테이블 위로 시선을 떨어뜨렸다. 아돌프가 비틀린 웃음을 지었다.

"역겹지요? 하지만 이제 지쳤습니다. 보셨지 않습니까. 아까 같은 일이 있었는데도 그녀는 태연히 잠만 자고 있습니다. 보셨지 않습니까, 내게 이런 상처가 생겼는데 알아차리지도 못합니다!"

그는 손톱으로 얼굴에 난 상처를 긁어내렸다. 다시 피가 흐르기 시작했다.

"그녀를 버리고 싶습니다! 한데 내 손으로는 그럴 수가 없습니다. 그렇다면 차라리 무언가 불행한 일이 일어나 저절로 그녀가 없어져 버렸으면 좋겠습니다."

라벨이 천천히 고개를 들었다. 그의 눈은 단단하게 말라붙어 있었다.

"정말로 그걸 바라시나요?"

"바랍니다. 나는 그런 것을 원할 자격이 충분합니다. 바라고 또 바랍니다!"

두 사람은 잠시 서로를 바라보았다. 라벨이 먼저 고개를 돌렸다. 그리고 건조하게 말했다.

"다시는 그 입에 사랑을 담지 마세요. 당신은 그럴 자격이 없군요. 당신이 사랑한 건 마리 씨가 아니에요. 누구보다 자기 자신만이 소중할 뿐이에요."

"아니, 아니요. 그런 게 아닙니다."

"그렇다면 왜 되돌릴 수 없는 말을 하나요. 왜 내가 당신들을 구원할 수 없게 하죠?"

아돌프는 이해할 수 없어 라벨을 바라보았다. 하지만 라벨은 그와 시선을 맞추는 걸 거부했다.

"당신은 이미 세 번이나 그녀를 부인했어요. 이제 돌아가세요, 당신의 방으로. 아돌프 씨가 바란 대로 되어 있을 거예요."

라벨이 선고하듯 말했다. 그리고 마치 그림 속 인물이 된 것처럼 더 이상 미동하지 않았다.

아돌프는 까닭 모를 안타까움과 불안을 느끼며 자리에서 일어났다. 문득 눈앞의 이 남자가 더 이상 친절한 이웃이 되어 주지 않으리란 걸 깨달았다. 인사 대신 조용히 잔을 내려놓고 그 방을 나왔다.

안락한 품에서 벗어난 것처럼 그를 휘감는 복도의 공기는 차기만 했다. 위아래로 갈라진 계단이 왠지 모르게 평상시보다 음침해 보였다. 아돌프는 자신의 방으로 걸음을 옮겼다. 뚜벅뚜벅 뚜벅. 단 세 걸음이었다.

그러나 방 앞에 서고도 그는 한참 동안 문을 열 수가 없었다.

아, 도대체 내가 무슨 소리를 지껄였단 말인가. 어떻게 그녀의 얼굴을 다시 본단 말인가. 술도 그를 위해 변명해 주지는 않을 것이다. 그녀를 품에 안고 끝없이 사랑을 속삭인다 해도 이 죄는 영원히 씻기지 않으리라.

그리고 마침내 문을 열었다.

"들에 핀 이름 모를 꽃 한 송이보다 아름다운 건 없지. 내가 딸아이를 자유로이 키우는 건 그래서라네. 모든 이들이 바라보고 애정을 품을 수 있도록."

정원에서 마음껏 뛰어다니는 마리를 보며 로버티 후작은 그렇게 말했었다. 그에 대해 자신이 뭐라고 답했더라? 아마도 이렇게 답했던 것 같다.

"저라면 들에 핀 꽃을 꺾어 화분에 심을 겁니다. 저만 볼 수 있도록이요."

후작은 너그러운 얼굴로 돌아봤다.

"자네는 천한 신분답지 않게 욕심이 많군. 무지에서 나온 말로 알고 이번만은 넘어가겠네. 하지만 다시 한번 내 앞에서 그런 소릴 지껄였다간 온몸의 뼈를 으스러뜨려 쫓아낼 거야."

그러곤 인자하게 아돌프의 어깨를 짚고 안으로 들어갔다.

마리에게 도망치자고 말했던 날이…… 바로 그날이었던 것 같다.

"아빠 보고 싶어, 아돌프."

"참으세요, 아가씨. 지금 돌아갈 순 없어요."

"보고 싶어."

"안 된다니까요."

"잠깐이면 돼. 멀리서 보고 올게. 나 혼자만 다녀오면 되니까, 응?"

"안 된다고 몇 번을 말합니까!"

그녀에게 처음으로 화를 낸 날이었다. 마리는 반은 상처 입고 반은 모욕당한 표정으로 그를 노려보았다. 그러곤 짐을 챙겨 집을 나가려 했다. 아돌프는 그런 그녀를 붙잡고 매달렸다.

"죄송해요, 아가씨. 한 번만 용서해 주세요."

"이젠 싫어. 이젠 더 못 견디겠어! 나는 너무나 너무나 아돌프를 사랑해. 하지만 사랑으로 모든 일이 해결되진 않는 것 같아."

그녀는 어울리지 않게 어른스러운 목소리로 말했다. 아무것도 모르던 그 소녀가 언제 이렇게 커 버린 걸까.

"그래도 안 됩니다."

"갈 거야. 막지 마. 소리 지를 거야."

"안 된다고요!"

"막지 말라니까!"

……잡아당겼을 뿐이다.

그녀의 옷은 비참한 생활 때문에 많이 상해 있었다. 그것을, 잡아당겼을 뿐이다.

찢어지는 소리. 이어 둔탁한 소리. 눈앞에 쓰러지던 그녀. 미동하지 않는 그녀. 움직이는 건 오직 바닥으로 천천히 번져 가던 빨간 피였다.

"아가씨……?"

둘만 있는 어둠 속에서 자신의 목소리가 얼마나 비굴한 죄인처럼 들렸었는지 아직도 똑똑히 기억했다. 일주일 만에 다시 눈을 뜬 그녀가 초점 없는 눈동자로 자신을 바라보며 누구냐고 물었을 때, 아돌프는 그녀가 자신을 놀리려고 그러는 걸 거라 생각했다.

바로 지금처럼.

"마리?"

이 냄새는 뭘까. 이 냄새가 이 방에서 날 리 없는데. 그는 천천히 걸음을 옮기며 그의 아가씨를 찾아 나섰다.

"숨바꼭질은 그만해, 마리."

어째서 눈가가 이렇게 뜨거워지는 건지.

"찾아도, 찾아도…… 이제 당신은 키스해 주지 않잖아."

시야가 흐려지자 그는 거칠게 눈을 비볐다. 그리고 애써 쾌활한 목소리로 말했다.

"그만하고 오랜만에 맛있는 걸 먹자. 나 꽤 좋은 곳에서 일하게 될 것 같아. 약속한 대로 당신을 행복하게 해 줄 수 있어. 이젠 정말로 그럴 수 있단 말이야……."

방 안으로 들어서는 순간 그는 무너지듯 제자리에 주저앉았다. 그곳에는 있어서는 안 될, 너무나 그리워하고 원하던 것이 놓여 있었다.

아아, 이루어졌구나.

그는 깨달았다. 단 한 송이의 보라색 꽃. 너무나 고혹적이고 너무나 순결하고 너무나 아름다운, 나의…….

그는 꽃봉오리를 향해 손을 뻗었다. 그리고 한 손으로 별로 힘들이지 않고 꺾어 입으로 가져갔다.

"사랑해."

어쩌면 이리도 달콤한지.

마라 공작은 그답지 않게 서두르고 있었다. 호들갑을 떨듯 겨우 3층에 도착한 그는 오른쪽 문으로 뛰어 들어갔다. 하지만 방 안의 광경을 보자마자 어린애처럼 얼굴을 찡그렸다.

"아, 이럴 수가. 늦어 버렸잖습니까. 아무튼 루이제, 모든 게 당신 때문입니다."

과도하게 슬퍼하며 그는 침대에 엎드려 있는 남자에게 다가 갔다. 그리고 그의 손에 들려 있던 봉오리 없는 꽃줄기를 빼앗 듯 가져갔다.

"이런, 내 소중한 수집품이."

그가 난감해하는 기색으로 꽃줄기를 돌려 보고 있을 때, 문 득 무거운 것이 그의 다리를 붙잡고 매달렸다.

"공작님, 공작님. 위대한 공작님."

"예, 아돌프 군."

"저 일하겠습니다. 공작님 댁에서 일하게 해 주세요."

"아, 그건."

"일할 테니까, 무엇이든 할 테니까……."

그가 고개를 들어 신사를 바라보았다.

"제발 이걸 멈춰 주세요."

그는 입이 찢어져라 웃고 있었다.

"커피 향이 어떤가요, 마리?"

창문은 닫혀 있었지만 잔 위로 피어오르던 김이 살짝 흔들렸다.

"감사합니다. 저는 항상 좋은 재료를 쓰려고 노력하죠."

잠시 후 라벨이 고개를 저었다.

"그럴 리가요. 저는 언제나 사람들을 불행하게 만들어요."

라벨은 촛불이 사그라졌다 다시 피어오르는 걸 바라보았다.

"사람들은 어째서 자신을 불행하게 만들 소원을 비는 걸까요? 왜 누구도 순수하게 행복해지는 것을 바라지 않죠?"

빈 허공이 답하는 것을 듣듯 라벨은 고개를 끄덕였다.

"그럴지도 모르겠군요. 그렇다면 당신은 강한 사람이에요. 지금까지 누구도 당신 같은 소원을 빌지 않았거든요."

자리에서 일어난 라벨은 창가로 가서 문을 열었다.

"그것도 원한다면 이제 할 수 있을 거예요. 그럼 날아가세요, 항상 바랐던 대로."

향긋한 공기가 그의 머리카락을 스치며 안에서 바깥으로 흘러나갔다.

"안녕히, 아름다운 아가씨."

아돌프는 마라 공작의 저택으로 들어갔다. 그날부터 그는 공작과 소녀를 제외하고도 밤에 저택에 남을 수 있는 사람이 되었다. 그에게 마라 공작은 가면을 선물했다.

"이걸 쓰십시오. 그리고 바라는 대로 기꺼이 우십시오. 당신은 오늘부터 영원히 우는 광대입니다."

우는 광대가 저택에서 밤을 보내게 된 첫날, 그는 밤에 왜 저택에 아무도 남을 수 없는지 알게 되었다. 예전 같으면 충격을 받았겠지만 이제는 그다지 놀라지 않았다. 앞으로는 아마 어떤 일이 일어나도 놀라지 않을 거다.

그는 다만 옛일을 생각했다. 줄기밖에 남아 있지 않은 화분의 곁을 지키면서.

"미워."

그러고 보면 옛날에도 마리는 그런 말을 자주 했었다.

"그런 얼굴은 미우니까 하지 마. 나는 아돌프가 항상 행복하게 웃었으면 좋겠어. 나를 위해 언제까지나 영원히 웃어 줘."

4층. 부정의 방

"그럼 누군가가 그 남자의 소원을 대신 빌어 주면 되잖아요?"

노인네는 또 기침을 하고 있었다. 그 조용하고 음침한 건물로 들어설 때면 항상 기침 소리가 먼저 들렸다.

장바구니를 들고 계단을 오르는 동안 루서는 과일 가게에서 들었던 이야기를 떠올렸다. 수다쟁이 주인은 루서가 갈 때마다 오랜 시간 붙잡고 떠드는데, 대개는 도시에 퍼진 가십이나 야한 농담들뿐이었다. 한데 오늘 들은 이야기는 그냥 흘리기엔 좀 이상했다.

4층에 도착해 왼쪽 방의 문을 열자 듣기에도 괴로운 기침 소리가 터져 나왔다. 루서는 방문을 연 채 잠시 그대로 있었다. 안에서는 아주 고약한 냄새가 났다.

"저 왔어요."

코가 조금 둔감해지자 그녀는 안으로 들어갔다.

햇빛이 드는 창가에 한 사람이 겨우 누울 수 있는 좁은 침대가 있었다. 그 위로 널브러진 더러운 이불들 틈에 한 노인의 야윈 얼굴이 보였다.

"제기랄, 또 너냐?"

"그럼 누구겠어요."

"왜 말을 안 듣는 거야? 돌봐 주는 사람이 있으니까 그만 오래도."

"헛소리는 좀 그럴듯하게 해요. 집이 이 꼴인데 돌봐 주긴 누가 돌봐 준다는 거예요."

그는 킬킬거리고 웃다가 다시 기침을 했다. 그 고통스러운 소리에 루서는 자신의 목이 다 아파 오는 것 같았다.

"목에서 어떻게 그런 소리가 나죠? 쇳물이라도 삼킨 것처럼."

"후우. 알 게 뭐냐."

"바깥에서 이상한 소문이 도는 것도 그 때문인지 몰라요."

"무슨 소문?"

대답하려다 말고 루서는 고개를 저었다. 자신의 입으로 이야기하려니 훨씬 더 터무니없이 느껴졌다. 그녀는 몸을 돌렸다.

"죽부터 만들어 올게요."

"어이, 그냥 나가지 마. 뭔데?"

"소문이란 게 늘 그렇듯 쓸모없는 헛소리죠. 신경 쓰지 마세요."

그는 더 이상 매달리지 않았다. 예전 같았으면 루서를 꾸짖고 협박하고 조롱하면서까지 알아내려 들었을 텐데. 자신을 믿는 순종적인 눈빛이 고맙기는커녕 속상해서, 죽을 끓이는 내내 루서는 시큰해진 코를 문질러야 했다.

"그런데 너, 결혼은 안 할 거냐?"

죽을 먹다 말고 노인이 느닷없이 물었다. 루서는 퉁명스레 대꾸했다.

"할 때 되면, 할 사람 생기면, 하고 싶어지면 하겠죠."

"이런 냄새 나는 노인이나 찾아오는데 남자가 생기겠냐? 이 냄새 너한테도 옮겨 갈지 모른다."

"지독한 건 사실이에요. 덕분에 자주 씻게 됐죠."

"씻어도 씻어도 지워지지 않는 냄새가 있다, 루서. 죽음의 냄새 말이야."

대답하지 못하는 루서를 가만히 보던 그가 그릇을 내려놓았다.

"이제 그만 와라."

루서는 자리에서 벌떡 일어났다. 그대로 나가려다 다시 뒤로 돌아 버럭 소리를 질렀다.

"거참 병 걸린 노인네답게 가만히 수발 좀 받으면 안 돼요? 올 때마다 기분 좀 망치지 말란 말이에요!"

"네가 있을 곳은 이 더럽고 비좁은 방이 아니라 자랑스러운 네 사무실이다. 가서 몹쓸 놈들은 때려 주고 빌어먹을 놈들을 처넣어. 나 같은 놈들 말이다."

"그럴 거예요. 당신의 이 망할 병만 나으면요!"

"나을 병이었다면 나를 쓰러뜨리지도 못했다."

루서는 대꾸 없이 침대로 걸어가 노인의 곁에 앉았다. 죽어 가는 그의 얼굴을 들여다보는 일은 결코 유쾌하지 않았음에도.

"루서, 얘야. 루서."

그렇게 약해 빠진 목소리로 어머니의 품을 찾듯 부르는 것도 싫었다. 하지만 루서는 대답했다.

"듣고 있어요."

"삶은 순식간이야. 빛을 향해 날아가다 타 죽는 부나방을 어리석다 비웃을 텐가? 나도 그렇게 확 타올라 가고 싶어."

멋이라곤 없던 예전의 그가 말했다면 비웃었겠지만, 그르렁거리는 지금의 목소리는 어쩐지 무게감이 있었다.

"날 봐라. 예전에 네가 기억하던 나와 얼마나 달라졌는지 보란 말이다. 이런 깜빡거리는 삶, 언제가 될지 모르는 마지막을 그저 기다려야 하는 삶은 싫다. 아직 그럴 힘이 있을 때 적어도 죽을 날은 내가 결정하고 싶구나. 루서야, 그러니까 루서야."

노인과 눈이 마주친 루서는 차마 믿기 힘든 사실을 깨달았다.

"지금…… 나더러 죽여 달라는 거예요?"

노인은 말없이 루서를 바라보았다.

"이 망할 노인네가, 이따위로 굴면 정말 다신 안 와요! 당신이 그렇게 무서워하는 대로 고통과 굶주림에 떨다 죽도록 내버려 둘 거라고요."

"그래. 지금 끝내 주지 않을 거라면 차라리 그렇게 해."

루서는 미칠 것 같은 기분 끝에 울음소리를 냈다. 그 앞에서 눈물 따위를 보이고 싶지 않아 등을 돌려 나가려는 순간, 다시 쉬 끓는 듯 지독한 기침 소리가 들려왔다.

아아.

더 이상은 견딜 수가 없었다.

도망치듯 1층으로 내려오자 현관 앞을 지키고 있던 마레 부인이 기다렸다는 듯 그녀를 붙잡았다.

"이봐, 루서 양. 내가 할 말이 좀 있는데."

루서는 부인을 밀치고 나가고 싶은 충동을 간신히 참았다.

"네, 마레 부인. 무슨 일이시죠?"

"어떻게 저 늙은이의 기침 좀 멈추게 할 수 없을까?"

"아프셔서 그런걸요. 약을 사 왔으니 좀 나아지실 거예요."

"전에도 같은 말을 했지 않니. 이 집에서 내가 바라는 건 하나뿐이야. 좀 조용히 지내고 싶다는 거지. 한데 저 늙은이가 방해를 하는구나."

루서는 온순한 표정으로 마레 부인의 말을 경청하는 척했다. 그녀에게는 어떤 말보다도 이 얼굴이 가장 효과적임을 알았기 때문이다.

"아주 폐가 돼. 저 소리 때문에 거슬려서 아무 일도 할 수가 없다고. 루서 양도 이렇게 자주 오려면 귀찮지 않아? 하루빨리 조용해져야 서로가 편할 텐데."

그녀의 말은 어쩌면 병이 빨리 낫길 바란다는 의미였을 수도 있다. 하지만 오랫동안 마레 부인을 봐 온 루서는 그렇게 받아들이지 않았다. 그래서 자기 할 말만 마치고 등을 돌려 가려는 부인을 붙잡았다.

"마레 부인?"

"왜 그러니?"

온화한 얼굴로 돌아보는 그녀에게 루서는 손가락으로 보여줄 수 있는 가장 간단하고 효과적인 모욕을 했다.

"이게 필요하신 거 같아서요."

입을 벌린 채 아무 말도 못하는 마레 부인에게서 루서는 몸을 돌렸다. 저택을 나올 때는 기분이 한층 홀가분해진 상태였다.

'일주일. 그래, 일주일 정도가 좋겠어. 그때 다시 오자.'

반 시간 뒤 루서는 경시청 건물로 들어갔다.

"손님이 와 계세요."

출근 시각을 기재하는 동안 접수부에서 일하는 직원이 눈을 치켜뜨며 말했다. 다른 직원들에게 항상 나긋나긋하고 친절한 그가 유독 루서에게만 날을 세웠다. 여성을 상관으로 모시는 게 마음에 들지 않는 것이리라.

'손님이라.'

땅콩 냄새를 맡으며 계단을 오르는 동안 루서의 머릿속에 떠오르는 건 전부 반갑지 않은 얼굴들뿐이었다. 그렇게 아무 준비도 기대도 없이 사무실 문을 열었으니, 안에서 기다리던 사람이 다름 아닌 자르벤 올지인 걸 보고 루서가 얼마나 놀랐는지는 신만이 알 것이다.

"세상에, 여긴 어떻게 찾아오셨습니까? 안 그래도 예전에 인사드리고 다시 뵈었으면 했는데, 설마 먼저 저를 찾아 주실 줄은 몰랐습니다. 사무실이 누추해서 죄송합니다. 어서 앉으시죠."

무슨 말이 나가는지도 모르고 횡설수설 쏟아 내던 루서는 잠시 후에야 그 전설적인 전(前)총감이 이미 앉아 있다는 걸 깨달았다. 다행히 자르벤은 그에 대해 떠도는 소문만큼 어찌나 고결한 성품을 지니고 있던지, 귀까지 빨개진 루서의 말실수를 전혀 비웃지 않았다.

"미안하지만 나는 개인적으로 당신을 방문하기 위해 여기 온 게 아니오. 솔직히 말해 당신을 전에 어디서 봤는지 기억나지 않소."

다만 더 부끄럽게 만들었을 뿐이다.

"아, 네. 그럼 무슨 일로……."

"이곳을 방문했을 수많은 사람들처럼 나 또한 범죄 행위를 신고하기 위해서 온 거요, 경사."

"범죄 신고라고요?"

하마터면 루서는 그의 면전에 대고 웃음을 터뜨릴 뻔했다. 자르벤의 옛 부하와 동료는 물론 하나뿐인 아들까지 이곳에 높은 직위로 있는데, 일반 시민과 똑같은 절차를 밟아 왔다는 점이 너무나 자르벤 올지다웠기 때문이다.

"그럼 가져온 서류를 보여 주시겠습니까?"

그가 이렇게 나왔으니 루서도 진지해지지 않을 수 없었다. 그녀는 자르벤이 건넨 봉투를 받아 열어 보았다. 한 저택에 대해 조사해 줄 것을 부탁하는 내용이었다.

"아마 당신에게는 익숙한 곳일 거요."

루서는 의아하게 저택의 주소로 눈을 돌렸다. 그리고 깜짝 놀랐다.

롤랑 거리 6번지, 유일한 7층 저택.

방금 그녀가 다녀온 곳이었다.

그 저택은 롤랑 거리의 명물까지는 아니어도 제법 유명했다. 어쨌든 레드포드에서 7층짜리 건축물이란 흔치 않았던 것이다. 면적으로 따지자면 물론 비교할 수 없겠지만, 그녀가 일하는 경시청 건물도 4층에 불과했다.

저택의 주인이라는 보이드 씨에 대해서도 여러 가지 소문이 떠돌았다. 꼭대기 층에 거주 중인 그는 절대 방 밖으로 나오지 않으며 무언가를 먹거나 누군가를 만나지도 않는다는 거였다.

워낙 두문불출하다 보니 만들어진 헛소문에 불과하겠지만, 어쨌든 만나기 힘든 인물임에는 틀림없었다. 루서도 오래도록 저택을 들락날락하면서 한 번도 그를 본 일이 없었다.

"귀한 분 모셔 두고 종일 이것만 읽을 수 없으니, 간단하게 설명해 주셨으면 좋겠습니다. 왜 이 저택을 수사하라는 겁니까?"

"얼마 전 내 지인으로부터 누군가를 찾아 달라는 부탁을 받았소. 갑자기 행방불명되어 보이지 않는다는 거였지. 사라진 사람이 살고 있던 곳이 바로 그 저택의 3층이오. 이름은 아돌프고 옥외하인을 하던 남자였소."

루서도 아는 이름이었다. 외모가 워낙 출중한 탓에 여러 귀부인들이 탐낸다고 사교계에서도 유명했던 것이다. 이쯤 되니 부탁을 했다는 지인이 누구인지도 짐작이 갔지만 자르벤을 존중해서 언급하지 않았다.

"개인적인 부탁이었던 이유로 처음에는 나 혼자서 이것저것 알아보았소. 한데 그에 대해 조사하던 중 한 가지 이상한 사실을 발견했소."

루서는 고개를 갸웃거렸다. 그곳을 드나들며 특별히 수상한 기색을 느낀 적은 없었던 것이다.

"최근 몇 주 사이 그 저택에서는 무려 세 명의 입주자가 사라졌다오."

자르벤은 그게 대단히 중요한 사실이라도 되는 것처럼 말했다. 서류를 빼앗듯 도로 가져간 그는 저택의 구조가 그려진 페이지를 펼쳐 루서에게 보여 주었다. 눈빛은 마치 경시청 사상 가장 유능했던 현역 시절로 되돌아간 듯했다.

"우선 1층에 살고 있던 박제사, 스타프 씨는 포르말린에 불이 붙어 화재가 나는 바람에 사망했다고 되어 있소. 하지만 정작 방에 남아 있던 포르말린 병은 그을음조차 묻어 있지 않고 멀쩡했소. 심지어 병 안에 반쯤 남아 있기까지 했지. 게다가 스타프 씨의 몸 말고 다른 곳은 거의 불에 타지 않았소. 마치 누군가 그의 몸에만 불을 붙인 것처럼."

페이지를 넘기며 자르벤이 신경질적으로 덧붙였다.

"그런데도 더 조사하지 않고 사건을 종결하다니, 내가 아직 총감이었다면 사건을 담당했던 얼간이를 즉시 내쳤을 거요."

루서는 그 얼간이가 자르벤의 하나뿐인 아들이라는 사실을 굳이 지적하지 않기로 했다. 이토록 꼼꼼히 조사한 그가 모를 리도 없었다.

"그리고 두 번째 실종자는 2층에 살던 시인이오."

루서도 마레 부인으로부터 그 청년이 집세를 내지 못해 쫓겨났다는 말을 전해 들은 터였다. 하지만 자르벤의 말에 따르면 청년은 사라지기 직전 집세를 한꺼번에 모두 지불했다고 한다.

"그러고서 갑자기 사라진 거지. 만약 급히 떠나야 했다면 방이 그토록 정갈하다는 것을 이해할 수 없소. 짐 역시 그대로 남아 있었소."

루서는 잠자코 고개를 끄덕였다. 하지만 속으로는 옛 상사의 불법 가택 수색을 묵인해야 하나 고민하고 있었다.

"마지막으로 문제의 아돌프. 그는 부인과 단둘이 살며 고용

주의 저택에서 성실히 일했다고 하오. 한데 갑자기 자기 얼굴에 상처를 내는 등 기이한 행동을 저지르다 사라졌다더군. 그의 방은 문과 자물쇠 모두 부서져 있었소. 하지만 안은 멀쩡했지. 2층 시인의 것과 마찬가지로 짐과 돈 모두 그대로 남아 있었단 말이오."

그의 설명을 듣고 나니 루서도 뭔가 이상하긴 했다. 그 일들이 전부 최근에 일어났던 것이다.

"이 저택의 사람들이 갑자기 죽거나 사라지고 있다…… 그것도 1층부터 차례대로."

생각에 잠긴 채 중얼거리고 나서야 루서는 무서운 사실을 깨달았다. 자르벤이 담담하게 그 사실을 확인시켜 주었다.

"다음이 바로 4층이고, 두 개의 방 중 하나에는 당신의 아버지가 살고 있지."

루서는 그래서는 안 된다고 생각하면서도 자르벤을 향해 날카롭게 물었다.

"저에 대해서도 조사해 보신 겁니까?"

"그러면 안 될 이유라도 있소?"

"혹시라도 제 아버지를 의심하시는 거라면, 아닙니다. 그분은 침대에서 내려오지도 못하십니다."

"의심하고 있는 건 맞소. 하지만 그건 범인으로서가 아니라 다음 피해자가 될 것인가에 대해서지."

층을 오르며 차례대로 피해자가 생기고 있다는 게 꺼림칙하기는 했다. 하지만 루서는 고개를 저었다.

"전 잘 모르겠습니다. 누군가 일부러 저지르는 짓이라기엔 동기도 증거도 부족합니다."

자르벤은 면전에서 코웃음을 치고는 서류를 테이블 위에 던졌다.

"알겠소. 어쨌든 나는 시민으로서 성실히 의무를 다하고자 수상한 저택에 대해 신고했을 뿐이오. 그에 대해 수사하고 말고는 당신이 결정할 일이지."

딱딱한 그의 어조에서는 실망감이 묻어나고 있었다. 루서는 자신의 판단이 옳다고 생각했지만 부끄러워지는 것을 어쩔 수 없었다. 누군들 존경하는 사람 앞에서 천재적인 직관을 내보이고 싶지 않을까.

"일단 서류를 두고 돌아가십시오. 경감님께서 승인하신다면 한번 착수해 보겠습니다."

"마음대로 하시오. 어차피 내게 중요한 건 없어진 그 남자를 찾는 일이니까."

그가 모자를 눌러쓰고 돌아간 뒤 루서는 고민에 빠졌다. 아무리 생각해 봐도 과도한 의심이었다. 그럼에도 딱 잘라 거절하지 않은 이유는 자르벤 올지를 실망시키기 싫어서가 아니었다. 제정신이 틀어박힌 경감이라면 이런 수사를 승인할 리 없다고 믿었던 것이다.

"해."

하마터면 루서는 정신 나간 경감의 얼굴을 칠 뻔했다.

"경감님처럼 농담을 진담처럼 하시는 분은 처음 봅니다."

"경사처럼 진담을 농담처럼 받아들이는 사람도 처음 보는군."

경시청 수사팀의 전반을 책임지는 이 재미없는 상사의 이름은 가르 올지로, 조금 전 다녀간 경시청의 전설 자르벤 올지의 하나뿐인 아들이었다. 어린 나이에 높은 자리에 앉아 이래라저래라 하는 게 못마땅하긴 해도, 그의 아버지를 제외하곤 모두가 인정할 만큼 능력 있었다.

"정말 하라는 겁니까? 이걸요?"

"안 할 거면 왜 나한테 허락 맡으러 가져왔지?"

"당연히 존경하는 경감님께서 저 대신 거절해 주실 거라 믿었기 때문이죠."

"그 존경받을 만한 경감은 지금 하라고 말했네."

가르 올지는 땅콩을 까먹으며 한가로이 대답했다. 경시청 복도에 늘 구수한 냄새가 떠도는 까닭이 바로 여기 있었는데, 그 비싼 걸 간식처럼 먹는 것도 대단한 일이었다.

"명확한 증거도, 용의자도 없는 이런 사건은 경감님의 아버님이라 해도 해결할 수 없을 겁니다."

"내 아버지의 능력과 업적이 자네의 변명에 사용되어야 할 이유가 있나?"

그의 목소리가 바로 날카로워졌다. 위대한 아버지를 둔 아들다운 반응이었다.

"아뇨, 그러니까 제 말은⋯⋯."

"하라면 해."

"보나 마나 시간 낭비일 게 뻔한 이런 일에 저 같은 고귀한 인력이⋯⋯."

"자리 뺄래?"

"착수해야만 한다는 것이었지요. 이만 나가 보겠습니다."

바로 돌아서는 그녀에게 가르 올지가 툭 던지듯이 말했다.

"한 가지 더. 이번에도 자네의 승진 건은 기각되었네."

"⋯⋯정당한 이유라도 있습니까?"

"표면적으로야 늘 그렇듯 경험 부족. 그러나 진짜 이유가 뭔지는 자네도 잘 알겠지."

고소하다는 듯한 목소리였다. 루서는 더 말하지 않고 그 방을 나왔다.

사무실로 돌아온 그녀는 가장 먼저 쓰레기통을 발로 걷어찼다. 하지만 이내 후회하며 흩어진 쓰레기를 도로 주워 담았다. 책상에 앉아 메모를 하나 쓴 그녀는 부하 경관을 통해 전보를 부치도록 시켰다. 다행인지 불행인지 이런 곤란한 일이 생길 때마다 찾을 수 있는 친구가 하나 있었다.

그와 사건 중 뭐가 더 난해한지 알 수 없다는 게 문제였지만.

에즈강이 내다보이는 그 카페는 롤랑 거리에서 인기 있는 가게 중 하나였다. 루서는 늘 마시던 커피를 시키고 창가에 앉아 누군가를 기다렸다. 예상대로 그는 반 시간 이상 늦고 있었지만 기다리는 동안 강변을 거니는 연인이나 예술가들을 구경하는 것도 나쁘지 않았다.

"오랜만에 오셨네요. 요즘 일이 바쁘신가 봐요?"

"좀. 이 커피가 어찌나 그립던지. 경시청까지 배달해 주면 좋을 텐데 말이야."

"요즘 손이 부족해서요. 바코드 씨에게 직원을 늘려 달라고 했지만 그럴 생각이 없으신 것 같아요."

"새 직원이 온다고 해도 다들 라벨 군만 찾을 게 분명하니까 그렇지."

라벨은 부드럽게 웃었다. 커피 잔을 입가로 가져가며 루서는 아쉽다고 생각했다. 이런 사람이라면 결혼도 진지하게 고려해 볼 만한데 말이다. 사실 농담처럼 그렇게 말했다가 이미 라벨로부터 딱 자른 거절의 말을 들은 적이 있었다. 그때도 그는 저렇게 웃었다.

"여기서 누굴 만나기로 하셨나 보죠?"

"그래. 휴안 녀석을 기다리고 있어."

라벨의 웃음이 희미해졌다.

"저기 오시는군요."

그가 창밖을 가리키더니 쟁반을 들고 도망치듯 가 버렸다.

루서는 라벨이 말한 쪽을 바라보았다.

"……그래. 확실히 멀리서도 정확히 알아볼 수 있네."

휴안은 마치 마법이라도 부리는 것처럼 사람들을 정확히 반으로 가르며 걸어오고 있었다. 우르르 옆으로 피했던 사람들은 그가 지나갈 때까지 시선을 떼지 못했다. 어린 꼬마가 멋모르고 그를 손가락으로 가리키자 부모는 황급히 아이를 돌려 세웠다.

잠시 후 카페의 문이 열리고 누군가 이쪽으로 오는 발걸음 소리가 들렸다. 하지만 루서는 필사적으로 모른 척했다.

"휴안 오스필 등장이오! 이제 그만 고개를 드시지요, 레이디."

"……저기, 휴안. 같은 색의 구두를 신고 다닌다고 뭐라고 할 사람은 아무도 없어."

"하지만 바로 이 몸의 출중한 감각이 근엄하게 꾸짖는다네."

"좋아. 그렇지만 부탁인데 고양이가 그려진 그 스카프는 좀 풀어. 게다가 아가씨들처럼 매고 있잖아."

"이런, 이게 탐이 나셨나? 미안하지만 이 몸이 아끼는 거라 줄 수 없네."

루서는 그냥 입을 다물기로 했다. 왜 좀 더 구석진 곳에 자리를 잡지 않았는지 후회되기 시작했다. 그때 라벨이 물 한 잔을 가지고 되돌아왔다.

"주문하시겠습니까?"

휴안은 그의 위아래를 훑어보고 퉁명스럽게 대꾸했다.

"이 몸은 이런 서민 카페에서는 아무것도 마시지 않……. 지금 내 정강이를 걷어찬 것이 루서 자넨가?"

"아하하. 미안해, 라벨 군. 신경 쓰지 말고 가서 일 봐."

라벨이 돌아가자 루서는 휴안을 끌어다 강제로 옆에 앉혔다. 그는 점잖게 헛기침을 하고는 말했다.

"자네의 이런 과격한 애정 표현이 심히 당황스럽긴 하지만, 정 그러하다면 이 몸이 결혼해 줄 수도 있네."

"입 닥치고 자작이면 자작님답게 품위 좀 지켜."

"그래, 농담은 관두지. 갑자기 무슨 일인가? 일에 치이고 생활에 찌들어 친구 생일마저 잊어버리는 사람이 무슨 일로 날 보자고 했을까?"

"······석 달이나 지난 그 일은 좀 잊어버리지 그래."

"원래 가해자는 금세 잊고 피해자는 영원히 잊지 못하는 법이지."

루서는 선전 포고라도 하듯 탕 소리가 나게 커피 잔을 내려놓고 말했다.

"미안."

휴안은 낄낄거리고 웃었다.

"받아들이지. 대신 나와 헤어질 때까지 이 스카프를 해 줘야겠어."

루서는 항의하고 화도 내고 애원도 해 봤지만 결국 고양이 무늬 스카프를 멋들어진 경시청 제복 위에 둘러야 했다. 다른 손님들이 소리 죽여 웃는 거야 상관없었지만, 멀리서 라벨이 슬그머니 고개를 돌렸을 때는 꼭 죽고만 싶었다.

"자, 이제 들을 준비가 된 것 같군. 무슨 일인가?"

"이것부터 읽도록 해. 자르벤 올지가 나한테 맡긴 사건이야."

휴안은 루서가 건넨 서류를 펼쳐 보았다. 대충 훑듯 빠르게 넘기고 있었지만 루서는 그가 단 한 글자도 놓치지 않는다는 사실을 알고 있었다. 예상대로 커피를 두 모금 마시기도 전에 다 읽은 휴안이 입을 열었다.

"무슨 소린지 모르겠네. 그냥 요약해서 말해 줘."

서류의 다른 훌륭한 용도로써 그녀가 휴안의 머리를 내리쳤을 때, 그가 깨닫기나 한 듯이 물었다.

"그런 건가?"

"그런 거라니?"

"보이드 씨는 바퀴벌레 공작과 결탁한 거로군."

"……무슨 공작?"

휴안은 키득거리며 웃더니 자리에서 벌떡 일어났다.

"가세."

"어딜?"

"어디긴, 사건 현장이지. 이거 가슴이 다 두근거리는군."

"기다려. 갑자기 거길 가서 어쩌겠다는……."

휴안은 이미 카페 문을 박차고 나간 뒤였다. 루서는 황급히 지폐를 테이블 위에 놓고 그를 쫓아 나갔다.

"다음에 봐, 라벨!"

종소리가 들리고 문이 닫히자 라벨은 천천히 주방에서 걸어 나왔다. 테이블 위의 돈을 집고 잔을 치우던 그는 자리에 남겨진 서류를 발견하고 고개를 갸웃거렸다.

작성자 이름이 자르벤 올지로 되어 있는 그것은 경시청의 사건 신고서였다.

"가슴이 두근거리지 않나? 모험과 낭만이란 바로 이런 걸 두고 하는 말이지."

"먼지 뒤집어쓰며 남의 집으로 몰래 기어들어 가는 게 참 낭만적이기도 하군."

"자넨 감수성이 너무 부족해."

건물 뒤쪽에서 발견한 환풍기와 한참을 씨름한 끝에 두 사람은 1층 오른쪽 방으로 들어갔다. 온갖 약품 병이 늘어선 어지러운 선반, 한쪽에 보이는 시커멓게 탄 자리 등이 박제사의 방이라는 걸 말해 주고 있었다.

"이상한 일이군. 모든 게 서류에 묘사한 그대로라니."

"그건 당연한 거지, 왜 이상한 일이야?"

"이 저택엔 주인이 있지 않나. 누군가 죽어 나간 방이라면 찜찜해서라도 깨끗이 치운 다음 새 입주자를 들여야 마땅한데. 흐음, 그렇다면 결론은 한 가지뿐이로군."

"뭐지?"

휴안은 손가락을 들어 입에 가져가며 아주 중요한 정보라는
듯 말했다.

"보이드 씨는 지독한 게으름뱅이다."

루서는 순간 아찔해지는 걸 느꼈다.

"진지하게 굴지 않으면 네놈이야말로 지독하게 맞을 줄 알아."

왜인지 휴안은 그 말에 얼굴을 붉히며 부끄러워했는데, 루서
는 차마 이유를 묻기도 두렵다고 생각했다. 외면한 채 방을 더
둘러보려는데 휴안이 이만 나가자고 했다.

"벌써?"

"더 볼 게 뭐 있나. 이 저택엔 방도 많으니 빨리 끝내자고."

"하지만……."

그가 대뜸 문을 열고 밖으로 나가는 바람에 루서는 깜짝 놀
랐다.

"뭐야, 열려 있었잖아?"

"그야 당연하지."

"그럼 왜 환풍기로 고생해서 들어온 거야?"

"그게 더 낭만적이니까."

루서는 그의 뒤통수를 바라보며 언젠가 반드시 흠씬 두들겨
주리라 마음먹었다. 하긴, 그 언젠가가 지금이면 안 될 이유는
없지 않은가?

다음 층인 시인의 방으로 들어서며 휴안은 뒤통수를 문지르
고 있었다. 안을 둘러보던 루서는 새삼 자르벤의 보고서가 얼마

나 세밀하고 정확한지 깨닫고 감탄했다. 지나치게 정갈한 집안은 그가 묘사한 그대로였다.

'모든 걸 두고 떠난 시인이라.'

루서의 머릿속에 문득 낡은 노트 한 권과 연필 한 자루를 든 채 홀쩍 떠나는 시인의 뒷모습이 그려졌다. 왠지 시적이라고 생각하던 그녀는 휴안이 책장 앞에서 기웃거리는 걸 발견했다.

"뭐라도 있어?"

"여기 빈자리가 있군."

그가 빼곡히 꽂혀 있는 책들 사이에서 틈을 찾아냈다. 책 한 권이 빠졌을 법한 크기였다.

"아하, 시인은 고향으로 돌아간 거로군."

밑도 끝도 없이 그렇게 단정 짓는 거야말로 휴안의 특기였다. 루서는 나름대로 머리를 굴려 봤지만 도저히 연결 고리를 떠올릴 수 없었다.

"어떻게 그런 결론이 나와?"

"우선 3층부터 둘러보지. 거기야말로 가장 중요하니까."

자르벤의 보고서대로 3층의 오른쪽 방은 문과 자물쇠가 부서져 있었다. 휴안은 그 모습을 한동안 흥미롭다는 듯 바라보았다.

"이상하군, 이상해."

그는 빙글빙글 웃으며 안으로 들어갔다. 그를 따라 들어가던 루서가 짧게 비명을 질렀다.

"왜 그러나?"

"서류를 카페에 두고 왔어."

"나와 함께 있는 순간보다 그깟 서류가 중요한…… 알았네."

루서는 한숨을 내쉬고 말했다.

"라벨 군이 잘 보관하겠지. 가는 길에 얼굴 한 번 더 볼 수 있으니 잘됐는지도."

"그깟 서민의 어디를 사랑하는 건가?"

"누가 사랑한대? 그리고 라벨 군을 그렇게 부르지 마."

"미천한 신분이지만 사랑의 연적인 만큼 방심해선 안 되겠군. 조만간 결투를 신청할 테다."

루서는 고개를 절레절레 흔들고 부엌으로 이동했다. 먼지 쌓인 빵과 곰팡이가 핀 치즈 한 조각을 제외하곤 이렇다 할 음식이라곤 보이지 않았다.

"부인과 같이 살고 있다지 않았어? 아무리 가난해도 이건 좀 심한데."

"그래. 요리, 청소, 빨래, 무엇도 제대로 되어 있지 않아. 자수는 물론 옷을 짓는 도구조차 없군. 아무래도 그녀는…… 흐음, 자물쇠의 의미는 그거였나."

"혼자만 납득하지 말고 설명을 곁들여 달라고."

"좋아. 그럼 일단 앉지."

휴안은 자기 집인 양 하나뿐인 안락의자에 털썩 앉았다. 그러곤 무릎 위에 앉으라는 듯 루서를 향해 손짓했다. 루서가 무시하고 반대편에 앉자 그는 표정을 일그러뜨렸다.

"재미없긴. 그럼 우선 1층에서 일어난 화재부터 짚어 보지. 그 화재는 무언가를, 아마도 박제사의 시체를 은폐하기 위해 누군가 일부러 일으켰을 거야."

"어째서?"

그는 대뜸 코트 주머니에서 가위를 꺼내 내밀었다.

"박제사의 방에서 찾은 거야."

루서는 가위를 받아 이리저리 살펴보았지만 별다른 점을 찾을 수 없었다. 휴안이 가윗날을 펴 보라는 시늉을 하자 루서는 그렇게 했다. 그러곤 깜짝 놀랐다.

"설마, 이게 내가 생각하는 그건 아니겠지?"

"그게 맞아. 누군가 가위로 사람의 살을 잘랐어."

"그럴 리가…… 아마 동물의 피부겠지."

"그건 검시소에 가져가서 확인해 보도록 해. 아무튼 방 전체가 아니라 시체에만 불을 지른 걸 보면 감춰야 했던 건 박제사의 시체 하나뿐이야. 흥미롭게도 옆에 떨어진 가위에는 사람의 살점이 묻어 있고 말이지. 그렇다면 그건 혹시 박제사의 것이 아닐까? 범인이 그의 몸에 무슨 짓인가 했고 그걸 감추기 위해 불을 지른 거지."

루서는 눈살을 찌푸리며 가위를 증거 봉투에 넣었다.

"사람의 살을 잘라 뭘 한다는 거야. 끔찍한 얘기네."

"그래. 그 방에서는 분명 우리가 상상할 수 없는 끔찍한 일이 일어났을 거야. 틀림없어."

눈동자를 한곳에 고정하고 있는 휴안은 그 끔찍한 일을 상상하고 있는 듯했다. 루서는 괜한 불안감을 느끼며 화제를 돌렸다.

"2층 시인이 고향으로 떠났다는 건 어떻게 알아?"

"그는 발렌틴의 대단한 추종자더군. 방의 상태로 보아 턱없이 가난했을 텐데 발렌틴의 시집을 모두 모았고 깨끗하게 관리했어. 그중에 사라진 책이 딱 한 권 있었지? 그건 발렌틴의 전집 중에서도 고향인 이곳 레드포드를 그리며 쓴 시만을 모은 거야. 가지고 떠났든, 누군가에게 빌려줬든 그걸 꺼냈다는 건 무의식중에 고향을 생각하고 있었다는 말이지. 이렇게 주변을 정리하고 갈 곳은 역시나 저승 아니면 고향뿐이야. 하지만 유서가 없으니 일단 고향이라고 해 두지."

루서는 미심쩍은 눈으로 그를 바라보며 물었다.

"정말 책 하나로 그런 결론을 내린 거야, 아니면 어차피 답을 모르니 대충 던져 보는 거야?"

"어허, 이 몸의 능력을 의심하는 겐가. 아무튼 마지막으로 우리가 자리하고 있는 이 3층으로 올라와 보지. 여긴 참 묘해. 정말로 이상한 집구석이야."

그는 새삼스럽게 주위를 한번 둘러보고 혀를 찼다.

"어질러진 방 안, 의자 침대 할 것 없이 묻어 있는 음식물 얼룩. 마치 어린아이라도 살았던 것 같지 않나? 하지만 두 사람에게는 아이가 없었다지. 옥외하인으로 귀족가에서 오랫동안 일했다는 걸 보면 남편 쪽은 능력이 보통 이상이었을 거야. 즉 이 가엾은 무질서의 주인공은 그의 부인이란 얘기지. 제대로 된 식재료도, 옷감도 없고 무엇보다 문을 잠그던 자물쇠가 무려 세 개야. 부인의 몸이 안 좋거나 무언가 사정이 있었다고 추측해 볼 수 있지."

"그게 실종하고도 관련이 있을까?"

"일단 자네가 추측한 대로 아돌프라는 하인을 찾아 달라고 부탁한 건 카밀레 백작 부인일 거야. 자르벤 올지와 그녀가 친척 관계라는 점과 근래 떠돌던 염문설을 생각해 보면 거의 틀림없지. 그렇다면 이 잘생긴 하인을 감춘 건 누굴까. 첫째로 추문을 뿌렸던 귀네스 백작 부인을 생각해 볼 수 있어. 그 여자라면 납치를 하고도 남으니까."

"잠깐, 납치라니? 아돌프 씨가 부인을 데리고 도망친 게 아니고?"

"부서진 자물쇠와 남아 있는 짐을 보고도 그런 소리가 나오나? 아직 흙이 남아 있는 이 발자국들 좀 보라고. 최근 이 방엔 꽤나 많은 불청객들이 다녀갔어."

루서는 그가 가리킨 곳을 보고 고개를 끄덕였다.

"좋아. 일단 납치됐다고 가정해 보자. 하지만 귀네스 백작 부인이 이런 짓을 저질렀다면 아돌프의 부인까지 데려가진 않았을 거 같은데."

"내 짐작이 맞는다면 부인 쪽은 스스로를 건사할 수 있는 상태가 아닐 거야. 함께 데려가는 편이 아돌프를 부리기에 좋을 테지."

"음. 첫째가 있다는 건 둘째도 있다는 건데, 다른 용의자는 누구야?"

"아까도 말했지 않은가. 그의 이름은 조심해서 불러야 해. 바퀴벌레 공작 말이야."

"자꾸 장난칠래?"

"이 몸은 진지하게 말하고 있는 거라네."

아닌 게 아니라 휴안의 얼굴엔 정말로 웃음기가 없었다. 루서는 조용히 그를 응시하다 말했다.

"바퀴벌레 공작이라는 게 정말 존재한다면 보이드 씨와 결탁했던 말도 농담이 아니겠네."

"물론. 이 저택을 봐. 누군가는 죽고 누군가는 사라졌는데 집주인은 전혀 신경 쓰지 않고 있어. 단지 게을러서 방치하는 거라 해도 무언의 동조임에는 틀림없네. 한 번 더 이런 일이 생겨야 확신이 서겠지만, 이 저택에 뭔가가 있는 것만은 분명해."

"안 돼."

루서는 무의식중에 내뱉었다.

"한 번 더 이런 일이 생겨서는 안 돼."

휴안은 말없이 테이블 위를 두드리며 거슬리는 소음을 만들어 냈다. 잠시 듣고 있던 루서가 고개를 들자 그가 말했다.

"그래서 말인데, 즉시 자네 아버님을 뵈러 가야겠네."

"뭐?"

"마침 가까운 곳에 계시지 않나."

휴안이 손가락을 들어 위를 가리켰을 때, 루서는 그를 알게 된 후 처음으로 그가 무섭다고 생각했다.

"……알고 있었어?"

그가 불성실하게 고개를 까딱했다.

"미래의 장인어른이 될 분인데 당연히 가서 뵈었지."

돌봐 주는 사람이 있으니까 그만 오래도.

루서는 테이블 아래에서 자신의 두 손을 꽉 쥐었다.

"어디까지?"

"어쩌면 자네가 아는 것 이상으로?"

루서는 눈을 질끈 감았다가 뜨며 소리쳤다.

"그래, 이제 알게 되어서 통쾌해?"

휴안은 대답 없이 그녀를 응시했다.

"궁금해하던 작자를 드디어 만나니까 속이 좀 풀렸어? 기대를 저버려서 어쩌나, 내 아버지는 그런 인간인걸. 끔찍한 몰골로 살아 있으면서 딸의 인생이나 좀먹는 그런 인간인걸! 그 빌어먹을 인간의 자식이라는 이유 때문에 내가 얼마나 불합리한 일들을 당하며 살아왔는지 알아? 이웃들에게는 손가락질을 받고 직장에서는 몇 년이 지나도록 경사 자리에만 머물고, 단지 그 사람의 자식이기 때문에!"

그 단어만은 결코 입에 담고 싶지 않았지만 그녀는 소리를 빽 질렀다.

"살인자의 자식이기 때문에!"

소란 뒤의 침묵은 훨씬 더 무거웠다. 한동안 씩씩거리던 루서의 어깨가 조금 가라앉고 나서야 휴안이 입을 열었다.

"그 문제는 제쳐 두고서라도, 하나 물어볼 게 있네."

루서가 고개를 들자 그는 책망하는 건지 염려하는 건지 해석하기 어려운 얼굴로 물었다.

"자네가 늘 차고 다니던 단검은 어디로 갔나?"

순간 루서는 심장이 얼어붙는 기분을 느꼈다. 몸 전체를 크고 차가운 손이 쓸고 지나가는 듯했다. 눈을 부릅뜬 채 휴안을 괴물처럼 바라보던 그녀는 질문으로부터 빠져나가려는 듯 몸을 비틀었다. 하지만 휴안의 손이 단단하게 그녀를 붙들었다.

"그분과 함께 위층에 있나?"

"아…… 아니야. 놔."

"그런 건가?"

"아니래도!"

"진정하고 나를 보게."

몸부림치던 루서는 간신히 휴안과 눈을 마주쳤다. 그는 루서의 손을 다독이듯 두드렸다.

"자네가 무슨 짓을 했든 나는 최선을 다해 그걸 감춰 줄 거야. 그 스카프는 장난으로 두르라고 한 게 아니라네."

무의식중에 그녀는 스카프를 붙잡았다. 그러고 보니 품이 넓어 상체를 가리기에 충분했다. 그녀가 찬 칼집에 단검이 들어 있는지 아닌지 다른 사람들이 볼 수 없을 만큼.

"자네는 조심성이 너무 부족해. 은폐할 생각이었다면 좀 더 신경 썼어야지. 한데 자네의 손으로 직접 한 건가?"

"아니야!"

루서는 강하게 부인했지만 휴안의 눈을 피했다.

"난 다만, 다만…… 칼을 거기 두고 나왔을 뿐이야. 아버지가 바라던 대로."

스스로의 말에 충격받은 듯 그녀는 테이블 위에 엎드렸다. 휴안이 아무 말도 하지 않아서 두려움은 더욱 컸다. 하지만 곧 큼지막하고 따뜻한 손이 그녀의 머리를 덮었다.

"일어나. 나와 함께 올라가 보세."

"난, 난 못 가."

"괜찮으니까 내 손을 잡고 따라와."

왠지 모르게 위안을 주는 그의 목소리에 루서의 손이 움직였던 것도 같다. 잠시 후 그녀가 고개를 들었을 때 이미 4층 방의 문 앞에 서 있었다. 복도는 고요했고 기침 소리는 전혀 들리지 않았다. 루서는 그게 의미하는 바를 생각하지 않으려 애썼다.

"휴안, 나는……."

"괜찮다니까. 자네는 그저 서글픈 광경만 보게 될 거야."

루서가 이해하지 못하고 바라보는 사이 휴안이 문을 열었다. 안에서 풍겨 오는 시큼한 냄새. 혹시라도 그 안에 피 냄새가 섞여 있을까 봐 루서는 코와 입을 틀어막았다. 걸음이 채 떨어지지 않았지만 휴안이 그녀의 손을 잡고 천천히 안으로 이끌었다.

침대 위, 더러운 이불들 틈 속 웅크린 아버지는 웃고 있었다.

"마음껏 비웃어라. 마음껏 경멸해!"

그리고 울고 있었다.

"신은 공평무사한 존재라는 걸 알고 있느냐? 이 모습이 내가 저지른 죄에 대한 대가라면 참으로 합당하다. 그저 산 채로 꿈틀거리는 흉측한 미물이나 다름없으니 말이다. 스스로 죽을 용기조차 없는 이 늙은이에게, 네 끔찍한 아버지에게 돌을 던지거라. 루서야!"

루서는 울음을 터뜨리며 달려가 그를 끌어안았다. 무섭고 증오스러운 아버지, 동시에 그는 작고 겁이 많은 노인이었다.

"어떻게 알았어?"

"이 몸은 언제나 모든 걸 알고 있지."

"농담하지 말고. 아버지가…… 무사하리란 걸 말이야."

루서는 이제 필요 없어진 스카프를 풀어 건넸다. 휴안은 그걸 받아 다시 목에 두르고 말했다.

"스스로 죽을 용기가 있었다면 진작부터 자네의 단검은 필요하지도 않았을 거야."

루서는 잠시 후에야 고개를 끄덕였다. 경시청까지 돌아가는 길은 휴안이 바래다주었다. 갑자기 그가 뒤로 걷기를 시도하지만 않았어도 그 시간은 조금 낭만적이었을지도 모른다.

"항상 느끼는 거지만, 너 정말 별나."

"그게 이 몸의 가장 큰 매력이라네."

"그래. 믿음직스럽지 못하지만 어쨌든 가장 믿고 있는 녀석이라고 할까."

"뭐라고? 다시 한번 이야기해 주겠나?"

루서는 어린애처럼 조르는 그를 외면하고 롤랑 거리 끝에 있는 라벨의 카페에 들렀다. 저녁 시간이라선지 손님이 많았다. 라벨을 찾아 주위를 두리번거리던 그녀는 누군가 뒤에서 톡 건드리는 걸 느꼈다. 돌아보니 웬 까만 양복에 까만 모자를 쓴 신사가 그녀에게 종이 다발을 내밀고 있었다.

"이걸 찾고 있나요?"

문서를 보고 루서는 놀랐다. 두고 갔던 경시청 서류였다.

"네, 맞습니다. 어떻게 아셨죠?"

"내가 앉은 자리에 놓여 있더군요. 뭔가를 찾고 있는 것 같아 가져와 봤습니다."

"그러셨군요. 정말 감사합니다."

신사는 고개를 까딱하고 카페 밖으로 나갔다. 루서는 여전히 어리둥절한 기분으로 서류를 든 채 서 있었다. 어떻게 지금까지 그 자리에 그대로 있었을까? 라벨을 찾아 묻고 싶었지만 퇴근한 건지 주방에 들어가 있는지 어디에도 보이지 않았다.

그녀가 카페를 나왔을 때 휴안은 심각한 표정을 짓고 있었다.

"라벨 군은 만나지도 못했으니까 그런 얼굴 하지 마."

"그게 아니야."

휴안은 에즈강을 건너가는 다리 쪽을 노려보았다. 칠흑의 마차가 막 다리 너머로 사라지고 있었다.

"이번 일은 역시 위험해. 늙은 올지가 그 서류를 자기 아들이 아닌 자네에게 맡긴 이유를 알겠군. 그거 당장 폐기해."

"무슨 소리야?"

"친애하는 바퀴벌레 공작께서 자네가 무슨 일을 하는지 알게 됐어. 더 이상 파고들면 가만히 있지 않을 거야."

눈살을 찌푸리던 루서는 뭔가를 깨달았다.

"바퀴벌레 공작이라면, 설마 방금 그 신사?"

"그래. 스스로를 탐미 공작이니 뭐니 칭하며 온갖 기이한 것들을 수집하는 이상한 사람이지."

"네가 다른 사람한테 이상하다는 수식어를 붙일 정도라면, 아주 엄청나게 이상하다는 건데."

"아주 엄청나게 위험하기도 해."

그렇게 말하며 휴안이 손을 내밀었지만 루서는 서류를 뒤로 감췄다.

"이유부터 말해. 저 공작과 롤랑 거리 저택이 무슨 상관이야?"

"그야 물론…… 나도 모르지."

"지금까지 잘 안다는 듯 이야기했잖아."

"설마. 나는 다만 자네 아버지를 만나러 갔다가 저택에서 공작과 몇 번 마주쳤을 뿐이야. 알다시피 그런 신분의 사람이 올 곳이 아니니 이상하다고 생각했던 거지."

휴안이 정색하며 말하니 오히려 수상해 보였다.

"이유를 모른다면 더더욱 가만히 있을 수 없어. 거기엔 아버지도 계셔. 어떻게든 알아내야 돼."

"이봐, 루서. 그냥 이 몸이 해결하게 놔둬."

"자르벤 올지는 나를 골랐어. 그 공작도 보란 듯 서류를 돌려줬고. 이건 내가 해야만 하는 일이야."

휴안은 코웃음 치며 빈정거렸다.

"그렇게 조사하고 싶으면 자네가 사랑하는 그 나뻴인지 나발인지 하는 놈부터 캐 보지 그러나?"

"사랑 아니라고 몇 번을…… 잠깐, 라뻴 군은 갑자기 왜?"

"저택의 3층, 사라진 옥외하인의 맞은편 방에 살고 있는 게 그 서민이니까 그렇지."

루서는 오늘 놀랄 일이 참 많다고 생각했다.

"기침이 조금 잦아드신 것 같네요."

"그래. 딸아이가 다녀갔어."

커튼을 걷고 창을 열자 시원한 저녁 바람이 들어왔다. 이불 속에서 부르르 떤 노인이 갈라진 목소리로 말했다.

"너무 깨끗이 치우지는 말게. 누군가 돌봐 주고 있다는 말을 딸아이가 정말로 믿을지도 몰라. 그럼 자주 오지도 않을 테고……."

"예. 걱정하지 마세요."

라벨은 빙긋 웃었다. 노인이 미안한 얼굴로 지켜보는 가운데 그는 바닥을 쓸고 이불을 빨아 창가에 널었다. 부엌에 쌓여 있던 그릇을 반만 씻어 내고 저녁 준비를 했다. 그가 직접 구운 빵, 감자와 소고기를 넣고 끓인 묽은 수프가 저녁 메뉴였다. 노인은 하나도 남기지 않고 다 먹었다.

"매번 뭐라고 감사해야 할지 모르겠네. 자넨 천사임에 틀림없어. 어째서 누구도 알아주지 않는 궂은일을 도맡아 하는 겐가?"

그릇을 치워 나가던 라벨은 등을 보인 채 나직이 대답했다.

"속죄하기 위해서인지도 모르죠."

"속죄라니, 무슨 죄라도 졌단 말인가? 자네는 벌레 한 마리도 가벼이 못 죽일 사람 같은데."

라벨은 대답 없이 희미하게 웃고 방을 나갔다. 잠시 후 돌아오는 그의 손에는 언제나처럼 커피가 들려 있었다.

"생전 커피 맛이라곤 모르고 살았는데. 자네 덕분에 좋아하게 됐지 뭔가."

"누구나 좋아할 수밖에 없는 기호품이죠."

"자넨 적어도 이 훌륭한 음료를 남에게 대접할 수 있는 능력은 가진 게로군."

"예, 보잘것없는 능력이지만요."

"그렇지 않네."

노인은 찻잔을 내려놓고 라벨의 손을 끌어다 잡았다. 고개를 갸웃거리는 라벨에게 노인이 진중하게 말했다.

"근래 계속 고민해 왔던 일을 오늘 드디어 결정했다네. 자네에게 내 딸을 주고 싶네."

"……예?"

라벨은 슬쩍 손을 빼려 했으나 깡마른 몸에서 어떻게 그런 힘이 나오는지, 노인은 꽉 붙들고 놓지 않았다.

"내 딸이 꽤 예쁘다는 건 자네도 인정할 걸세. 다만 그리 다정한 성격은 아니야. 험한 꼴을 자주 봐야 하는 직장에서 일하고 있으니 어련하겠나. 하지만 그만큼 능력은 뛰어나다네."

"저, 어르신."

"자네 같은 사람이라면 안심할 수 있어. 근래 딸아이를 쫓아다니는 남자가 있긴 한데, 그 녀석은 영 마음에 차지 않아. 어딘가 모자라 보인다네."

라벨은 난감해하며 대답했다.

"하지만 틀림없이 루서 씨를 사랑하는 분일 겁니다. 저는 그렇지 않고요."

"그 아이와 사귀어 보면 자네 마음도 달라질 게야. 장담할 수 있네."

"죄송하지만 그 일은 도와 드릴 수가 없습니다. 전 이미 한 번 결혼했던 몸입니다."

노인은 실망한 눈으로 라벨을 보다가 손을 탁 놨다.

"나 때문인가?"

"예?"

"내가 이런 아버지이기 때문인가? 내가, 내가 사람들이 손가락질하는 그런 인간이기 때문인가?"

라벨은 노인을 응시하다 천천히 고개를 저었다. 노인은 말 한마디보다 그 행동에 더 안도하는 듯했다.

"미안하네. 자네가 그럴 사람이 아닌데. 자네라면 어쩌면……알아줄지도 모르겠군. 아니, 알아줘야만 해."

백내장 때문에 탁해진 노인의 눈동자가 처음으로 제 색을 되찾은 듯 반짝거렸다.

"내가 왜 사람을 죽였는지 말해 주고 싶네."

"원한다면 그렇게 하세요. 듣고 있을게요."

라벨이 의자를 끌어와 머리맡에 앉자 노인은 과거를 떠올리듯 천장을 빤히 쳐다보았다.

"그게 벌써 20년도 더 된 이야기로군. 내 고향은 남쪽에 있는 보드빌이라는 작은 도시라네. 당시 소작인으로 살면서 빚을 많이 졌지. 어떻게든 열심히 일하며 갚으려고 노력했지만, 빚이란 놈이 그리되던가? 오히려 하루가 다르게 늘어 갔어. 나로서는 도통 이해할 수 없는 일이었지. 어쨌거나 더 이상 내 힘으로 감당할 수 없는 지경에 이르렀을 때…… 그때가 딸아이가 다섯 살이 되던 해였네."

노인이 이불자락을 꽉 움켜쥐었다.

"망할 지주 놈이 내 피에 불을 지른 거야. 그놈은 본래 여기
저기서 아이들을 사들여 곁에 두는 까닭에 이상한 소문이 떠
돌았다네. 인간 같지도 않은 놈이 무슨 짓을 하려고 그랬는지
내 상상하고 싶지도 않네만, 어쨌든 그 밤…… 하늘에 구멍이
라도 뚫린 듯 비가 쏟아지던 밤이었네. 놈이 잔뜩 취해서는 농
장 앞을 지나다 내 집에 들렀지. 빚을 탕감해 줄 테니 대신 딸
아이를 내놓으라고 하더군. 그게 될 일인가? 당연히 그럴 수 없
다고 했지. 하지만 놈은 듣지 않았어. 그대로 딸아이를 끌고 가
려고 했다고!"

노인의 눈에 핏발이 서렸다. 몸은 이불 안에서 발작하듯 꿈
틀거렸다.

"손에 잡힌 게 뭔지도 모르고 있는 힘껏 놈의 머리통을 내리
쳤지. 빗물에 피가 섞여 흐르는 게 내 눈에도 똑똑히 보였다네.
아내는 소리를 지르고 딸아이는 울고, 나도 제정신이 아니었지.
바로 짐을 챙겨 빗속으로 도망쳤네. 얼마 못 가 붙잡혔네만은."

그는 허무하게 웃고 말을 이었다.

"목이 매달리는 게 당연했지. 천한 놈이 귀족을 죽였으니 말
일세. 하지만 감옥에 갇혀 죽을 날만 기다리고 있던 내게 누군
가 찾아왔네. 바로 내가 죽인 귀족 놈의 아내와 어린 아들이었
어. 도저히 고개를 들 수 없어 바닥만 내려다보고 있었지. 한데

귀부인이 입을 열어 내가 전혀 상상하지 못한 말을 꺼내더군. 나를 이해한다고, 용서하겠다고 했어. 누구든 아들을 빼앗아가려 했다면 자신도 그랬을 거라면서."

노인의 한숨 소리가 이어졌다.

"그녀도 울고 나도 울었어. 그분이 용서해 준 덕분에 나는 죽지 않았고, 15년만 감옥에서 산 뒤 풀려날 수 있었네. 그걸로 내 죄를 씻었다고 말할 수 있으면 좋으련만. 그럼에도 여전히, 아직까지 도저히 잊지 않는 게 있다네."

노인의 얼굴에 문득 고통스러운 기색이 서렸다.

"그 아이, 죽은 귀족 놈의 어린 아들 말이야. 그 아이는 용서한다고 말하는 어머니의 곁에서 말없이 나를 빤히 바라보고 있었지. 그때 나를 바라보던 눈, 그 눈을 아직도 잊을 수 없어. 그건 원망이었을까, 아니면 용서였을까? 지금까지도 도저히 알 수 없네."

휴안은 테이블 위에 놓인 무늬 없는 유리잔을 노려보고 있었다. 그를 부를까 하던 루서는 잠시 지켜보기로 했다. 혼자 있을 때도 평소처럼 엉뚱한 짓을 하는지 궁금했던 것이다. 그리고 잠시 후, 휴안이 유리잔을 밀어 바닥에 떨어뜨렸을 때 루서는 자신의 결정을 후회하지 않을 수 없었다.

박살 난 유리 파편이 바닥에 흩어졌다. 휴안은 그중 하나를 집어 날카로운 끝을 손가락으로 천천히 문질렀다. 당연하게도 이내 손에서 피가 흘러내렸다. 루서는 한숨을 내쉬고 안으로 들어갔다.

"왜 그런 짓을 하는 거야?"

"글쎄. 뭐랄까, 아픈 거 말이야. 가끔씩 기분 좋을 때가 있어."

루서는 휴안의 손을 쳐 유리 조각을 떨어뜨리게 했다. 그러곤 과격한 동작으로 그의 목에서 스카프를 풀어냈다. 휴안은 물론 대단히 부끄러워했다.

"거친 사람이라니까. 물론 나야 좋지만…… 악."

루서는 인정사정없이 그의 손가락을 동여맴으로써 입을 다물게 했다.

"부르지도 않았는데 오늘은 무슨 일로 온 거야? 지난번 사건이라면 알아서 조사하고 있어. 더 이상 도와주지 않아도 돼."

"과연 나 없이도 진전이 됐을까?"

"물론이지. 네가 웃기는 호칭으로 부르던 공작이 레드포드 외곽에 커다란 저택을 가지고 있는 마라 공작이라는 걸 알아냈어."

"쳇. 그리고?"

"편지로 수사 협조를 요청하고 만날 약속을 잡았지. 흔쾌히 수락하던데?"

휴안의 얼굴은 가관이었다. 루서는 왠지 모르게 통쾌한 기분을 느끼며 덧붙였다.

"하지만 자기 집으로 오는 건 안 된대. 대신 그레디안 남작가에서 열리는 파티가 있다고 거기서 만나자고 초대받았어."

"나도 가겠네."

"초대 없이 가는 건 실례가 아닐까?"

"자네의 파트너로 가면 되지. 무조건 가겠네."

"나 같은 서민이 파트너여도 괜찮겠어? 지체 높은 자작님께서."

평소처럼 농담으로 한 말인데 휴안의 얼굴은 심각하게 굳어졌다.

"그런 식으로 말하지 마. 다시는."

그의 날카로운 반응에 놀라 루서는 눈만 깜빡였다. 휴안은 마차를 준비하겠다며 먼저 나갔는데, 정말로 기분이 상한 것 같았다. 괜히 민망해진 루서는 깨진 유리잔을 치운다는 핑계로 한동안 시간을 보내다 밖으로 나갔다.

경시청 앞에서 휴안은 언제 그랬냐는 듯 바보처럼 웃고 있었다.

"자네를 위해 친히 이것을 준비했다네!"

그는 숨겨 둔 정부에게나 입힐 법한 야한 자주색 드레스를 펼쳐 들었다. 지나가던 경시청 직원들은 물론이고 시민들마저 입을 떡 벌리고 쳐다보았다.

그러면 그렇지. 루서는 내심 안도했다. 그러나 휴안을 고이 승천시키는 것과는 어쨌든 별개의 일이었다.

그레디안 남작은 본래 청렴하기로 유명했다. 이는 물론 귀족 사회에서 칭찬의 의미가 아니다. 한데 그날 열린 파티는 평소와 달리 호화스러웠다. 산해진미가 가득한 만찬에 고급 와인들이 줄지어 나오고, 무도회를 위해 특별히 제작한 체스판 무늬의 플로어는 조명 아래 반짝였다. 게다가 몸값이 비싸기로 유명한 오페라 가수가 와서 멋진 공연까지 보여 주었다.

루서는 파티에 온 목적도 잠시 잊고 샴페인 잔을 든 채 즐겼다. 연미복을 입은 신사들과 화려한 드레스를 걸친 숙녀들은 보기만 해도 눈이 즐거웠다. 다행히 마라 공작은 아직 도착하지 않은 것 같았다.

금세 잔을 비운 그녀가 쟁반을 든 하인에게 다가가는데, 그러다 전혀 뜻밖의 사람을 발견했다.

"저는 제 방식대로 합니다. 참견하지 마세요."

사람들을 의식해 간신히 목소리를 낮췄지만, 누가 봐도 화가 많이 났다는 걸 알 수 있었다.

"참견하려는 게 아니다. 답답하니까 하는 말이야. 내가 현역으로 있던 시절엔……."

"그놈의 옛날, 아버지 시절의 이야기 좀 집어치우세요. 과거에 사로잡혀 아직도 제 자리가 아버지 것인 양 행사하시지 말란 말입니다. 창피하게 이런 데서 일 얘기는 왜 꺼내세요?"

"네가 나를 피해 다니니까 그렇지. 이런 곳에라도 오지 않으면 날 만나 주지도 않지 않느냐."

가르 올지 경감은 주위를 한번 둘러보고 낮게 으르렁거렸다.

"만나기만 하면 이것저것 가르치려 드시니까 그렇지요. 아버지는 그냥 제가 부러우신 겁니다. 당신께서 늙어 더 이상 할 수 없는 일을 제가 하고 있으니, 그걸 시기하고 계신 거라고요!"

루서는 그녀의 상관이 정신이 나간 게 분명하다고 생각했다. 차라리 자르벤이 아들의 뺨을 한 대 갈겼으면 싶었지만, 짧은 침묵이 끝난 뒤 자르벤이 꺼낸 말은 그녀를 더 경악케 했다.

"그래, 아마 네 말이 맞을 게다. 하지만 너는 내 아들이 아니냐. 그걸 이해해 줄 만큼도 이 애비를 사랑하지 않는 거냐?"

그 말에는 가르도 놀란 것 같았다. 그가 멈칫한 사이 자르벤이 말을 이었다.

"너는 사람들이 내게 붙여 준 전설이라는 말이 어떤 의미인지 아느냐? 그것은 더 이상 현재에 속할 수도, 참여할 수도 없다는 말이다. 그들은 그 단어 하나로 나를 과거에 못 박았어. 경시청의 전설, 그러나 옛날 사람."

초췌하게 중얼거린 그는 짐짓 태연한 척 안경을 벗어서 장갑에 문질렀다. 하지만 손이 몹시 떨리고 있었다.

"네가 잘해 나가길 진심으로 바란다. 내 눈에는 여전히 미덥지 않지만, 어쨌든 아버지로서 아들을 믿으마."

가르는 입가를 씰룩일 뿐 아무 말도 하지 않았다. 자르벤은 안경을 고쳐 쓰고 사람들 틈으로 사라졌다. 그가 곁을 지날 때 루서는 아무것도 못 본 척 고개를 돌리고 있었다.

'그래서 신고하러 왔던 거였나. 왜 자르벤 올지 같은 사람이 이런 일에 직접 나서나 했는데.'

파티로 들떴던 기분이 조금 가라앉았다.

'저분을 위해서라도 답을 찾지 않으면 안 되겠어. 빨리 공작을 만나야 하는데.'

루서의 바람을 듣기라도 한 듯 연회장 입구가 소란스러워졌다. 우르르 물러나 길을 만든 사람들이 하나같이 고개를 숙였다. 그 사이로 마라 공작이 태연하게 걸어오고 있었다. 곁에 베일로 얼굴을 가린 작은 숙녀와 우는 어릿광대 가면을 쓴 남자도 보였다.

루서의 앞을 지나가던 마라 공작의 눈이 정확히 그녀에게 향했다. 그는 모자를 살짝 누르며 인사했고 루서도 고개를 숙여 답했다. 마침내 그가 자리에 앉자 사람들이 다시 홀을 메웠고 음악도 연주되었다.

"드디어 등장이로군."

"깜짝이야. 휴안, 어디에 있다 이제 온 거야?"

"어디긴, 난 항상 자네 등 뒤에 있다는 걸 모르나."

"소름 끼치는 소리 하지 마. 네가 말하니 농담 같지 않아."

휴안은 '진실은 의외로 거짓말 같은 이야기 속에 있는 법이지.'라고 중얼거렸지만 루서는 무시하고 마라 공작에게 걸어갔다.

"이런 성대한 파티에 제 자리를 마련해 주셔서 감사합니다, 공작님. 일전에는 제대로 알아보지 못하고 실례했습니다."

"아닙니다. 경사와 만나게 되어 나도 기쁩니다."

카페에서 마주쳤을 때는 몰랐는데 이제 들어 보니 목소리가 아주 높고 고왔다. 왠지 모르게 루서는 신경이 곤두선다고 생각했다.

"사건을 수사하는 중이라 직접적으로 묻는 걸 용서해 주십시오. 혹시 최근 롤랑 거리 6번가에 있는 7층 저택을 방문하신 적이 있는지요?"

그녀의 물음에 곁에 있던 소녀와 광대가 동시에 루서를 쳐다보았다. 각각 베일과 가면으로 가려진 탓에 둘 다 표정이 보이지 않았고, 그래서 아주 묘한 느낌을 주었다.

"그쪽 두 분은 왜 그러시는지?"

"이 사람들은 신경 쓰지 않아도 된답니다, 경사."

공작이 빨간 입술을 찢어 웃고는 말했다.

"그 저택이라면 물론 잘 알고 있지요. 나와 친분이 있는 보이드 씨가 저택의 주인이랍니다. 그를 만나러 자주 방문하곤 하지요."

"그러십니까? 그렇다면 혹시 최근 그 저택에서 이상한 일들이 벌어졌다는 사실을 아시는지요."

"이상한 일이라니요. 그게 어떤 일일까요?"

"층마다 사람들이 죽거나 사라지고 있습니다."

공작은 지팡이를 어깨에 기대어 놓고 고개를 이리저리 갸웃거렸다. 웃는 채 그렇게 움직이니 마치 고개를 까딱거리는 인형처럼 보였다.

"글쎄요. 그런 일이 있었나요?"

"네. 그에 대해 혹시라도 뭔가 아시는 점이 있습니까?"

"전혀 없군요. 도움이 못 되어 유감입니다."

루서는 대답하기에 앞서 잠시 그의 표정을 살폈다. 이토록 이상한 기분이 드는 건 그의 눈이 잘 보이지 않기 때문일까, 아니면 휴안의 말을 들었기 때문일까?

"그러시군요. 나중에라도 혹시 기억나는 게 있으시다면 부디 제게 말씀해 주시기 바랍니다. 아무리 사소한 것이라 해도요."

"알겠습니다. 레드포드 귀족으로서 의무를 다하기 위해 기꺼이 협조하지요."

"감사합니다."

그대로 고개를 숙이고 몸을 돌리려는데, 공작의 지팡이가 그녀의 팔을 툭 건드렸다. 루서가 돌아봤을 때 마라 공작은 참으로 행복하다고밖에 말할 수 없는 표정을 짓고 있었다.

"참, 그러고 보니 생각나는 점이 하나 있군요. 최근 그 저택에서 기이한 행동을 하고 있는 청년을 본 적이 있답니다."

"정말이십니까? 그게 누구죠?"

"아마 거기 3층에 사는 청년일 겁니다. 그의 이름이 뭐였지요, 루이제?"

공작의 물음에 베일을 쓰고 있던 작은 숙녀가 대답했다.

"라벨."

"그렇지요. 그 라벨이라는 청년이 조금 수상해 보이더군요.

자기 방을 놔두고 종종 다른 방들을 기웃거리곤 한답니다. 특히 요즘은 4층에서 자주 보이더군요. 그 청년에 대해 한번 조사해 보면 어떨까요, 경사?"

그의 상냥한 말투에 루서는 왠지 모르게 현기증을 느꼈다. 가슴이 이상하게 뛰었다. 요즘 라벨의 이름이 지나치게 자주 들리고 있었다.

"마라."

"네, 루이제."

"어째서 라벨을 괴롭히나요?"

소녀의 천진한 말투에 공작은 웃음으로 답했다.

"괴롭히다니요. 나는 그를 도와주고 있는 거랍니다."

"하지만, 마라가 도와줄수록 라벨은 더 힘들어하는 것 같아요."

공작은 손이 닿는 걸 꺼리는 기색으로 소녀의 머리를 쓰다듬었다.

"그게 바로 내가 바라는 일이랍니다."

그는 소녀의 베일을 바로잡아 주고 이번엔 광대를 바라보았다.

"오랜만에 보는 얼굴이 아닌가요? 가서 인사라도 하고 오는 게 어떨지요."

"그녀와는 더 할 이야기가 없습니다."

"가혹한 사람이군요. 저 사람은 당신을 찾느라 거의 제정신이 아닙니다."

"그래도 여전히 할 이야기가 없습니다."

공작은 다정하게 웃으며 지팡이 끝으로 테라스를 가리켰다.

"그레디안 남작의 정원은 작지만 꽃으로 가득하죠. 이 지역에서는 드문 양귀비도 피어 있을 겁니다."

그 말에는 광대가 멈칫했다. 공작이 고개를 끄덕이자 그는 감사의 말을 중얼거리고 발걸음을 움직여 홀을 나갔다.

정원에는 공작의 말대로 드문드문 양귀비가 피어 있었다. 그에게는 무척이나 의미 있는 꽃이었다. 그는 보라색 꽃을 찾아보았지만 안타깝게도 보이지 않았다. 그래도 혹시나 하며 주변을 헤매던 그때였다.

"어릿광대님."

높고 떨리며 흐느낌 가득한 목소리가 그를 불렀다. 광대는 천천히 뒤로 돌았다.

"어릿광대님, 나를 모르시나요?"

상대는 그가 쓴 가면보다 더 슬프게 울고 있었다. 광대는 고개를 저었다.

"모릅니다, 부인."

그의 목소리에 카밀레가 두 손으로 입을 막았다.

"아돌프, 아돌프 맞지?"

"아닙니다, 부인."

"왜 사라진 거야? 왜 말도 없이 떠난 거야!"

"무슨 말씀을 하시는 건지 모르겠습니다."

카밀레가 품으로 뛰어들자 광대는 옆으로 비켜섰다. 하지만 그녀는 다시 파고들었고 광대도 다시 한번 피했다. 아무도 없는 정원에서 두 사람은 서글픈 술래잡기라도 하는 듯했다.

"아돌프, 제발 날 피하지 마."

"그만 안으로 들어가십시오."

"무슨 일이 있었던 건지 나한테 말해 줘. 도와줄게, 뭐든 해 줄게. 왜 그런 모습으로 저 이상한 공작의 곁에 있는 건지 이야기해!"

"공작님은 좋은 분입니다. 함부로 말씀하지 마십시오."

"아돌프, 아돌프…… 사랑해."

광대가 매달리는 그녀의 팔을 잡았다. 울고 있던 카밀레는 뺨에 차가운 것이 닿았다 떨어지는 걸 느꼈다. 고개를 들자 여전히 울면서 마주 보는 가면이 있었다.

"저는 이 가면을 벗을 수 없습니다. 영원히 이 얼굴로 살아야 해요. 이 표정이 앞으로의 제 운명을 말해 주고 있습니다. 끊임없이 울어야만 하는 운명이지요."

그가 손을 들어 카밀레의 눈물을 닦아 주었다.

"하지만 부인은 아닙니다. 부인이 만드는 얼굴대로 행복해질 수 있어요. 그러니, 가십시오. 영원히 웃으라는 말은 하지 않겠지만 되도록 많이 웃으세요."

아름다운 눈으로 한동안 가면을 마주 보던 카밀레는 그의 품에 고개를 묻었다.

"언젠가 그럴 수 있다고 해도…… 아마 오늘부터는 아닐 거야."

그 후로 그녀는 아주 오랫동안 울었다.

"라벨 말이오? 지나치게 성실한 청년이지. 한 번도 그가 출근 시간에 늦는 걸 본 적이 없다오."

"재주도 많아. 커피는 말할 것도 없고 그가 직접 만든 블루베리 파이는 감히 말하건대 내 인생 최고의 파이야!"

"라벨 군 말입니까? 참 괜찮은 친구죠. 우린 종종 식사를 함께 한답니다. 한 번도 그 친구가 험한 말을 하거나 남을 흉보는 걸 들은 적이 없어요. 그런데 라벨 군에 대해서는 왜 묻고 다니는 겁니까?"

그 저택의 6층에 산다는 주스트 씨는 라벨과 매우 가까운 듯 보였다. 루서가 라벨에 대해 부정적인 말을 꺼내기라도 한다면 즉각 반론할 기세였다.

"그냥 조사할 게 좀 있어서 그래요."

"경시청에서 라벨 군을 조사한단 말입니까? 설마 좋지 않은 일에 휘말린 건 아니겠지요. 그 친구는 어떤 범죄와도 관련이 없을 거라는 데 뭐든 걸 수 있습니다."

"저도 그렇게 생각해요. 그냥 형식적인 거니까 염려하지 마세요."

루서의 대답에 주스트 씨는 눈에 띄게 안심하는 듯 보였다.

그의 방을 나와 복도를 걷는 동안 루서는 라벨에 대한 사람들의 평가가 자신과 거의 다르지 않다는 데 안도했다. 그 착한 라벨이 사람들의 죽음과 관련이 있을 거라니, 아무리 생각해도 말이 되지 않았다.

그만 아래로 내려가려던 그녀의 시선이 문득 위층으로 향하는 계단에 닿았다. 저택의 주인인 보이드 씨가 산다는 꼭대기 층이었다. 여기 사는 주민들에게 물어본 결과 아무도 그의 얼굴을 제대로 기억하는 사람이 없었다. 그가 결코 방 밖으로 나오지 않는다는 소문은 비록 사실이 아닐지라도 상당히 그에 근접한 듯했다.

'가 볼까?'

저택에서 일어난 미심쩍은 일들에 대해 탐문 중이라고 하면 몇 마디 이야기 정도는 나눌 수 있을 것 같았다. 걸음을 옮기며 루서는 괜히 가슴이 뛰는 걸 느꼈다. 온갖 기이한 소문의 주인공은 과연 어떤 사람일까?

7층으로 오르는 계단에 발을 올리자 루서는 이상한 기분을 느꼈다. 단지 한 발 내디뎠을 뿐인데 뭐라 설명할 수 없는 긴장감이 그녀를 휘감았다. 분명 지금까지 올라온 계단과 똑같은 크기였다. 하지만 꼭대기 층으로 향하는 계단은 유독 높고, 어둡고, 불길해 보였다. 멀미하듯 배 속이 울렁이고 가슴이 쿵쾅거렸다.

그녀는 세 걸음을 올라간 뒤 더 이상 가지 못하고 멈춰 섰다.

어둠 속 희미한 문의 윤곽이 보였다. 낡고 음습하며 그 뒤에 무엇이 있든 여는 순간 비명을 지를 수밖에 없을 것 같은, 그런 끔찍하고 공포스러운 문.

루서는 침을 꿀꺽 삼키며 생각했다. 보이드 씨는 외출 중일 거야. 오늘 저기엔 아무도 없어. 굳이 가 볼 필요 없으니 나중에 다시 오자.

결론을 내린 그녀는 등을 돌렸다. 그렇게 6층으로 내려오자마자 짧게 비명을 질렀다. 어슴푸레한 복도 끝에 누군가 서 있는 모습이 보였던 것이다.

"누, 누구야?"

그림자 사이로 걸어 나오는 그의 얼굴에선 평소와 같은 부드러운 웃음을 찾아볼 수 없었다.

"저예요, 루서 씨."

손에 파이 접시와 커피를 든 라벨이었다.

"저에 대해 묻고 다니셨다죠?"

루서는 뜨끔하며 찻잔으로 시선을 내렸다. 처음으로 라벨의 방에 들어와 있었다. 아버지가 묵는 방과 똑같다고 생각하기 어려울 정도로 깨끗하고 아늑한 곳이었다. 라벨은 파이를 자르며 온화한 목소리로 말했다.

"마레 부인께서 말씀해 주셨어요. 무슨 일로 그러시는 건지 여쭤봐도 될까요?"

"그냥 업무상 절차일 뿐이야. 다른 의도는 없으니까 기분 상해하지 마."

"기분 상하지는 않았어요. 다만 궁금해서요. 무슨 업무길래 경시청에서 저에 대해 알아봐야 했을까요?"

갈등하던 루서는 결국 찻잔을 내려놓고 그를 바라보았다.

"알고 있어? 이 저택에서 이상한 일들이 벌어지고 있다는 걸."

라벨은 잠시 그녀를 마주 보다가 시선을 내렸다. 잘라낸 파이 한 조각을 접시에 얹어 건네면서도 눈을 마주치지 않으려 한다는 걸 루서는 알아챘다.

"그런가요?"

"그래. 우선 1층에 살던 스타프 씨가 죽었어."

"알고 있어요. 돌아가시기 얼마 전 함께 식사를 했어요."

"2층에 살던 시인도 갑자기 사라졌어. 고향에 갔을 거라고 추측하고 있지만 말이야."

"기억나네요. 사라지기 얼마 전 함께 아침을 들었죠."

일부러 저렇게 대답하는 걸까? 의심받고 있다는 걸 안다면 굳이 같이 있었다는 이야기는 할 필요가 없을 텐데. 그의 표정을 주의 깊게 살피며 루서가 마지막으로 말했다.

"3층, 그러니까 바로 이 앞에 살던 아돌프라는 사람 말이야. 부인과 함께 없어졌어. 그 사람이야말로 죽은 건지 어디로 떠난 건지 알 수 없어."

라벨은 입을 다물었다. 하지만 허공 어딘가에 고정된 눈은 틀림없이 뭔가를 떠올리고 있었다. 루서는 가슴이 불안하게 요동치는 걸 느꼈다.

"몰랐던 거지? 하긴, 요즘은 옆집에 산다고 서로 인사를 나누거나 하지 않잖아."

"인사라면 나눴어요. 부인 되시는 분께 저녁 식사를 대접한 적도 있고요."

다시 잠깐의 침묵.

"그래?"

"예."

그제야 라벨이 고개를 들고 루서를 바라보았다. 얼굴에 이렇다 할 표정은 없었지만 루서는 그가 뭔가를 말하고 싶어 한다고 느꼈다. 하지만 그가 그 말을 해도 되는 건지, 자신이 그걸 들어도 되는지 알 수 없었다.

문득 7층으로 향하던 순간 느꼈던 불안감이 다시금 떠올랐다.

"라벨 군, 혹시 최근에 4층에 사는 누군가를 방문한 적 있어?"

그의 눈에 언뜻 망설이는 기색이 스쳤다.

"아니요."

상대가 거짓말을 하고 있다는 걸 그보다 더 분명하게 느낄 수는 없었다. 루서는 암담한 결론을 내릴 수밖에 없었다. 라벨은 이번 일과 어떤 관련이 있었다. 틀림없이.

"조만간 경시청으로 라벨 군을 부르게 될지도 몰라. 응하지 않으면 체포할 수 있어."

"걱정 마세요. 최선을 다해 협조할 테니까요."

라벨이 예의 바르게 답하며 잔을 치우는 모습을 보고 루서
는 떠나야 할 시간이라는 걸 알았다. 문 앞까지 배웅하면서 라
벨은 한마디도 하지 않았다. 굳게 다물어진 그의 입을 보고 루
서는 몇 번이나 말할 기회를 놓쳤다. 밖으로 나가 작별 인사를
하기 위해 마주 보고 나서야 간신히 입을 열 수 있었다.

"라벨 군은 좋은 사람이지?"

라벨은 문을 붙잡은 채 잠시 계단 언저리를 보았다.

"글쎄요. 잘 모르겠어요."

희미하게 웃는 그의 얼굴이 좁아지는 문틈으로 서서히 사라
졌다. 이윽고 문이 닫혔을 때, 루서는 자신도 모르게 그의 얼굴
이 있던 자리를 쓰다듬었다.

"왜 내 아버지 같은 표정을 하고 있는 거야? 라벨."

다음 날 출근하는 길에 루서는 뜻밖에도 자르벤 올지를 만났
다. 그는 예전 총감 시절에 그랬던 것처럼 완벽하게 정복을 차
려입고 있었다.

"아, 경사로군."

"또 뵙습니다. 한데 차림이……."

"현 총감에게서 당분간 명예 고문으로 있어 달라는 요청을

받았소. 아직도 이런 늙은이가 필요하다니 기쁠 따름이지."

루서는 그레디안 남작가의 파티에서 그가 아들과 나눴던 대화를 떠올리곤 조용히 미소 지었다.

"축하드립니다. 앞으로 자주 뵙겠군요."

"그럴 거요. 아, 그리고 전에 내가 신고했던 사건 말인데……."

"진행 중에 있습니다. 말씀하신 대로 이상한 점들이 있더군요. 탐문 수사를 마치고 곧 관련자들을 소환할 계획입니다."

칭찬이나 격려의 말을 기대했건만 자르벤 올지의 표정은 이상하게 굳어졌다. 루서에게 가까이 다가온 그가 조금 민망하다는 투로 말했다.

"그럴 필요 없소. 사라졌던 3층 남자를 찾았다오."

"예? 아돌프 씨를 찾으셨다고요?"

"내게 부탁했던 지인이 직접 그를 만났다더군. 갑자기 다른 가문의 하인으로 채용되는 바람에 소식을 전할 새가 없었다는 거요."

루서는 그의 입술이 잘못 움직이기라도 한 것처럼 바라보았다. 자르벤은 겸연쩍게 웃고 덧붙였다.

"내가 잘못 짚은 건가 싶어 2층 시인에 대해서도 알아봤는데, 얼마 전 레드포드 동문으로 나간 기록이 있다고 시 담당자가 말해 줬소. 고향에라도 내려간 모양이오. 헛고생하게 만들어서 어쩌지?"

"하지만, 그럼 죽은 박제사는요?"

"실수로 포르말린이라도 흘렸던 모양이지. 거기에 불이 붙어 화재가 일어난 거고. 방 안엔 부주의하게 양초가 많더군. 아마 그중 하나가 넘어진 걸 거요."

"아닙니다!"

루서가 반박하자 자르벤이 의아하게 바라보았다. 루서는 들고 있던 보고서를 그에게 내밀었다. 원래 상관인 가르에게 가져가려던 보고서였다.

"스타프 씨의 방에 있던 가위에 의문의 살점이 묻어 있었습니다. 검시관에게 물어본 결과 사람의 것임이 확인되었고요. 그 방에서 누군가 가위로 사람의 살을 잘랐단 말입니다!"

"진정하시오, 경사. 그래, 그건 아마 박제사의 것이었겠지?"

"검시관은 50대 후반 정도 되는 남자의 것이라고 추측했습니다. 스타프 씨의 나이대와 비슷합니다."

"그럼 박제사가 가위질을 하다 자신의 손가락이라도 잘못 집었나 보지."

"맙소사, 총감님!"

자르벤은 보고서를 받지 않고 손을 내저었다.

"전(前) 총감이오, 경사. 헷갈리지 마시오. 이러다 늦을 테니 그만 가 봐야겠소. 오랜만의 출근인데 지각할 순 없지 않나?"

어색한 웃음을 지은 그는 경시청 건물로 혼자 들어가 버렸다.

'뭐야, 대체. 냉철하게 분석할 때는 언제고 이제 와서 왜 저래?'

허탈하게 서 있던 루서는 곧 정신을 차렸다. 수사를 승인했던 가르 올지라면 아버지와는 다른 반응을 보여 줄 거라고 생각했던 것이다.

언제나처럼 땅콩을 수북이 쌓아 놓고 까먹던 가르는 루서를 보자마자 눈살을 찌푸렸다.

"중간보고 올리겠습니다, 경감님."

"그 이상한 저택에 대한 조사 말인가? 그럴 필요 없네."

"예?"

가르는 손을 털고 일어나 책상에 걸터앉았다.

"자넨 정말 눈치가 없군. 내 아버지가 왜 그런 시시한 사건을 의뢰했고, 내가 어째서 허락했는지 아직도 모르겠나?"

"시시한 사건이라고요……?"

"아버지는 그저 과거 놀이를 하고 싶으셨던 것뿐이야. 아직도 자기가 능력 있는 수사관이라는 걸 증명하고 싶어 안달인 거지. 아버지가 자네에게만 사건을 가져온 줄 아나? 최근 몇 년간 여기 있는 직원들 모두 한 번 이상 아버지가 의뢰한 쓸데없는 일에 시간 낭비를 해 봤다네."

쓸데없는 일, 시간 낭비라고? 루서는 책상 모서리만 부서져라 노려보았다.

"이제 더 이상 그럴 필요가 없어졌어. 시달리다 못한 총감님께서 아버지에게 명예를 핑계로 한직이나마 마련해 주셨으니까. 이제 그 과거 놀이를 좀 더 본격적으로 즐길 수 있게 된 거지. 이런 상황에 자네에게 맡긴 하잘것없는 사건 따위가 눈에 들어

오겠나? 이제 본인이 직접 뛰어다니면서 어렵고 흥미로운 사건들만 해결하려 드실 텐데."

"그럼 전 대체 뭘 한 겁니까? 그분께서 그저 장난으로 이런 짓을 벌이셨다고요?"

"애초에 어떻게든 경시청에 들락날락하고 싶어서 별것 아닌 일까지 전부 의심의 눈초리로 바라보시던 분일세. 내가 보기에 자네가 들고 있는 서류는 그냥 재미없는 촌극 이상도 이하도 아니야. 종결해."

보고서를 든 루서의 손이 부르르 떨렸다. 뻐딱한 자세로 서서 다시 땅콩을 까먹는 가르가 그때보다 더 증오스러운 적은 없었다. 그녀는 이때껏 머릿속으로만 상상했던 일을 실행으로 옮기기로 했다. 상관의 얼굴에 서류를 집어던진 것이다.

"이러는 게 재미있으십니까? 아버지 잘 둔 덕에 그 자리에 앉아 있으면서 하는 일이라곤 땅콩 까먹는 거밖에 없지, 부하들이 밤낮으로 뛰어다녀도 격려의 말을 하기는커녕 코웃음 치며 엎어 버리기 일쑤고, 성격이 그 모양이니까 맨날 친구도 없이 혼자죠!"

가르의 이빨에서 딱 하는 소리가 났다. 손을 멈춘 그는 루서를 한동안 쳐다보다가 다시 입을 움직여 땅콩을 씹기 시작했다.

"그래, 억울한 모양이지? 자네는 나 같은 아버지를 두지 못해서, 전과가 있는 아버지의 자식이라서 계속 승진 심사에서 떨어지는 거라고 생각하는가 보지."

"아닙니까?"

"따져 묻기 전에 본인의 실적부터 제대로 파악하도록. 자네가 지난 여섯 달 동안 한 일이라곤 휴안 자작의 도움을 받아 몇몇 시시한 사건을 해결한 것밖에 없어. 자네야말로 자작의 덕을 보고 있다는 사실을 모르나?"

"그건…… 이번 일과는 아무 관련이 없습니다!"

"관련이 있네. 내가 언제까지 자네 승진 심사 서류에 '경험 부족'이라는 이유를 달아야 하는지 모르겠군. '무능력'이라고 솔직하게 적고 싶은데 말이야."

루서는 얼굴이 뜨겁게 달아오르는 걸 느꼈다. 아무 말도 못하는 그녀를 바라보며 가르가 덧붙였다.

"그리고 내가 혼자인 건 그냥 사람을 싫어해서야. 자네야말로 휴안 자작이 쫓아다닌다고 너무 마음 놓고 있는 거 아닌가? 수사할 때마다 그에게 너무 의지하려 들지 말게. 훌륭한 수사관이 경계해야 할 것은 뜻밖의 도움과 행운이야. 매번 그런 식이면 자기 능력으로 할 수 있는 일도 점차 다른 데 의존하게 되지. 오직 본인의 판단과 기지로 나아가도록 해."

평소와 달리 상사다운 말을 하는 가르를 보고 루서는 조금 놀랐다.

"그럼 나가 보게. 부디 아무 거리낌 없이 자네를 추천할 수 있게 하란 말이야. 아, 그 전에 물론 어질러 둔 서류는 치우고 나가야겠지?"

루서는 맥없이 서류를 주워 들고 사무실로 돌아왔다. 아침까지만 해도 팽팽하게 돌아가던 머리가 허무하게 식어 버린 기분이었다. 그러고 보면 참 말도 안 되는 일이었다. 사고로 죽은 사람 하나, 어딘가로 떠난 사람 둘, 그뿐이었는데. 뭐가 의심스럽다고 바쁘게 돌아다녔을까? 버릇처럼 휴안까지 불러서는.

뼈아프지만 가르의 말은 다 사실이었다. 그녀는 자주 휴안에게 기대고 있었다. 엉뚱하지만 사건을 직관적으로 바라보는 그가 언제나 결정적인 도움을 주었다. 그의 추리에 의지한 나머지 자신은 머리를 굴려 본 적도 별로 없었다.

'그런데 휴안은 왜 그렇게 이 사건에 민감하게 반응했을까?'

가르나 자르벤, 이제는 자신도 쓸데없다고 생각하는 사건을 휴안은 아주 위험한 일이라는 듯 이야기했다. 그러고 보면 지금까지 그가 그랬던 경우는 거의 없었다. 평소 같지 않던 라벨의 태도도 마음에 걸렸다. 왜 거짓말을 했을까? 그런 걸 할 수 있을 거라곤 생각도 못 해 본 사람인데.

'조금만 더 알아볼까?'

오직 본인의 판단과 기지로 나아가도록 해.

구겨진 보고서를 든 채 고민하던 루서는 결국 첫 장을 다시 펼쳤다.

지난번 자르벤 올지에 이어 또다시 생각지도 못한 사람이 방문한 것은, 루서가 보고서를 덮고 역시 보이드 씨를 만나 봐야겠다고 결론을 내린 순간이었다.

"아주 귀한 손님이 방문 요청을 하셨어요."

껄끄러운 사이였던 접수계 직원이 직접 올라와 호들갑을 떨었다. 루서가 사무실로 데려오라고 하자 그는 깜짝 놀란 표정을 지었다. 마치 그런 일을 자기가 해도 괜찮겠냐는 듯했다.

"대체 누군데 그래요?"

"공작이에요. 무려 공작님이라고요! 검은 말 네 마리가 끄는 대형 마차를 타고 오셨어요."

루서는 직감적으로 마라 공작이라는 걸 알았다. 자신을 방문할 만한 공작이라면 그밖에 없었으니까.

"되도록 조용히 모셔 와 주세요."

이 사실이 경시청 내에 퍼졌다간 총감님까지 뛰어 내려올 터였다. 접수처 직원은 은밀한 지령이라도 받은 것처럼 비장한 표정으로 걸어 나갔다.

괜히 긴장한 루서가 옷매무새를 고치고 있을 때 딱딱한 노크 소리가 들려왔다. 루서는 높은 귀족들은 저렇게 노크도 위압적으로 할 수 있는 걸까 실없이 생각하며 대답했다.

"들어오십시오."

언제나처럼 검은 정장을 입고 입술을 빨갛게 칠한 공작이 지팡이를 든 채 들어왔다. 루서는 휴안이 그에게 '바퀴벌레 공작'이라는 혐오스러운 별명을 붙인 게 단순히 저 특이한 외양 때문일지 궁금해졌다.

"공작님을 뵙습니다. 여기까지는 어쩐 일로 오셨습니까?"

"지난번 내게 물었던 일이 어떻게 되었을까 궁금해서 찾아왔습니다. 부탁할 것도 있고요."

"그 일이라면 상부에서는 종결하라는 지시가 떨어졌습니다. 하지만 개인적으로 좀 더 알아본 뒤 결정할 생각입니다."

"그렇군요. 언제든지 도움이 필요하다면 이야기하도록 해요."

"감사한 말씀입니다. 그런데 제게 부탁하실 일이 있다고요?"

공작은 한쪽 팔을 크게 벌린 이상한 자세로 품에서 종이 하나를 꺼냈다.

"내가 개인적으로 찾고 있는 사람들이 있답니다. 옛 친구의 가족인데 지금은 어떻게 되었는지 모르겠어요. 찾을 수 있다면 그들에게 도움을 주고 싶군요."

루서는 별생각 없이 종이를 받아 훑어보았다. 꽤 오래전 신문 기사를 오린 것이었는데, 귀족이 평민으로부터 살해당했다는 내용이었다.

"끔찍하군요. 옛 친구분이 설마 살해당한 귀족입니까?"

"그래요. 참으로 안타까운 일이었지요. 그 친구에게는 부인과 아들이 있었는데 사고 후 모습을 감추고 말았답니다. 한데 얼마 전 그들이 이 레드포드에 잠시 머물렀다는 이야기를 들었습니다. 그 사람들에 대한 기록이 남아 있는지 경사가 알아봐 줬으면 좋겠군요."

"그런 일이라면 오래 걸리지 않을 겁니다. 찾는 대로 연락을 드리겠습니다."

"고맙군요."

공작은 이를 드러내며 웃고는 우아하다고 느껴지는 동작으로 몸을 돌려 사무실을 나갔다. 아직도 그의 방문이 어리둥절했던 루서는 한동안 손에 든 신문 기사를 잊고 있었다. 하지만 곧 오래된 종이 냄새가 그녀의 관심을 끌었다.

이틀 전 보드빌에서 일어난 살인 사건이야말로 흔들리는 계급 사회의 일면을 적나라하게 드러내는 사례가 아닐 수 없다. 살해당한 리에 오스필 자작은 평소에도 자주 소작인들의 집을 방문하며 아이들을 귀여워한 친절한 지주였다고 전해지는데…….

'리에 오스필?'

루서의 심장이 쿵 하고 울렸다. 설마, 비슷한 성이라면 얼마든지 있다. 살해당한 자작은 보드빌의 오스필 자작일 것이다. 결코 이곳 레드포드의 오스필과는 상관이 없다.

용의자로 지목된 소작인 루크 반하임 씨는 아내와 딸을 데리고 도망치다 국경 지역에서 붙잡혀…….

루서는 눈앞까지 당겨 읽던 신문 기사를 퍼뜩 떼어 냈다. 그러곤 혐오스러운 것이라도 된다는 듯 얼른 구겨 던져 버렸다.

'어디서 장난질이야!'

그녀는 사무실 안을 정신없이 왔다 갔다 했다. 그렇게 테이블을 스무 바퀴쯤 돌고 나서야 다시 종이를 주웠다.

'보지 마, 루서. 보지 마.'

그녀의 손안에서 구겨졌던 종이가 다시 천천히 펴졌다.

죽은 자작의 하나뿐인 아들인 휴안 오스필이 작위를 이을 것으로 보인다.

루서는 그 이름을 스무 번 더 읽었다. 하지만 그런다고 글씨가 바뀌는 기적은 일어나지 않았다.

악마라는 게 있다면 이 순간 웃고 있지 않을까? 신이라는 게 있다면 이 순간 그녀를 거룩히 동정하지 않을까?

루크 반하임. 성실했던 소작인이자 끔찍한 살인자, 그리고 그녀의 아버지.

휴안 오스필. 레드포드의 자작, 살해당한 아버지의 아들. 그리고 그녀의…….

반쯤 이성이 나간 채 뛰어 내려가다 루서는 계단을 굴렀다. 근처에 있던 사람들이 놀라 다가왔지만 그녀는 모든 손을 뿌리쳤다. 절뚝거리며 경시청 밖으로 나가던 그때 누군가 그녀를 붙잡았다.

"무슨 일이야?"

심장이 가슴 속에서 폭발했다. 루서는 헐떡이며 그를 바라보다 황급히 밀쳐 냈다.

"오지 마, 오지 말라고!"

"이봐, 루서?"

그녀는 도망치듯 걸음을 옮기며 몇 번이나 그를 돌아보았다. 휴안은 영문을 모르겠다는 듯 이쪽을 바라보고 있었다. 그 순간마저 그의 우스꽝스러운 옷차림에 웃음이 터지려 했다. 그래서 더 미칠 듯한 기분을 느꼈다.

'왜 하필이면, 왜 하필이면.'

휴안은 루서의 아버지를 돌봐 주고 있었다. 그게 누군지도 모른 채.

숨이 턱에 닿도록, 땀이 옷을 적시도록 뛰었다. 경시청 앞에서부터 에즈강까지 이어진 길을 거슬러 올라 가장 큰 다리를 건넜다. 지나는 길에 라벨이 일하는 카페가 있었지만 그녀는 그쪽을 쳐다보지도 않았다.

마침내 롤랑 거리 6번가의 저택 앞에 도착한 루서는 현관 앞에 주저앉았다. 꽉 붙들고 뛰었던 탓에 신문 기사는 형편없이 구겨지고 땀에 절어 있었다. 지금 자신의 상태를 보는 것 같아 헛웃음이 나왔다.

그녀는 얼마든지 아버지를 용서할 수 있었다. 아버지가 붙잡

혀 들어간 뒤 어머니와 단둘이 모진 고생을 하면서도 원망하기
보단 그리워했다. 15년 만에 감옥을 나온 그가 어릴 적 기억하
던 따뜻한 아버지가 아닌, 욕설과 거친 행동을 일삼는 건달이
되었어도 적어도 미워지는 않았다.

어머니가 돌아가시던 날……. 그때도 아버지는 곁에 없었지
만 그래도 아버지니까, 세상에 하나뿐인 혈육이니까 이해하고
사랑해야 한다고 생각했다.

숨이 잦아들었다. 루서는 자리에서 일어났다. 이상할 정도로
마음이 차분했다. 계단을 오르면서도 아무 생각이 들지 않았
다. 아버지의 방으로 들어가는 순간 자신이 가장 먼저 무슨 말
을 내뱉을지도 몰랐다.

쿨럭쿨럭.

익숙한 기침 소리와 각인된 냄새. 문을 열고 들어가면 보이
는 끔찍한, 지긋지긋한 몰골.

"저 왔어요."

그 목소리는 전혀 자신의 것처럼 들리지 않았다. 누군가 루
서의 몸을 대신 차지하고 아무 말이나 지껄이는 것 같았다.

"왔구나."

그는 더 이상 예전처럼 나가라고 소리 지르지 않았다. 오히려
친근한, 비로소 오랜만에 딸을 만나는 아버지의 얼굴을 하고
있었다.

왜 이제야.

"몸은 좀 어떠세요?"

"오늘은 상태가 좋구나. 창을 열어 둬서 그런가 보다."

"자리에서 일어서지도 못하면서, 누가 열어 놨을까요."

노인은 당황하는 기색이었다. 루서는 구겨진 신문 기사를 그의 머리맡에 던졌다.

"아버지를 돌봐 주는 사람이 누군지 알고 있어요?"

"……알다마다. 아주 착한 청년이지. 너도 알고 있었니?"

"저는 그 사람을 사랑해요."

기사를 펼치던 노인의 손이 멎었다. 그는 무척이나 놀란 얼굴로 딸을 바라보았다.

"뭐라고?"

"결혼할 때가 되었어요. 결혼하고 싶은 사람도 생겼고요. 그 사람과 결혼하고 싶어요."

노인은 혼란스러운 표정으로 눈동자를 이리저리 굴렸다.

"그렇지 않아도 내가…… 나도 그 청년이 마음에 들어 물어본 적이 있단다. 너와 결혼할 생각이 있느냐고. 그랬더니 이미 한 번 결혼했던 몸이라 그럴 수 없다고 하더구나."

"뭐라고요?"

"미안하구나, 얘야. 하지만 틀림없이 더 좋은 사람이……."

"그건 당연히 거짓말이잖아요!"

루서는 비록 상상일 뿐이라 해도 사람이 어디까지 난폭해질 수 있는지 깨닫고 전율했다. 그녀는 늙고 병든 아버지를 창밖으로 내던지고 싶었다.

"전 그 사람을 오래전부터 알아 왔어요. 결혼한 적 따위는 없다고요! 왜 그렇게 어리석어요? 아버지 때문이잖아요. 누가 당신 같은 아버지를 둔 딸과 결혼하고 싶겠어요? 더군다나 원수의 딸인데!"

"원수라니……? 루서야, 무슨 이야길 하는 게냐?"

"당신이 죽인 사람이요! 보드빌의 귀족, 리에 오스펄이 그의 아버지라고요!"

노인은 가슴을 뜯어낼 듯 움켜쥐었다. 자신도 모르게 자리에서 반쯤 일어난 그는 그대로 석상처럼 굳어졌다.

신문 기사가 공작의 장난일 거란, 끔찍하지만 차라리 그러기를 바랐던 기대는 그것으로 여지없이 부서졌다. 루서는 두 손으로 머리를 붙잡은 채 흐느꼈다.

"아버지를 증오해요. 아버지가 미워요. 지금 이 순간보다 더 당신이 내 아버지라는 사실이 부끄럽고 저주스러운 적은 없어요. 아버지가 한 일을 죽을 때까지 용서하지 않을 거예요. 앞으로는 돌봐 줄 사람을 대신 보내겠어요. 다시는 내 얼굴을 볼 수 없을 거예요."

"루서야! 잠깐, 잠시만 내 말을 들어 보거라."

"내 이름 부르지 마세요!"

입을 다무는 노인의 얼굴에 고통스러운 기색이 서렸다.

"지금 그 사람을 만나러 가서 모든 사실을 고백할 거예요."

루서는 몇 번 숨을 고른 다음 덧붙였다.

"그러고 나서 청혼하겠어요. 그가 만약 거절한다면, 전 이 칼로 심장을 찌르고 죽어 버릴 거예요."

그 말만 남기고 그녀는 몸을 돌려 방을 나왔다. 뒤에서 무언가 우당탕 쓰러지는 소리가 들렸지만 돌아보지 않았다. 계단을 내려가던 루서는 마침 밑에서 올라오던 라벨과 마주쳤다. 라벨이 인사할 듯 입을 열었으나 왠지 모르게 화가 치민 루서는 그를 무시하고 지나쳤다.

현관 밖으로 나서는 순간, 드디어 그녀가 원하던 사람과 만났다. 왜인지 그가 거기에 있는 게 당연하게 느껴졌다. 휴안은 조금 당혹스러운 듯 입을 열었다.

"하여튼 걸음 빠르기도 하더군. 쫓아오는데 애먹었……."

루서는 그를 와락 끌어안았다.

"이봐, 루서?"

휴안이 놀란 듯 불렀지만 루서는 한동안 그렇게 안고만 있었다. 휴안의 몸은 조금 경직되어 있었다. 그녀를 밀어내진 않았지만 마주 안지도 않았다. 마침내 그 말을 꺼내려니 루서는 온몸은 다 떨려오는 걸 느꼈다.

"내 아버지야."

그녀가 속삭이듯 말하자 휴안이 되물었다.

"뭐가 말인가?"

"당신의…… 아버지를 죽인 사람."

말로 내뱉고 나니 그 사실이 그 이상 무서울 수 없었다. 휴안이 갑자기 자신을 내던지거나 욕설을 퍼부어도, 비명을 질러도 이해하리라고 루서는 생각했다.

하지만 휴안은 아무 대답도 하지 않았다. 그녀가 안고 있는 몸도 일말의 떨림조차 없었다. 차마 표정을 보기 두려워 루서는 그에게서 떨어질 수 없었다. 하지만 잠시 후, 부드러운 동작으로 휴안이 먼저 그녀를 떼어 냈다.

"그래."

"그……래?"

그의 담담한 대답을 루서는 멍하니 따라 했다. 휴안은 대수롭지 않다는 듯 고개를 끄덕였다.

"그래, 알고 있었네. 말하지 않았나. 이 휴안 오스필 경은 모든 걸 알고 있다고."

"알고…… 있었다고?"

"오래전부터. 자네를 만나기 한참 전부터 알고 있었네."

이제는 오히려 루서가 뒷걸음질 쳤다.

"알고서 나를 만난 거야?"

"정확히는 알고 있었기 때문에 일부러 자네를 만났다고 봐야겠지."

발뒤꿈치가 문턱에 닿는 바람에 루서는 멈춰 섰다. 자신을 가만히 응시하는 휴안이 지금까지 만났던 어떤 범죄자보다도 두렵다는 생각이 들었다.

"어째서…… 어째서……."

"오랫동안 자네를 찾아다녔다네. 쉬운 일이 아니었지. 보드빌에서 한참 먼 레드포드까지 올 줄 누가 알았겠나. 나는 꽤 많은 곳을 돌아다녀야 했다네."

그의 차분한 목소리를 듣고 있자니 루서는 머리가 어떻게 될 것만 같았다. 너무나 간단하고 분명한 상황인데 그걸 제대로 이해할 수가 없었다.

"7년 전이었던가? 우리가 처음 만난 게. 그 무렵 자네 아버지도 감옥에서 나왔지."

눈앞에 있는 남자는 결코 휴안 오스펄이 아니었다. 루서는 이렇게 건조한 얼굴로 말하는 남자를 알지 못했다.

"무척이나 뜻깊은 날이었네. 드디어 만난 자네는 사랑스럽고 어여쁜 아가씨였지. 그런 자네를 본 순간 내가 결심한 것이 하나 있다네."

루서가 두려운 눈으로 바라보던 그때, 휴안이 갑자기 한쪽 무릎을 꿇었다.

"먼저 사죄하겠네."

"사죄라고?"

"나는 내 아버지를 사랑했지만 그분이 결코 용서받을 수 없는 짓을 했다는 걸 알고 있네. 자네의 아버지로 하여금 딸을 지키기 위해 살인자가 되게 만들고, 그로 인해 자네와 자네 어머니의 인생까지 불행하게 만들고, 마지막으로 더 일찍 이 사실을 고백하지 못한 걸 모두 사죄하네."

그는 고개까지 숙였다. 지나가는 사람들이 수군대며 바라봤지만 루서의 귀에는 아무것도 들리지 않고 휴안 외에 다른 건 보이지도 않았다. 루서는 그의 앞에 마주 무릎 꿇었다.

"왜 당신이 이러는 거야? 사죄해야 하는 건 나야. 일어나!"

"자네 아버지가 내 아버지를 죽인 건 그럴 만한 사정이 있었기 때문이야. 그분은 자네를 지키려고 그러신 걸세."

혼란스러워하는 루서에게 휴안은 간단히 당시의 상황을 설명했다. 그리고 덧붙였다.

"그 모든 일을 이해하네. 그러나 이해하는 것과 별개로 나는 자네 아버지를 결코 용서할 수 없어. 그 일로 고통을 받은 건 나와 내 어머니도 마찬가지니까."

휴안은 담담하고 흔들림 없는 눈동자로 그녀를 보며 말했다.

"그래서 그 복수를 자네에게 하려고 하네."

루서는 그 말에 충격을 받았고 또 불합리하다고 생각했다. 그럼에도 눈앞의 얼굴을 도저히 미워할 수 없었다. 그녀는 마음을 다잡고 고개를 끄덕였다.

"그렇다면 해. 처음부터 나 때문에 벌어진 일이라면 속죄도 내 몫이겠지."

그녀의 말에 휴안이 빙긋 웃었다.

"됐군. 그럼 이제 일어나게."

루서가 비틀거리며 휴안의 어깨를 붙잡고 서자, 그는 여전히 한쪽 무릎을 꿇은 채 고개를 들고 말했다.

"루서 반하임, 자네의 손에 나의 손이 영원한 족쇄가 될 걸세."

잠시 이해하지 못한 루서는 눈만 깜빡였다. 그러다 멍하니 반문했다.

"뭐?"

"오스필가의 아름다운 녹색 저택이 자네가 평생 지내야 할 감옥이야."

이 순간마저 휴안은 장난을 치고 있는 건지도 몰랐다.

"죄수라고 부르는 건 좀 모독적이니 이런 호칭은 어떠한가. 오스필 부인."

루서는 두 손으로 입을 틀어막았다. 눈물은 전혀 예상하지 못한 그 순간에 났다. 휴안은 그녀가 더없이 사랑하는 초콜릿색 눈동자로 아름답게 웃었다.

"자네를 만나던 날 생각했지. 내 아버지가 망가뜨린 삶, 무슨 일이 있어도 행복하게 만들어 줘야겠다고. 그래서 나는……."

루서는 자신의 입술로 그 입을 막아 버렸다. 더 이상 다른 말은 필요하지 않았다. 뒤에서 휘파람 소리가 들리고 야유가 쏟아졌지만 신경도 쓰지 않았다.

잠시 후 그녀가 울음 섞인 웃음을 터뜨리며 입술을 떼자 휴안이 당혹스러운 듯 중얼거렸다.

"아무튼 자네의 애정 표현은 너무 과격하단 말이지. 내가 아니라면 도저히 감당을……."

"시끄럽고, 따라와."

"어딜 가려는 건가?"

"허락 맡으러 가야 할 거 아냐."

그녀가 유쾌하게 말하며 휴안의 팔을 잡아당겼다.

"잠깐, 이런 모습으로 말인가? 아무리 그래도 결혼을 허락 받으러 가는 자리인데 하트 모양이 그려진 양복쯤은 입어 줘 야……."

루서는 그의 말을 무시하고 계단을 올랐다. 오늘 여러 번 오르는 그 계단이 평소와 달리 흥겨운 리듬으로 삐걱거린다고 생각하며.

아버지, 아버지, 내 아버지. 지금 이 순간보다 더 뜨겁게 그에 대한 애정이 솟구친 적이 있을까? 어릴 적 아버지가 잡혀가던 모습은 기억에 없는데 그보다 더 어린 나이에 자신을 목말 태우고 언덕을 오르던 아버지의 기억은 있다. 그때 그의 등은 한없이 넓었고 손에 잡히는 머리카락은 부드러웠다.

마침내 함께 언덕 꼭대기에 올랐을 때, 아버지는 한곳을 가리키며 그녀를 올려다봤다. 그녀는 아버지가 가리킨 것을 보고 까르르 웃었다. 아버지도 빙긋이 웃었다. 참으로 행복한 시간이었다.

그런데 그때 뭘 보고 웃었더라?

두 사람은 마침내 4층에 올랐다. 루서가 채 닫지 못하고 나온 문틈으로 아버지의 희미한 목소리가 들려왔다. 아버지는 지금 누구에게 무슨 말을 하고 있는 걸까?

루서는 휴안과 함께 그 방으로 들어갔다. 방 안에는 쓰러져 있는 침대와 바닥에 누워 있는 아버지, 그리고 그를 부축하듯 안고 있는 또 한 사람이 있었다. 루서는 그가 라벨이라는 것을 깨닫고 약간 의아하고 또 조금은 서늘한 기분을 느꼈다.

그녀가 입을 열었을 때, 라벨이 먼저 말했다. 미안해요. 루서는 그가 왜 그런 말을 하는지 알 수 없었다. 발밑에서는 아버지가 눈물을 흘리고 있었다. 말을 마친 라벨의 고개가 아래로 떨어졌다.

"아버지?"

"아버지?"

루서는 눈을 깜빡였다. 곁에 있던 휴안이 조그맣게 물었다.

"왜 그러나?"

"아버지가……."

"그래, 이 순간 그분이 함께였더라면 틀림없이 행복했으리란 걸 나도 아네. 하지만 일단은 신부님의 질문에 답하도록 해. 이 몸을 거절하면 가만두지 않을 테니까."

그의 진지한 협박에 루서는 작게 웃음을 터뜨렸다. 그때 두 사람 앞에 서 있던 신부가 헛기침을 했고 루서는 얼른 자세를 바로 했다. 그리고 왠지 쑥스럽다고 생각하며 답했다.

"네. 그렇게 하겠습니다."

"그럼 이로써 두 사람이 하나가 되었음을……."

"무르기 없기일세!"

휴안은 신부의 말을 가로채며 외치곤 루서를 번쩍 안아 들었다. 그 바람에 부케가 떨어졌지만 루서는 즐겁게 웃음을 터뜨렸다.

그녀에게 참으로 뜻깊은 날이었다. 오랫동안 사귀던 휴안과 드디어 결혼을 했으며 가르 경감은 결혼 선물이라며 루서를 승진시켜 주었다. 지나온 그 어떤 날보다도 행복한 순간이었다.

다만 마음 한구석에 아쉬움이 조금 남아 있었다. 이 순간 아버지라는 존재가 함께였더라면 어땠을까 하고. 다른 평범한 사람들처럼 아버지의 손을 잡고 입장하고, 자신을 보내며 겨우 눈물을 참는 아버지의 얼굴을 보고, 사랑한다고 말할 수 있었다면 얼마나 좋았을까 하고.

그러나 루서의 아버지는 그녀가 태어나기도 전에 사고로 죽었다. 루서는 한 번도 아버지를 만나 보지 못했고, 그 이름을 부르거나 주름진 손을 잡아 보지도 못했다.

그게 안타깝고 까닭 없이 그립기는 해도 처음부터 아버지가 없었던 그녀의 인생은 결코 불행하지 않았다. 아니, 오히려 행복으로 점철된 날들뿐이었다.

"이제 내려 줘."

"내리기는, 이대로 퇴장일세."

"안 돼, 내려 달라니까!"

하지만 휴안은 그녀를 안은 채 출구로 내달렸다. 그의 목을 안은 채 웃으며 나가던 루서는 근처에서 반가운 얼굴들을 발견했다. 자주 가는 카페의 직원인 라벨과 승진에 결정적인 도움을 준 마라 공작이었다. 루서는 그들을 향해 열심히 손을 흔들었다. 그리고 행복하게 퇴장했다.

"오늘 같은 날 그런 표정은 어울리지 않습니다."

루서의 뒷모습을 바라보며 마라 공작이 곱디고운 목소리로 말했다. 라벨은 대답 없이 루이제의 손을 꽉 잡고 있었다.

"당신의 작품인데 조금은 만족스러운 눈으로 보는 게 어떤가요."

"나는 이런 일을 원하지 않았습니다."

라벨의 목소리가 평소와 아주 달랐기에 루이제가 고개를 들고 바라보았다. 눈이 마주치자 라벨은 소녀에게 억지로 웃어 보였다.

"원한다라. 언제부터 당신에게 그런 일이 가능했습니까?"

"더 이상은…… 이제 더 이상은 싫습니다. 언제까지 이런 일들을 하고 보아야만 하죠?"

"당신도 잘 알고 있을 텐데요."

공작은 루이제를 내려다보며 길게 웃었다.

"당신의 소원이 이루어질 때까지."

라벨은 말없이 고개를 떨어뜨렸다. 구원처럼 붙잡고 있던 루이제의 손도 공작이 떼어 내 가져갔다.

"부정(父情)을 위해 자신을 부정(否定)한 아버지라니, 참으로 아름다운 아이러니가 아닙니까? 그야말로 이 탐미 공작의 수집품이 될 자격이 충분하지요. 하지만 이번 것은 양보하겠습니다. 당신에겐 특별한 물건일 테니까요."

공작은 의미심장하게 웃고 마차가 있는 쪽으로 걸어갔다. 그의 손에 붙들린 채 가던 루이제가 뒤를 돌아보며 말했다.

"안녕, 라벨."

그 한마디가 누군가의 심장을 관통한지도 모른 채 소녀는 결백한 얼굴로 떠나갔다. 이윽고 두 사람이 사라지고 하객들도 모두 빠져나간 뒤, 라벨은 홀로 교회 안을 가로질렀다. 신부가 떨어뜨리고 간 부케가 제단 아래에서 반짝이고 있었다. 라벨은 그것을 주워 들었다.

"그가 그녀에게 말했지. 나와 결혼해 달라고."

꽃다발 깊숙이 얼굴을 묻고 라벨은 독한 향기를 들이마셨다.

"그녀가 대답했다네. 안녕, 라벨."

5층. 여인의 방

"그렇지만 세상에서 무엇이든 이룰 수 있는 단 하나의 소원을 누가 남을 위해 빌겠니?"

그날 아침, 무엇 하나 특별할 것 없는 같은 아침에 오드리 부인은 깨달았다.

아. 나는 곧 죽게 되겠구나.

침대에서 스르르 몸을 일으켜 부엌으로 가 물을 마시면서도 마음은 차분했다. 미지근한 물로 세수를 하고 옷차림을 단정히 할 때도 마찬가지였다. 하지만 아침 식사를 준비하면서 슬슬 걱정이 되기 시작했다. 그녀 자신에 대한 걱정은 아니었다. 그녀를 잃게 될 좋은 벗들에 대해서였다.

우선 사랑하는 그녀의 세 아이들. 두 딸은 각각 상인과 교사와 결혼하여 에즈강 너머에 살고 있었고, 하나뿐인 아들은 링던가에서 부인과 예쁜 두 딸과 함께 살았다. 셋 모두 어머니의 집을 자주 방문하지는 않았지만, 어쨌든 그녀가 세상을 떠난다면 슬퍼할 것이 분명했다.

맞은편 건물의 과일 가게 주인은 또 어떤지. 누구라도 붙잡고 수다를 떨지 않으면 못 견디는 그녀를 위해 오드리 부인은 일부러 과일 한두 개를 사러 찾아가곤 했다. 오드리 부인과 같은 저택에 사는 두 총각에 대해 가게 주인은 자주 한탄했다.

"하여튼 그 총각들 이해가 안 간다니까. 이 근방 여성들이 그렇게 애를 태우는데 어쩌면 눈길 한번 안 주는지. 부인이 말 좀 해 봐요."

오드리 부인이 가장 가슴 아파하는 부분도 바로 거기 있었다. 정확히는 그중 한 사람에게였지만.

"오드리 부인, 들어가도 될까요?"

상념에 잠겨 있던 오드리 부인은 문 너머에서 들려온 목소리에 퍼뜩 깨어났다. 얼굴에 자신도 모르게 미소가 번졌다. 그녀는 빠른 걸음으로 가서 문을 열었다. 적갈색 머리카락의 청년이 부드러운 얼굴로 서 있었다.

"금요일 아침 식사, 잊지 않으셨죠?"

"물론이죠. 들어와요, 라벨."

결혼 전 그녀가 오래도록 짝사랑했던 남자와 꼭 닮은 청년이 커피 주전자와 빵 바구니를 들고 안으로 들어왔다.

"일이 고된가 보군요."

소리 내지 않고 수프를 떠먹던 라벨이 그녀의 말에 고개를 들었다.

"늘 똑같은걸요."

"하지만 어딘지 지쳐 보여요."

"요즘 좀 피곤한 일들이 있어서요."

"저런, 언제든 내가 도울 수 있다면 이야기해요."

"고마운 말씀이네요."

라벨은 조용히 미소를 지어 보이고 접시로 시선을 내렸다. 말은 그렇게 했지만 그가 아무것도 이야기해 주지 않으리란 걸 오드리 부인은 잘 알고 있었다. 항상 사람 좋은 얼굴로 웃는 이 청년은 기꺼이 남을 도우면서도 남이 자신을 도우려 하는 건 용납하지 않았다.

"위층의 주스트 씨와는 요즘도 식사를 같이 하나요?"

"예. 일주일에 두어 번은 찾아가 뵈어요. 저녁 식사를 같이하거나 커피를 마시거나, 가끔은 술 한잔 기울이기도 하죠."

"그렇군요. 요즘 이 근처에 떠도는 소문이 있는데, 외로운 사람들끼리 그렇게 어울리니 둘 다 부인이 없는 거라고들 말한답니다."

라벨은 당혹스러운 듯 웃었다.

"주스트 씨는 원래부터 결혼 생각이 없으신 것 같던데요."

"라벨 군만 그런 게 아니었군요. 왜 그 멋진 의사 선생님이 혼

자 살고 싶어 할까요? 10년만 젊었어도 내가 먼저 결혼하자고
했을 거예요."

오드리 부인의 농담에 라벨도 웃으며 응수했다.

"언제는 10년만 젊었어도 저와 결혼하셨을 거라면서요?"

"내가 그랬던가요. 그럼 둘 사이에서 행복한 고민에 빠지겠군요."

"돌아가신 남편분께서 그런 말씀 들으면 서운해하실 거예요."

"어차피 듣지도 못하는걸요."

그녀의 목소리에서 쓸쓸함이 묻어났던지 라벨은 잠시 아무
말도 하지 않았다. 수저가 그릇에 부딪혀 달그락거리는 소리만
들렸다.

"저는 죽음 뒤의 삶은 잘 모르지만……."

잠시 후 그가 조용히 입을 열었다.

"그곳에서도 틀림없이 들을 수 있을 거라고 생각해요."

눈이 마주치자 오드리 부인은 주름진 눈으로 가만히 웃었다.
그리고 라벨의 손등을 다정하게 두드렸다.

"우리 모두 그렇게 믿고 싶어 하지요."

참으로 평온한 아침이었다.

징후는 기침으로부터 시작되었다. 항상 모든 병은 기침에서
비롯되는 것 같다고 오드리 부인은 생각했다.

'라벨 군의 커피가 남았더라면 좋았을걸.'

그녀는 차를 따스하게 데워 마시고 숄로 몸을 감쌌다. 열이 나는 것 같았지만 주름진 얼굴에 곱게 화장을 하고 머리도 단정히 묶었다. 그날은 가 볼 곳이 있었다.

그녀에겐 다소 사치스러운 일이었지만 마차를 잡아탔다. 몸 상태 때문이기도 하고 큰딸 때문이기도 했다. 딸아이는 누군가 진흙 범벅이 된 발로 집에 들어오는 걸 좋아하지 않았다.

롤랑 거리의 거친 길은 마차를 여러 번 뒤흔들었다. 창밖을 내다보던 오드리 부인은 에즈 강가에서 라벨이 일하는 카페를 발견했다. 마침 창가에서 그가 주문을 받고 있었다. 부인은 손을 흔들었지만 라벨은 보지 못한 듯 몸을 돌려 주방으로 가 버렸다. 그녀는 서운한 기분을 느끼며 의자에 몸을 기대었다.

잠시 후 베르안 거리에 도착한 오드리 부인은 마차에서 내렸다. 색이 바랜 갈색 문이 딸과 사위가 운영하는 상점의 뒷문이었다. 칠을 다시 해야겠다고 생각하며 문을 두드리자 안에서 이런저런 투덜거림과 함께 문이 열렸다.

"왜 이제야 오는…… 어라?"

어머니의 얼굴을 보자 딸은 놀란 표정을 지었다. 오드리 부인은 오랜만에 보는 딸의 모습에 미소를 지었다.

"석 달 만이구나, 베리."

"엄마, 갑자기 무슨 일이에요?"

"오랜만에 같이 식사나 할까 하고."

"점심이라면 우린 벌써 먹었는데요."

"그럼 기다렸다 저녁이라도 함께하자꾸나."

"곤란해요, 엄마. 이렇게 불쑥 찾아오지 말라고 했잖아요. 일이 바쁘단 말이에요."

"방해하지 않고 기다릴 테니 들여보내 주렴."

베리는 혼란과 짜증이 뒤섞인 표정을 짓더니 알았다는 손짓을 하곤 휙 들어가 버렸다. 오드리 부인은 점잖은 걸음걸이로 들어섰다.

"뭐 하다 이렇게 늦었대?"

거친 목소리가 들려오더니 사위인 토니가 벽 너머로 고개를 내밀었다.

"오랜만일세, 토니."

"장모님? 여긴 어쩐 일이세요? 이게 참 얼마 만에 뵙는 거죠?"

그는 땀과 먼지가 잔뜩 묻은 얼굴을 팔로 슥 닦고는 손을 내밀었다.

"석 달 만일세. 몇 번이나 내 집으로 점심을 먹으러 오라고 편지를 보냈지만 한 번도 오지 않더군."

"그러셨어요? 베리는 한마디도 안 하던데. 죄송해요. 일이 늘 바빠서 말이죠. 요즘 어떻게 지내세요?"

"늘 똑같지. 하루하루 늙어 간다는 점만이 다를 뿐이야."

토니는 재미있는 농담이라도 들었다는 듯 킬킬거리고 웃었다.

"아직 한창때이신데요, 뭘. 저희 어릴 때 버릇을 고쳐 놓겠다며 몽둥이 들고 쫓아다니시던 기억이 생생해요."

"그래. 그런 때도 있었지."

토니는 뭔가 더 말하려 했지만 안쪽에서 베리가 소리를 질렀다.

"뭐 해! 손님 기다리셔."

"어이구, 목소리 한번 크네. 갑니다, 가."

사위는 미안한 미소를 지으며 벽 너머로 사라졌다.

큰딸의 말은 핑계가 아니었던 모양이다. 두 사람 다 잠시도 앉을 시간 없이 손님을 상대하느라 바빴다. 오드리 부인은 상점 뒤쪽에 있는 좁은 생활 공간을 둘러보았다. 형편이 나아졌는지 새로 사들인 가구도 있고 옷도 여러 벌이었다. 좀 더 훑어보던 그녀는 굴러다니는 먼지를 보고 빗자루와 걸레를 들었다.

청소를 시작한 지 반 시간쯤 지났을까. 베리가 들여다보더니 놀라 소리쳤다.

"뭐 하시는 거예요, 엄마?"

"먼지가 너무 많아서 말이다. 제대로 닦지를 않았구나."

"그냥 놔두세요. 엄마가 정리하면 나중에 어디 있는지 못 찾는단 말이에요."

"하지만 너무 지저분하잖니. 어디 앉아야 할지도 모르겠다."

"알아서 할 테니까 제발 그냥 두시라고요."

베리는 신경질을 내며 걸레를 빼앗았다. 오드리 부인은 잠시 딸의 얼굴을 쳐다보다가 물었다.

"식사 시간은 아직 멀었니?"

"글쎄요. 저도 밥이라는 걸 먹을 수나 있을지 모르겠네요."

쏘아붙이는 딸의 얼굴에서 고개를 돌려 오드리 부인은 풀어두었던 숄을 다시 어깨에 둘렀다. 베리가 의아한 듯 물었다.

"왜요?"

"이만 가 보련다. 오늘 중에 다른 아이들 얼굴도 봐야 하거든."

"뜬금없이 자식들 순례라도 하시는 거예요?"

"그래. 그 아이들의 대접이 너보다는 낫기를 기대하자꾸나."

베리의 얼굴이 붉어지는 걸 보고 오드리 부인은 몸을 돌렸다. 문밖으로 나서자 큰딸이 소리쳐 불렀지만 그녀는 돌아보지 않았다.

거리를 따라 북쪽으로 걸어서 30여 분 정도. 둘째 딸인 로제는 1층에 서점이 들어선 3층짜리 목조 주택에 살고 있었다. 불이 켜져 있는 걸 보니 사위인 피에르도 함께 있는 모양이었다. 눈이 대단히 나쁜 그는 낮에도 불을 환하게 켜 두었다.

문을 두드리자 느릿느릿한 피에르의 목소리가 들려왔다.

"누구십니까?"

"날세, 피에르."

역시 느릿느릿 문이 열렸다. 안경 너머로 피곤해 보이는 사위의 눈동자가 보였다.

"아, 오드리 부인."

그는 장모님이라는 호칭 대신 꼬박꼬박 그렇게 불렀다. 그건 딸아이에게도 마찬가지였다. 마치 격식을 차리는 귀족들 흉내라도 내듯이 말이다.

"들어오십시오. 예기치 못한 방문이군요."

"내가 좀 느닷없이 나타나는 경향이 있지. 로제는 집에 있나?"

"뭘 좀 사러 밖에 나갔습니다. 금방 돌아올 겁니다."

그는 오드리 부인을 작은 응접실로 안내했다. 목조 건물이라서인지 집에서 눅눅한 냄새가 났다. 신경이 곤두설 만큼 완벽하게 정리되어 있는 집 안은 어쩐지 사람 사는 곳 같지 않았다. 아까 베리의 집에서처럼 걸레를 집어 드는 일 따위는 이곳에선 상상도 할 수 없었다.

"그런데 어쩐 일이십니까?"

"바쁘지 않다면 함께 저녁을 들고 싶네."

"아, 좋지요. 그러고 보니 같이 식사한 지 오래되었군요."

"그렇지. 한데 자네와 로제는 어떻게 지내고 있나? 수입은 좀 괜찮아졌나?"

피에르는 살짝 눈살을 찌푸렸다. 그렇게 하면 항상 굵은 주름 두 개가 이마에 깊게 파였다.

"다른 사람이 그런 질문을 했다면 무척이나 무례한 일이었을 겁니다."

"나는 장모가 아닌가. 딸아이가 잘 지내는지 알 권리가 있네."

"덕분에 아직 이곳에 발붙이고 계실 수 있는 거죠. 뭐, 굶지는 않고 삽니다. 일전에도 말씀드렸지만 레드포드에서 손꼽히는 훌륭한 신사분의 자녀 교육을 맡고 있거든요."

"보수를 거의 받지 못하는 일이라면서?"

피에르는 안경을 고쳐 쓰더니 눈에 힘을 주고 오드리 부인을 바라보았다.

"이해하지 못하실 줄 알았습니다. 이건 보수의 문제가 아니라 명예의 문제라는 걸 말입니다. 나는 훌륭한 가문의 아이들을 가르치는 사람입니다."

그의 야윈 얼굴에서 대단한 자부심이 넘쳐흘렀다. 그에게는 배를 채우는 것보다 중요한 일이 있는 게 틀림없었다.

"그럴 테지. 어쨌든 자네와 로제만 행복하다면야."

"행복하고말고요. 나 같은 사람과 결혼한 것도 아내에겐 큰 행운이 아니겠습니까?"

오드리 부인은 그의 거만한 태도가 마음에 들지 않았다. 로 제는 롤랑 거리에서도 손꼽히는 미인이었다. 레밍턴가의 어느 졸부를 비롯하여 기사 작위를 가진 남자가 청혼을 해 온 일도 있었던 것이다. 하지만 로제는 그들 모두를 거절하고 자신과 결혼해 주지 않으면 목숨을 끊겠다던 이 남자와 결혼했다. 그것이 잘한 일이었는지는 지금까지도 의문이었다.

"나도 그 말이 사실이길 바라네."

장모의 대답이 마음에 들지 않았는지 피에르가 얼굴을 굳히며 입을 여는 순간, 로제가 커다란 장바구니를 들고 들어왔다. 그녀는 오드리 부인을 보더니 아름다운 두 눈을 크게 떴다.

"엄마?"

"로제."

딸아이는 장바구니를 떨어뜨리고 오드리 부인에게 달려와 열정적으로 껴안고 입을 맞추었다. 베리에게 상해 있던 마음은 그것으로 모두 풀어졌다.

"너무 반가워요, 엄마. 내가 먼저 찾아갔어야 했는데. 요즘 이 사람이 거의 집에만 있어서 식사를 챙겨 줘야 했거든요."

"괜찮다, 로제. 내가 이렇게 왔잖니."

"네, 네. 저녁은 당연히 드시고 가실 거죠?"

"그래, 너만 괜찮다면."

로제는 몇 번이나 고개를 끄덕이고 그녀를 부엌으로 이끌었다. 그때 응접실에서 딱딱한 목소리가 들려왔다.

"짐머 부인, 차 한 잔 먼저 내오도록 하시오."

"알았어요, 피에르."

능숙하게 주전자와 차를 준비하는 딸의 손을 보니 예전의 곱디고운 하얀 손은 사라지고 거칠고 까만 손만 남아 있었다. 말할 수 없이 안쓰러운 마음에 그 손을 문지르자 로제가 돌아보며 미소 지었다.

"괜찮아요, 엄마."

"생활은 좀 나아졌니?"

"물론이죠. 피에르에게는 일거리가 많이 들어와요. 오래가지 못하는 게 단점이지만요. 그이는 멍청한 학생은 도저히 가르치고 싶지 않대요."

"그런 식으로 일을 골랐다간 좋지 않은 소문이 퍼질 거야."

"그래도 자기가 못 하겠다는데 어떡해요. 그이를 믿는 수밖에요."

로제가 바구니에서 꺼내는 식재료는 모두 저렴한 야채들뿐이었다. 그나마도 형편없이 말랐거나 어딘가 상해 있었다. 오드리 부인이 빤히 바라보자 딸은 변명하듯 말했다.

"우리는 먹는 걸 그다지 중요하게 여기지 않아요. 엄마가 오시는 줄 알았으면 좀 더 맛있는 걸 사 왔을 거예요."

"괜찮다. 이걸로도 얼마든지 좋은 음식을 만들 수 있으니까. 오랜만에 내가 실력 좀 보여야겠구나."

로제는 애정이 듬뿍 담긴 포옹을 했다. 다 큰 딸의 이런 어리광은 오드리 부인에게 아직도 그녀가 엄마라는 사실을 느끼게 해 주었다. 그것은 몹시 애틋하고 사랑스럽고, 또 어딘지 모르게 서글픈 느낌이었다.

피에르는 준비한 음식을 전부 먹어 치웠다. 잘 먹는 모습을 보니 밉게만 보이던 얼굴이 조금 나아졌다. 그는 마치 귀족처럼 점잖은 태도로 입가를 닦아 내고 말했다.

"잘 먹었습니다. 짐머 부인, 오드리 부인."

"입에 맞았다니 다행이로군."

"아주 훌륭한 식사였습니다."

피에르는 고상한 미식가처럼 선언했다. 오드리 부인과 로제는 서로를 보며 소리 없이 웃었다. 그릇을 정리하고 후식으로 딱딱한 푸딩을 먹는 동안 딸이 물었다.

"엄마, 혹시 아직도 그거 가지고 있어요?"

"그거라니?"

"엄마가 제일 아끼는 보물 말이에요. 항상 침실 창가에 놓아두는 거."

"아, 물론이지. 아직도 그 자리에 있단다."

"와아!"

로제가 기뻐하자 피에르가 짐짓 궁금하다는 투로 물었다.

"그게 뭡니까?"

"내 보물이지. 내 침실에 들어온 사람만 볼 수 있는."

"그렇다면 전 영원히 볼 일이 없겠군요."

피에르가 아쉬울 거 없다는 표정을 과장되게 짓자 오드리 부인이 미소 지었다.

"아마 자네가 어렸을 때 종종 봤을 거라네."

수수께끼 같은 말에 피에르는 호기심이 동한 듯했다. 하지만 오드리 부인은 끝까지 말해 주지 않았다.

"엄마, 오늘 주무시고 가실 거죠?"

로제가 후식을 치우며 밝게 물었다. 하지만 오드리 부인은 고개를 저었다.

"더 늦기 전에 네 오빠에게 가 봐야겠구나."

"네? 너무해요, 엄마. 하룻밤은 있다 가세요."

"내가 머물면 너희들이 침대를 양보해야 하잖니. 하나밖에 없는 침대인데."

로제가 곤란하다는 표정을 지었을 때 피에르가 탁 소리가 나게 스푼을 내려 놓았다.

"아하! 드디어 나왔군. 언제 그 이야기를 꺼내실까 했지요. 부인께서는 어떻게든 사위의 무능력을 지적하고 싶어 안달이시니까요."

"그건 아닐세. 하지만 솔직히 이야기하자면, 지금 지내는 모습이 썩 좋아 보이지는 않는군. 손님이 머물 공간조차 없지 않나."

피에르는 으르렁거리듯 쏘아붙였다.

"손님이라고는 이렇게 불쑥 들이닥치는 부인밖에 없는데 공간이 다 무슨 필요란 말입니까?"

"엄마한테 그런 식으로 이야기하지 말아요!"

결국 로제도 소리를 높였다. 두 사람 사이에 고성이 몇 번 오가자 오드리 부인은 자리에서 일어났다.

"그만 가 보는 게 좋겠구나."

"엄마!"

"안녕히 가십시오. 심기 불편하여 친히 배웅하지 못함을 용서하시지요."

피에르는 성큼성큼 자기 방으로 들어가 문을 쾅 닫았다. 로제는 두 손으로 머리를 떠받친 채 식탁을 내려다볼 뿐 말이 없었다. 오드리 부인은 안쓰러운 딸의 어깨를 한번 잡아 주고 조용히 그 집을 나왔다. 한데 현관을 나서는 순간 로제가 쫓아와 그녀를 와락 껴안았다.

"다음에 또 와요, 엄마. 나도 자주 찾아갈게요."

"부디 그래 주렴."

앞으로 몇 번이나 딸의 얼굴을 볼 수 있을지 모르지만 오드리 부인은 그 기회가 한 번이라도 더 있기를 바랐다. 잠시 후 품에서 떨어진 로제의 얼굴을 보고 그녀가 물었다.

"너 괜찮은 거니?"

"그럼요. 괜찮아요."

오드리 부인은 눈을 들어 불이 환하게 켜져 있는 사위의 방을 올려다보았다. 그리고 다시 물었다.

"행복하니?"

"그럼요."

딸아이는 울고 있었다.

밤은 어느새 도시 전체에 가라앉아 있었다. 점등인들이 바쁘게 뛰어다니며 가로등에 불을 놓았다. 저녁 안개가 미미하게 낀 까닭에 세상은 축축하고 또 희미했다. 낡은 짐마차 한 대가 유령처럼 안개 속에서 나타나자 오드리 부인은 가만히 손을 들어 세웠다.

"링던가까지만 좀 태워다 주시겠어요?"

모자를 깊이 눌러쓴 마부는 말없이 고개를 끄덕였다. 그의 곁에 올라앉자 시큼한 냄새가 풍겨 왔다. 그는 가벼운 동작으로 마차를 출발시켰다.

그들은 말이 또각거리는 소리 외에 다른 소리라곤 한 점 들리지 않는 길을 지나기도 하고, 주정꾼들로 떠들썩한 술집 앞을 지나기도 했다. 찰나의 동반자라고 해도 서로에 대해 물을 법한데 마부는 고지식할 정도로 입을 다물고 있었다. 오드리 부인 역시 마찬가지였다. 그녀는 계속해서 로제를 생각했다.

밤이 고요하게 흐른다. 그녀의 얼굴에서도 눈물이 흘러내린다. 둘 다 안온하고 말이 없었다.

링던가의 명물인 사과나무 동상 앞에서 오드리 부인이 내렸다. 가랑비라도 왔는지 거리가 조금 젖어 있었다. 그녀는 드레스 자락을 살짝 들고 10여 분 정도 걸었다. 널찍한 도로 양옆으로 어두운색의 저택들이 늘어서 있었다.

아들은 2층짜리 집을 소유해서 위층을 다른 사람에게 세를 줬는데, 자식들 중 가장 부유하게 살았다. 남편이 남겨 준 유산 덕분이었다. 현관 앞에 도착한 오드리 부인은 안쪽에서 무언가 요란하게 부서지는 소리를 들었다. 쌍둥이 손녀들의 짓일 듯싶었다. 사랑을 듬뿍 받고 자란 두 아이는 이웃들이 드러내고 흉을 볼 정도로 버릇이 엉망이었다.

두어 번 노크했지만 대답은 들리지 않았다. 그런 소란 통에 노크 소리를 들을 수 있을 리 만무했다. 결국 오드리 부인은 허락 없이 문을 열고 안으로 들어갔다. 거실에서 딸들과 놀아 주고 있던 테오가 깜짝 놀라며 자리에서 일어났다.

"어머니?"

"오랜만이구나, 테오."

"갑자기 어쩐 일이세요?"

"좀 피곤하구나. 앉아서 이야기할 수 있을까?"

테오는 얼떨떨한 표정으로 자리를 내주었다. 오드리 부인은 벽난로 근처에 앉았지만 불이 꺼져 있었다. 부엌에서 과일 접시를 가져오던 엘제인도 오드리 부인을 보고 놀란 듯했다.

"오셨어요?"

"그래. 건강해 보이는구나."

엘제인은 배가 조금 불러 있었다. 테오가 쑥스러운 듯 말했다.

"셋째를 가졌어요. 새삼스러울 것 같아서 낳고 나면 말씀드리려고 했지요."

"그렇구나. 축하한다."

"네. 이번엔 분명히 아들일 거예요."

엘제인은 뛰어다니는 두 아이를 간신히 붙잡고 오드리 부인에게 인사시켰다. 서로 꼭 닮은 자매는 쭈뼛거리며 거의 들리지 않는 목소리로 인사했다.

"둘 다 많이 컸구나. 이젠 숙녀라고 불러야겠는걸."

"숙녀답게 행동해야 숙녀지요."

테오는 짐짓 꾸짖듯 말했지만 얼굴엔 두 아이에 대한 애정이 가득했다.

"그런데 무슨 일이세요? 이렇게 갑자기 오시다니요."

"꼭 무슨 일이 있어야 올 수 있는 건 아니잖니. 너희들은 초대도 한번 않더구나."

"죄송해요. 아시다시피 일하랴, 두 아이 키우랴, 정신이 하나도 없어서요."

"그래, 그랬겠지. 베리와 로제도 그렇게 말하더구나."

두 여동생의 이름이 나오자 테오가 분노하는 기색을 드러냈다.

"그 녀석들은 어머니 홀로 계신데 잘 챙기지 않고 뭘 한대요? 사위들도 하나같이 쓸모없는 녀석들뿐이에요."

홀로 사는 어머니를 누가 챙겨야 할지 굳이 따지자면, 가장 큰 몫은 첫째이자 유산을 물려받은 아들 테오에게 있었다. 하지만 테오는 그 사실을 전혀 모르는 것처럼, 혹은 아예 무시하는 사람처럼 한동안 더 여동생들에 대한 험담을 늘어놨다.

잠자코 듣고 있는 오드리 부인 대신 엘제인이 남편에게 그만하라는 눈짓을 보냈다. 부인의 말이라면 무조건 따르고 보는 테오는 즉시 입을 다물었다.

"저녁은 드셨어요?"

엘제인이 친근하게 묻자 오드리 부인은 고개를 끄덕였다.

"로제네서 먹었단다. 그런데 제인, 언제 한번 로제를 만나러 가지 않겠니?"

두 사람은 어려서부터 친한 친구였다. 테오와 엘제인이 결혼하게 된 것도 그 덕분이었다.

"저도 그러고 싶어요. 오래도록 만나지 못했거든요."

"부디 그 아이에게 신경을 좀 써 주렴. 요새 답답한 모양이더구나."

"그래요? 시간이 날 때 들르도록 할게요."

오드리 부인이 고개를 끄덕이자 테오가 눈치 없이 큰 소리로 물었다.

"왜요, 그 샌님 같은 자식이 또 속 썩인대요?"

"그런 건 아니란다."

"내가 그럴 줄 알았지. 그 자식이랑 결혼하면 안 된다고 몇 번이나 말했잖아요. 그렇게 쉽게 무릎 꿇는 녀석을 어떻게 믿어요? 결혼해 주지 않으면 죽겠다고 엉엉 울기나 하던 자식을 왜 받아 주냐고요."

"어쩌겠니, 로제가 착해서 그런걸. 그리고 피에르 탓이 아니래도."

"가요! 지금 당장 가요. 내 오늘 그 자식을 때려눕히지 않으면……"

"아니라고 하시잖아요. 앉아요, 당신."

혼자 흥분하던 테오는 엘제인의 한마디에 금세 누그러졌다.

"그래요. 그럼 당신이 언제 가 봐요. 순해 빠진 동생 때문에 내가 늘 걱정이라오."

"그러시겠죠. 인정 많은 사람 같으니."

엘제인의 다독임에 테오는 입을 벌리고 바보처럼 웃었다. 두 사람이 서로의 애정을 확인하는 동안 딸들은 과일을 가지고 싸우고 있었다. 서로 더 큰 걸 먹겠다는 게 원인이었는데, 접시를 붙잡고 이리저리 당기다가 결국 바닥에 전부 쏟고 말았다.

"나 원. 카엘, 카린."

그럼에도 사랑스럽다는 듯 테오가 두 딸을 타일렀다.

"이러면 못 쓰지. 엄마 몸도 무거운데 힘들게 하지 마라."

두 아이는 샐쭉한 얼굴로 바닥과 엄마를 번갈아 보더니 오드리 부인에게 눈을 돌렸다.

"할머니가 치워 주면 되잖아요."

"얘들이 버릇없게!"

엘제인이 깜짝 놀라 외쳤지만 오드리 부인이 말렸다.

"그래, 그래. 할머니가 치워 줄게. 대신 얌전히 있을 거라고 약속하겠니?"

두 아이는 똑같은 동작으로 고개를 끄덕였다. 오드리 부인은 아들과 며느리, 두 손녀가 지켜보는 가운데 접시와 과일을 치워 부엌으로 갔다. 뒤에서 테오의 목소리가 들려왔다.

"엄마, 제인이 속이 안 좋아서 아무것도 못 먹었어요. 과일이라도 먹어야 하는데…….."

오드리 부인은 아들을 한번 돌아보곤 가만히 과일을 꺼냈다. 그것들과 같이 한숨을 깎아 접시 위에 늘어놓았다. 참 보기도 좋았다.

그날 밤 손님방에 홀로 누운 채 오드리 부인은 생각했다. 그녀가 죽고 나면 세 아이는 어떻게 될까 하고. 아마 당분간은 좀 슬퍼하겠지만 그녀가 없어진 뒤에도 지금과 별 다름없이 살 것이다. 왜인지 그것이 그녀의 마음을 어지럽게 했다.

내가 없는데 내 아이들은 지금과 똑같이 살아갈 거라니. 내가 없는데 세상 사람들 모두 그 사실에 아무 유감도 느끼지 못하고, 어제와 같은 오늘을, 오늘과 같은 내일을 살아갈 거라니.

라벨도 마찬가지일 터였다. 깊은 푸른색 눈을 가진 다정하고 말이 없는 그 청년 말이다.

까마득한 옛날, 오드리 부인이 열여섯 살일 때 나타나 단숨에 마음을 빼앗았던 남자와 그는 너무도 닮아 있었다. 첫사랑인 그 남자는 잠시 오드리 부인이 살던 마을에 머물렀는데, 마을 사람 모두에게 다정했고 입가엔 늘 부드러운 미소를 띠고 있었다. 이름은 기억나지 않지만 그 무렵 한참을 쫓아다녔더란다.

그를 쫓아 산머리에 오르던 날, 마을에는 한 번도 본 적 없던 완벽한 반원의 무지개가 떴다. 너무도 아름다운 무지개를 보며 오드리가 끝없이 감탄하자 청년은 가방 속에서 작은 유리병을 꺼냈다. 병 속에는 놀랍게도 일곱 색을 띠는 안개 같은 것이 들어 있었다. 마치 작은 무지개가 그 안에 떠 있는 듯했다.

선물이에요.

그의 다정한 목소리를 들으며 오드리는 떨리는 손으로 병을 받았다. 콩닥거리는 가슴을 안고 돌아와 그날 밤 잠자리에 들며 생각했다. 혹시 이건 사랑의 증표가 아닐까? 그가 곧 청혼해 오는 게 아닐까? 청년이 준 병을 꼭 안은 채 이불 속에서 얼마나 행복하게 웃었는지 모른다.

하지만 다음 날 깨어나자마자 그녀의 아버지가 세상이 무너지는 것 같은 말을 던졌다.

아침 일찍 떠난다더구나.

울며 산머리로 달려가 마을 어귀를 내다보았지만 청년의 모습은 보이지 않았다. 그가 준 유리병을 내려다보며 어린 오드리는 그렇게 첫사랑이 끝났다는 걸 깨달았다. 그리고 아직도 바래지 않은 무지개가 든 그 병은 지금도 그녀의 침실 창가에 놓여 있었다.

'라벨 군을 처음 봤을 땐 정말 그 사람을 다시 만난 듯했지.'

특히 그 부드러운 미소가 많이 닮아 있었다. 앞으로 얼마나 더 그걸 볼 수 있을까? 오드리 부인은 가슴 위에 두 손을 모으고 그 미소를 떠올리다가, 이 나이에 너무 주책이 아닌가 생각했다.

그녀는 분명 라벨을 아끼고 사랑했다(누군들 그를 미워할 수 있을지). 그러나 이성을 대하는 감정은 아니고 그렇다고 자식처럼 여기는 것도 아니었다. 그저 그를 만나면 기분이 좋았고 오랜 친구를 만난 듯 마음이 편안했다.

그렇다면 라벨은 어떨까. 저택의 다른 사람들보다 그녀를 좀 더 편안하게 여기는 건 분명했다. 그렇지 않고서야 밖에서나 타인 앞에서는 절대 짓지 않는 그 표정, 오드리 부인도 몇 번 보지 못한 피로한 얼굴을 보였을 리 만무하니까. 가끔 서로가 서로의 기분을 완전히 이해할 때만 느낄 수 있는 말 못 할 평온함도 두 사람이 함께 있을 때엔 종종 찾아들었다.

그래서 오드리 부인은 거의 확신하고 있었다. 라벨에게 자신이 그렇게 특별한 사람은 아닐지라도, 어느 정도 소중하게 여기는 사람일 거라고 말이다.

'이상한 일이야. 얼마 후 이곳을 떠나야 한다는 걸 아는데, 지금 이 순간 자식들이나 다른 누군가보다 오직 그와 헤어지는 게 못 견디게 서운하니.'

죽음에 대한 직감을 느낀 후 처음으로 그녀는 그것을 부정하고 싶어졌다.

'그래, 주스트 씨는 의사였지. 돌아가면 진찰을 한번 받아 봐야겠구나.'

오드리 부인은 눈을 감았다. 망막 위를 떠다니는 점들이 화려하고 복잡한 문양을 그렸다. 작고 소리 없는 그녀만의 축제 속에서 잠이 든다. 이어지는 것은 더 깊고 아름다운 꿈의 세계다.

빵 굽는 달콤한 냄새를 맡으며 오드리 부인은 눈을 떴다. 엘제인이 아침을 준비하는 건가 싶었지만 그 냄새는 창밖에서 풍겨오고 있었다. 옷을 갈아입고 머리를 단정히 한 뒤 물을 부어 세수를 했다. 거울을 보니 기분 탓인지 어제보다 안색이 어두워 보였다.

이런 얼굴로 아이들을 만나고 싶진 않은데.

조용히 중얼거린 그녀는 밖으로 나갔다. 해가 이미 높이 떴고 다른 사람들은 분주하게 식사를 준비하는 시간인데 집 안은 고요하기만 했다. 의아하게 여기던 오드리 부인은 곧 엘제인이 임신 중이라는 사실을 떠올렸다. 틀림없이 잠이 늘어 그런 것이리라.

오드리 부인은 어젯밤 미처 하지 못한 설거지를 대신 하고 아침 식사를 준비했다. 모든 준비가 끝나자 테오가 눈을 비비며 부엌에 나타났다.

"뭐 하시는 거예요?"

"식사가 다 됐으니 제인과 아이들을 깨우도록 하렴."

"벌써요? 아직 한참 더 자야 하는데."

"평소에도 이렇게 늦게 일어나니?"

"안사람도 아이들도 잠이 많아서요."

"별로 바람직하지 않구나."

잔소리가 시작될 기미를 느낀 테오가 머리를 벅벅 긁었다. 오드리 부인은 그래도 할 말은 해야겠다고 생각했다.

"아이들 교육 말인데, 피에르에게 맡겨 보는 게 어떻겠니?"

"네? 그런 자식한테 애들을 맡기라고요?"

"피에르는 엄격한 선생님이야. 훌륭한 가문의 아이들도 가르

친다고 하더구나. 요즘 생활이 어려워 보이던데 좀 도와줘도 되잖니."

"싫어요. 그런 거 없이도 카엘과 카린은 잘 자란다고요."

"잘 자란 아이들 꼴이 그러니? 이웃들 사이에 버릇없다는 소문이 퍼졌더구나."

테오는 험악한 얼굴로 어머니를 노려보았다. 그녀가 그런 소문을 내기라도 했다는 듯이.

"제가 자식들을 어떻게 키우든 참견하지 마세요. 어머니는 뭐 그렇게 훌륭한 어머니셨던 줄 알아요?"

오드리 부인은 미동 없이 아들을 바라보았다. 말이 지나쳤다는 걸 깨달은 테오가 입을 다물었지만 반항적인 표정까지 지우지는 않았다. 두 사람 다 한동안 그렇게 말없이 서 있었다. 결국 오드리 부인이 먼저 고개를 돌렸다.

"이만 가 봐야겠구나."

테오는 빈말로도 붙잡지 않았다. 다만 신경이 쓰인다는 얼굴로 사라지는 어머니의 뒷모습을 힐끗 응시했다.

저택을 나온 오드리 부인은 링던 거리를 따라 내려갔다. 그렇게 반 시간쯤 걷다 방향을 바꿔 에즈강으로 향했다. 그곳엔 오늘도 연인들과 거리 악사, 수많은 장사꾼과 재주꾼들로 가득했다.

오랜만에 강변을 둘러보던 그녀는 즉흥적인 기분으로 푸른색 장미를 샀다. 장사꾼이 어설픈 손길로 그것을 모자에서 꺼내며 마술이라고 주장했지만 미리 칠해 둔 게 틀림없었다. 어쨌든 보기에 충분히 아름다웠으므로 한 송이를 예쁘게 포장해서 손에 들었다.

다음으로 오드리 부인이 향한 곳은 에즈강이 내다보이는 작고 소박한 카페였다. 가게 주인의 성을 따서 이름은 바코드 씨의 홈 베이커리였지만 요즘은 빵이나 파이보다 커피가 더 인기 있었다. 그 카페에 가는 사람이라면 모두가 알고 있는 어떤 친절한 직원 덕분이었다.

"어서 오세요, 오드리 부인."

놀래켜 주고 싶었는데 라벨은 마치 그녀의 방문을 예상한 듯 먼저 문을 열었다. 오드리 부인은 조금 당황하면서도 반가워하며 물었다.

"내가 오는 걸 어떻게 알았지요?"

"멀리서 걸어오시는 모습을 봤어요. 예쁜 꽃을 들고 계시더라고요."

"아, 이거."

오드리 부인은 꽃을 한번 내려다보고는, 왠지 모르게 쑥스러운 기분을 느끼며 그에게 내밀었다.

"라벨 군에게 주려고 가져왔답니다."

"저한테요?"

라벨은 무척 놀란 듯했다. 그답지 않게 할 말을 찾지 못하고 서 있다 어색하게 꽃을 건네받았다. 그러곤 마치 남의 물건을 다루듯 조심스레 꽃을 만지며 웃었다. 하지만 어째서인지 눈가는 일그러져 있었다.

"이건 정말 뜻밖의 선물이네요. 뭐라고 말씀드려야 할지 모르 겠어요."

"라벨 군이 나한테 베풀어 준 것에 비하면 아무것도 아닌걸요."

"베풀긴요. 할 수 있는 일들을 했을 뿐인데요. 어서 들어오세 요. 보답이라고 하긴 그렇지만 파이와 커피라도 대접할게요."

"꽃 한 송이 주고 커피와 파이를 얻다니, 오늘 남는 장사 했네요."

그제야 라벨이 평소와 같은 미소를 보였다.

"몸이 안 좋으신 것 같다고요?"

"그냥 짐작이에요. 하지만 어느 때는 잘 들어맞지요."

"의사는 찾아가 보셨나요?"

"오늘 주스트 씨를 만나 보려고 한답니다."

"오늘은 주스트 씨가 병원에 없는 날일 텐데……."

"그럼 내일 가면 되지요. 걱정할 건 하나도 없어요. 정말로 몸에 문제가 있다 해도, 어차피 언젠가는 받아들여야 할 일인 것을."

라벨은 아무 말도 하지 않았지만 오드리 부인이 전날 목격했 던 피로가 얼굴 위로 떠올랐다. 이제 보니 아주 오래전부터 쌓 여 온 근심인 듯도 했다. 안쓰러운 마음에 오드리 부인은 주름 진 손을 뻗어 그의 손 위에 얹었다.

"괜찮답니다. 라벨 군이 믿고 있는 게 사실이라면 언젠가 우리는 다시 만날 테니까요."

"하지만 전 다시는……."

라벨은 말을 하다 말고 무슨 실수라도 저지른 듯 흠칫했다. 오드리 부인이 무슨 일이냐고 물으려는 순간, 종소리와 함께 가게 문이 열리면서 고급스러운 옷차림의 신사와 한 소녀가 들어섰다. 라벨은 결국 하려던 말을 잇지 못한 채 일어나 그들에게 다가갔다. 서로 아는 사이인 듯 소녀와는 친근하게 인사도 나누었다.

'라벨 군이 무슨 말을 하려고 했던 걸까?'

알 수 없는 일이었다. 하지만 자신의 짐작이 맞는다면 그는 다시는 그 말을 꺼내지 않을 터였다.

주문을 받은 라벨이 부엌으로 사라지자 새로운 두 손님은 오드리 부인의 맞은편 테이블에 앉았다. 별생각 없이 그들을 바라보다가 오드리 부인은 신사와 눈이 마주쳤다. 그는 보기와 달리 높고 가느다란 목소리로 말했다.

"참으로 뜻깊은 오후가 아닌가요, 부인."

"네? 제게 하신 말씀인가요?"

"물론이지요. 이 안엔 부인과 나밖에 없지 않나요."

오드리 부인은 어리둥절하게 카페 안을 둘러보았다.

"그러네요. 사람이 꽤 많았는데 다들 언제 나간 건지……."

"바쁜 사람들이지요. 이 레드포드의 시민들은 말입니다."

"아, 네. 그러게요."

오드리 부인이 어색하게 대답했다. 한눈에 봐도 높은 귀족임이 분명한데 왜 자신에게 말을 걸었는지 알 수 없었다.

"방금 주방으로 들어간 청년과는 잘 아는 사이인가요?"

"네, 같은 저택에 살고 있어요. 그쪽 신사분이야말로 라벨 군과 친분이 있으신 듯 보이네요."

"그와 나는 좀 특별한 관계랍니다."

오드리 부인은 그 말에 놀랐다. 라벨이 다른 누군가와 특별한 관계라고 말할 만큼 친하게 지내는 걸 본 적이 없었기 때문이다. 있다면 주스트 씨 정도겠지만 눈앞의 신사는 그녀가 처음 보는 사람이었다. 그래서인지 기분이 이상했다.

"조금 뜻밖이군요. 라벨 군이 당신 같은 분에 대해 말하는 건 듣지 못했는데요."

"드러내고 말할 만한 관계가 못 되니 말이죠. 아무튼 그렇게 말하는 걸로 봐서 부인께서는 그와 상당히 친분이 있는 것 같군요."

"네. 우리는 서로를 좋은 벗이라 여기고 있어요."

"좋은 벗이라."

신사는 입술을 길게 찢어 웃었다.

"그럼 저 청년에 대해서도 잘 알겠군요."

"서로에 대해 잘 아는 것만이 친분이라고 생각하지는 않아요. 하지만 물으셨으니 대답해 드리자면, 저는 그렇다고 믿고 싶네요."

"그렇군요. 잘 알고 있다라."

그의 웃음이 꼭 비웃는 것 같아 마음에 들지 않았지만 오드리 부인은 잠자코 있었다.

"그럼 그가 사람들에게 어떤 짓을 하고 다니는지도 잘 아시겠군요."

"예? 그게 무슨 말씀이신지요."

"그는 다른 사람들의……."

그때까지 미동 없던 소녀가 갑자기 신사의 팔을 잡아당겼다. 신사는 소녀를 한번 내려다보고는 뜻 모를 미소와 함께 말을 마쳤다.

"소원을 들어준답니다."

오드리 부인은 아연한 기분을 느꼈다. 그게 뭘 뜻하는 건지, 어떤 비유인지 생각해 봤지만 달리 떠오르는 게 없었다.

"라벨 군이 이웃들을 많이 도와주기는 하지요."

생각 끝에 그렇게 말하자 신사는 무척 재미있다는 듯 웃었다.

"아니요, 부인. 내 말은 말 그대로의 의미입니다. 그는 다른 사람들의 소원을 현실로 만들어 준답니다."

그는 그 이상 분명할 수 없다는 듯 말했지만 오드리 부인은 더욱 혼란스러울 수밖에 없었다. 그때 뒤에서 인기척이 느껴졌다. 돌아보니 라벨이 쟁반에 커피 한 잔을 올린 채 서 있었다.

오드리 부인이 그날 겪은 어떤 일도 그때 본 라벨의 표정보다 더 놀라울 수는 없었다.

매주 금요일 아침은 오드리 부인이 가장 기다리는 시간이었다. 하지만 며칠 전부터 그녀가 우려했던 일이 마침내 현실이 되었다.

라벨이 오지 않았다.

오드리 부인은 초조함과 걱정, 슬픔을 느꼈다. 혹시나 하고 정성스레 만든 음식이 식탁 위에서 천천히 식어 가고 있었다. 그녀는 시계가 움직이는 걸 바라보았다. 문밖에서 작은 소리만 들려도 흠칫했지만 그녀가 기대하는 노크 소리나 그의 부드러운 목소리는 들리지 않았다.

'차라리 아무렇지 않게 나타났더라면 잊었을 텐데.'

라벨이 이러는 이유를 달리 생각할 수는 없었다. 그날 카페에서 만난 신사가 했던 묘한 이야기 때문이다. 농담이라고 생각했던 말에 라벨이 보인 반응을 지금까지도 잊을 수 없었다.

충격받은 얼굴로 한동안 서 있던 그는 아주 작은 목소리로 그만 퇴근해야겠다고 말했다. 그때만큼 둘 사이에 완전한 공감이 이루어진 적은 없었다. 오드리 부인은 결코 무언가를 물어서도, 지금 라벨을 붙잡아서도 안 된다는 걸 알았다. 그래서 잠자코 고개를 끄덕였다. 라벨은 즉시 등을 돌려 사라졌다.

오드리 부인은 그제야 그런 상황이 오게끔 만든 장본인을 바라보았지만 신사는 라벨이 두고 간 커피를 태연히 마시고 있을 뿐이었다.

"역시 그가 끓인 커피는 최고란 말이지요."

오드리 부인은 그를 야속하게 쳐다보고 카페를 나왔다. 뭔가 더 물을 법도 했지만 일부러 그러지 않았다. 라벨이 그렇게나 두려워하는 일이라면 그것이 아무리 세기의 비밀이라도 알고 싶지 않았다. 그녀는 그대로 잊어버릴 생각이었다.

하지만 라벨이 매주 약속한 시간에 나타나지 않자, 이 문제를 이대로 넘겨서는 안 된다는 걸 깨달았다.

'그 착한 사람이 도대체 무슨 일에 휘말렸기에.'

고민하던 그녀는 정오가 다 되어서야 일어섰다. 조용히 방을 나와 아래가 아닌 위층으로 향했다. 그녀가 기억하기로 주스트 씨의 방은 6층 왼쪽이었다. 하지만 문을 두드려도 아무 반응이 없었다. 금요일 오후였으니 직장에 있는 모양이었다.

'병원이 피레스트 근처라고 들은 것 같은데.'

그 기억 하나로 길을 찾는 건 무모한 일임에 틀림없었지만 오드리 부인은 현관을 나섰다. 쏟아지는 비 때문에 기다란 검은 우산을 펴고 의지하듯 붙잡은 채 걸었다.

서쪽에 있는 피레스트는 그녀에게 생소한 곳이었다. 그쪽은 부유한 사람들이 사는 동네였다. 목적지에 가까워지자 정갈한 도로와 고급 상점, 주택들이 보였다. 부자들이 사는 곳은 이렇구나 하고 감탄하며 걷던 그녀는 맞은편에서 걸어오는 어떤 남녀를 발견했다.

아들로 보이는 청년이 노부인을 부축하고 있었는데, 다른 손에 우산과 약봉지를 함께 들고 있었다. 어쩌면 병원을 다녀오는 걸지도 모른다는 생각에 그들을 불렀다.

"주스트 씨 병원이요? 당연히 알죠. 방금 거기서 오는 길인데요."

오드리 부인이 묻자 청년은 찾아가는 길을 자세히 알려 주었다.

"주스트 씨는 이 근방에서 최고예요. 어쩌면 레드포드에서 최고일지도 모르고요. 귀족들도 많이 찾아온대요. 그런데도 우리 같은 사람들을 거절하지 않아요."

오드리 부인은 주스트 씨와 이렇다 할 친분이 없었지만 가끔 보는 푸근한 미소나 청년으로부터 들은 이야기로 대강 어떤 사람인지 그려 볼 수 있었다.

"고마워요. 편찮으신 것 같은데 빨리 나으셨으면 좋겠네요."

오드리 부인이 말하자 청년에게 의지하고 있던 노부인이 그녀를 보았다.

"그쪽이야말로."

두 사람이 빗속으로 사라질 때까지 오드리 부인은 한동안 그들을 응시했다. 그러다 몸을 돌려 청년이 알려 준 길로 향했다.

주스트 씨의 병원에는 간판조차 달려 있지 않았다. 그저 병원을 뜻하는 표식이 하나 그려져 있었을 뿐이다. 덕분에 처음에는 그냥 지나쳤다가 되돌아와서야 발견했다. 그의 병원은 근방의 다른 건물들과 달리 낡고 초라해 보였다.

오드리 부인은 안으로 들어갔다. 예상과 달리 많은 사람들로 북적이고 있었다. 어머니에게 억지로 끌려온 듯 볼이 부어 있는 소년, 팔과 다리에 붕대를 감고 있는 남자, 사정없이 몸 여기저기를 긁는 여자, 서로의 손을 다정하게 붙잡고 있는 노부부 등.

조용히 둘러보던 그녀에게 직원으로 보이는 청년이 다가와 물었다.

"예약하셨나요?"

"아니요. 저는 그…… 주스트 씨를 만나러 왔는데요."

"여기 계신 분들도 다 그렇죠. 지금 환자들이 좀 밀려 있는데다 예약 손님도 몇 분 더 올 거라 오래 기다리셔야 돼요."

"기다릴게요."

청년은 미소를 지으며 들고 있던 서류를 한 장 넘겼다.

"성함이 어떻게 되시죠?"

"오드리라고만 적어 줘요."

"네, 오드리 부인. 순서가 되시면 부를게요."

청년이 다른 환자에게 걸어가자 오드리 부인은 적당한 자리를 찾아 앉았다. 그녀의 옆에는 고개를 푹 숙인 채 머리를 두 손으로 감싼 남자가 있었는데 끊임없이 뭔가를 중얼거렸다.

"안 돼. 이대로는 안 될 거야. 그걸 받지 못하면……."

맞은편에서는 아직 앳되어 보이는 소녀가 친구를 위로하고 있었다.

"주스트 씨는 뭐든 고친다니까. 팔도 고치고 다리도 고치고 머리도 고치고. 그러니까 그깟 여드름은 아무것도 아니야. 글쎄 줄리안이 그것 때문에 너랑 헤어지진 않을 거라니까!"

그 옆에는 벌겋게 부어오른 살을 정신없이 긁어 대는 여자도 있었다. 그녀는 남들이 보든 말든 상관하지 않고 옷 속에 손을 집어넣어 미친 듯이 긁었다.

"아무래도 소더반 씨 상태가 심각한 것 같은데요. 디름 씨, 순서를 양보하실 수 있겠어요?"

"뭐? 난 벌써 두 시간이나 기다렸다고!"

"하지만 저러다 뼈까지 긁으시겠어요."

디름 씨라고 불린 남자는 그쪽을 힐끗 보더니 크게 콧방귀를 뀌었다.

"맘대로 하든가. 어디 내 밤새 기다려 보지."

그렇게 소더반 씨가 먼저 들어가고 잠시 후에는 디름 씨도 들어갔다. 친구에게 위로받던 소녀와 팔다리에 붕대를 감은 남자도 들어갔다. 나가는 문이 따로 있는지 그들 모두 다시 나오는 일은 없었다.

오드리 부인은 끊임없이 자학적인 말을 중얼거리는 남자의 곁에서 세 시간을 기다렸다. 그러는 동안 사람들을 관찰하거나 책을 읽기도 하고, 잠시 졸다 직원 청년에게서 차도 한 잔 얻어 마셨다. 청년은 접수원 일을 할 뿐 의술은 배우지 않는다고 했다.

"전 솔직히 그런 거 못 하겠어요. 상태가 끔찍한 환자들도 종종 오는데 주스트 씨는 그런 걸 아무렇지 않게 만지시거든요. 사람의 살을 째기도 하고요. 전 그러다가 기절할 거예요."

청년은 싹싹하고 장난기도 많았다. 얼굴에는 주스트 씨에 대한 애정과 존경이 가득했다. 오드리 부인은 이렇게 젊은 사람들과 이야기를 나눌 때면 일종의 혈기랄까, 삶에 대한 긍정적인 열정을 느낄 때가 많았다. 이 청년도 마찬가지였다.

하지만 그렇다면 왜 비슷한 또래인 라벨은 그렇지 않은 걸까? 눈앞의 청년이 순수하게 몰아치는 파도라면 라벨은 미동 없는 깊은 바다 같았다. 그것은 어두우면서도 무겁고, 때로는 무섭기까지 했다. 하지만 어느 것도 흉내 낼 수 없는 깊은 색을 내는 것만은 분명했다.

"스콘 씨, 들어가세요."

접수대 청년이 몇 번 더 이름을 불렀지만 오드리 부인의 옆에 있는 남자는 반응이 없었다. 그의 이름이라는 걸 알 수 있었던 까닭은 이제 대기실에 남은 사람이 그들 둘밖에 없었기 때문이었다.

"스콘 씨, 병원까지 오신 것만 해도 충분히 칭찬받으실 일이에요. 여기서 조금만 더 힘내세요!"

그렇게 스콘 씨도 들어가자 대기실에는 정적만 남았다. 다음이 자기 차례라는 것에 오드리 부인은 괜한 긴장감을 느꼈다. 네 시간 가까이 기다렸음에도 짜증이 나기는커녕 쉴 틈 없이 환자들을 보는 주스트 씨가 대단하게만 보였다.

"오드리 부인, 정말 오래 기다리셨죠? 이제 들어가세요."

청년이 친근하게 말하며 그녀를 진료실로 안내했다. 방 안엔 책상 하나와 환자가 눕는 침대, 여러 도구들이 들어 있는 진열장 등이 있었다. 그리고 무엇보다 그렇게 만나고 싶어 한 주스트 씨가 있었다.

"아니, 오드리 부인 아니십니까?"

"안녕하세요, 주스트 씨."

오드리 부인은 그와 악수를 하고 맞은편에 앉았다.

"이웃인데 너무 오래 기다리시게 했군요. 죄송합니다."

"아니에요. 다른 환자들과 똑같은 처지인걸요."

"요즘 환절기라 환자들이 많습니다. 물론 환절기와는 상관없는 질병들이 대부분이지만 말입니다."

유쾌하게 말한 그가 푸근한 웃음을 지어 보였다. 보는 사람으로선 마음이 편안해질 수밖에 없는 미소였다.

"그런데 어쩐 일로 오셨는지요. 어디 편찮으신가요?"

"네. 한데 그 전에 다른 것부터 여쭤보고 싶어요. 혹시 요즘 라벨 군에게 무슨 일이 있나요?"

주스트 씨는 어리둥절한 표정을 지었다. 여기서 그 이름을 듣게 될 줄 몰랐다는 반응이었다.

"라벨 군이요? 글쎄요. 무슨 일이 있다던가요?"

"몰라서 제가 여쭤본걸요."

"참, 그렇지요. 글쎄요, 저는 특별한 기색을 못 느꼈습니다만. 그러고 보니 요즘 바빠서 제대로 본 적이 없군요. 설마 그걸 물으러 여기까지 오신 겁니까?"

"요즘 얼굴이 안되어 보여서요. 주스트 씨는 라벨 군과 친하니까 뭔가 아실 거라고 생각했어요."

카페에서 마주친 신사가 했던 말을 그대로 전할 수는 없었다. 라벨이 그걸 원하지 않으리란 건 자명했기에. 잠시 고민하던 주스트 씨는 탐탁지 않은 어조로 말했다.

"이렇게 대답한다고 해서 성의 없다고 생각하지는 말아 주십시오. 하지만 라벨 군에게 직접 물어보는 게 가장 빠르지 않을까요? 뭘 물어보든 성실하게 대답해 주는 친구라서요. 아마 첫사랑에 대해 캐물어도 솔직하게 다 이야기할 겁니다."

주스트 씨는 재미있다는 듯 껄껄 웃었지만 오드리 부인은 따라서 웃을 수가 없었다.

"알아요. 하지만 그래서 더 물어볼 수 없는 경우도 있지요."

이 말에는 주스트 씨도 좀 진지한 표정이 되었다.

"흠, 알겠습니다. 오늘 일을 마치고 라벨 군을 찾아가서 같이 저녁이라도 들자고 해야겠군요. 슬쩍 알아보고 부인께 말씀드리면 되겠지요?"

"아뇨, 전 뭔가를 알아내 달라는 게 아니에요. 그저…… 라벨 군 곁에 누군가 필요할 것 같아서요."

주스트 씨는 묘한 표정으로 부인을 바라보다가 물었다.

"그 친구를 아들처럼 생각하시나 보죠?"

"그래요."

아니었지만 아니라고 말할 만큼 주책없지는 않았다. 주스트 씨는 고개를 끄덕였다.

"알겠습니다. 이제 그 일은 넘어가지요. 아까 몸도 편찮다고 하셨죠?"

"네, 하지만 확실하지는 않아요. 저는 이런 병이 있는지, 이게 병인지 잘 모르겠어요."

"어떤 증세가 있으시길래요?"

의사다운 호기심을 드러내며 주스트 씨가 물었다. 오드리 부인은 잠시 고민하다 솔직하게 말했다.

"내가 곧 죽으리란 걸 확실히 느꼈어요."

주스트 씨는 물론 그녀의 말을 믿지 않았다. 대신 요즘 건강 상태가 어떤지, 다른 이상은 없는지 꼬치꼬치 캐물었다. 오드리 부인은 성의껏 대답할 뿐 자신의 말을 믿게 하도록 다른 말을 덧붙이지는 않았다. 어쩌다 그런 걸 느꼈냐는 물음에는 그냥 알게 되었다고만 했다. 진실이 그랬으니까.

주스트 씨는 여러 서적을 들추며 그녀를 위해 많은 시간을 할애했다. 환자마다 진료하는 시간이 길었던 까닭이 그 때문인 듯했다. 고맙긴 했지만 오드리 부인이 바라는 처방은 한 가지뿐이었다. 그날이 올 때까지 마음 편히 주변을 정리하고 하고 싶은 일들을 하십시오.

"아무래도 폐경기 우울증일 가능성이 제일 큰 것 같군요. 부인의 나이대 여성들에게서 자주 볼 수 있는 질환입니다."

오드리 부인은 폐경기라는 단어가 뭔지 잘 몰랐다. 그에 대해 묻자 주스트 씨는 전문가다운 태도로 상세히 설명했다. 의사라고는 해도 어쨌든 이웃이기에, 오드리 부인은 얼굴을 조금 붉힐 수밖에 없었다.

"하지만 전 그 기간은 예전에 지났고, 딱히 우울한 마음도 들지 않는데요."

"우울증이 반드시 우울한 기분만을 뜻하는 건 아닙니다. 사실 아직까지도 이 병이 실재하는지 의사들 사이에서도 의견이 분분합니다만, 저는 있다고 믿습니다."

"있을지 몰라도 제 병은 그게 아니에요."

오드리 부인이 확신을 담아 말하자 주스트 씨는 다시 생각해 보는 눈치였다.

"아무튼 특별한 이유 없이 자신이 곧 죽을 거라고 생각하는 건 분명 잘못된 일입니다. 설령 그게 사실이더라도 살 수 있다는 희망을 가지셔야죠."

"어차피 언젠가는 죽게 되어 있는걸요."

"하지만 대부분의 사람들은 되도록 그날이 늦게 오기를 바라죠. 부인께도 지금 당장 헤어지면 섭섭한 사람들이 있으실 거 아닙니까."

그 말에 가장 먼저 떠오르는 건 라벨이었다. 매주 금요일 그와 함께하는 아침 식사도 앞으로 계속되기를 바랐다.

"그렇기는 하지요. 하지만 고통스러운 삶을 억지로 물고 늘어질 생각은 없어요. 그곳에서 부른다면 저는 갈 거예요."

주스트 씨는 진지한 얼굴로 그녀를 바라보다가 고개를 끄덕였다.

"그럼 저는 그곳에서 아직 부인을 부르지 않는다는 걸 증명할 수밖에 없군요. 몸에 이상이 있는지 검사를 받아 보시겠습니까?"

그것까지 거절할 이유는 없었다. 오드리 부인은 간호사가 시키는 대로 한동안 여러 검사를 받았다. 다 끝내고 검사실 밖으로 나왔을 때 퇴근을 준비하던 주스트 씨와 마주쳤다.

"집으로 가실 거죠? 함께 가시겠습니까?"

"그래요."

병원을 나오니 그사이 해가 지고 비도 그쳐 있었다. 함께 걷는 동안 주스트 씨는 흙탕물이 고여 있지 않은 길로 세심히 그녀를 인도했다.

"그동안 라벨 군과 개인적으로 친분이 있으신 줄 몰랐습니다. 하긴, 그 친구가 저택에서 모르고 지내는 사람이 있을지 의문이지만요."

"금요일 아침마다 식사를 같이 해요. 그건 꽤……."

"즐거운 시간이겠죠. 아무튼 사람을 편안하게 해 주는 법을 아는 친구니까요."

오드리 부인은 라벨을 떠올리며 미소 지었다.

"맞아요."

"라벨 군에게 문제가 생긴다면 그를 아는 모두가 도우려 할 겁니다. 그 친구가 그랬듯이요. 무슨 일인지 모르겠지만 저도 걱정이 되는군요."

그는 다른 사람들의 소원을 들어준답니다.

"별다른 일은 아닐 거예요. 아니고말고요. 다만 조금 피곤해하는 것 같아요."

"그 말이 사실이길 바라야겠군요. 피곤함 정도야 약간의 술과 농담이 섞인 저녁 식사로 풀리니까요."

주스트 씨는 그런 걸 몹시 사랑한다는 듯 말했다. 저택 근처에 도착하자 오드리 부인은 전부터 묻고 싶었던 말이 있었다는 걸 떠올렸다.

"이런 질문이 실례가 될지 모르지만, 왜 계속 혼자 사시죠?"

"하하, 복이 없어서 그런가 보죠."

"겸손하시군요. 이 근방 여성들에게 인기가 많으시던데요."

"저 같은 사람이 말입니까? 이거 말세로군요. 저보다는 라벨 군이 훨씬 나은데 말이죠."

"둘 다 마찬가지예요. 서로만 그렇게 어울리니 다른 여성들에겐 기회가 없다고 다들 한탄한답니다."

주스트 씨는 키들거렸다.

"저는 좋은 이웃이나 의사는 될 수 있어도 좋은 남편이나 아버지는 못 될 사람입니다. 워낙 혼자 있는 것과 술을 즐겨서 말이죠."

"저런. 그녀들에겐 안타까운 일이군요."

"혹은 크나큰 축복일지도 모르고요. 아, 이제 다 왔군요."

그가 현관문을 열자 먼저 들어선 오드리 부인이 말했다.

"늙은이라 쉬엄쉬엄 올라가야 한답니다. 먼저 가 보세요."

"도와 드릴까요?"

"고맙지만 혼자가 더 편해요. 라벨 군과 즐거운 시간 보내시기를 바랄게요."

"부인도요."

주스트 씨는 푸근하게 웃고 긴 다리로 성큼성큼 먼저 올라갔다. 오드리 부인은 우산을 지팡이처럼 단단히 쥔 채 한 계단씩 올랐다. 3층 근처에 왔을 때 나지막이 주스트 씨와 라벨이 대화를 나누는 소리가 들려왔다. 계단을 오르느라 지친 탓인지 혹은 오랜만에 들은 반가운 목소리 때문인지 몰라도 가슴이 두근거렸다.

"오늘은 안 될 것 같네요."

"저런, 날 서운하게 만들 셈인가?"

"죄송해요. 하지만 몸이 좋지 않아서요."

이 말에 오드리 부인은 놀라기도 하고 걱정스럽기도 했다. 주스트 씨도 마찬가지인 듯했다.

"어디가 말인가? 내가 진찰해 줄까?"

"그 정도로 심각한 건 아니에요. 다만 좀 피곤해서요."

"그런 때일수록 웃고 떠들 수 있는 시간이 필요한 거라네. 마침 오늘 병원에서 들은 재미있는 이야기도 있어."

"그걸 들을 기회는 아쉽지만 다음으로 미뤄야겠네요. 정말 죄송해요."

그렇게까지 거절하니 주스트 씨도 더 매달릴 수 없었다. 라벨의 방문이 닫히자 오드리 부인이 복도 위로 올라섰다. 주스트 씨는 그녀를 돌아보며 미안한 미소와 함께 고개를 저었다. 그가 먼저 올라간 뒤에도 오드리 부인은 한동안 라벨의 방 앞에 있었다. 문을 두드리고 싶은 마음이 컸지만 그게 더 라벨을 피곤하게 만들 것 같아 꾹 참았다. 그래서 적잖이 한숨만 흘리고 돌아섰다.

그렇게 5층으로 올라온 그녀는 깜짝 놀랐다. 그녀의 방 문틈으로 빛이 새어 나오고 있었던 것이다. 불을 켜고 도둑질하는 사람은 없을 테니 이유는 하나뿐이었다. 그녀는 반가움을 느끼며 문을 열었다.

"엄마!"

테이블을 닦고 있던 로제가 걸레를 놓고 달려왔다. 오드리 부인은 딸을 품에 안고도 어색한 듯 얼굴을 들여다보았다.

"어쩐 일이니? 언제 온 거야?"

"두 시간 정도 됐어요. 어딜 갔다 이렇게 늦게 오시는 거예요? 저녁 혼자 먹는 줄 알았잖아요."

"그럴 일이 있었단다. 그런데 혼자 왔니? 피에르는?"

로제는 아무 말도 하지 않았다.

"아직도 그날 일 때문에 사이가 안 좋니?"

"전…… 모르겠어요. 그 사람을 점점 감당하기 힘들어요."

"그래도 이해해야지. 남편이잖니."

로제는 뭔가를 꾹 참는 듯하다가 결국 울음을 터뜨렸다.

"오빠가 왔다 갔어요. 제 앞에서 그이한테 얼마나 큰 상처를 줬는지 몰라요. 그 사람도 마찬가지였어요. 오빠한테 부인 치맛자락에서 노느라 어머니고 동생들이고 내다 버린 놈팡이 같은 놈이라고 했어요."

오드리 부인은 크게 충격을 받았다. 테오의 행동이야 놀랍지도 않지만, 피에르의 폭언은 상상도 못 해 본 일이었다. 더군다나 배웠다는 사람이 말이다.

"그래서 어떻게 됐니?"

오드리 부인이 물은 의미는 테오가 심각한 폭력을 저지른 게 아닌가 하는 우려였다. 로제는 울음을 그치려고 애쓰며 말했다.

"피에르는 지금 머리에 붕대를 감고 누워 있어요. 전 오빠 손에 끌려 나와 지금까지 오빠 집에 있었고요."

"그래. 다행히 누가 죽지는 않았구나."

"엄마!"

"둘 다 잘한 거 없다. 너도 마찬가지야. 아무리 그래도 피에르 곁을 지켰어야지."

로제는 아무 말도 못 하고 눈물만 닦았다. 오드리 부인은 옷을 갈아입으며 마음을 가라앉히려고 애썼다.

"엘제인에게 너 좀 찾아가 보라고 했는데 결국은 테오가 갔구나."

"엄마가 그러셨던 거예요? 오빠가 제인을 혼자 보낼 리 없잖아요!"

"제인이 좀 더 현명하게 굴 줄 알았지. 다들 어리석기 그지없구나. 그렇게 원망하듯 쳐다보지 말렴. 이제 나는 너희들 다툼에 참견하고 싶지 않다. 머지않아 그럴 수도 없게 될 거고."

화가 난 와중에도 로제는 엄마가 한 말을 알아들었다.

"그게 무슨 소리예요? 왜 그런 말씀을 하시는 거예요?"

"언제까지 나한테 마음 놓고 어리광 부릴 수 있을 거라고 생각하지 말렴. 너희들은 이미 그 기회를 대부분 잃었단다."

"그런 불안한 말씀은 하지 마세요!"

로제가 곧바로 애원하듯 매달렸다.

"잘못했어요, 엄마. 오늘만 여기서 자고 피에르에게 돌아갈게요. 그러니까 그런 말은 하지 마세요. 네?"

오드리 부인은 로제의 얼굴을 두 손에 가득 담아 매만졌다. 아, 사랑스러운 내 딸. 언제까지고 품에 넣어 보듬고 싶은 내 아기.

"배가 고프구나. 먹고 싶은 거 있니? 엄마가 만들어 줄게."

로제의 얼굴에 그제야 미소가 떠올랐다.

"후추를 듬뿍 뿌린 감자 스튜요. 엄마의 최고 레시피잖아요."

피에르가 찾아온 건 두 사람이 배불리 식사하고 안락의자에 앉아 차를 즐기던 때였다. 누군가 쿵쿵거리고 계단을 올라올 때부터 심상치 않더니, 이내 방문을 두드리는 거친 노크 소리가 들려왔다. 쾅쾅쾅. 오드리 부인은 하마터면 찻잔을 떨어뜨릴 뻔했다. 로제 역시 불안해하며 어머니를 바라보았다.

"피에르일까요?"

"아니기를 빌자꾸나."

오드리 부인은 딸의 손을 잡고 문 쪽으로 다가가 물었다.

"누구시죠?"

"부인의 잘난 사위올시다. 짐머 부인 거기에 있죠? 남편을 버리고 나간 제 아내 말입니다!"

역시나 피에르였다. 태도로 보아 문을 열었다간 난동이라도 부릴 기세였다. 오드리 부인은 두근거리는 가슴을 가라앉히려고 애쓰며 말했다.

"여기 있네. 하지만 지금처럼 행동하면 문을 열어 줄 수 없어."

"당신이 무슨 권리로요? 나는 내 부인을 찾아가야겠습니다. 남편이 아파 누워 있는데도 집을 나가 버린 아내에게 공경이 뭔지 가르쳐야겠습니다!"

"술을 마신 모양이군, 피에르. 멀쩡한 정신으로 나중에 다시 오게. 더 이상의 소란은 다른 이웃들에게 피해를 줄 뿐이야."

하지만 그는 알아들을 수 없는 괴성을 지르며 문을 발로 차기 시작했다. 나무로 만들어진 낡은 문은 금세 삐걱거리며 제자리를 벗어나려 했다. 로제가 다가와 오드리 부인의 품에 안겨 두려운 듯이 떨었다.

"어떡하죠, 엄마."

"이렇게 고약한 사람인 줄 몰랐구나. 이런 일이 자주 있었니?"

"아뇨. 가끔, 아주 가끔 술을 마실 때만……."

"평소 자신과 남에게 혹독할 정도로 올바른 사람일수록 술을 마시면 이런 꼴이 되더구나. 그는 배운 사람이니 다르길 바랐는데."

오드리 부인이 실망 가득한 목소리로 중얼거렸다. 둘이서는 감당하기 어려워 보이니, 부끄럽더라도 다른 이웃들이 소란을 듣고 도와주러 오길 기다리는 수밖에 없었다.

"로제, 정말 이럴 거야? 나 당신 남편 피에르라고!"

"이런 짓을 하면서 어떻게 스스럼없이 남편이라고 말하죠? 당신은 지금 엄마와 나를 겁주고 있다고요!"

"오, 그럴 리가 있나. 난 다만 당신 얼굴이 보고 싶을 뿐이야. 그러니까 이 문 부수고 들어가기 전에 나와!"

로제가 오드리 부인을 돌아보았다. 어떻게 할지 묻는 눈길이었다. 오드리 부인은 고개를 젓고 로제 대신 대답했다.

"피에르, 자네가 술을 깨고 오기 전에는……."

"무슨 일 있으신가요?"

문 너머에서 새로운 인물의 목소리가 들리자 오드리 부인은 말을 멈췄다. 너무 반갑고 또 그녀가 좋아하는 목소리였지만, 지금 이 순간 이 자리에서 듣고 싶지는 않았다.

"넌 뭐야?"

"전 아래층에 사는 라벨이라고 합니다. 여기가 지나치게 소란스럽기에 올라와 봤어요. 지금 뭘 하고 계신 거죠?"

"보면 몰라? 남편이 아내를 데리러 왔잖아. 넌 상관하지 말고 꺼져."

무례하게 대꾸한 피에르가 다시 문을 두드리기 시작했다.

"로제, 정말 이럴 거야? 내가 이대로 이걸 부수면…… 이봐, 지금 누굴 붙잡는 거야!"

"그러지 않으셨으면 좋겠어요. 이 방엔 점잖은 부인께서 살고 계세요. 예의를 지키세요."

"점잖은 부인? 흥, 어련하시겠어. 아무 때고 사위의 집에 불쑥 찾아와 뭐 헐뜯을 건 없는지 뒤져 보는……."

오드리 부인이 더 이상 참지 못하고 문을 여는 순간 '어이쿠' 하는 신음 소리가 들렸다. 복도에 드러난 광경은 라벨이 한 손을 내민 채 서 있고 피에르가 바닥을 뒹구는 모습이었다. 라벨이 손을 거둬들이며 말했다.

"그런 발언은 참고 들을 수 없네요. 장모님이라면 더욱 존중하셔야죠."

피에르는 악을 쓰며 일어나려 했지만 술 탓인지 중심을 잘 잡지 못했다. 로제가 뛰어나가 남편을 부축했다.

"괜찮아요?"

"괜찮을 리가! 이제야 그 귀한 얼굴을 보여 주시는군. 하긴,

결혼 전엔 얼굴 한번 보기가 어찌나 어렵던지, 무슨 귀족가의 영애도 아니고……."

"피에르!"

로제가 양손으로 그의 뺨을 힘차게 때렸다.

"그만 정신 차리지 않으면 여물통 속에 처박아 버리겠어요."

로제의 협박은 오드리 부인이 듣기에는 웃음이 나올 만큼 귀여웠다. 하지만 어째서인지 피에르는 금세 잠잠해졌다.

"그러지 마시오, 부인. 보고 싶었어. 당신이 보고 싶었을 뿐이야. 여물통은 안 돼. 절대 안 돼. 냄새가 지독하다고……."

어린애처럼 칭얼거리던 그는 곧 로제의 품에서 잠잠해졌다. 로제가 난처한 듯 고개를 들자 라벨이 친절하게 말했다.

"방으로 옮겨 드릴게요."

그는 자기보다 큰 피에르를 거뜬히 들어 소파에 눕혔다. 피에르는 곧바로 코를 골기 시작했다.

"고마워요, 라벨."

오드리 부인이 감사를 전하자 라벨이 그녀를 바라보았다. 카페에서의 일이 있은 후 처음으로 눈이 마주친 것이었다. 라벨은 여전히 피로한 얼굴이었지만 미소를 띠었다.

"별말씀을요."

"오늘 식사하러 오지 않았더군요. 무슨 일이 있었나요?"

"몸이 좋지 않았어요. 미리 말씀드리지 못해 죄송해요."

"괜찮아요. 그보다 어디가 많이 아픈 건 아니죠?"

그녀의 목소리에서 진한 걱정이 묻어났던지 로제가 두 사람을 바라보았다. 하지만 오드리 부인은 라벨의 얼굴을 보느라 딸을 돌아보지 않았다.

　　"그런 건 아니에요. 부인이야말로 주스트 씨를 만나 보셨나요?"

　　"만났어요. 심리적인 문제일 테니 걱정하지 말라고 하더군요. 이런저런 검사도 받았고요."

　　"다행이네요. 틀림없이 좋은 결과가 나올 거예요."

　　오드리 부인은 그럴 거라는 거짓말도, 안심시키는 말도 하지 않았다.

　　"다음 주 금요일에는 올 거죠?"

　　라벨의 얼굴에 망설이는 기색이 스쳤다. 그럴 거라 짐작했기에 그녀는 조용히 덧붙였다.

　　"요즘 라벨 군과 식사하는 일 말고 내겐 즐거운 일이 별로 없었답니다. 누군가의 말 한마디가 그 소중한 시간을 방해할 수는 없을 거예요."

　　라벨은 조금 놀라고 또 고마워하는 것 같았다. 이내 미소와 함께 고개를 끄덕였다.

　　"다음 주에는 호두 파이를 가져올게요."

　　"나는 닭고기를 구워 두겠어요."

　　다정한 인사를 주고받은 뒤 그가 나가자, 예상대로 로제가 오드리 부인에게 질문을 퍼부었다.

　　"저 사람 누구예요? 누군데 엄마랑 그렇게 다정하게 이야기를 해요? 같이 식사도 한다고요?"

"하나씩 대답할 수 있게 해 주려무나. 네 남편이 감기에 걸리지 않게 뭐라도 덮어 주고 말이다."

오드리 부인은 낡은 이불을 꺼내 와 미워할 수도 좋아할 수도 없는 사위에게 덮어 주었다. 그는 입맛을 다시며 무어라 중얼거렸는데, 놀라운 건 로제의 태도였다. 맞은편 안락의자에서 그런 남편을 따스한 눈으로 지켜보았던 것이다. 생각보다 두 사람 사이에 애정이 충만하다는 것에 오드리 부인은 마음속 깊이 안도했다.

"참, 엄마. 그거 아직도 방에 있다고 했죠? 가지고 나와도 돼요?"

"그러려무나."

로제가 말하는 건 오드리 부인이 침실에 놔두는 보물이었다. 방에 들어갔던 로제는 작고 투명한 병을 들고 기쁜 얼굴로 돌아왔다. 촛불에 비친 병 안에는 은은한 무지개가 떠돌고 있었다.

"정말 신기해요. 어떻게 만들었길래 아직도 어릴 때 본 모습 그대로일까요?"

"비슷한 물건을 어디에서도 팔지 않더구나. 그래서 알 수 없어."

"이건 어디서 구하셨는데요?"

로제는 어릴 때부터 몇 번이나 그 질문을 던졌다. 지금까지 오드리 부인은 늘 웃기만 할 뿐 가르쳐 준 적이 없었다. 한데 그날따라 왠지 마음이 따스하고 평온한 기분이 들어 입을 열었다.

"어린 시절 짝사랑하던 남자에게서 받은 거란다."

"세상에, 그런 말씀은 한 번도 안 하셨잖아요!"

"그런 얘길 꺼내긴 쑥스럽지 않니."

"이걸 준 걸 보면 그 사람도 엄마를 좋아했겠네요. 혹시 아빠예요?"

"유감스럽게도 아니란다."

로제는 실망하는 한편 더욱 재미있어 하는 얼굴이었다.

"그럼 누군데요?"

딸의 질문에 오드리 부인은 먼 과거를 떠올렸다. 항상 희미하고 아스라해서 더욱 아름답게 느껴지던 기억들이 그날따라 어째서인지 선명했다.

"그 사람은…… 그래, 방금 나간 청년과 꼭 닮은 얼굴을 하고 있었지."

다음 날 로제는 아침만 먹고 피에르와 함께 돌아갔다. 술이 깬 피에르는 평소보다 더욱 점잖고 신사다운 태도를 보였는데, 어젯밤의 일을 분명히 기억한다는 증거였다. 오드리 부인은 속으로 웃을 뿐 애쓰는 그를 위해 일부러 모른 척해 주었다.

주말의 오후 공기는 나른했다. 여유롭게 티타임을 즐기는 사람들 덕에 과자 굽는 냄새와 은은한 차향이 방까지 들어왔다. 오드리 부인은 혼자라는 사실이 문득 외롭게 느껴졌다. 1층의 마레 부인이라도 찾아갈까 하고 간단히 채비를 마쳤을 때, 아랫

도리가 축축한 기분이 들었다.

'물을 흘렸나?'

시선을 내린 그녀는 치마가 까맣게 젖어 있는 걸 발견했다. 치마를 벗어 보고 나서야 자신이 하혈했다는 사실을 깨달았다.

'결국은.'

오드리 부인은 침착하게 몸을 씻고 옷을 갈아입었다. 다행히 더 이상의 출혈은 없었다. 외출하려던 것도 잊고 멍하니 앉은 채 어쩌면 다음 금요일이 오지 않을지도 모른다고 생각했다. 그러자 문득 슬퍼졌다.

'담담하게 떠나고 싶었는데.'

이제 와 떠나고 싶지 않아진 건 그녀를 위해서가 아니라 라벨을 위해서였다. 자신이 사라지고 나면 그 피로한 얼굴을 누구에게 보일 수 있을까. 아침 식사를 하며 말없이 서로에게 공감하고 위안을 찾던 시간을 누구와 또 가질 수 있을까. 언제부터 라벨이 그녀에게 이토록 소중해진 건지 알 수 없었다.

잔인하고 슬픈 일이었다. 하필 그 순간 카페에서 만난 신사의 말이 다시 떠오른 것은. 라벨에게 아무것도 묻지 않겠다고 약속했는데, 만에 하나라도 신사의 말이 사실이라면, 그렇다면?

그때 누군가 다급히 그녀의 방문을 두드렸다. 오드리 부인은 반가움과 두려움을 동시에 느꼈다. 라벨일까? 그러기를 바라며 문을 열었다. 그러나 바깥에 서 있는 건 주스트 씨였다. 병원에서 막 뛰쳐나온 듯 의사 가운을 입은 채였고 머리카락도 흐트

러져 있었다. 잔뜩 일그러진 표정을 보고 오드리 부인은 그가 무슨 말을 할지 짐작했다.

"결과가 나왔군요."

그는 바닥을 노려보며 띄엄띄엄 말했다.

"새벽에 잠이 안 와서 일찍 병원에 나갔다가⋯⋯ 부인의 검사 결과를 보고 뭔가 이상해서⋯⋯ 혹시 최근에 하혈을 하신 적이 있습니까?"

그럴 생각이 없었는데 오드리 부인은 그만 웃고 말았다. 조금만 일찍 왔더라도 그 질문에 대한 답을 직접 목격했을 텐데.

"조금 전에요."

주스트 씨의 얼굴이 굳어졌다. 오드리 부인은 그에게 고개를 숙여 보인 뒤 말했다.

"신경 써 줘서 고마워요. 하지만 이제 됐어요."

"됐다니요. 그렇게 다 포기한 듯 이야기하지 마십시오."

"의사니까 주스트 씨가 더 잘 알 것 아닌가요. 고치기 어렵겠죠. 그렇죠?"

"불가능한 일은 아닙니다만⋯⋯."

"방법이 있지만 어렵다는 듯 들리는군요."

주스트 씨는 한참을 망설이다가 이야기를 꺼냈다.

"수술하는 방법이 있습니다."

"수술이라면, 사람의 배를 가르는 것 말인가요?"

오드리 부인은 눈살을 찌푸렸다. 그런 치료법이 있다는 말은

들었지만 말을 꺼낸 사람이나 들은 사람 모두 끔찍한 이야기쯤
으로 치부해 버렸던 것이다.

"그것만이 방법입니다."

"그런 짓을 할 수는 없어요. 남은 시간만이라도 평온하게 지
낼 거예요. 맙소사, 산 사람의 배를 가르다니."

"사람들이 생각하는 것처럼 그렇게 끔찍한 일은 아닙니다. 그
저 깊이 잠들었다 깨어나는 거라고 생각하시면 됩니다. 그사이
모든 게 끝나 있죠."

"그래도 싫어요. 하지 않겠어요."

주스트 씨는 안타까운 표정을 지었지만 오드리 부인의 강경
한 태도에 더 권하지는 못했다.

"그럼 도움이 될 만한 약이라도 지어다 드리죠. 이제 저는 병
원으로 돌아가 봐야 합니다. 부디 몸을 잘 챙기세요."

오드리 부인은 그제야 조금 미안한 마음을 느꼈다. 의사로서
가능한 방법을 제시했을 뿐인데 너무 적대감을 드러냈다는 생
각이 들었다.

"그렇게 해 주시면 정말 고마울 거예요. 권한 대로 하지 못해
미안해요."

"아닙니다. 수술을 받은 사람들도 쉬쉬하려고 하니까요. 이해
합니다."

"그걸 받는 사람들이 있긴 있단 말인가요?"

"생각보다 많지요. 솔직히 말씀드려 아직은 성공률이 그렇게

높지 않습니다. 그래도 최후의 순간이 오면 누구라도 마지막 방법을 택하게 되는 모양입니다."

오드리 부인은 자신도 그렇게 될까 봐 두려웠다. 그래서 마지막까지 지금처럼 의연할 수 있기를 빌었다.

"제겐 얼마의 시간이 남아 있는 거죠?"

"글쎄요, 정확히는…… 안다 해도 그걸 말씀드려야 할지 모르겠습니다. 제겐 너무 잔인한 일로 느껴지는군요."

"하지만 매일매일 불안해하며 사느니 알고 있는 편이 낫다고 생각해요. 대강이라도 좋아요."

주스트 씨는 씁쓸하게 허공을 바라보며 대답했다.

"그리 오랜 시간은 아닐 겁니다. 앞으로 출혈이 두 번 더 일어나거든 그게 마지막이라고 생각하십시오."

그가 가고 나서도 오드리 부인은 한참을 제자리에 서 있었다. 건조한 복도의 공기 탓인지 목이 메었다. 그녀는 눈물 대신 한숨을 흘려보내고 문을 닫았다.

기다리던 금요일 아침, 오븐에 닭고기를 넣어 두고 오드리 부인은 거울 앞에 앉아 있었다. 라벨이 오기 전에 창백한 얼굴을 조금이라도 감추고 싶었다. 하지만 오랜만에 화장을 하려니 영 쑥스러워 희미하게 분을 바르는 것으로 끝냈다.

부엌으로 돌아왔을 때 그녀는 탄 냄새를 맡았다. 오븐에서 얼른 닭고기를 꺼냈지만 한쪽이 까맣게 익어 있었다. 기대하던 아침 식사를 망쳤다는 생각에 망연히 서 있는데 노크 소리가 들려왔다.

어쩌면 이렇게도 잘 맞아떨어진담.

그녀는 속상해하며 문을 열었다. 푸른 셔츠와 검은색 바지를 입은 라벨이 말끔한 모습으로 서 있었다.

"좋은 아침이에요, 오드리 부인. 오늘 햇살이 정말 따뜻해요."

라벨은 그녀가 사랑하는 맑은 눈으로 다정하게 웃었다. 오드리 부인은 어릴 적 첫사랑 앞에서 그랬던 것처럼 가슴이 뛰는 걸 느꼈다.

"시간 맞춰 왔군요."

"네. 그런데 탄 냄새가 나는 것 같네요."

"이 나이가 되니 오븐에 넣어 둔 고기도 잊네요. 아침 식사를 망쳐서 어쩌죠?"

"괜찮아요. 호두 파이가 정말 맛있게 구워졌거든요. 커피와 같이 들면 좋을 거예요."

라벨이 들고 있는 바구니를 가리켰다. 그걸 본 오드리 부인이 충동적으로 말했다.

"라벨 군, 햇살이 좋다고 하니 오늘은 바깥에서 먹는 게 어떨까요?"

"예?"

"여기가 아니라 어디든 넓은 곳, 언덕이나 초원 같은 곳에서 말이에요. 그래, 우리 소풍을 가요."

라벨은 식사 후 바로 출근을 해야 하기에 그러기 어렵다는 걸 오드리 부인도 알고 있었다. 한데 그날따라 왜인지 어린애처럼 조르고 싶었다. 라벨은 잠깐 생각하는가 싶더니 뜻밖에도 흔쾌히 말했다.

"좋은 생각이에요. 하지만 그러려면 바코드 씨의 허락이 필요할 것 같아요. 조금 늦게 출근하겠다고 말씀드리고 올 테니 기다려 주시겠어요?"

기대하지 못했던 허락인지라 오드리 부인은 몹시 기뻤다. 기꺼이 기다리겠다고, 돌아올 때까지 채비를 갖추겠다고 했다.

라벨이 내려가고 나서 그녀는 부산을 떨며 나갈 준비를 했다. 깔고 앉을 수 있는 커다란 담요를 준비하고 라벨이 두고 간 바구니에 과일과 간식을 더 넣었다. 커피 물이 식지 않도록 난로 위에 올려 둔 채 소녀처럼 들뜬 기분으로 라벨을 기다렸다.

오래지 않아 라벨이 돌아왔다. 두 사람은 어머니와 아들처럼 다정하게 팔짱을 끼고 저택을 나섰다. 에즈강 상류로 거슬러 올라가자 넓진 않지만 부드러운 풀밭이 나왔다. 두 사람은 꽃이 피어 있는 언덕에 자리를 깔고 앉았다. 라벨의 말대로 햇살이 따스한 화창한 날이었다.

"이렇게 나오니까 좋네요."

라벨의 말에 오드리 부인이 고개를 끄덕였다.

"갑작스러운 내 요청 때문에 무리한 것은 아니겠지요?"

"아니에요. 바코드 씨도 제게 휴가가 필요하다고 생각하시는 것 같아요."

"동감이에요. 요즘 무척 피곤해 보인답니다."

"그런가요? 얼굴에 드러내지 않는다고 생각했는데."

"오랜 친구는 알아보는 법이죠."

라벨은 그 말에 따스한 웃음을 지었다. 그러곤 물이 식기 전에 커피를 내리려는 듯 바구니에서 물병과 찻잔을 꺼냈다. 오드리 부인도 음식을 꺼내 접시에 담으며 생각했다.

'이제 누가 그의 얼굴을 살펴봐 줄지.'

조금은 가라앉은 분위기 속에 아침 식사가 시작되었다. 라벨의 파이는 언제나처럼 훌륭했고 커피도 마찬가지였다. 오드리 부인은 과일을 잘라 하나씩 건네주며 물었다.

"누군가 곁에 있으면 좋겠다는 생각이 들지 않나요? 오랜 시간 혼자였기 때문에 외로움에 지친 게 아닐까 싶답니다."

"하지만 전 그래야 마땅한걸요."

"어째서 말인가요?"

라벨은 대답하지 않고 입을 다물었다. 커피 향이 쌉쌀하게 주변을 맴돌았다. 오드리 부인은 잠시 기다렸다가 말했다.

"라벨 군을 보면 가끔 수도사들이 생각난답니다."

"혼자 지내기 때문에요?"

"매일매일을 속죄하며 사는 것 같아서요. 마치 태어났다는 사실 자체를 죄로 느끼는 것처럼 말이지요."

라벨의 눈동자가 아래로 내려갔다. 표정은 변함없이 고요해서 무슨 생각을 하는지 알 수 없었다.

"내 말이 주제넘었다면 용서해요."

"아니에요. 그 말에 대해 생각하고 있었어요."

"나도 어쩔 수 없는 늙은이인가 보군요. 자꾸 참견하게 되니."

"진실한 벗의 조언은 언제 들어도 좋은 것이죠."

라벨은 어딘지 모르게 초연한 얼굴로 웃었다. 그와 비슷한 나이대의 청년들이 결코 짓지 않고, 지을 수도 없는 표정이었다. 그 웃음을 보는 순간 오드리 부인은 충동적으로 말했다.

"난 곧 죽어요, 라벨."

라벨의 입가에서 부드러운 곡선이 사라졌다. 그는 뜻밖이라는 듯 고개를 들었다.

"나는 스스로의 인생을 썩 잘 꾸려 왔다고 생각해요. 보통 사람들만큼 기쁨을 누리고, 만족감을 얻고, 불행도 겪고 후회도 했지요. 누구나 그렇게 살아왔고 그렇게 살아갈 거라고 믿어요. 그렇기에 내 아이들에 대해서는 걱정하지 않아요. 다들 곁에 누군가 있고 이럭저럭 살아 나가고 있으니까요. 그렇지만 단 한 사람, 내가 가고 난 뒤 남겨질 당신이 걱정돼요."

라벨의 눈가가 희미하게 일그러졌다. 그는 입술을 열었다 닫기를 반복하다가 말했다.

"주스트 씨가 그러던가요?"

"머지않았다더군요. 나 역시 느끼고 있답니다."

"그럴 리가…… 방법이, 무슨 방법이라도……."

"수술이란 걸 권하더군요. 하지만 나는 받지 않을 생각이랍니다."

"어째서죠?"

그가 거의 따지듯 물었다. 오드리 부인은 가슴 한쪽이 아려 오는 걸 느끼며 답했다.

"라벨 군이라면 알 거라고 생각해요."

"부인이라면 충분히…… 그래요. 그런 심성을 지닌 분이시죠. 무심히 삶을 응시하고 때로 바람이 불어와도 고요하게 마주 보는…… 아마 죽음이 직접 찾아와 손을 내밀어도 담담히 잡으실 테죠."

"그래요. 그게 나랍니다."

라벨이 말한 그녀다운 태도로 오드리 부인이 긍정했다. 하지만 라벨은 고개를 저었다.

"수술을 받으세요. 주스트 씨는 훌륭한 의사예요. 틀림없이 고쳐 주실 거예요."

"내가 옛날 사람이어선지 몰라도 몸에 칼을 댄다니 끔찍한 일로 느껴진답니다."

"그럴 수도 있죠. 하지만 사람을 살리기 위해 하는 일이에요. 고귀한 일이라고요."

"나도 이해한답니다. 하지만 직접 하는 것과는 다른 문제예요."

라벨은 잠시 그녀를 바라보다가 차갑다고 느껴지는 태도로 말했다.

"그거 유감이네요."

대화는 거기서 중단되었다. 라벨은 아무 말 없이 커피잔을 비웠고 오드리 부인도 그렇게 했다. 두 사람은 단지 서로에게 예의를 차리기 위해 시간을 보내다 자리를 접었다. 오드리 부인으로서는 마지막이 될지도 모르는 식사가 그렇게 끝난 것이야말로 유감이었다.

내내 말이 없던 라벨은 저택으로 돌아와 헤어지기 직전 입을 열었다.

"저는 부인을 존경했어요. 삶에 대해 정말 고결한 태도를 가진 분이라고 생각했죠. 하지만 하루 혹은 한 시간만이라도 더 살고 싶다는 열정이 없는 것, 그건 슬프고 안된 일이에요. 작은 것이라 해도 부인의 인생에 미련이라고 이름 붙일 만한 것이 없나요? 소중한 그 무엇도 없어요?"

라벨로부터 그런 이야길 듣는 건 가슴 아픈 일이었다. 지금 오드리 부인에게 누구보다도 소중한 사람이 그였으니까.

"무엇보다 남겨질 사람의 입장에서 저는 부인에게 화가 나요. 물론 결정은 부인께서 하시는 거지만요."

그는 고개를 꾸벅 숙이고는 몸을 돌려 내려갔다. 오드리 부인은 문을 닫고 한동안 서 있다 갑자기 생각난 것처럼 방을 치우기 시작했다. 그러나 세 번이나 같은 곳을 정리하고 나서는 그만두었다. 마음이 몹시도 심란했다.

그날 그녀는 두 번째로 하혈을 했다.

다음 날 어떻게 알았는지 자식들이 한꺼번에 몰려왔다. 베리는 그녀답게 오자마자 성부터 냈다.

"어쩌면 그런 이야기는 한마디도 안 하고!"

테오는 속상해했다.

"그래서 얼마 전에 오셨던 거예요? 말씀을 하셨어야죠. 난 그것도 모르고……."

들어오자마자 울기부터 하는 로제가 가장 안쓰러웠다. 오드리 부인은 자식들의 분노와 원망과 슬픔을 모두 받아들인 다음 입을 열었다.

"야단스럽게 굴 거 없다. 난 이미 오래전부터 늙어 있었다. 너희들이 몰랐을 뿐이야."

"그렇게 말씀하지 마세요!"

"맞아요. 수술하면 나을 수 있다면서요. 왜 받지 않으신다는 거예요?"

"난 그걸 믿을 수 없다."

대답하고 나서 오드리 부인은 속으로 주스트 씨에게 용서를 빌었다. 테오는 답답하다는 듯 말했다.

"그래도 유일한 방법이에요. 받으세요."

"나는 조용히 가고 싶구나. 지금까지 내가 살아온 방식 그대로 말이다."

"왜 그런 걸 마음대로 결정하시는 건데요? 저희들은 어쩌고요!"

"내 목숨이잖니. 적어도 내 것이잖니. 너희들은 나로 하여금 아무것도 내 뜻대로 하지 못하게 하고서, 죽음마저 그리하게 만들 생각이니?"

테오와 베리의 얼굴에 의심과 부정의 빛이 떠올랐다. 하지만 오드리 부인은 그들에게 일일이 설명하고 싶지 않았다.

"기왕 이렇게 모였으니 오랜만에 다 같이 식사나 하자꾸나. 집에 뭐가 남아 있더라……."

"엄마!"

그때 로제가 우는 얼굴로 빽 소리를 질렀다. 오드리 부인은 물론 다른 남매도 놀라 그녀를 돌아보았다.

"당장 병원으로 가요!"

로제가 충혈된 눈에 가득 힘을 주고서 말했다. 오드리 부인은 고개를 저었지만 로제는 다짜고짜 그녀의 손을 잡았다.

"당장 가요."

"로제, 수술한다고 해서 반드시 낫는다는 보장은 없단다."

"그래도 가요!"

"오히려 수술이 실패할 경우 그 자리에서……."

"엄마잖아요."

로제가 그녀를 돌아보며 절박하게 외쳤다.

"세상에서 제일 강한 사람이잖아요!"

오드리 부인은 대답하지 않았다. 로제는 어머니의 손을 잡아 자신의 배에 가져다 대었다.

"저는 알아요. 저도 곧 엄마가 되기 때문에 알아요."

모두의 놀람과 기쁨이 섞인 시선이 그녀의 배로 향했다. 로제는 평소처럼 수줍어하지 않고 단호하게 말했다.

"이 아이를 지키기 위해서라면 전 뭐든 할 수 있어요. 말뿐만 아니라 정말로 무엇이든지 말이에요."

"로제……."

"엄만 보고 싶지 않아요? 제 아기를 보고 싶지 않으시냐고요. 제가 엄마가 된 모습이 보고 싶지 않아요?"

물론 보고 싶었다. 그건 오드리 부인이 바라 마지않던 일이었다. 모든 자식들이 믿고 싶어 하는 대로 그녀는 결코 아이들을 차별하지 않았다. 그러나 어쩔 수 없이 더 애틋한 감정이 드는 자식이 있었고 그것은 로제였다. 로제의 아이라니, 얼마나 아름답고 또 순수할 것인가.

"피에르가 뭐라고 하든 아기가 딸이면 전 엄마의 이름을 붙일 거예요. 그 결정을 후회하지 않게 해 주세요. 엄마 이름을 가질 아이 앞에서 약한 모습을 보이지 마세요."

오드리 부인은 말을 잇지 못하고 여전히 로제의 배에 손을 얹고 있었다. 그러다 한참 후 어렵게 입을 열었다.

"반갑구나, 오드리. 내가 네 할머니란다. 너와 만날 순간이 몹시도 기다려지는구나."

그날 그들 가족은 다 같이 껴안고 울었다.

"잘 생각하셨습니다."

주스트 씨가 기뻐하며 말했다. 오드리 부인은 고개를 끄덕였다.

"그럼 같이 가실까요?"

"지금 바로 말인가요?"

"벌써 두 번째 출혈이 있었다면서요. 다음이 마지막입니다. 한시라도 빨리 수술해야 합니다."

"하지만 오늘은 주말인데, 괜찮으시겠어요?"

주스트 씨는 언제나처럼 푸근하게 웃었다.

"죽음이란 놈은 사람처럼 요일을 따지지 않는답니다. 유감스러운 일이죠."

그와 함께 계단을 내려가던 오드리 부인은 3층에서 잠시 멈춰 섰다. 주스트 씨를 돌아보고 그녀가 미안해하며 말했다.

"먼저 내려가 계시겠어요? 라벨 군에게 인사하고 싶어서요."

"그렇게 하십시오."

주스트 씨가 먼저 내려가고 오드리 부인은 약간 긴장한 채 라벨의 방 앞에 섰다. 그런데 노크하기도 전에 라벨은 마치 기다리고 있었다는 듯 먼저 문을 열었다. 언쟁이라고 하기는 어렵지만 지난번 서로 좋지 않게 헤어져서 어색한 분위기가 감돌았다. 라벨의 얼굴 역시 평소와 달리 굳어 있었다. 오드리 부인은 두 손을 모아 쥐고 입을 열었다.

"라벨 군의 말대로 수술을 받기로 했어요."

그의 얼굴이 언뜻 밝아졌다.

"자식들 셋이 매달리는데 못 당하겠더군요. 라벨 군이 설마 아이들에게 알릴 줄은 몰랐어요."

"네? 무슨 말씀이신지…… 전 알리지 않았는데요."

오드리 부인은 고개를 갸웃거렸다. 그렇다면 주스트 씨인가?

"그렇군요. 아무튼 그렇게 하기로 결정했어요. 행운을 빌어 줘요."

그녀는 그대로 몸을 돌려 내려가려고 했다. 그때 라벨이 다급하게 외쳤다.

"잠시만요, 오드리 부인."

그녀가 돌아보자, 라벨은 무척 어려운 말을 하려는 것처럼 입을 떼었다.

"그때 카페에서 만났던 신사분이 한 말, 기억하고 계신가요?"

내색하진 않았지만 오드리 부인은 속으로 적잖이 놀랐다. 그렇게나 피하고 싶어 하던 이야기를 어째서 지금 다시 꺼내는 걸까. 아니라고 답하고 싶었지만 거짓말을 하고 싶지는 않았다. 그래서 조용히 고개만 끄덕였다.

"기억하고 계신다면, 그렇다면 병원으로 가시기 전에……."

안타깝게 일그러진 그의 눈을 보고서 오드리 부인은 라벨이 무얼 말하려는지 깨달았다. 그래서 고개를 저었다.

"내게 필요한 건 힘든 일을 이겨 내겠다는 의지와 솜씨 좋은 의사뿐이에요. 라벨 군이 고생할 필요는 없답니다."

"그건 고생스러운 일은 아니에요. 단지……."

"그럼 왜 그렇게 힘든 얼굴을 하고 있지요?"

라벨은 대답하지 못했다.

"걱정하지 말아요. 우린 다시 만나게 될 거예요. 그게 언제가 되든지 말이에요."

오드리 부인은 손을 뻗어 그의 손을 잡았다. 라벨은 그걸 내려다보고 묵묵히 고개만 끄덕였다. 순간 그의 얼굴이 옛 첫사랑과 너무도 겹쳐 보여, 오드리 부인은 충동적으로 입을 열었다.

"바라는 게 하나 있기는 하답니다. 열여섯이던 시절로 돌아가 첫사랑이었던 청년을 다시 만나는 것이지요. 그 사람에게 할 말이 있거든요. 내가 당신을 너무나, 너무나 좋아했다고."

라벨이 고개를 들었다. 오드리 부인은 웃으며 말을 이었다.

"그 말을 꼭 전하고 싶어요. 하지만 라벨 군이 아무리 대단한 사람이어도 그런 소원을 들어줄 수는 없겠지요. 그러니 그렇게 모든 사람들을 도와줘야 한다는 생각 속에 살지 말아요. 그러지 못했을 때 고통스러워하지도 말고요. 라벨 군은 그냥 여기 있는 것만으로 충분하답니다."

라벨은 말없이 오드리 부인을 바라보았다. 그렇게 한참을 있는가 싶더니 문득 움직여 오드리 부인의 주름진 얼굴에 입을 맞췄다.

"다녀오세요. 여기서 기다릴게요."

"……그래요. 곧 다시 만나요."

오드리 부인은 조금 떨면서 그에게서 멀어졌다. 그리고 이게 마지막이 될지 모른다는 생각에 불쑥 말했다.

"참, 주고 싶은 게 있는데 놓고 와 버렸네. 내 방에 있으니 들어가서 꺼내도록 해요. 침실 창가에 있어요. 문은 열려 있으니까요."

라벨은 고개를 끄덕였다. 비로소 두 사람은 완전히 작별했다.

오드리 부인이 현관으로 내려오자 주스트 씨가 유쾌하게 말했다.

"그럼 가실까요?"

"가죠."

그녀는 의연하게 걸었다. 지금까지 그래 왔던 것처럼.

오드리 부인은 환자복을 입고 누워 있었다. 수술실 안이 너무 새하얘서 가슴이 이상하게 뛰었다. 곁에는 마찬가지로 흰 가운을 입은 주스트 씨가 그녀를 내려다보며 서 있었다.

"이제 곧 잠드실 겁니다. 좋은 꿈 꾸시길 바라지요."

"고마워요. 잘 부탁해요."

"물론입니다. 저는 이런 일에 전문이죠."

그의 눈가에 다정한 주름이 잡혔다. 저렇게 웃는 사람을 미워할 수 있는 사람은 없을 거라고 오드리 부인은 생각했다.

"그런데 선생님이 제 아이들에게 병에 대해 알렸나요?"

"네? 아뇨, 저는 부인의 자녀분들에 대해 잘 모릅니다만."

"그렇군요."

그럼 대체 누가 알렸을까? 그녀는 궁금했지만 곧 졸음이 쏟아졌기에 더는 생각할 수 없었다. 이렇게 잠들었다 다시 깨어나지 못하면 어떡하지. 라벨 군의 벗이 하나 사라진다면.

"부디 라벨 군을 잘 돌봐 줘요. 내가 없어도 잘……."

"걱정하지 말고 편안히 계십시오. 마취가 되어야 하니까요."

"그에게는 말 못 할 커다란 짐이…… 다른 사람들의 소원을…… 들어준다는……."

주스트 씨가 의아해하며 눈을 깜빡였다. 견뎌 보려고 했지만 잠은 오드리 부인을 한없이 깊은 곳으로 끌어당겼다. 결국 그녀는 저항하지 않고 그 품에 안기기로 했다. 세상 모든 것이 아득하게 멀어져 갔다.

눈을 떴을 때 오드리는 너른 벌판 위에 서 있었다. 밝고 탁트인 광경이 눈을 시리게 했다. 그녀는 손으로 눈가를 가렸다가 다시 떼어 보았다. 벌판은 여전히 눈앞에 있었다.

오드리는 어리둥절해하며 주위를 둘러보았다. 익숙하면서도 낯설다는 이상한 기분이 들었다. 그렇지만 이 언덕은 틀림없이 그녀가 아는 곳이었다.

안녕하세요.

그때 누군가 그녀에게 인사했다. 오드리는 뒤를 돌아보았고 가슴이 내려앉는 기분을 느꼈다. 그였다. 이름마저 잊어버렸던 그였다.

당신이었군요.

그녀가 속삭이듯 중얼거렸다.

알고 있었어요. 사실은 처음부터 알고 있었던 것 같아요.

그랬다. 당연히 그일 수밖에 없었다. 왜 여태껏 깨닫지 못했을까?

우리가 다시 만났어요. 라벨.

라벨은 따스하게 웃었다.

두 사람은 함께 언덕을 올랐다. 꼭대기에서 오드리는 평생 보았던 그 어떤 것보다 아름다운 무지개를 발견했다. 감격에 젖은 목소리로 그녀가 말했다.

정말 아름다워요. 저걸 가질 수 있으면 좋겠어요.

무지개를 갖고 싶다고요?

네, 그럴 수 있으면요.

그 말에 라벨이 무지개를 가리키며 말했다.

가질 수 있을 거예요. 그걸 바란다고 말하기만 하면요.

오드리는 의아해하면서도 그가 뭔가 장난을 치려는구나 기대하며 말했다.

저 무지개를 갖길 바라요.

잠시 후 라벨은 품속에서 유리병을 꺼냈다. 그리고 미소 지으며 오드리에게 건넸다. 오드리는 병을 들고 살펴보았다. 놀랍게도 그 안엔 일곱 빛깔을 띠는 안개 같은 것이 떠 있었다. 방금 보았던 무지개와 똑같았다.

정말 아름다워요. 어떻게 이런 걸 구했죠?

어렵지 않았어요. 당신이 바랐으니까.

그가 다정하게 웃었다. 오드리는 그와 병을 번갈아 보다 문
득 생각이 나 하늘로 시선을 돌렸다. 한데 짧은 사이 그토록 아
름답던 무지개가 온데간데없이 사라져 있었다.

벌써 사라지다니.

그녀가 안타까워하며 중얼거리자 그가 답했다.

사라지지 않았어요. 거기 있잖아요.

오드리는 병을 내려다보고 다시 미소 지었다.

그렇군요.

라벨과 헤어지고 집으로 돌아오는 동안 그녀는 내내 꿈꾸는
기분이었다.

이건 사랑의 증표일까? 내일이면 내게 청혼을 하려나?

두근거리며 잠드는 기분은 행복하기만 했다. 한데 다음 날 아
침 그녀의 아버지가 상상하지도 못한 말을 던졌다.

아침 일찍 떠난다더구나.

늦었다는 걸 알면서도 오드리는 숨이 턱에 닿도록 달렸다.
울타리를 뛰어넘고 진흙투성이의 길도 건넜다. 마침내 어제 두
사람이 서 있던 언덕에 도착했다. 그녀는 쓰러질 듯 헐떡이며
주위를 둘러보았다.

갔나요? 정말로 갔어요?

바람만이 우울하게 그녀를 스쳐 지나갔다. 어제는 소중하게

여겼던 병을 그대로 내던지고 울고만 싶어졌다. 그러나 막 팔을
위로 치켜드는 순간 따스한 음성이 그녀를 불렀다.

그러지 마세요. 저 여기 있어요.

오드리는 뒤를 돌아보았다. 아, 그가 거기 있었다. 가슴이 벅
찬 한편 억장이 무너져 내리는 기분이었다.

나쁜 사람. 어떻게 말도 없이 나를 떠날 수 있었나요?

미안해요.

할 말이 있었는데, 내겐 말할 기회도 주지 않고.

할 말이라고요?

네. 내가 당신을 너무나, 너무나…….

쉿.

그는 달래듯 그녀의 말을 멈추게 하고 사랑할 수밖에 없는
미소를 지었다.

그 말이라면 이미 하셨잖아요.

했다고요?

네. 오랜 후에.

오랜 후에?

미래에 했지만 과거에 하신 말이 된 거죠.

그게 무슨, 무슨 말인지 모르겠어요.

알지 못해도 좋아요. 아무튼 저는 들었어요.

들었다고요?

네, 분명히 들었어요.

그렇군요.

안도와 행복을 동시에 느끼며 오드리는 웃었다.

그렇군요.

그리고 오드리 부인은 눈물을 흘렸다.

라벨은 오드리 부인의 방문을 열었다. 지금쯤 그녀는 가장 행복했던 순간으로 돌아가 있을 터였다. 더는 그녀를 못 보겠지만 그래도 비극을 부를 소원이 아니어서 다행이라고 생각했다.

라벨은 그리움인지 안도인지 모를 기분을 느끼며 안으로 들어갔다. 오드리 부인이 자신에게 주겠다는 게 뭔지 알 수 없었다. 지난번 꽃을 받았을 때만큼 당혹스러운 물건은 아니었으면 좋겠는데.

그는 침실을 한번 둘러보았다. 방의 주인처럼 밝고 정갈한 공간이었다. 부인이 말한 물건은 어디에 있을까. 침실 창가라고 했었다. 라벨은 그쪽으로 다가갔다. 창가에는 여러 가지 소품 같은 것들이 놓여 있었다. 하나하나 찬찬히 둘러보던 그때 그의 눈에 뭔가가 들어왔다.

그것은, 병이었다. 그날과 마찬가지로 여전히 아름다운 무지개를 가두고 있는.

"이게…… 이게 어떻게 여기에?"

"그야 그녀가 이미 예전에 당신에게 소원을 빌었던 사람이기 때문이죠."

라벨은 황급히 몸을 돌렸다. 문가에 마라 공작이 입가를 쭉
찢은 채 서 있었다. 곁에는 묘하게 그 미소를 닮은 루이제도 있
었다.

"조금 늦었지만 이제 받아 가도록 할까요."

공작이 손을 내밀었다. 하지만 라벨은 병을 건네주지 않았다.
그의 얼굴에서 평온이 무너졌다.

"이게, 도대체 어떻게 된⋯⋯."

"아, 정말이지 어리석은 사람들 같으니."

공작은 비극을 연기하는 주인공처럼 과장되게 슬픈 표정을
지었다.

"한때 그렇게 아름다운 시간을 보내고도 서로를 전혀 기억하
지 못하다니요. 슬프기 그지없는 일입니다."

"기억하지 못했다고요?"

라벨이 끊어질 듯 반문했다. 그리고 손에 든 병으로 시선을
내렸다.

"아니에요. 이 병은 기억하고 있어요. 나는 내가 들어준 소원
은 모두 똑똑히 기억을⋯⋯."

말을 이어나가던 그가 멈칫했다. 그제야 무언가 깨달은 듯 충
격 받은 얼굴이었다.

"맞습니다. 당신은 소원을 기억하게 되죠. 그것을 부탁했던
사람이 아니라요. 영원성을 부여받은 것과는 별개로, 영원한 기

억력은 갖지 못했으니까요."

공작의 말에 라벨의 머릿속에서 희미하게 어떤 소녀의 모습이 떠올랐다. 병을 받아 들고 몹시 기뻐하고 있었다. 하지만 얼굴만큼은 도저히 기억나지 않았다. 이름도.

"그게…… 오드리 부인이었다고?"

믿을 수 없다는 듯 중얼거린 라벨이 공작을 바라보았다.

"하지만, 하지만 부인은 조금 전 제게 다른 소원을 빌었어요."

"저런, 바보같이 굴지 마십시오. 당신이 더 잘 알고 있지 않습니까?"

공작이 손가락 하나를 들어 얼굴 앞에 세웠다.

"누구든 들어줄 수 있는 소원은 단 하나뿐이다."

"그럼 그분은 지금……."

"수술을 받고 있겠지요. 그녀의 말대로 힘든 일을 이겨 내겠다는 의지와 솜씨 좋은 의사만 가지고서 말이지요. 당신보다 훨씬 현명한 사람임에 틀림없군요."

대꾸하지 못하고 서 있는 라벨의 손에서 공작이 병을 가로챘다. 그러곤 황홀하게 그 속을 들여다보았다.

"지금쯤이면 결과가 나왔겠군요. 어떻게 생각하나요. 그녀는 살아 돌아올까요, 그러지 못할까요? 당신과 그녀의 자식들은 평온히 가겠다던 그녀를 부추겨 수술을 받게 한 일을 후회할까요, 후회하지 않을까요?"

오드리 부인은 눈물을 흘리고 있었다. 그러나 입가에는 행복한 미소가 감돌았다. 주스트 씨는 그걸 보고 푸근하게 웃었다.

"아주 행복한 꿈을 꾸고 계실 겁니다. 이 약은 사람들에게 항상 좋은 꿈을 꾸게 해 주죠. 그래서 다들 잠이 든 채 행복한 미소를 짓는답니다."

그는 주사기를 내려놓고 대신 칼을 높이 들어 올렸다. 병원에서 볼 수 있는 칼이 아니었고, 의사가 취할 법한 동작도 아니었다.

"그리고 그런 표정을 볼 때마다 저는 화가 납니다. 아주 아주 화가 나지요."

미소가 사라짐과 동시에 그는 치켜든 칼을 아래로 내리꽂았다.

새빨간 것이 새하얀 가운 위로, 환자복 위로, 벽 위로, 그 외 모든 곳으로 튄다. 혼란하고 난잡한 세상이다. 그러나 두 가지 색만이 존재했기에 또한 놀랍도록 순수했다. 그는 그런 풍경을 만들어 놓고 만족스러운 듯 머리를 쓸어 넘겼다.

"우선 사과드리죠. 거짓말을 했던 걸 말입니다. 사실 부인의 병은 심각한 게 아니었습니다. 한동안 약을 먹으면 나을 수 있는 조금 심한 염증이었죠. 스스로 죽을 거라 생각하시니 속이기 어렵지도 않더군요. 아니, 결국 이렇게 됐으니 부인의 예감이 맞았다고 해야 할까요?"

그는 즐거운 듯 웃으며 덧붙였다.

"잠시 제 이야기를 좀 할까요. 다들 제가 왜 혼자 지내는지 궁금해하는 눈치더군요. 사실 제게도 아내가 있었답니다. 참으로 현명하고 아름다운 사람이었지요. 그녀를 얼마나 사랑했는지 모릅니다. 아, 말로는 어떻게 할 수 없을 만큼 사랑했지요. 그런데 결혼한 지 얼마 되지 않아 그녀가 몹쓸 병에 걸리고 말았답니다. 부인께 거짓말했던 바로 그 병이었죠. 알아차렸을 땐 이미 두 번째 하혈을 한 뒤였습니다. 네, 그 병은 정말로 세 번째 출혈 때 죽게 되죠."

그는 묵념하듯 눈을 감았다.

"당시 스스로에 대한 자부심이 넘쳤던 한 젊은 의사는 수술로 그녀를 치료할 수 있다고 장담했답니다. 의사를 믿었던 아내는 동의했고, 그렇게 수술이 시작되었죠. 그런데 수술 도중 아내가 그만 죽어 버리고 말았답니다."

그의 말투는 마치 책을 읽는 것처럼 단조로웠다.

"정말로 비극적인 일이었죠. 더 미칠 것 같은 게 뭔지 아십니까? 바로 원망할 사람이 없다는 거예요. 왜냐하면, 자신감이 넘쳐 수술을 강행했던 그 젊은 의사는 바로 저였기 때문이죠."

그는 재미있지 않느냐는 듯 오드리 부인을 바라보았다. 물론 대답은 없었다. 그녀의 얼굴 위에 떠올라 있는 미소는 그대로였지만 무언가 빠져나간 듯 허망했다.

"그래서일까요? 물론 저는 훌륭한 의사입니다. 치료법이 알려져 있는 병 중에 제가 손을 쓰지 못할 건 별로 없죠. 다만 부인 같은 분을 보면 도무지 치료하고 싶어지지 않는다는 게 문제입니다. 보통의 다른 환자들이라면 무엇이든 고칠 자신이 있지만, 왜일까요. 제 아내를 떠올리게 하는 사람들만 보면⋯⋯."

그는 적당한 말을 찾으려는 듯 한참을 고민했다.

"그냥, 참을 수가 없어요. 살려 내고 싶지가 않습니다. 그들이 왜 살아야 하지요? 자기 부인을 죽인 이 손으로 왜 남의 부인을 살려야 한단 말입니까? 안 될 말이지요. 그렇고말고요."

그는 그것으로 결론지었다는 듯 고개를 끄덕였다. 그리고 하얀 천으로 오드리 부인의 얼굴을 덮었다.

"아쉽게도 이번 수술은 실패로군요. 유독 이 병원에서는 여성 환자들이 많이 죽어 나간단 말이지요. 아무도 그걸 눈치채지 못한 듯 보이지만요. 혹은 아무도 관심이 없거나. 가서 라벨 군과 위로주나 한잔해야겠군요. 부인께서 그렇게나 좋아하시는 청년과 말입니다. 한데 마취가 되기 전 하신 말씀은 대체 뭐였을까요? 라벨 군이 사람들의 소원을 들어준다라⋯⋯. 그게 무슨 뜻인지 한번 알아볼 필요가 있겠군요."

그는 가운을 벗고 수술실을 떠났다. 정말로 퇴근 후 가볍게 한잔하러 가려는 듯 가벼운 걸음이었다.

6층. 의사의 방

"제가 그 남자의 소원을 대신 빌어 주겠어요."

주스트 에빌은 장래가 촉망되는 남자였다.

귀족 가문의 자제는 아니었지만 무역으로 돈을 번 부모님 덕에 웬만한 귀족보다 호화롭게 살았다.

그는 수도에 있는 명문 사립 학교에 입학했는데, 물론 귀족 출신 아이들과는 어울릴 수 없었다. 권세 높은 가문의 자제들은 그를 없는 사람으로 취급했고, 그보다 낮은 가문의 아이들은 일부러 더 괴롭히지 못해 안달이었다.

'부러워서 그러는 거로군.'

흙투성이가 된 옷과 가방을 탁탁 털면서 그는 자신을 이렇게 만든 이들을 오히려 불쌍히 여겼다.

'가진 건 이름뿐인데 체면 때문에 일은 할 수 없고, 일을 못 하니 돈을 못 벌고, 돈을 못 버니 귀족답게 살지 못하는 악순

339

환을 겪겠지. 성격이 저 모양이 되는 것도 이해돼.'

그에 반해 돈도 많고 명성도 있는 집안의 아이들은 태생적인 위엄이랄까, 접근하기 까다로운 분위기가 있었다. 그들은 폐쇄적으로 어울리며 자신들보다 낮은 가문의 아이들은 아예 상대하지 않았다. 주스트 씨는 자신이 바로 옆에 있는데도 보이지 않는 척하는 그들의 태도에 솔직히 감탄했다.

'난 아무리 지위가 높아져도 저렇게는 못 할 거야. 사람은 누구나 존중받을 가치가 있다고. 하나하나 소중한 거야.'

의사가 되기로 결심한 것도 그 때문이었다.

부모님이 그를 교육시킨 건 단지 사교계에서 무시당하고 싶지 않아서였을 뿐, 그렇게 거창한 꿈을 키울 줄은 몰랐던지라 그의 결심에 놀라워했다. 자기 사업을 이어받길 바랐던 아버지의 충격은 더했다. 그는 시가를 빼어 문 채 아들에게 이렇게 선언했다.

"네 멋대로 해라. 대신 유산은 없다."

"유산 같은 건 필요 없어요. 어쨌든 굶어 죽을 직업은 아니니까요."

"뭐야? 어떻게 그렇게 쉽게 포기할 수가 있냐?"

"저 하나 먹여 살릴 자신은 있는걸요. 지금은 딱히 부양할 가족도 없고."

"지금이야 그렇겠지. 나중에 처와 애가 생기고 난 다음에는 달라질걸."

"정 어려워지거든 와서 사정하면 되죠. 설마하니 손주가 굶고 있다는데 아버지가 돈 한 푼 안 주실까. 전 아버지를 그런 사람으로 키운 적 없어요."

"누가 누굴 키워, 이 자식아!"

"또 옛날 말투 나왔다. 아버진 그래서 안 된다고요. 귀족인 척 시가를 문다고 그게 아버지한테 어울릴 것 같아요?"

"누가 귀족인 척한다고 그래!"

소리를 지르면서도 그의 아버지는 황급히 시가를 껐고 주스트 씨는 속으로 키득거렸다.

그는 사립 학교를 졸업함과 동시에 집에서 독립했다. 그리고 소위 천재 아니면 괴짜들만 모인다는 대학에 들어갔다. 거긴 정말 신세계였다. 그동안 여러 종류의 인간들을 봤다고 생각했지만 거기에 오는 학생들에 비하면 모두 평범했다.

'세상은 역시 멋진 곳이야. 사람이란 정말 멋진 존재라고.'

주스트 씨는 대학 생활에 흥분해서 초반에는 정말로 즐겁게 다녔다. 하지만 학기가 지날수록 직접 시체나 환자를 대면해야 했고, 실제로 접해 본 그들은 이론과 너무나 달랐다. 시체를 해부하다 여러 번 졸도하기도 하고 교수님 없이 혼자 환자를 진료하려다 실수로 죽일 뻔한 적도 있었다. 결국 대학에 들어온 지 3년 만에 그는 회의감을 느꼈다.

'내가 하려던 게 대체 뭘까? 나는 사람을 존중하고 그들을 위해 일하고 싶었다. 하지만 시체의 배를 열면 열수록, 환자들

의 절망적인 표정을 보면 볼수록 내가 원하던 것과 다른 일을 하고 있다는 생각이 들어.'

그는 우울증에 빠졌지만 그래도 학교는 빠짐없이 나갔다. 보다 못한 친구 중 하나가 그에게 우울증에 효과적이라는 처방을 하나 내렸는데, 결론부터 말하자면 그건 꽤 도움이 되었다.

"사랑?"

"그래. 지금 너한테 부족한 건 그거야. 연애를 해 보라고."

"하지만 난 딱히 여성이란 생물에 대해 지적 흥미를 느껴 본 일이……."

"야, 제발 그런 말투 좀 쓰지 마라. 상대 쪽에선 따분하고 잘난 척한다고 생각할 거야."

"그런가?"

주스트 씨는 충고를 받아들여 말투와 더불어 외모를 개선하기 위해 노력했다. 그리고 몇 개월 후 그 노력은 결실을 맺는 듯했다.

"거기 아름다운 아가씨, 저와 함께 아가씨가 갖고 있는 해부학적으로 완벽한 신체 곡선에 대해 토론해 보지 않으시겠습니까?"

말을 꺼낸 주스트 씨는 이내 자기혐오에 빠지고 말았지만, 의외로 상대방은 픽 웃으며 답했다.

"흥미로운 주제로군요. 당신의 의견을 먼저 들어 볼까요?"

그녀는 심리학을 공부하는 학생으로 주스트 씨보다 두 살이 많았다. 사람의 몸을 연구하는 자신과 달리 사람의 정신을 연

구한다는 그녀가 더욱 멋져 보였다. 어쩌면 자신과 비슷하게 사람에 대한 애정을 가지고 있는지도 몰랐다. 하지만 언젠가 그에 대해 물었을 때 그녀는 딱 잘라 부정했다.

"전혀 아니야. 난 그저 어떤 사람의 이론을 정면으로 반박하기 위해 공부하고 있을 뿐이야."

"무슨 이론?"

"사람의 성격이 어린 시절 경험에 의해 모두 결정된다는 이론. 학대받고 자란 아이는 커서 자기 자식을 학대하게 된다는 식이지. 그건 너무 잔인하잖아. 끔찍한 과거를 극복하고 어떻게든 행복해지기 위해 노력하는 사람에겐 사형 선고와 같다고. 난 그렇게 되고 싶지 않아."

그녀의 과거도 끔찍하다는 말이었다.

두 사람은 곧 같이 살게 되었는데 사람들에게 손가락질받는 동거를 하면서도 그녀는 전혀 거리낌이 없었다.

"난 사람을 억압하는 사회적 제도와 시선은 모두 거부하며 살 거야. 여성을 억압하는 것이라면 더욱 그렇고."

"나도 그렇게 할게. 네가 하는 모든 일에 전적으로 동의해."

그녀는 그 말을 듣고 웃었다. 평소 때는 더없이 지적이고 차가운 그녀가 가끔 시골 소녀처럼 푸근하게 웃을 때가 있었다. 주스트 씨는 그 웃음을 너무나 사랑했고 자신도 모르게 따라 하게 되었다.

그렇게 행복한 시간을 보내던 어느 날, 아버지가 집에서 쫓겨났다고 울며 찾아왔다.

"정말 네 어머니는 어쩌면 그렇게…… 응? 댁은 누구요?"

얼떨떨한 나머지 그렇게 물었던 아버지는 눈앞의 여성이 반나체 상태라는 걸 깨닫고 그 자리에서 졸도했다.

"아니, 넌 정말 재주도 좋…… 아니, 아니지. 어디서 남의 집 귀한 아가씨를 데려다가 홀랑…… 아니, 미안합니다. 아무튼 당장 짐 싸서 집으로 들어와!"

"그렇지 않아도 집에 가려고 했어요."

"정말이냐?"

"네, 허락받으려고요."

아버지와 그녀가 동시에 '허락?'하면서 쳐다보았다.

"그녀와 결혼할 거예요."

주스트 씨의 부모님은 좀 놀라긴 했지만 흔쾌히 허락했다. 문제는 그녀의 집안 쪽이었다. 주스트 씨는 그녀의 아버지가 어린 시절 그를 괴롭히던 '이름만 남은 가난한 귀족'이란 걸 알았다. 문제는 그런 이들이 대개 그렇듯 가난해질수록 점점 더 이름에 집착한다는 것이었다.

"에빌가? 크루거 가문의 여식이 졸부의 아들 따위와 결혼한 다고?"

주스트 씨는 하인들이 모두 도망간 나머지 집 안 곳곳 거미

줄이 늘어진 모습을 흥미롭게 살펴보았다.

"아버지가 근시일 내로 작위를 하나 사실 겁니다. 워낙 허영 부리는 걸 좋아하시는 분인지라."

"뭐? 작위를 산다고! 이 잡놈들, 빌어먹을 것들, 너희 같은 놈들 때문에 귀족 전체의 명예가 땅에 떨어진다고 생각하면……."

"그게 아니라면 대체 뭘 원하시는 겁니까? 집안 꼴 좀 보시죠. 아버님 본인의 모습도 돌아보시고요. 저 같은 사람이 아니라면 어느 귀족 가문의 자제가 이런 집에 장가오려고 하겠습니까?"

곁에서 그녀가 키득거렸다. 그녀의 아버지는 사납게 눈을 부라렸지만 달리 대꾸할 말이 없어 보였다. 객관적으로 그녀의 조건이 좋다고 말할 수 없는 데다, 당시 대다수의 남성들이 교육받은 여성을 싫어했기 때문이다.

"이제 그만 인정하고 결혼을 허락해 주시죠. 따님을 반드시 행복하게 만들어 드리겠습니다. 아버님을 돌볼 하인도 이곳으로 따로 보내 드리고요."

크루거 남작은 특히 마지막 말이 마음에 든 듯했다. 비록 서너 시간쯤 귀족의 권위가 어쩌고 태생은 바꿀 수 없다는 등의 말을 하며 생색냈지만, 결국은 허락했다.

두 사람은 한 달 후 결혼식을 올렸다.

"행복하지?"

"행복해."

"그럼 그 남자의 이론은 이미 부서진 거 아닌가?"

"그래, 거의 부서뜨렸어. 이제 마지막으로 하나만 증명하면 돼."

그녀가 푸근하게 웃었다. 아, 그는 그 웃음과 그녀를 너무나도 사랑했다.

하지만 정확히 1년 8개월 후 두 사람은 패배를 인정하게 됐다. 어릴 적 받은 학대의 후유증으로 그녀가 아이를 가질 수 없는 몸이라는 사실을 알게 된 것이다. 자신의 아이에게 행복한 삶을 선물하는 것으로 이론을 완전히 부수려던 그녀의 꿈이 무너지고 말았다. 그녀는 거의 미칠 뻔했다. 오죽 답답했으면 똑똑한 사람이 미신에 매달려 검증도 안 된 약을 먹었을까.

물론 남편과 의논하지 않고 독단적으로 저지른 일이었고, 주스트 씨가 알게 됐을 때 그녀는 이미 두 번째 하혈을 한 상태였다.

"미안해."

언젠가부터 그녀는 더 이상 주스트 씨가 사랑하던 푸근한 웃음을 짓지 않았다. 단지 죽은 듯이 침대에 누워 그 말만 중얼거렸다.

"미안해."

"미안해할 것 없어. 수술만 하면 나을 수 있어. 간단한 일이야. 나 믿지?"

"하고 싶지 않아. 살고 싶지 않아. 미안해."

하지만 주스트 씨는 수술을 강행했다. 그녀의 동의 없이 진행한 일이었다. 그는 최선을 다했다. 그녀를 살리기 위해 할 수 있는 일이라면 뭐든 했다. 주위 동료들 모두 그를 뛰어난 의사로 인정하고 있었고 주스트 씨 자신도 마찬가지였다. 그러니 살리는 게 당연했다.

한데 그날, 모든 게 끝났다.

그는 분명 치유하는 사람일진대 아무것도 치유하지 못했다. 그녀의 병도, 그녀의 과거도, 자기 자신의 영혼마저도.

주스트 씨는 위로하는 동료들의 손을 뿌리치고 크루거 남작가로 갔다. 가서 자신이 보내 주었던 하인들부터 모두 내쫓았다. 당황한 동시에 화가 난 남작이 갖가지 모욕을 퍼부었지만 주스트 씨는 히죽 웃는 얼굴로 듣고만 있었다.

"다 하셨습니까?"

마침내 지친 남작이 입을 다물었을 때, 주스트 씨는 준비해 온 것을 꺼냈다. 그제야 남작도 분위기가 이상하다는 걸 눈치챘다. 하지만 뒷걸음질 치는 것 말고 할 수 있는 일이 없었다. 의료용 칼을 거꾸로 쥔 채 웃는 사위의 모습은 그에게 극도의 공포감을 안겨다 주었다.

결국 남작은 소리를 지르며 도망치다 스무 개쯤 되는 돌계단을 굴렀고, 머리에서 피를 흘렸지만 정신은 잃지 않은 상태로 바닥에 누워 끙끙거렸다. 차분하게 계단을 밟고 내려온 사위는 곁에 쭈그리고 앉아 그의 얼굴을 들여다보았다.

"학생 시절 지겹도록 시체를 해부했었죠. 전 곧잘 기절했습니다만 그래도 항상 마무리까지 완벽히 했답니다. 살아 있는 사람의 몸을 가지고 해 보는 것은 처음이라 좀 떨리지만, 늘 그랬듯 마무리까지 할 겁니다. 완벽히 말이죠."

그는 작업을 마칠 때까지 단 한 번도 기절하지 않았다.

남작의 죽음은 오랜 시간이 흐른 뒤에야 알려지는데, 그만큼 그를 방문하는 사람이 없었다는 이야기였다. 시체가 발견되었을 때는 이미 심하게 부패되어 누구도 죽은 원인을 알 수 없었다. 다만 계단 아래 쓰러져 있었다는 점으로 미루어 보아 계단에서 굴렀으리라 추측할 뿐이었다.

주스트 씨는 성의껏 남작의 장례를 치렀으나 유언과 달리 딸의 곁에 묻지 않았다. 생전에 그랬던 것처럼 누구도 찾지 않을 장소에 묘비조차 세우지 않고 묻었다. 그의 아버지는 잔인하다고 말했지만 주스트 씨에겐 화장을 하지 않은 것만도 지나친 배려였다.

그러고 나서 그는 누구도 아내를 기억하지 못할 곳으로 훌쩍 떠났다. 집에도 알리지 않고 오직 수술 도구와 약간의 돈만 가지고서 말이다.

여러 도시를 거쳐 그가 마지막으로 정착한 곳은 은퇴 귀족들에게 인기가 있다는 소도시 레드포드였다. 가진 돈이 적었기에 방을 구하는 일이 쉽지 않았지만 오직 한 곳에서 그를 흔쾌히 받아 주었다.

롤랑 거리 6번가, 7층짜리 저택.

고풍스러운 외관과 집의 크기를 봐서 왜 그리 저렴한지 이해하기 힘든 곳이었다. 심지어 집주인은 신분도 제대로 확인하지 않고 다만 직업이 뭐냐고 물었다. 의사라고 답하자 그는 그 이상 흡족할 수 없다는 듯 웃고는 6층의 방을 내주었다. 계단을 오르내리기가 힘들긴 했지만 방의 전망이 좋아 마음에 들었다.

그곳에서 그는 라벨을 만났다.

주스트 씨는 눈을 돌려 곁에 서 있는 청년을 바라보았다. 적당히 큰 키에 적당히 준수하고, 사람들에게 친절하며 사람들로부터 사랑받는 청년이었다. 그의 매력은 무엇보다 부드러운 미소에 있었지만 지금은 볼 수 없었다. 오늘은 그런 것을 내보일 수 없는 날이었다.

오드리 펠번. 헌신적인, 고결한, 무엇보다 사랑스러운 여인이었던.

묘비에는 간결하게 그렇게만 쓰여 있었다. 아들로 보이는 남자는 그 옆에서 엉엉 울고 있었다. 큰딸로 보이는 여자는 관이 묻히는 걸 가만히 보고 있기만 했다. 그리고 모여든 사람들 중에서도 두드러진 미모를 지닌 작은딸은 넋이 나간 채 남편의 품에 기대고 있었다.

"라벨."

아무도 입을 열지 못하던 그때 라벨의 곁에 서 있던 작은 소녀가 말했다. 주스트 씨와 라벨이 동시에 돌아보았다.

"어째서 저 사람을 땅에 묻는 거예요?"

그들이 약간 떨어진 곳에 서 있었기에 소녀의 말을 듣고 무례함을 지적할 사람은 없었다. 라벨은 차근차근 가르치듯 말했다.

"이곳에서의 생이 끝났기 때문에 육신이 편히 쉴 수 있도록 해 주는 거란다."

"생이 끝났다는 건, 몸이 더 이상 움직이지 않는다는 뜻?"

"그래. 그래서 우리가 더 이상 저 사람과 이야기를 나눌 수 없고, 늘 함께 하던 식사도 같이 할 수 없지. 그건 아주 슬픈 일이란다."

소녀는 생각에 잠긴 듯 고개를 갸웃거리다가 문득 자기 팔을 내려다봤다.

"그럼 나도 곧 땅에 묻히게 되나요?"

잠깐이지만 라벨의 얼굴에 스치는 표정을 보고 주스트 씨는 오드리 부인이 걱정하던 게 바로 그 표정임을 알 수 있었다.

"아니, 그렇지 않아."

"하지만 이걸 봐요."

소녀가 소매를 걷어 팔을 보여 주었다. 주스트 씨는 처음 소녀의 얼굴을 봤을 때와 마찬가지로 깜짝 놀랐다. 나이 든 사람의 그것처럼 쭈글쭈글한 피부가 점차 보랏빛으로 썩어 가고 있었다.

"마라가 그랬어요. 나도 곧 움직이지 못하게 될 거라고."

그 사람이 누군지는 몰라도 주스트 씨는 그 말에 동의할 수밖에 없었다. 하지만 라벨은 한쪽 무릎을 꿇고 소녀와 눈높이를 맞춘 뒤 소매를 도로 내려 주었다.

"고칠 수 있을 거야."

"마라는 그럴 수 없을 거라고 했어요."

"그렇지 않아. 약속해 주렴, 루이제. 고치기 위해 노력하겠다고. 나는 오늘 더없이 소중한 사람을 잃었단다. 그러니 너까지 잃지는 않게 해 주렴. 너는 나의…… 구원자니까."

무척 이상한 지칭이라 주스트 씨는 자기가 잘못 들었나 생각했다. 하지만 소녀 앞에 무릎 꿇고 그녀의 작은 손을 꽉 붙든 라벨의 모습은 정말로 그런 존재를 대하는 듯했다.

장례식은 금세 끝났다. 썩어 가는 소녀는 어떤 귀족 신사가 데려갔는데, 분명 처음 보는 사람임에도 주스트 씨를 향해 뜬금없이 이런 말을 던졌다.

"당신에게서도 곧 받으러 가겠습니다."

머리를 굴려 봤지만 주스트 씨는 도저히 무슨 말인지 알 수 없었다. 다른 사람에게 한 말인가 하고 주변을 둘러봐도 자신밖엔 없었다.

"무슨 말씀이신지?"

그가 물었지만 신사는 대답 대신 웃음만 보이고 모자를 눌러 눈을 감췄다. 그러곤 소녀의 손을 잡아 자신의 마차에 태우고 함께 사라졌다.

주스트 씨는 라벨과 단둘이 저택으로 돌아왔다. 라벨은 내내 말이 없었고 3층에서 헤어질 때도 마찬가지였다. 하지만 주스트 씨가 방으로 돌아와 막 술병을 꺼냈을 때 그가 같은 걸 들고 들어왔다.

"그래. 나도 한잔해야겠다고 생각하던 참이었어."

두 사람은 술병과 안줏거리를 늘어놓고 마주 앉았다. 주스트 씨의 방은 라벨의 방과 달리 제대로 정돈되어 있지 않았다. 아무렇게나 벗어 던진 옷이 여기저기 널려 있고, 식탁엔 전날 식사했던 흔적이 고스란히 남아 있었다. 바닥엔 먼지가 굴러다녔으며 얼마나 술을 자주 마셨는지 발에 차이는 건 죄다 술병이었다. 병원에 나갈 때는 항상 말끔한 차림인 그가 이렇게 산다는 걸 다른 사람들이 알면 무척 신기해할 터였다.

성격 탓에 라벨이 하나둘 치우기 시작하자 주스트 씨는 손사래를 쳤다.

"그만두게. 어차피 금방 다시 어질러질 테니까."

"말끔하게 해 두는 편이 좋지 않아요?"

"난 이게 좋아. 신경이 느슨해지지. 예민해져서 좋을 게 없어."

"그래서 제 방으로 잘 안 오려고 하시는 거군요. 전 또 계단 오르내리기가 귀찮아서 그러시는 줄 알았죠."

주스트 씨는 짧게 웃음을 터뜨렸다.

"자네 방이 좀 지나치게 깔끔한 건 사실이지. 그것도 나름대로 좋지만."

그는 술병을 따서 두 개의 잔을 채웠다. 그리고 하나를 라벨에게 건네주고 말했다.

"오드리 부인을 기억하며."

두 사람은 서로에게 잔을 들어 보이고 입가로 가져갔다. 천천히 잔을 비우는 동안 말 못 할 평온이 감돌았다. 주스트 씨는 술보다 그게 더 좋았다. 아무하고나 그런 순간을 맞이할 수 있는 건 아니었다. 라벨이 거의 유일했다.

"미안하네."

잠시 후 잔을 내려놓고 주스트 씨가 말했다. 라벨이 무슨 뜻이냐는 듯 바라보았다.

"내가 죽였지 않나."

어떤 의미로든 그건 사실이었다.

"그런 말씀하지 마세요. 수술 중 사고는 어쩔 수 없는 일이었어요. 주스트 씨 잘못이 아니니까 마음에 담아 두지 마세요."

라벨의 목소리는 담담했지만 기분 탓인지 주스트 씨의 귀에는 진심이 담겨 있지 않은 것처럼 들렸다.

"날 위로할 필요는 없네. 지금 그게 필요한 건 자네잖나."

라벨은 얼굴에 드러난 무언가를 감추려는 듯 고개를 돌렸다. 솔직히 오드리 부인과 그가 이 정도로 깊은 사이였다는 게 주스트 씨로선 의외였다. 어머니처럼 생각했던 걸까?

"그분이 없어서…… 쓸쓸한 기분이 들어요. 그분은 주스트 씨와 마찬가지로 제 오랜 친구였어요."

잠시 후 라벨이 솔직하게 말했다.

"이제 주스트 씨밖에 남지 않았어요. 제가 친구라고 부를 수 있는 사람은요."

"내게도 자네뿐일세."

잠시 침묵이 흘렀다. 주스트 씨는 지금이 적당한 때라고 느꼈다. 그래서 라벨의 빈 잔을 채워 주며 입을 열었다.

"그러고 보니 오드리 부인이 남긴 말이 있었어. 마취하고 잠들기 직전이었으니, 유언이나 다름없다고 해야겠지."

"뭐라고 하셨는데요?"

"자네를 잘 부탁한다고 했어. 이젠 나밖에 남지 않았다고 말이야. 그리고……."

대수롭지 않다는 듯 말하고 있었지만 그는 사실 주의 깊게 라벨을 관찰하고 있었다.

"자네에게 큰 짐이 있다고 했어. 다른 사람들의 소원을 들어줘야 한다고. 그게 무슨 말이지?"

라벨은 한동안 잔에 가득 찬 술을 말없이 내려다보고 있었다. 그러다 고개를 들어 주스트 씨를 바라보았다.

"글쎄요. 무슨 말인지 저도 알 수가 없네요."

"그렇군. 나도 이상한 말이라고 생각했어."

주스트 씨는 속으로 씁쓸하게 웃었다. 거짓말을 정말 못 한다는 것과는 별개로, 라벨이 거짓말을 한다는 것 자체가 꽤나 의외였다. 그건 확실히 뭔가가 있다는 얘기였다.

두 사람 다 말이 없었기에 술자리는 평소보다 일찍 끝났다.

장례식이 끝나고 얼마 후 주스트 씨는 일정을 조정하여 일주일의 휴가를 만들었다. 간호사들과 접수처 청년이 누구보다도 좋아했다.

　　휴가 첫째 날, 그는 아침부터 에즈 강가로 나갔다. 평소에는 잘 가지 않던 곳이었다. 아이들이 뛰어노는 공터 주변에 자리를 잡고 공을 차거나 술래잡기를 하는 아이들을 바라보며 한가로이 시간을 보냈다.

　　점심때가 되자 그는 자리에서 일어나 그중 한 명에게 다가갔다.

　　"안녕. 아까부터 지켜보고 있었는데 공을 참 잘 차더구나. 이름이 뭐니?"

　　열두 살 정도 되어 보이는 아이는 친구에게 공을 넘기곤 주스트 씨를 돌아보았다.

　　"마치인데요. 왜요?"

　　"마치, 너 혹시 배고프지 않니?"

　　"배고파요. 곧 점심 먹으러 가야 해요."

　　"그럴 줄 알았다. 이 아저씨도 배가 고파서 그러는데, 저쪽 건너편에 있는 빵집에서 파이를 사다 주지 않을래? 네 것과 친구 것도 같이 사도 된다."

　　마치는 수상하다는 듯 주스트 씨를 쳐다보았다. 하지만 주스트 씨는 남들이 좋아하는 특유의 푸근한 웃음을 짓고 있었고 손에 돈도 들고 있었다. 결국 아이는 낚아채듯 돈을 집고 심드

렁하게 물었다.

"파이 하나면 돼요?"

"그래. 그리고 다른 아무거나 갖고 싶은 게 있니?"

"새 공이요. 그런데 왜요? 그것도 아저씨가 사 줄 거예요?"

"글쎄, 그건 두고 보자꾸나. 네가 이 일을 잘 해내면 하나 갖게 될지도 모르지."

마치의 눈동자가 커졌다. 주스트 씨는 웃으며 덧붙였다.

"이제 빵집으로 가렴. 그 가게엔 주인과 직원 청년이 함께 있는데, 반드시 청년에게 주문해야 한다. 빵값을 계산하고 나서 그 청년에게 새 공을 가지고 싶다고 말해 보렴."

마치는 못 믿겠다는 얼굴이었지만 결국 친구와 함께 강 건너편으로 갔다. 주스트 씨는 의자에 편히 앉은 채 기다렸다.

아이들은 꽤 오랜 시간이 지나도록 돌아오지 않았다. 그대로 돈을 가지고 도망쳤을지 모른다는 생각이 들 때쯤, 마치가 친구와 함께 파이 한 조각을 입에 물고 나타났다.

"여기 있어요. 돈은 남지 않았어요."

거짓말인 게 뻔했지만 주스트 씨는 웃으며 빵 봉투를 받았다.

"공은?"

마치가 두 손으로 공을 들어 보이며 씩 웃었다. 먼지 한 톨 묻어 있지 않은 새 공이었다. 주스트 씨는 그것 봐라 하면서 아이의 어깨를 두드렸다. 마치는 신이 나서 친구와 공놀이를 하러 뛰어갔다.

"한 번도 본 적 없던 아이가 갑자기 나타나 새 공이 갖고 싶다고 말했는데 그걸 들어주었단 말이지."

그는 파이 한쪽을 베어 물고 불분명하게 중얼거렸다.

"하지만 그 정도는 누구나 할 수 있는 일이지. 카페에 마침 공 하나가 남아 있었을지도 모르고."

한동안 말없이 입에 든 걸 씹던 그는 남은 파이를 버렸다. 그러곤 자리에서 일어나 옷을 툭툭 털고 강을 건너갔다.

평소에도 인기가 많은 바코드 씨의 베이커리 카페는 점심때라 그런지 손님으로 더욱 북적였다. 그제야 주스트 씨는 마치가 왜 그렇게 늦었는지 알 수 있었다.

"어서 오세…… 주스트 씨?"

양손에 쟁반을 든 라벨이 돌아보곤 반가워했다. 주스트 씨도 손을 들어 인사하고 가게 안을 둘러봤다.

"앉을 자리가 마땅치 않군."

"이쪽으로 오세요."

라벨은 구석 자리로 그를 안내하곤 미안한 듯이 말했다.

"남은 자리가 여기뿐이에요. 대신 커피를 맛있게 타 드릴게요."

"그거 좋지. 빵이나 파이도 부탁하네. 자네가 만든 걸로."

"그럴게요. 한데 이 시간에 어쩐 일이세요? 병원은요?"

"당분간 휴가라네. 내가 환자가 될 지경이라서 말이야."

라벨은 그 말에 피식 웃고 주방으로 사라졌다. 주스트 씨는 테이블에 턱을 괸 채 손님들을 구경하며 생각했다.

'뭘 부탁해 보는 게 좋을까? 그가 만약 뭐든 들어줄 수 있다면. 아니, 오드리 부인의 말은 단지 라벨이 사람들을 잘 도와준다는 뜻이었을 수도 있지. 하지만 정말 그것뿐이라면, 라벨은 왜 거짓말을 하면서까지 그 말을 부인했을까?'

흥미로운 일이 아닐 수 없었다. 어쨌든 라벨이 묻는 대로 대답하지 않는다는 걸 알게 된 이상 스스로 알아내는 수밖에 없었다.

잠시 후 라벨이 커피와 파이가 든 접시를 들고 나오자 주스트 씨가 대뜸 말했다.

"라벨 군, 나한테 소원이 하나 있는데 말이야."

라벨의 얼굴이 순간적으로 경직되는 걸 주스트 씨는 놓치지 않았다.

"지금보다 딱 20년만 젊어졌으면 좋겠어. 다시 대학생이 되어 이번엔 의술이 아니라 다른 걸 배워 보게 말이야. 그렇게 해 줄 수 있나?"

라벨은 조용히 눈을 들어 주스트 씨를 바라보았다. 주스트 씨는 그 시선을 피하지 않았다. 잠시 후 라벨이 피식 웃음을 터뜨렸다.

"휴가라고 낮부터 술을 드신 건가요?"

"역시 들어주기 어려울까?"

"어렵……겠죠?"

"그렇군. 유감이야."

라벨은 고개를 절레절레 젓고 파이와 커피를 내려놓았다. 주스트 씨는 자신의 행동을 속으로 비웃으며 커피 잔으로 손을 가져갔다. 그때 라벨의 입이 열렸다.

"죄송해요."

"뭐가?"

"들어 드리지 못해서요."

"아니, 내가 쓸데없는 소리를 했지. 신경 쓰지 말게."

라벨은 언뜻 웃어 보이고 다른 테이블로 걸어갔다. 오드리 부인이 말한 게 바로 저런 것이었을까? 누군가의 말도 안 되는 요구마저 들어줄 수 없음을 가슴 아파하는 것, 그렇게 얼간이일 만큼 착하다는 것, 단지 그뿐이란 말인가?

주스트 씨는 커피와 파이를 먹어 치우고 자리에서 일어났다. 나가기 전에 라벨에게 인사하기 위해 가게 안을 둘러봤지만 손님들을 상대하느라 바빠 보였다. 그래서 그냥 테이블 위에 돈을 놓고 밖으로 나갔다.

딸랑하는 소리가 들리고 가게 문이 닫히자 라벨은 그쪽을 돌아보았다. 문 너머로 익숙한 사람의 뒷모습이 멀어지고 있었다. 그가 완전히 사라지고 나서야 라벨은 발밑으로 시선을 내렸다. 손님의 발밑에 아이들이 가지고 놀 법한 낡은 공이 놓여 있었다.

"오늘따라 소원을 비는 사람들이 많네요."

라벨이 공을 들고 말하자 손님이 대답했다.

"그러게나 말입니다."

"저 사람에게선 무엇을 받았죠?"

"아직 아무것도요."

"뭘 받아 가든 그를 불행하게 만들지 않았으면 좋겠군요. 이
제 하나 남은 제 친구니까요."

라벨로부터 공을 건네받은 탐미 공작이 그 말을 듣고 웃었다.

"그럴까요?"

휴가 이틀째 날 저녁, 주스트 씨는 한가로이 호두를 깨 먹고
있었다. 그에게는 달리 취미라고 할 만한 게 없었고 라벨을 제
외하면 특별히 만나고 싶은 사람도 없었다. 착각에 빠져 겨우
만든 일주일의 휴가가 헛되게 생겼지만 그는 조금도 아쉬워하
지 않았다. 병원에 있으나 집에 있으나 어차피 마찬가지였다. 모
든 일에 화가 나고 견딜 수 없다는 점은.

쩡. 그는 망치로 호두를 과하다 싶을 정도로 세게 내리쳤다.
껍질은 물론 알맹이마저 잘게 부서지는 바람에 먹을 수 없게
되었다. 그는 손으로 깨진 조각을 쓸어 바닥에 버렸다. 집은 그
런 식으로 점점 더 엉망이 되어 가고 있었다. 곧 먼지로 엮은
양탄자와 술병으로 쌓은 가구가 생겨날지도 몰랐다.

주스트 씨는 킬킬거리며 웃고 또다시 망치로 호두를 내리쳤
다. 그 후로 단 한 조각의 호두도 먹을 수 없었다.

'이런, 진정해야지. 이러다 수술대 밖에서도 누군가를 해치게 될 거야.'

그는 망치를 천천히 돌리며 생각했다. 확실히 칼은 그의 욕구를 채우기엔 어딘가 허전한 감이 있었다. 손에 든 이거라면…… 하지만 그래서는 누구나 의심할 수밖에 없을 만큼 신체가 훼손되고 말 것이다.

그는 기분을 가라앉히기 위해 손으로 얼굴을 쓸어내리고 창가로 걸어갔다. 레드포드에 사는 대다수의 사람들은 올라가 본 적 없는 높이였기에 내다보이는 풍경이 썩 괜찮았다. 특히 해질 녘 모든 건물들이 동시에 붉게 물드는 모습은 장관이었다.

그렇게 한동안 바깥을 보고 있는데, 문득 아래쪽 도로를 따라 걷는 사람이 눈에 들어왔다. 푸른 숄을 두르고 한쪽 팔에 장바구니를 건 평범한 여인이었다. 하지만 그녀의 모습을 보는 순간 주스트 씨는 불에 덴 것처럼 흠칫 떨었다.

한동안 눈을 부릅뜬 채 여인의 모습을 주시하던 그는 몸을 돌려 외투를 집었다. 그러곤 방을 나와 계단이 부서져라 뛰어내려갔다. 현관을 나서기 직전이 되어서야 손에 아직도 망치를 들고 있다는 걸 깨달았지만 두고 올 시간이 없었다. 우선 외투 속에 감추고 저택을 빠져나와 아까 본 여인의 뒤를 쫓았다.

여인은 아무것도 모른 채 한가로이 걷고 있었다. 가끔 상점 앞에 진열된 과일을 살피거나 장신구를 구경하기도 했다. 그녀의 얼굴엔 지금 이 순간을 즐기고 있는 게 분명한 미미한 미소가 감돌고 있었다. 주스트 씨는 그걸 보고 미칠 듯한 기분을 느꼈다. 여인은 너무나도, 너무나도…… 주스트 씨의 그녀와 닮아 있었다.

심장이 맹렬하게 뛰는 걸 느끼며 그는 하릴없이 여인의 뒤를 쫓았다. 그녀는 반 시간 정도 더 장을 보러 돌아다니며 주스트 씨의 인내심을 거의 바닥나게 했다. 하지만 마침내 바구니가 가득 찼고 해도 저물었다. 여인도 하늘을 한번 올려다보고 집에 돌아가야겠다고 생각한 모양이었다. 곧 도로를 벗어나 골목으로 접어들었다.

사위는 점차 어두워졌고 그녀를 쫓아 아무도 없는 길을 걷는 동안 주스트 씨는 자신이 밤 짐승이라도 된 듯한 기분을 느꼈다. 지금부터 어떻게 해야 할까. 본인도 몰랐다. 그저 눈앞에 있는 저 여인을 놓쳐서는 안 된다는 것만 알았다. 그래서 열심히 그녀를 쫓아갔다.

그가 실력 있는 의사이자 살인자인지는 몰라도 괜찮은 미행자는 아니었던 모양이다. 아무래도 오감이 예민해질 수밖에 없는 어두운 골목이라 여인은 곧 누군가 자신을 쫓아오고 있다는 걸 알아차렸다. 그녀는 힐끔 뒤를 돌아보더니 걸음을 조금 빨리했고, 또 한 번 뒤를 돌아보고는 거의 뛰듯이 앞서가기 시작했다.

초조해진 주스트 씨는 역효과라는 걸 알면서도 소리 내어 뛸 수밖에 없었다. 결국 여인은 장바구니까지 떨어뜨리고 비명을 지르며 골목을 달려갔다. 얼마간 더 쫓았으나 골목을 벗어나자마자 주스트 씨는 멈출 수밖에 없었다. 길가에서 두어 명의 남성이 그를 돌아보았던 것이다.

주스트 씨는 얼른 돌아서서 옷깃으로 얼굴을 가렸다. 그러곤 왔던 길을 빠르게 되짚어가기 시작했다. 속에서 참을 수 없는 무언가가 격렬하게 끓어올랐는데, 도망친 여인과 그녀를 잡지 못한 자기 자신에 대한 분노인 것 같았다. 그렇게 정신없이 걷던 그때 그의 발에 뭔가가 걸렸다. 신경질적으로 걸어찼던 그는 그게 여인이 버리고 간 장바구니라는 걸 깨달았다.

……어쩌면.

그는 주위를 한번 둘러보았다. 그러곤 옷깃을 꽉 여민 채 다음 골목의 벽 뒤에 몸을 감췄다.

시간이 흐르는 속도는 더디기만 했다. 음습한 냄새와 신경질적인 쥐 울음소리만이 그와 동반했다. 가로등은 너무 멀었고 달빛조차 이 불결한 어둠 속에는 스며들기를 거부했다. 하지만 그 모든 부정적인 것보다 진정으로 야비한 존재는 코트 자락에 망치를 감춘 사내였다.

그는 끈질기게, 조용히 기다렸다.

마침내 멀지 않은 곳에서 발걸음 소리가 들려왔다. 무척이나 조심스러운 걸음걸이였다. 몇 걸음 오다 멈추고, 다시 오다 멈추길 반복하는 소리를 들으며 주스트 씨는 그녀가 두려움에 떨며 주위를 둘러보는 모습을 선명히 그려 볼 수 있었다. 소리가 꽤 가까워졌음에도 그는 함부로 내다보지 않았다. 실로 격찬할 만한 인내였다.

스르륵, 털썩. 바구니를 끌어당기고 놓는 소리가 들려왔다. 안을 뒤적거리듯 소란스럽다가 이내 흩어진 것을 줍듯 이리저리 돌아다니는 기척도 느껴졌다. 사람이 시각 이외의 것으로 이처럼 많은 걸 알 수 있다는 게 주스트 씨는 놀라웠다. 그러나 놀라움과 별개로 이제 움직일 시간이었다.

처음 그녀는 자기 머리 위에 드리워진 그림자를 눈치채지 못했다. 그저 하던 일에만 열중하고 있었다. 주스트 씨는 바로 뒤에서 그녀의 낡고 더러운 옷을 내려다보았다. 이런 지경이니 장을 본 바구니를 버리고 갈 수 있을 리 없었다.

그때 흠칫하는 기색과 함께 여인의 손이 멎었다. 그녀도 시각 이외의 다른 것으로 주스트 씨의 존재를 느꼈음이 틀림없었다. 그대로 잠시 기묘한 침묵이 흘렀다. 두 사람 다 무척 길다고 생각했지만, 사실 찰나라고 봐도 좋을 만큼 짧은 시간이었다.

여인이 입을 벌리자마자 주스트 씨의 손이 그걸 틀어막는다. 앙상한 두 손이 그의 팔에 매달리고 두 다리는 헛되이 바닥을 찼다. 주스트 씨는 그녀의 목을 뒤에서 끌어안은 자세로 생각에 잠겼다.

자, 이제 무엇을 한다.

"당신은 죽은 내 아내를 닮았소."

그의 속삭임에 여인의 움직임이 잠깐 멈췄다. 하지만 곧 흐느낌 비슷한 걸 터뜨리더니 더욱더 격렬히 몸부림쳤다.

"내가 너무나도 사랑했던 여인이었지. 당신은 분명 그녀보다 말랐고 또 더럽소. 하지만 어쨌든 닮았지. 이해할 수 없는 일이오. 당신은 그녀가 아닌데 나는 당신에게서 그녀의 존재를 느끼니. 그런 당신을 어찌해야 할지 모르겠소. 그녀는 죽었는데, 당신은 이렇게 살아 있으니."

그는 말을 멈추고 다시 생각에 잠겼다. 어둠이, 품속에서 꿈틀거리는 온기가 그를 은밀하게 부추긴다. 저 아래 깊은 곳에서부터 끓어오르는 충동. 도저히 말로는 표현할 수 없이 자극적인, 두려운, 그러나 참을 수 없는.

"나는 그 사실에 불합리함을 느끼오. 내 아내는 살아 있지 않은데 아내를 닮은 당신이 살아 있다는 것은, 아무리 생각해도 불합리하오. 사실 이 세상 모든 여성들이 그런 것도 같소."

주스트 씨는 손을 뗴었다. 기다렸다는 듯 비명 소리가 골목 안에 메아리쳤다. 가장 본능적이고 가장 내적인 울음이다. 그것은 오직 삶에 대한 갈망으로 한없이 충실했다.

주스트 씨는 단 한 번의 움직임으로 그것을 말살했다. 어둠 속에 잔상을 남기는 그의 움직임은 우아하기까지 했다. 섬뜩한 폭성 하나가 모든 소리를 먹어 버리고 그에 응당한 것이 대신 자리를 꿰찬다. 침묵, 완전무결한.

이윽고 알싸한 피 냄새가 잔향처럼 퍼졌다.

"체크."

라벨은 손을 떼며 고개를 흔들었다.

"졌어요. 도저히 이길 수가 없네요."

"재미없게 굴지 말게. 자넨 너무 소극적이야. 방어에만 급급하니 그렇게 허물어지지. 좀 덤벼 보라고."

"하지만 주스트 씨가 공격하기 시작하면 정신이 없는걸요. 평소 모습과 다르게 체스판 위에서는 아주 전투적이세요."

"그런가?"

그는 웃으며 체스 말을 정리했다. 이어서 판을 접고 있는데 라벨이 말했다.

"오늘따라 기분이 좋아 보이시네요."

"그래, 아주 좋다네."

"무슨 좋은 일이라도 있으신가요?"

"있었지."

라벨은 뭐냐고 묻는 대신 빤히 쳐다보았다. 주스트 씨는 판을 모두 정리한 뒤에야 대답했다.

"어제 어떤 아가씨와 데이트를 했다네."

"오, 저런."

"왜 그런 반응이지? 축하해 줄 거라 생각했는데."

"이제 하나뿐인 친구도 잃겠다 싶어서요."

라벨이 조용히 웃으며 덧붙였다.

"드디어 결혼할 생각이 드신 건가요?"

"아니, 그냥 뭐랄까. 즐기는 거지."

"그런 바람둥이 같은 말씀을 하시다니요."

"뭐, 어때. 앞으로는 자주 그럴 생각이라네."

라벨은 고개를 저으며 웃고는 부엌으로 갔다. 잠시 후 그가 커피를 끓여 내오자 주스트 씨는 잔을 받아 들고 음울하게 말했다.

"참 얄궂단 말이야. 이 커피처럼 맛있는 것들. 처음에는 일주일에 한 번 먹어도 괜찮지만 점점 그 간격이 짧아지지. 심해지면 매일 마시지 않고서는 견딜 수 없게 돼. 그래서 문제란 말이지."

"양을 적절히 조절하시면 그것도 괜찮지 않을까요?"

주스트 씨는 대답 없이 커피를 한 모금 마셨다. 그렇게 반쯤 비웠을 때 라벨이 문득 현관 앞에 세워 둔 망치를 바라보았다.

"저건 왜 꺼내 두셨어요?"

"어제 호두를 깨 먹었거든."

"저런 녹슨 망치로 말인가요?"

"녹이 슬다니?"

주스트 씨는 의아해하며 망치를 쳐다보았다. 그리고 드물게 가슴이 내려앉는 기분을 느꼈다. 망치 끝에 묻어 있는 건 녹이 아니라 피였다. 누군가 관심을 두고 볼 거라고 생각하지 않았기에 제대로 닦지 않았던 것이다.

"그렇군. 녹이 슬어 있었어."

그는 슬그머니 일어나 망치를 벽장 속에 넣었다. 긴장하며 뒤를 돌아보았지만 라벨은 아무 내색 없이 커피를 마시고 있었다. 주스트 씨는 가끔 라벨이 모든 걸 알면서도 일부러 모르는 척하는 것 같다고 생각할 때가 있었다. 바로 지금처럼.

'아니, 그는 몰라.'

그렇게 확신할 수 있었던 건 오드리 부인의 죽음 때문이었다. 그 사고가 자신의 고의였다는 걸 알게 되면 눈앞의 이 착하고 다정한 청년도 자신이 사람이라는 것을 증명할 터였다. 무엇에든 정당한 이유만 있다면 얼마든지 뜨거워질 수 있는.

"그럼 오늘도 데이트 가시나요?"

"뭐? 아, 그래. 그럴 생각이네."

"저도 그래야겠네요."

"누구하고?"

"제 작은 숙녀하고요."

그 말을 듣는 순간 주스트 씨의 머릿속에 떠오르는 얼굴이 있었다. 썩어 가는 피부를 꿰맨 채 간신히 서 있던 누더기 인형 같은 소녀.

"그 아이는 어쩌다 그렇게 된 건가?"

"좋지 않은 일이 있었지요. 저와 그 아이 모두에게요."

"저런, 그거 유감이군."

"반 이상…… 아니, 전부 제 잘못이에요. 그래서 책임감을 느끼는 것 같아요. 처음 그 아이의 몸을 품에 안았을 때 아주 이상한 기분을 느꼈어요. 아프지만 벅찬, 그 아이가 한없이 소중해질 것 같은 기분이요."

주스트 씨는 지금껏 라벨과 꽤 오래 알고 지냈다고 생각했지만 자신이 잘 모르는 오드리 부인이나 소녀에 대해 말할 때면 이상하게도 멀게 느껴졌다.

"그럼 어째서 자네가 후견인이 되지 않은 건가? 그 아이를 데려간 신사는 누구지?"

"마라 공작."

라벨이 속삭이듯 작게 말했다. 그 이름을 함부로 언급해선 안 된다는 듯.

"탐욕적이고 비열하지만, 불쌍한 사람이지요."

앞의 두 단어는 주스트 씨가 만났던 신사의 모습과 어느 정도 부합하는 듯했다. 하지만 불쌍하다니?

'곧 받으러 가겠다'고 자신에게 말하던 신사의 모습이 문득 떠올랐다.

그로부터 사흘 동안 주스트 씨는 세 명의 여자를 더 죽였다. 하루에 한 명씩이었다. 그것으로 족할 줄 알았으나 이제는 한 명만으로 채워지지 않는다는 걸 깨달았다.

'맛있는 건 이래서 곤란하단 말이지.'

밤과 고독은 훌륭한 자극제가 되어 그를 재촉했다. 잠이 들려고 할 때 망치로 내리치던 감촉이 손에 반동처럼 되돌아와 그를 퍼뜩 깨우기도 했다. 그러고 나면 미칠 듯한 기분을 느꼈다. 손의 떨림을 멈추기 위해서는 아이러니하게도 같은 행동이 필요했다.

그는 비슷한 증상을 겪는 대개의 사람들이 하지 못하는 일을 했다. 자신이 중독되었음을 인정한 것이다.

'이렇게 긴 휴가를 낸 게 잘못이었어. 빨리 병원으로 돌아가지 않으면 점점 더 나를 통제할 수 없게 될 거야. 그래서는 곤란해. 아니, 정말 곤란한가?'

그날 저녁도 주스트 씨는 왕진 가방에 망치를 넣어 방을 나섰다. 한데 저택을 나가려다 입구에서 누군가와 마주쳤다. 그가 별로 좋아하지 않는 1층의 마레 부인이었다.

"이 밤에 무슨 볼일로 외출이신가?"

주스트 씨는 그녀가 찡그린 한쪽 눈으로 어떻게든 자신의 흠을 찾아내려 한다는 걸 알았다. 그녀가 그러지 않는 사람은 저택 내에서 라벨이 유일했다.

"의사란 직업이 그렇답니다, 부인. 휴가 때도 쉴 수가 없지요."

"아, 그래. 의사 양반이셨지. 시간이 날 때 내 방에 와서 이 늙은이도 좀 봐주구려. 요새 영 허리가 좋지 않아서."

"기꺼이 그러지요, 부인."

"그리고 아무리 바빠도 밤중에 돌아다니면 안 돼. 요즘 이 근방에서 사람들이 죽어 나간다는 소문 못 들으셨수? 끔찍하게도 망치로 사람들을 때려죽인다는구먼. 원, 별일이지."

주스트 씨는 공손한 표정을 짓기 위해 애썼다.

"그런 일이 있었나요?"

"그렇다니까. 무서워서 이 저택 밖으로는 한 발자국도 나갈 수가 없다오."

"저택 안이라고 해서 꼭 안전한 건 아니지요, 부인."

마레 부인이 눈을 치켜떴다.

"그게 무슨 소리신가?"

"별말 아닙니다. 그저 문단속을 잘하시란 뜻입니다. 가뜩이나 현관 근처에 사시지 않습니까."

마레 부인은 혐오와 공포가 뒤섞인 표정을 짓더니 몸을 돌려 자기 방으로 들어갔다. 그녀가 안에서 몇 번이나 문을 잠그는 소리를 들으며 주스트 씨는 얄미운 노인을 놀린 데 대한 저열한 쾌감을 느꼈을 뿐, 오래지 않아 그것을 대단히 후회하게 되리란 건 물론 알지 못했다.

그날 밤도 그는 골목을 기어 다니는 흉물스러운 존재가 되어 살아 있는 게 불합리한 여성들을 찾아다녔다. 한데 마레 부인이 말한 대로 소문이라도 퍼진 건지 밤늦게 돌아다니는 사람이 눈에 띄지 않았다. 대신 경관들의 모습만 심심치 않게 보였다.

'나흘 동안 네 명이었으니 그럴 만도 한가.'

속이 타는 한편 일이 더 어려워졌다는 생각에 이상한 즐거움이 느껴졌다. 두 시간 넘게 돌아다닌 끝에 그는 마침내 적당한 목표물을 찾아냈다. 얼굴에 아직도 주근깨 자국이 남아 있는 여성이었다. 잠깐 심부름을 나온 건지 보닛을 쓴 채 손에는 작은 가방을 들고 있었다. 그녀는 누군가 자신을 무서운 의도로 바라보고 있다는 것도 모른 채 발랄함이 느껴지는 걸음걸이로 도로를 가로질렀다.

주스트 씨는 옷깃을 세워 얼굴을 가린 채 조용히 그녀를 따라갔다. 그녀가 가는 방향뿐만 아니라 틈틈이 주위를 살피는 것도 잊지 않았다. 다행히 조금 전 순찰하는 경관들이 막 지나간 터라 당분간은 그들뿐일 듯싶었다.

그녀가 골목을 걷는다. 어둠이 자신을 반기며 기다리고 있다는 사실을 알지 못한다. 골목을 타고 그녀의 흥얼거림이 들려왔다. 워낙 희미해서 무슨 노래인지는 알 수 없었다. 그러나 그녀의 즐거움은 느낄 수 있었다.

어쩌면 앞에서 걸어가는 그녀는 오래도록 갖고 싶어 한 어떤 물건을 사러 가는지도 몰랐다. 혹은 과자를 사 달라고 조르는 동생을 위해 밤길을 나섰는지도. 그녀의 삶은 걸음걸이와 노래에서 알 수 있다시피 즐거움으로 가득 차 있었다. 그것은 내일에 대한 기대감이나 사랑하는 사람에 대한 설렘일지도 몰랐다.

주스트 씨는 그 모든 걸 상상하면서도 아무 감정이 들지 않았다. 그녀의 빛나는 삶, 가없는 미래가 단지 그의 손 하나로 망쳐질 예정인데도 그에 대해 어떠한 감흥도 느끼지 못했다.

다만 불합리함을 느꼈다. 넘치는 생명력을 뿜내며 그의 앞에서 걸어가는 모습을 참을 수 없었다.

……!

그녀의 비명은 그의 커다란 손에 의해 막혔다. 뒤로 다가가 내리치면 그만이었지만 그는 굳이 희생자들을 먼저 붙잡았다. 삶에 대한 갈망으로 펄떡이던 몸이 한순간에 멎는 황홀한 순간을 느끼려면 그래야만 했다.

"따라오는 동안 무슨 노래를 부르는지 궁금하더군요."

그는 환자들에게 그러하듯 친절한 말투로 그녀의 귀에 대고 속삭였다.

"음음-음. 이런 노래였던 거 같은데, 맞나요?"

맞닿은 몸에 소름이 돋는 걸 느끼니 신비로웠다. 그는 망치를 꺼내기 위해 붙들고 있던 손을 잠시 놓았다. 그때 여자가 몸부림치며 반쯤 빠져나갔지만 별로 걱정하지 않았다. 그대로 내리치면 그만이었으니까.

삐이익!

그의 손이 허공에서 멎었다. 귀를 찢는 날카로운 소리가 가장 중요한 순간을 훼방 놓았다. 그는 분노하며 뒤를 돌아보았다.

"그놈이다! 살인마다! 여기야!"

그제야 주스트 씨는 날카로운 소리가 호루라기 소리였음을, 그를 향해 달려오는 사람들이 경관임을 깨달았다. 별로 그럴 생각이 없었는데 몸이 먼저 반응했다. 어느새 그는 여자를 밀치고 도망치고 있었다. 아니, 사실 필사적으로 달렸다.

"이쪽이다!"

점점 그를 찾는 경관들의 숫자가 늘어났다. 그들의 모습이 힐 끗 보일 때마다 골목을 꺾어 이리저리 돌았더니 자신이 어디에 있는지도 알 수 없었다. 머리로 뜨거운 피가 쏠렸고 심장은 터 져 나갈 듯했다.

마침내 주스트 씨는 큰길로 빠져나왔다. 경관들은 아직 골 목을 헤매는 건지 보이지 않았다. 아직 안심할 수 없었기에 전 력을 다해 집으로 달렸다. 저택 안으로 들어가자마자 현관문을 쾅 닫고 잠가 버렸다. 그러곤 복도 창문으로 밖을 내다보았다.

'따돌렸나?'

그는 복도 벽에 기댄 채 잠시 숨을 골랐다. 온몸에 힘이 빠져 걸음을 옮길 엄두조차 나지 않았지만 간신히 6층까지 올라갔다.

"당신이 주스트 에빌 씨입니까?"

심장이 펄떡 뛰었다. 누군가 그의 방문 앞에 서 있었다. 경관 일까? 하지만 경관이라면 그런 특이한 모습을 할 것 같지 않았 다. 옷은 깔끔한 검은색의 정장이었지만 얼굴에는 울부짖는 표 정의 가면을 쓰고 있었다.

"맞습니다만, 당신은 누구요?"

"저는 마라 공작님의 저택에서 일하는 사람입니다. 그분의 명 령으로 당신을 모시러 왔습니다. 공작님 댁에 환자가 있으니 함 께 가서 봐주셨으면 합니다."

잠시 그 이름을 되뇌던 주스트 씨는 얼마 전 라벨이 말했던 이름임을 깨달았다. '곧 받으러 가겠다'던 말이 이걸 뜻한 걸까?

그는 의심스럽게 광대를 바라보다가 말했다.

"지금은 휴가 중이오."

"알고 있습니다. 사례를 두둑이 할 테니 공작님께서 꼭 와 달라고 하셨습니다."

"그건 좀…… 시간도 늦고 해서 곤란하오."

"위급한 환자를 보살피는 것보다 중요한 용무라도 있으십니까? 바깥에서 볼일을 다 마치고 돌아오신 것 같은데요."

주스트 씨의 가슴이 불쾌하게 부글거렸다. 그래, 너 따위가 상상하지 못할 아주 중요한 볼일이 있었지. 바로 누군가의 삶을 끝장내는 일이야. 지금 당장 네 녀석을 그렇게 해 줄 수도 있단 말이야.

속으로 이렇게 말하면서도 그는 사람 좋게 웃었다.

"하긴, 환자가 우선이지. 그럼 잠시 기다리시오. 들어가서 가방을 들고 나올 테니."

"그건 이미 들고 계신 것 같은데요."

남자의 지적에 주스트 씨는 그제야 자신의 손에 왕진 가방이 들려 있다는 걸 깨달았다. 안에 든 망치가 마음에 걸렸지만 어쩔 수 없었다.

"내 정신 좀 보게. 그렇군. 그럼 안내하시오."

머릿속으로 상대의 머리를 내리치는 상상을 하며 주스트 씨는 남자가 몰고 온 마차에 올라탔다. 환자가 여성이기만 하다면 어떤 식으로든 갚아 주겠다고 다짐하면서.

그는 결심을 실천하지 못했다. 다친 환자가 여성이기는 했다. 하지만 치료하는 동안 방 안에서 지켜보는 사람들을 내쫓을 만큼 위독한 상태는 아니었다. 그저 발목을 약간 삔 정도에 불과했다.

"당분간은 걷지 않으시는 게 좋을 겁니다."

"고마워요."

붕대를 감아 주고 가방을 정리하는 동안 주스트 씨는 점점 화가 치밀어 올랐다. 겨우 이 정도로 사람을 오라 가라 했다니.

"이제야 안심이군요. 부인께서는 이곳에서 쉬다가 돌아가도록 하십시오. 그런데 내 하인이 의사 선생을 무리해서 모셔 온 게 아닌가 싶군요."

마라 공작이 조금도 미안해하지 않는 말투로 말했다. 장례식 날과 마찬가지로 얼굴을 하얗게 칠했고 입술은 지나칠 만큼 붉었다. 그 옆에는 울부짖는 광대의 얼굴이 있으니 그보다 기묘한 조합도 없었다.

"아닙니다. 환자가 있다는데 당연히 와야죠."

"그래도 그냥 보내는 건 예의가 아니겠지요. 곧 저녁 만찬이 있을 예정이니 함께 하고 가도록 해요."

가볍게 권하는 말투인데도 이상하게 거절할 수 없는 힘이 느껴졌다. 레드포드에 단 한 명 있다는 공작이라설까?

"그럼 실례를 무릅쓰고 참석하도록 하지요."

"좋습니다. 아주 좋아요."

공작은 기쁜 듯 입술을 찢어 웃고는 광대에게 명령했다.

"당신은 여기서 부인을 돌보도록 해요."

광대의 표정은 한결같았지만 공작을 바라보는 그의 태도에서 어쩐지 거부하는 듯한 의사가 느껴졌다. 하지만 곧 체념한 듯 고개를 숙였다.

"그럼 의사 선생은 나와 함께 저택이라도 둘러볼까요?"

"그러죠."

주스트 씨는 공작을 따라 회색 포석이 깔려 있는 복도를 걸어갔다. 그의 저택은 어딘가 묘한 구석이 있었다. 말로 표현하기는 힘들었지만 오래도록 방치되어 있던 곳 같았다. 분명 깨끗하게 모든 게 정리되어 있는데도 말이다.

"그러고 보니 그때 데려가신 아이는 어디에 있습니까?"

문득 누더기 소녀가 생각나 묻자 공작은 웃은 채로 굳은 듯한 얼굴로 돌아보았다.

"라벨 군을 만나러 갔답니다. 두 사람은 서로를 꽤 좋아하지요. 그녀에게 시간이 별로 남지 않은 것 같아 마지막은 라벨 군과 함께 있도록 해 주려고 합니다."

"저런…… 저도 그날 처음 봤지만 상태가 심각한 것 같더군요."

"어쩔 수 없는 일이죠. 누구에게나 시간은 한정되어 있으니까요. 뭐, 가끔은 아닐 때도 있지만."

공작이 뜻 모를 소리를 했지만 주스트 씨는 그리 주의 깊게 듣지 않았다. 그는 라벨을 걱정하고 있었다. 소녀를 꽤나 소중하게 여기는 듯 보였는데 오드리 부인에 이어 그 아이까지 잃는다면 상심이 클 터였다.

"그런데 의사 선생, 당신도 라벨 군과 친분이 있죠?"

"아, 네. 그렇다고 할 수 있습니다."

공작은 흠 하고 만족스러운 소리를 내더니 한층 더 높은 목소리로 말했다.

"한때는 나도 그와 친구가 될 수 있을 거라 믿었지요. 하지만 여러 일들이 우리 사이에 있었고 결국 여기까지 왔군요."

"예에, 그러시군요."

무슨 일이 있었던 거냐고 묻고 싶었지만 그걸 입 밖으로 꺼낼 만큼 눈치 없지 않았다. 다만 공작이 말하는 '여기까지'라는 게 어느 지점을 뜻하는 걸지 궁금했다. 그렇게 생각에 잠겨 버릇처럼 허리 주변을 더듬던 그는 어떤 중요한 사실 하나를 깨달았다.

"아차."

"왜 그러죠?"

공작이 돌아보자 그는 어찌할 바를 모르며 답했다.

"응접실에 가방을 두고 왔습니다."

"걱정하지 마십시오. 그 자리에 무사히 있을 테니까요. 돌아갈 때 가져가면 됩니다."

"그게 아니라…… 제가 원래 가방을 곁에 두지 않으면 마음이 안정이 안 됩니다."

"아, 그렇습니까?"

공작은 재미있다는 듯 웃고는 손가락을 들어 그들이 걸어온 방향을 가리켰다.

"돌아가는 길은 잘 알겠지요. 가서 가방을 찾아서 가십시오."

주스트 씨는 고맙다는 말을 웅얼거리고 황급히 복도를 뛰어갔다. 치료가 끝나고 가방을 잘 닫았던가? 만약 그러지 않아서 피가 굳은 망치가 눈에 띄기라도 했다면…… 다음 일은 별로 상상하고 싶지 않았다. 그가 잘 둘러댈 수 있을까? 그들은 믿을까? 어쩌면 두 남녀를 살해하고 도망쳐야 할지도 몰랐다.

응접실로 달음질쳐 간 그는 문틈으로 보이는 광경에 황급히 멈춰 섰다.

"모든 걸 버리고 왔어."

놀랍게도 아까 치료한 귀부인이 광대를 껴안고 있었다.

"오직 당신을 위해 남편도, 백작 부인이란 지위도, 친구들도 모두 버리고 왔단 말이야."

"전 그러시기를 바란 적 없습니다."

"알아. 내가 바랐어. 내가 당신을 사랑하니까. 책임지고 행복하게 해 줄게. 그런 얼굴로 울고 있도록 내버려 두지 않겠어. 그러니까 나와 이곳에서 떠나."

광대는 대답하지 않았다. 다만 두 팔을 들어 올렸다. 처음에는 그녀를 마주 안으려는 듯했으나 결국 부인을 밀어내는 것으로 끝났다. 그는 우는 얼굴로 조소하며 말했다.

"제 아내가 누구였는지 아십니까?"

"당신의…… 아내?"

"마리 드 로버티. 그녀는 수도에 거주하는 로버티 후작의 따님이었습니다."

부인은 놀란 듯 작게 탄성을 질렀다.

"저는 그녀의 전담 바렛이었고요. 흔한 이야기처럼 한눈에 그녀에게 반했고, 그녀도 저를 사랑했습니다. 그래서 그녀에게 말했죠. 함께 도망치자고. 지금 부인께서 제게 말씀하시는 것처럼 말입니다."

부인은 자신의 이야기와 다르다는 듯 고개를 저었지만, 그녀를 바라보는 가면은 냉정하기만 했다.

"그 이야기의 결말이 궁금하십니까? 책 속에서처럼 그 후로 그들이 영원히 행복하게 살았을까요? 아니요, 그녀는 후회했고 저도 후회했습니다. 지독히도 서로를 사랑하면서 또한 증오하며 몇 년을 보냈습니다. 그러던 끝에, 저는."

그는 거기서 말을 멈췄고 숨소리도 멎었다. 일말의 움직임조차 없었다. 놀란 얼굴로 기다리던 부인이 불안해하며 그의 팔을 잡고 흔들었다.

"아돌프? 아돌프? 아돌프!"

그제야 정신을 차린 듯 광대가 흠칫했다. 그러곤 부인을 내려다보며 천천히 말을 이었다.

"……저는 그녀를 부정했고, 그녀가 제 인생에서 사라지기를 바랐고, 그것은 정확히 제 바람대로 되었습니다."

부인의 눈에서 눈물이 떨어졌다. 광대는 하얀 장갑을 긴 손가락으로 그녀의 얼굴에서 눈물을 훔쳤다.

"저는 이제 믿지 않습니다. 영원히 사랑한다는 말을요. 그건 누구도 할 수 없는 일입니다. 순간적인 충동을 못 이겨 또다시 당신과 도망친다 해도 분명 같은 결말을 맞게 될 겁니다."

부인은 고개를 숙였다. 얼핏 체념한 듯도 보였다. 하지만 이윽고 손을 뻗어 광대의 두 손을 잡았다.

"그런 아픔이 있는 줄 몰랐어. 그런 고통으로 그렇게 울고 있는 줄도 몰랐어. 하지만 이젠 그러지 않아도 돼. 나는 결코 포기하지 않아. 나는 누군가를 영원히 사랑할 수 있다는 말을 믿어."

그녀는 오래 마주 보기 힘든 기이한 가면을 똑바로 응시했다.

"내가 당신을 영원히 사랑하겠어."

강하고 또 아름다운 사람이었다. 그녀의 뒷모습에서 주스트 씨는 죽은 아내의 모습을 떠올렸다. 그건 정말 견디기 힘든 충동이었다. 이 손에 지금 뭐라도 들려 있었더라면.

"저 보고 울고 있다고 하셨습니까?"

광대가 조용히 반문하더니 가면으로 손을 가져갔다. 그 끝을 잡는 걸 보며 주스트 씨는 그가 다음으로 어떤 행동을 할지 알았다. 알았음에도 가면이 벗겨지는 순간 하마터면 신음을 흘릴 뻔했다. 그러니 부인이 비명을 지른 것도 충분히 이해할 수 있었다.

길게 찢어진 흉터가 얼굴의 반 이상을 차지하고 있음에도 남자는 틀림없이 굉장한 미남이었다. 하지만 그 모든 걸 어그러뜨리고 섬뜩하게 만드는 웃음이 거기 있었다.

　그건 결코 억지로 지어 보이는 게 아니었다. 세상에서 가장 행복한 사람의 얼굴을 가져다 놓는다 하더라도 그 웃음에 비할 수는 없으리라. 마치 웃음이라는 명사의 완벽한 의인화 같았다. '세상에서 가장 끔찍한'이라는 수식어를 덧붙인다면 더할 나위 없이 어울릴 법한.

　"어떠신가요. 부인께서는 이런 얼굴도 사랑할 수 있으십니까?"

　그녀는 가슴 앞에 두 손을 모은 채 조금씩 뒷걸음질 쳤다. 당장이라도 몸을 돌려 뛰쳐나갈 듯했다. 광대는 그 모습을 보면서도 한결같은 얼굴로 웃고 있었다. 지독한 일이었다.

　"이게 제 업보입니다. 아내를 앗아 가고 얼굴을 이렇게 만든 건 분명 이웃의 그 남자이지만…… 모두 저와 그녀가 바란 일이었으니까요."

　이웃의 그 남자. 그 말을 듣는 순간 주스트 씨의 머릿속에서 여러 기억들이 순식간에 연결되었다. 그제야 깨달았다. 저 광대는 비록 인사 한번 나눠 본 적은 없지만 분명 같은 저택에 살던 남자였다.

　한번 보면 워낙 잊기 힘든 미남인지라 뇌리에 남았는데 표정 때문에 지금껏 알아차리지 못했던 것이다. 그리고 그의 기억이 맞는다면 남자는 3층, 라벨의 맞은편에 살고 있었다.

"사랑할 수…… 있어."

주스트 씨와 광대가 동시에 그렇게 말한 사람을 바라보았다.

"난 사랑할 수 있어."

"그렇게 억지로 애쓰지 않으셔도 됩니다."

하지만 부인은 힘겹게 물러났던 거리를 단 두 걸음만에 다시 좁혔다. 그리고 누구도 가까이하지 않을 그 얼굴에 입을 맞췄다.

"같이 노력해 보자. 어쩌면 당신 말대로 같은 결말이 나올지도 몰라. 하지만 다른 결말이 될 가능성도 충분히 있어."

"……부인."

"좀 전에 그랬지. 순간적인 충동을 못 이겨 도망칠 수는 없다고. 그 말은 지금 나와 함께 가고 싶은 충동을 느끼고 있다는 거잖아. 당신은 나를 좋아하고 있어. 분명히."

광대는 말없이 고개를 돌리더니 다시 가면을 썼다. 기이하던 그 가면이 차라리 본래 얼굴보다 나았다. 그대로 그는 부인을 놔두고 문 쪽으로 걸어왔다. 주스트 씨는 황급히 조각상 뒤로 숨었다.

"아돌프!"

부인이 뒤에서 부르짖었다. 주스트 씨가 속으로 멍청한 놈이라고 중얼거리고 있을 때 광대의 대답이 들려왔다.

"이곳을 떠나도 좋다는 허락을 받아 오겠습니다. 부인께서 그 결말에 충분히 책임질 자신만 있다면요."

응접실에서 부인이 무슨 표정을 짓고 있을지 보지 않아도 알 수 있었다. 광대의 발걸음 소리가 주스트 씨가 숨어 있는 조각 상 쪽으로 가까워지다 다시 멀어졌다.

속으로 스물 정도 센 다음 주스트 씨는 응접실로 들어갔다. 광대가 돌아온 줄 알고 기쁜 얼굴로 돌아본 귀부인은 주스트 씨인 걸 알고 실망 반 의아함 반이 되었다.

"치료할 데가 남았나요, 선생님?"

"아닙니다. 가방을 놓고 가서요."

그가 의자 위에 놓여 있는 자신의 가방을 가리켰다. 다행히 잘 잠겨 있었다. 그는 안에 망치가 들어 있다는 사실을 떠올리며 혼자 남아 있는 카밀레 부인을 바라보았다.

"그에게 감사하시지요."

"네?"

"그가 만약 그런 식으로 아내를 잃지 않았더라면, 저는 또다시 같은 행동을 했을 테니까요."

"대체 무슨 말씀이신지."

주스트 씨는 고개를 저었다. 그러곤 옷깃을 올려 얼굴을 가렸다.

"공작님께 만찬을 함께 하지 못하고 떠나 죄송하다고 전해 주십시오. 급한 볼일이 생겼거든요."

주스트 씨는 대답을 기다리지 않고 그곳을 떠났다. 그러고 보니 공작이 말하길, 가방을 찾아서 가라고 했었다. 그건 고의였을까, 아니면 실수였을까.

주스트 씨가 저택으로 돌아온 시각은 대부분의 사람들이 잠들었을 시간이었다. 하지만 바깥에서 올려다보니 3층 라벨의 방은 불이 켜져 있었다. 아직 누더기 소녀와 함께 있는 듯했다.

안으로 들어와 현관문을 닫은 그는 가방을 내려놓고 그 안에서 망치를 꺼냈다. 아까 강렬한 충동을 느꼈던 탓일까. 이걸 들고 나가기에 아직 늦지 않은 것 같았다. 그는 서둘러 그걸 코트 속에 넣다가 부주의하게 떨어뜨리고 말았다. 무게 때문에 쿵하고 작지 않은 소리가 났다.

별 생각 없이 몸을 굽혀 망치를 줍는데, 고개를 들기 전 머리 위로 그림자가 드리워지는 걸 느꼈다. 주스트 씨는 그대로 동작을 멈췄다.

"도대체 뭘…… 거기서 뭘 하는 게요?"

상대는 화내는 목소리를 흉내 내고 있었으나 실제로는 겁에 질려 있다는 걸 쉽게 눈치챌 수 있었다. 주스트 씨는 고개를 들고 태연하게 웃었다.

"아직 안 주무셨군요, 마레 부인."

"당신, 손에 든 그거……."

"아, 이거요. 망치라는 물건입니다."

노부인의 얼굴이 하얗게 굳어졌다. 그녀는 주스트 씨의 위아래를 훑어보더니 천천히 뒷걸음질 쳤다. 좋지 않은 신호였다. 주스트 씨는 그녀에게 어떤 말을 해도 당장 경관에게 달려갈 것임을 알았다. 그렇다면.

그가 움직이는 순간 마레 부인의 동작도 빨라졌다. 그녀는 얼른 방으로 달려가 문을 닫으려 했다. 하지만 주스트 씨가 뻗은 발이 문틈에 끼었다. 몇 번 더 문을 닫으려던 그녀는 실패하자 겁에 질려 뒤로 물러났다. 이제 주스트 씨가 천천히 안으로 들어갔다.

"제발, 제발⋯⋯."

"무엇이 제발이라는 말씀인가요, 부인?"

"나는 그러니까, 아무것도 보지 못했다오."

"보지 못하시다니요. 제가 망치를 들고 있는 모습을 똑똑히 보셨지 않습니까."

주스트 씨는 등으로 문을 밀어 닫았다. 둘만 남은 채 갇히자 마레 부인의 얼굴에서 핏기가 사라졌다. 손을 대기도 전에 이미 시체가 된 것 같았다.

"왜 방 밖으로 나와 계셨던 겁니까?"

"난, 난 그저 지켜보려고⋯⋯."

"지켜본다고요?"

"선생이 말했던 대로 내 방은 현관 근처니까, 누, 누가 오지 않을까 걱정이 되어서⋯⋯."

그녀의 시선은 주스트 씨의 손에 들린 망치에서 떨어지지 않았다. 주스트 씨는 자신의 어리석음을 비웃었다. 그럴 노파라는 걸 알고 있는데도 조롱하고 싶은 저열한 욕구를 못 견뎌서는.

"그랬군요. 당연히 그러셨겠지요."

"아, 아무것도 못 본 걸로 할게요. 이웃 좋다는 게 뭐겠수? 분명, 분명 당신에게도 그래야만 했던 이유가 있겠지. 난 이해한다오."

"이해하신다고요."

"네네, 정말이에요. 이봐요, 주스트 씨. 라벨 군이…… 그래, 당신도 라벨 군을 좋아하잖아요, 그렇죠? 그와 난 친구라오. 그것도 친한 친구지. 라벨 군이 오늘 쿠키를 굽는다고, 나한테도 가져다주기로 했다오. 이제 금방 올 거란 말이야. 그러니까 우리……"

노파는 말을 더 잇지 못했다. 주스트 씨의 표정을 본 탓이다. 그가 이를 뿌드득 갈며 말했다.

"친구라고요. 필요할 때만 불러서 집 안 청소며 쓰레기를 버려 달라고 부탁하는 게 친구입니까? 그럼 그에게 이것도 한번 부탁해 보시지요. 살려 달라고."

위에서부터 아래로 묵직한 곡선을 그리는 흉측하고 자비 없는 도구. 주스트 씨는 이것이 노파에게는 물론 자신에게도 아주 잘 어울린다고 생각했다.

생명이 부서지는 소리가 들리고 그의 얼굴에 잔해가 튀었다. 주스트 씨는 소매로 얼굴을 슥 닦고 자신이 한 일을 내려다보았다. 예정에 없던 일이었으므로 썩 마음에 들지 않았다. 특히 거주지에서 이런 일을 저질렀다는 데 불결한 기분을 느꼈다.

'찾아오는 사람이 없으니 당분간은 아무도 모르겠지. 라벨 군

의 핑계를 대다니 염치도 없지. 아무리 라벨 군이라도 이런 늙은이를 밤중에 찾지는 않을 거야.'

그는 근처에 있던 누더기나 다름없는 이불을 들어 노파의 몸 위에 던졌다. 그리고 방을 나가기 위해 문 쪽으로 걸어가는데, 작게 쿵쿵 하고 누군가 복도를 가로지르는 소리가 들렸다. 주스트 씨는 조심스럽게 문에 귀를 대 보았다. 어쩌면 누군가 계단을 올라가는 소리일지도 모르니까.

똑똑.

그 노크는 그의 귀가 닿아 있던 자리를 정확히 두드렸다. 주스트 씨는 화들짝 놀라 뒤로 물러났다. 아까 경관들이 나타났을 때도 이 정도로 놀라지는 않았다. 쿵쾅거리는 가슴을 진정시키려고 애쓰며 문을 노려보았다. 이 시간에 하필 누가.

"마레 부인, 안에 계세요? 저 라벨이에요."

주스트 씨는 이마를 부여잡고 소리 없이 신음을 흘렸다. 마레 부인이 한 말이 설마 진실일 거라고는 상상하지 못했다.

"말씀드린 쿠키를 가져왔어요. 주무세요?"

주스트 씨는 평소 라벨의 다정함을 좋아했지만 지금은 혐오스러웠다. 이런 노인까지 일부러 챙길 게 뭐란 말인가.

라벨이 다시 한번 문을 두드렸다. 주스트 씨는 숨을 죽였다. 이런 식이라면 부인의 죽음이 금세 탄로 나겠지만 어쨌든 지금 당장 그렇게 되는 것만은 모면해야 했다.

단념했는지 곧 떠나는 발걸음 소리가 들려왔다. 하지만 서너 발자국이나 갔을까, 그때 뒤에서 소름끼치는 소리가 들려왔다.

"살려 줘…… 라벨……."

주스트 씨는 차마 믿기 힘든 기분으로 뒤를 돌아보았다. 이불 바깥으로 노파의 앙상한 손이 삐져나와 있었다. 심지어 혐오스럽게 꿈틀거리기까지 했다. 주스트 씨는 극심한 공포감을 느끼며 뒤로 물러나다 문에 살짝 부딪히고 말았다. 아주 작은 소리였지만, 돌아가던 라벨의 걸음을 멈추기엔 충분했던 모양이었다.

"마레 부인?"

그가 다시 돌아와 문을 두드렸다.

"마레 부인, 안에 계시는 거죠? 무슨 일이에요?"

주스트 씨는 극도로 떨기 시작했다. 몸에서 핏기가 모두 빠져나간다는 게 무슨 느낌인지 알 것 같았다. 지금까지 많은 사람을 그의 손으로 해치며 결국 발각된다 하더라도 크게 괘념치 않을 거라 생각했다. 하지만 아니었다. 두려웠다. 특히 라벨에게 들킨다는 점이 무척이나 두려웠다.

"살려 줘…… 라벨, 라벨."

노파의 목소리는 끊어질 듯 희미했지만 주스트 씨의 귀에는 그 어떤 소리보다 크게 들렸다. 라벨 역시 뭔가를 들은 것 같았다.

"부인, 문을 열지 않으시면 실례를 무릅쓰고 부수고 들어가겠어요."

문 너머에서 잠시 기다리는 침묵이 들려왔다. 하지만 오래 기다리지는 않을 것이다. 주스트 씨는 목이 꽉 막힘과 동시에 머리가 쿵쾅거려 정신이 하나도 없었다. 온몸이 참을 수 없이 간지러우면서 동시에 따끔거렸다. 결국 이렇다 할 계획 없이 망치를 등 뒤에 감추고 문을 벌컥 열었다.

"……주스트 씨?"

라벨이 의외라는 듯 눈을 치켜떴다. 주스트 씨는 침을 삼키고 그를 마주 보았다.

"여긴 어쩐 일이세요?"

"자네야말로 무슨 일인가?"

"부인께 쿠키를 가져다 드리려고…… 그런데 왜 그렇게 땀을 흘리세요?"

"아, 안이 좀 덥더군."

라벨은 손에 접시를 든 채 주스트 씨의 어깨 너머를 힐끔거렸다. 안이 들여다보이지 않게 문을 조금만 열어 두고 있었지만 주스트 씨는 괜히 뜨끔했다.

"마레 부인은 어디 계시죠?"

"막 잠드셨네. 내가 약을 처방해 드렸거든."

"약이라고요? 어디 아프신 건……."

라벨이 문득 코끝을 찡그리더니 말했다.

"피 냄새가 나는군요."

"그건…… 그럴 거야. 피를 좀 흘려서."

"그렇게 심각한가요?"

"상태가 좋진 않네. 아무래도 밤새 여기서 지켜봐야 할 거 같아."

라벨의 얼굴이 굳어졌다.

"들어가서 저도 좀 보고 싶어요."

"잠드셨다니까."

"얼굴만이라도요."

"그러다 자네까지 병이 옮을 수 있네."

말하면서도 주스트 씨는 속은 바싹바싹 타들어 갔다. 라벨은 드물게 완고한 표정을 짓고 있었다. 어쩌면 의심스러운 낌새를 느꼈는지도 몰랐다. 아니, 그러는 게 당연했다. 주스트 씨 자신도 본인이 무슨 말을 하고 있는지 몰랐으니까.

"많이 아프신 거라면…… 이게 또 마지막이 될 수 있을까요?"

라벨의 질문에 주스트 씨는 그가 오드리 부인의 죽음을 떠올리고 있음을 알았다. 그제야 긴장이 조금 풀렸다.

"그렇게 되지 않도록 최선을 다하겠네. 약속하지."

그는 심지어 옅은 웃음과 함께 라벨의 어깨를 두드려 주기까지 했다. 라벨은 알았다는 듯 고개를 끄덕이곤 등을 돌렸다. 주스트 씨가 보기에는 애가 탈 만큼 느린 걸음으로 점차 멀어졌다.

그렇게 라벨이 계단에 막 다다른 순간이었다. 등 뒤에서 죽어 가던 노파가 마지막 단말마를 내질렀다.

"살려 줘, 라벨!"

라벨이 돌아본 것과 주스트 씨가 문을 닫으려 한 일은 동시에 일어났다. 접시가 바닥에 떨어지며 요란한 소리를 냈다. 아까와 똑같은 결과가 나왔음에도 이번에는 주스트 씨의 패배였다. 라벨의 발이 문틈으로 들어와 있었다.

"비키세요."

그가 조용히 말했다. 얼굴은 변함없이 무표정했지만 주스트 씨는 그렇게 무서운 얼굴을 본 적이 없었다. 아무 말도 못 하고 서너 걸음 물러나자, 라벨은 그의 존재는 안중에도 없다는 듯 지나쳐 안으로 들어갔다.

처참한 방 안의 광경을 보고도 그는 놀라지 않았다. 다만 피투성이가 된 이불 옆에 차분히 한쪽 무릎을 꿇고 앉았다.

"마레 부인, 저 라벨이에요."

그가 이불을 걷자 노파의 참혹한 얼굴이 드러났다. 하지만 라벨은 눈살조차 찌푸리지 않고 말했다.

"살려 달라고 하셨나요?"

그녀의 입에서 피거품 섞인 단어 몇 개가 띄엄띄엄 흘러나왔다. 라벨은 여전히 무표정하게 내려다보며 물었다.

"정말로 그걸 바라시나요?"

그의 목소리는 무정할 만큼 건조했다. 주스트 씨는 자신이 왜 떨고 있는지도 모른 채 그 모습을 지켜보았다. 죽어 가는 사람에게 단지 말을 거는 행위는 순수하게 분노를 표출했던 자신의 행동보다 오히려 더 잔인해 보였다.

내리쳐, 지금 내리치라고.

아직까지 그는 손에 묵직한 망치를 들고 있었다. 라벨은 무방비하게 등을 보이고 있었다. 이대로 손 한 번만 까딱하면 모든 게 해결될 것이다. 그런데도 주스트 씨는 제자리에서 전혀 움직일 수 없었다.

"……라."

미약한 노파의 목소리에서 주스트 씨가 알아들은 단어는 그것뿐이었다. 하지만 라벨은 이해했다는 듯 고개를 끄덕였다.

"원한 대로 되실 거예요."

그 말은 마치 오래된 주문처럼 더럽고 좁은 노파의 방에 기적을 일으켰다.

시계가 역행하듯 바닥으로 번지던 피가 다시 노파에게 되돌아가기 시작했다. 앙상한 몸은 그것을 빨아들이며 점차 생기를 되찾았다. 머리에 났던 끔찍한 상처가 저절로 아물더니 새살이 돋고 그 위에 머리카락까지 순식간에 자라났다.

주스트 씨는 선 채로 꿈을 꾸는 기분이었다. 몇 번이나 눈을 깜빡였지만 결코 깨지 않는 꿈이었다. 마레 부인은 평소처럼 이웃의 흠을 잡으려는 깐깐하고 얄미운 노파로 돌아가 있었다. 눈을 감고 있다는 점만 제외하면 주스트 씨가 머리를 내리치기 직전과 달라진 게 없었다.

모든 일이 끝나자 라벨이 자리에서 일어났다. 그제야 주스트 씨는 눈앞의 존재가 기적을 일으킨 장본인임을 깨달았다.

"도대체가…… 자네는 도대체 무슨?"

"그건 이쪽에서 물어야 할 말인 것 같은데요."

라벨은 시선을 내려 주스트 씨의 손에 들린 망치를 확인했다.

"당신이었군요. 근래 그 많은 여성들을 죽인 사람은."

주스트 씨는 그 말에 대꾸하지 않았다. 할 말이 없어서라기보다 다른 데 온통 정신이 쏠려 있었기 때문이다.

"방금 내가 본 장면이, 그러니까 이것이…… 오, 맙소사. 오드리 부인이 했던 말은 말 그대로의 의미였군. 광대가 했던 말도!"

라벨이 그를 조용히 응시하다 물었다.

"당신이 한 일에 대한 죄책감보다, 그걸 나에게 들켰다는 위험성보다 오직 그 사실 하나만이 중요한가요?"

"중요하다마다! 자네는, 그러니까 소원을 들어준단 말이지? 무엇이든?"

"예, 그래요."

주스트 씨는 비명처럼 소리를 지르다 웃음을 터뜨렸다.

"이럴 수가, 그럼 왜 그때 내가 카페에서 말한 소원은 들어주지 않았지?"

"그건……."

"뭐, 상관없네! 내 진짜 소원은 그게 아니니까. 죽어 가던 사람을 살린다면 이미 죽어 있는 사람도 살릴 수 있겠지. 내 아내 말일세!"

"다른 사람들의 아내를 죽인 분이, 지금 자신의 아내를 살려 달라고 말씀하시는 건가요?"

"그래, 그것을 바라네! 내 아내가 살아나길 바라네. 지금 당장, 이 자리에서!"

라벨은 한참 동안 주스트 씨를 바라보다 고개를 돌렸다. 그러곤 나직한 목소리로 말했다.

"당신의 소원은 들어 드릴 수 없어요."

주스트 씨는 그 말을 얼른 이해하지 못했다.

"뭐라고?"

"들어 드릴 수 없다고요."

"어…… 어째서?"

라벨이 대답하려는 순간 주스트 씨가 그의 말을 가로막으며 소리 질렀다.

"그건 불합리해! 마치에겐 새 공을 주었지 않나. 광대의 아내를 앗아 가고 그의 얼굴을 그렇게 끔찍하게 만들었지 않은가! 그런데 내 소원은 들어줄 수 없다고? 여기 이 자리에서, 내 눈앞에서 죽어 가는 사람을 살렸는데 오직 내 아내만은 되살릴 수가 없다고!"

"그래요."

라벨이 너무도 담담하게 대답해서 격노한 주스트 씨는 손에 들고 있던 망치를 집어 던졌다. 그것은 상대의 가슴에 맞으며 무언가를 부서뜨리는 끔찍한 소리를 냈다. 하지만 라벨은 눈살을 찌푸리며 잠시 상체를 굽혔을 뿐, 곧 똑바로 섰다. 그러곤 여전히 같은 표정으로 말했다.

"화내셔도 달라지지 않아요."

단단한 그 얼굴은 바늘 하나 들어갈 것 같지 않았다. 어떤 말을 해도 소용없다는 걸, 어떤 짓도 통하지 않으리란 걸 알았지만 그래도 주스트 씨는 무릎을 꿇었다.

"내가, 내가 살인마여서 그러는가? 그래, 인정하겠네. 내 죄를 모두 시인하겠어. 그렇지만 나를 보게. 날 좀 불쌍히 여겨 달란 말이야. 나는 아내를 잃었어. 내 손으로 잃었단 말일세. 그 얼마나 잔인한 일인가. 내가 지금껏 살아오기 위해 얼마나 갖은 애를 썼는지 아나? 나는 아내를 정말로 사랑했어."

"예, 그러셨겠지요."

"그래서 참을 수가 없었네. 내 아내는 그렇게 죽었는데, 다른 사람의 아내였거나 아내이거나 아내가 될 사람들은 멀쩡히 살아서 돌아다니는 것, 그걸 받아들일 수 없었어. 내 말 이해하겠나?"

"믿으실지 몰라도 아주 잘 이해하고 있어요."

"그래, 그럴 줄 알았어. 자네는 왠지 뭐든 이해하고 용납할 것 같으니 말일세. 그런 신기한 능력을 가졌으니 당연하겠지. 그 능력으로 얼마나 많은 사람들을 도와주고 또 행복하게 해 주었겠나?"

라벨은 아무 말도 하지 않았다.

"그러니까…… 그러니까, 난 자네의 친구잖나. 자네가 했던 말 기억하지? 남은 친구는 나뿐이라고. 나도 자네뿐일세. 우린 서로가 서로밖에 없는 친구야. 그런데 그런 친구에게 인정을 베풀지 않을 셈인가? 그런 친구를 도와주지 않겠단 말이야? 친구가 한때 슬픔에 빠져 끔찍한 잘못을 저질렀다 한들, 진정한 친구라면 용서해야 할 게 아닌가. 자넨 그렇게 무정한 사람이 아니잖아."

"이건 제가 무정하고 말고의 문제가 아니에요. 주스트 씨가……."

"알아! 알고 있네. 어떤 이유에서든 살인은 정당화될 수 없다는 걸. 하지만, 하지만 사람이라면 실수를 하기 마련이고 나는 이미 그 실수로 가장 소중한 걸 잃었어. 그러니 제발, 제발 내가 같은 짓을 반복했다고 하지 말아 주게. 자네가 하라는 대로 뭐든 할 테니, 자네가 내리는 벌이라면 뭐든 받을 테니 그저, 그저 내 아내만 살려 주게. 그녀만 돌아오게 해 줘!"

가만히 듣고 있던 라벨의 얼굴이 처음으로 일그러졌다.

"그만하고 제 말을 먼저 들어 주세요, 주스트 씨."

"하게, 무슨 말이든 하게! 이대로 들을 테니까."

주스트 씨는 바닥에 엎드리며 머리를 땅에 박았다. 라벨은 그에게 손을 뻗다가 멈추었다.

"……미안해요."

"미안하다니, 왜 그런 말을 하는 건가? 그런, 그런 말을 할 거라면 차라리 날 욕하고 손가락질하게. 내게 사과하지 마!"

"들어줄 수 있었다면 그렇게 해 드렸을 거예요. 진심으로요. 하지만 주스트 씨는 이미 소원을 비셨어요."

"알고 있네. 방금 빌었잖은가. 자네 말대로 이미……."

거기서 말이 끊어졌다. 잠시 후 주스트 씨는 땅바닥에 조아렸던 머리를 천천히 들어 올렸다. 그러곤 얼빠진 목소리로 물었다.

"이미 빌었다고?"

"예, 그러셨어요."

"내가 무슨…… 아니, 중요한 건 그게 아니지. 그게 뭐 어쨌단 말인가? 그건 그거고 이건……."

"제가 들어줄 수 있는 소원은 하나뿐이에요."

주스트 씨는 입을 벌린 채 그 말이 무슨 뜻인지 이해하기 위해 눈동자를 이리저리 굴렸다. 평소 누구에게나 호감을 주던 좋은 인상은 사라지고 대신 광인 같은 얼굴만 남아 있었다.

"하나뿐이라고?"

"그래요."

"그 하나를 내가 이미 써 버렸고?"

"그래요."

주스트 씨의 눈가에 경련이 일었다. 그는 라벨의 존재만이 구원인 것처럼 바라보았지만 차마 입 밖으로 아무 말도 내뱉지 못했다. 스스로가 지금보다 더 두려운 순간은 없었다.

이미 빌었다면, 그렇다면, 나는 대체 그에게 무슨 소원을…….

"몇 달 전 현관에서 마주쳤을 때 당신이 제게 이렇게 말했어요. 이놈의 비가 대신 그쳐 주면 더 바랄 게 없겠다고요."

담담하고 고요한, 그지없이 냉정한 목소리.

　주스트 씨의 눈은 무감정하게 자신을 내려다보는 청년에게서 떨어질 줄 몰랐다. 잠시 후 그가 갑자기 웃어 버렸다.

　"비?"

　"예."

　"비라고?"

　"예. 그래서 그치게 해 드렸어요. 말씀드렸다시피, 저는 무엇이든 들어줄 수 있으니까요."

　주스트 씨는 이해하려는 듯 바닥을 내려다보았다. 그리고 이해한 듯 고개를 끄덕였다. 잠깐의 정적 후 그가 개처럼 울부짖었다. 땅을 마구 내리치다 라벨에게 달려들어 그의 가슴을 들이박았다. 두 사람은 함께 바닥에 뒹굴었지만 멀쩡하게 일어선 쪽은 오히려 라벨이었다. 주스트 씨는 발작하듯 온몸으로 바닥을 때리며 뒹굴었다.

　"돌려 내! 물어내! 나는 그런 걸 바라지 않았어. 그런 건 내가 원한 게 아니야!"

　라벨이 조용히 대꾸했다.

　"한번 빈 소원은 결코 되돌릴 수 없어요. 그게 무엇이든지요."

　그러곤 구겨진 옷을 바르게 펴고 몸을 돌려 문으로 걸어갔다.

　"제가 직접 주스트 씨를 고발하진 않겠어요. 내일까지 스스로 경관을 찾아가도록 하세요. 그게 서로가 서로밖에 없는 친구로서 해 줄 수 있는 마지막 일이에요."

라벨은 더 이상 알아들을 수 없는 말로 소리 지르는 주스트 씨를 남겨 두고 홀로 방을 나왔다. 그리고 잠시 문에 기댄 채 두 손으로 얼굴을 감쌌다. 그는 한때 친구였던 이의 이름을 불렀다. 몇 번이나. 그런 후에야 걸음을 떼었다.

"왜 이렇게 오래 걸렸어요?"

"친구와 이야기를 좀 나눴단다."

방에서 자신을 기다리던 소녀의 얼굴을 보는 순간 라벨의 얼굴에 희미하게나마 미소가 떠올랐다. 그는 소녀의 곁에 다가가 앉다 문득 눈살을 찌푸리며 가슴께를 손으로 문질렀다.

"아파요?"

"조금. 하지만 나아질 거야."

"아프지 말아요. 라벨이 아픈 건 싫어요."

라벨은 부드러운 눈으로 소녀를 내려다보았다.

"가끔 너는 깜짝 놀랄 만큼 내가 아는 누군가와 똑같은 말을 해."

"그게 누군데요?"

"내 아내였던 사람. 아니, 아내였을지도 모르는 사람."

"그 사람은 지금 어디에 있어요?"

"어딘가에. 내 목소리가 들릴 거라고 믿고 싶은 곳에."

"죽었어요?"

라벨은 미세하게 떨고는 물었다.

"누가 죽음이라는 걸 가르쳐 주었니?"

"마라가요. 마라는 내가 곧 죽을 거라고 했어요. 곧이라는 게 아마 금방을 뜻하는 거였나 봐요. 라벨을 기다리는 동안 더 이상 팔다리가 움직이지 않게 되었어요."

라벨은 금방이라도 무너질 것 같은 얼굴로 팔을 뻗어 소녀의 몸을 조심스레 안았다. 품 안에서 소녀가 천진난만하게 물었다.

"언젠가는 라벨도 죽게 되나요?"

"아니."

"어째서요?"

라벨은 품에 소녀를 안은 채 희미하게 웃었다.

"이야기 하나 해 줄까?"

"무슨 이야기인데요?"

"소원을 들어주는 남자의 이야기."

소녀는 대답하지 않았지만 가만히 눈을 깜빡거리고 있었다. 그래서 라벨은 보이지 않는 동화책을 읽는 것처럼 허공을 바라보았다. 이윽고 그의 목소리가 첫 장을 펼쳤다.

다정하고 성실하기로 이름난 청년이 있었습니다. 그는 지체 높은 공작 가문에서 마부로 일했는데, 누구보다 열심이었고 틈틈이 다른 사람들까지 도왔답니다.

그에게는 짝사랑하는 사람도 있었어요. 마을에서 가장 아름다운 목소리로 노래하는 가수였지요. 그는 종종 그녀의 집 앞을 지나가며 연습하는 노랫소리를 훔쳐 듣곤 했어요. 가난했기 때문에 공연장으로 직접 갈 수는 없었거든요.

그러던 어느 날, 청년은 공작님의 명을 받아 그 가수의 저택으로 마차를 몰게 되었어요. 공작님이 안으로 들어가고 영문을 모른 채 기다리던 청년에게 깜짝 놀랄 만한 일이 벌어졌어요. 그녀가 바깥으로 나와 청년에게 성큼성큼 걸어온 것이지요.

'나를 태우고 어디로든 가 줄래요?'

청년은 더듬거리며 이것은 공작님의 마차라 그럴 수 없다고 했어요. 한데 그녀는 공작님의 허락을 받아 왔다고 말했지요. 그래서 청년은 그녀를 태우고 어디로든 달렸어요.

마을이 내려다보이는 언덕에 이르자 청년은 마차를 세웠어요. 그러곤 그녀가 내리는 것을 도와주었지요. 그녀는 마을을 내려다보며 정말 작다고 중얼거렸어요.

'그런데 당신, 입이 무거운가요?'

고민해 보던 청년은 그런 것 같다고 대답했어요. 그러자 그녀는 풀밭에 털썩 앉아 그에게도 앉으라고 손짓했어요.

'그럼 내 하소연 좀 들어 줘요. 우리 아버지는 정말로 이상한 사람이거든요? 평소에도 이해하지 못할 일들을 많이 하셨지만 오늘 하신 일에 비하면 아무것도 아니에요. 글쎄, 생전 처음 보는 남자를 데려와서는 내 약혼자라고 하시지 뭐예요. 태어날 때부터 그렇게 정해져 있었다나요. 눈치챘겠지만 그 약혼자가 바로 당신이 모시고 온 공작님이에요. 입이 무겁다고 했으니 험담 좀 할게요. 나는 그렇게 딱딱하고 속을 알 수 없는 사람은 싫어요. 마치 태어나서 한 번도 웃어 본 적 없는 것 같아요. 내 아버지처럼요. 평생을 함께해도 이해할 수 없을 무서운 사람일 거예요. 틀림없어요.'

그러고 나서 그녀는 청년을 돌아보며 그가 평생 잊지 못할 말을 했답니다.

'나는 당신 같은 얼굴을 한 사람이 좋아요. 어딘지 모르게 생각에 잠겨 있고, 있는 듯 없는 듯 미소 짓고 있는 얼굴이요.'

청년의 얼굴이 빨갛게 달아올랐지만 그녀는 눈치채지 못하고 말을 계속했답니다.

'나는 노래하는 게 좋고 아직은 누구와도 결혼할 생각이 없어요. 그런데 당장 한 달 안에 결혼식을 올리시겠대요. 그러니 내가 도망쳐 나오지 않을 수 있어요? 누군가 하늘에서 뚝 떨어져 나를 구해 줬으면 좋겠어요.'

다시 그녀를 집에 데려다주었을 때 공작님은 청년을 꾸짖으셨어요. 허락을 받았다던 그녀의 말이 거짓이었던 거지요. 청년은 두려움에 떨었지만 점잖은 공작님은 다행히 청년을 용서해 주었어요.

그렇게 그녀와의 만남이 있고 며칠 후, 청년에게 한 통의 편지가 왔어요. 놀랍게도 그녀가 보낸 편지였죠. 그녀는 지난번 거짓말을 해서 미안하다며, 속죄의 뜻으로 그녀가 공연하는 무대의 관람권을 보내 주었어요. 평소 성실했던 청년은 집사의 허락을 받아 그곳에 갈 수 있었죠.

무대에 선 그녀의 모습은 들판에서 본 모습과는 많이 달랐어요. 얼굴에는 새하얀 분을 바르고 입술을 이상할 만큼 빨갛게 칠했죠. 무대에 설 때면 늘 그런 모습을 하는 것 같았어요. 그러곤 몹시도 고운 목소리로 하늘에 닿을 듯한 노래를 불렀답니다. 모든 사람들이 눈물을 흘렸지요. 단 한 사람, 가장 좋은 자리에서 그것을 듣고 있던 공작님만 제외하고 말이에요.

공연이 끝나고 밖으로 나온 청년은 그녀와 마주쳤어요. 사실 그녀는 청년을 만나려고 기다리고 있었던 거랍니다.

'어땠나요, 내 노래는?'

'제가 감히 그것을 표현해도 될지 모르겠습니다.'

'그냥 느낀 대로 솔직하게 말해 줘요.'

'아름답고 멋진 노래였습니다. 하지만 조금 슬프기도 했어요.'

그녀는 그 노래와 꼭 같은 표정을 짓고는 청년과 팔짱을 끼었습니다.

'집까지 바래다줘요.'

공연장에서 그녀의 집까지는 꽤 먼 거리였음에도 시간이 얼마나 빠르게 흘렀는지 모릅니다. 두 사람은 많은 이야기를 나눴는데 그녀는 마부의 소소한 일상에도 너무나 즐거워했지요.

'그래서 잔바람은 아직도 뒷발로 버티곤 하나요?'

'예. 녀석 때문에 곤란한 적이 한두 번이 아니랍니다. 하지만 콧등에 하얀 다이아몬드 문양을 가진 멋진 녀석이라 도무지 미워할 수가 없어요.'

'언제 한번 보고 싶네요.'

'다음에 공작님을 모셔갈 때 그 녀석을 데려가도록 할게요.'

저택 앞에 도착하자 그녀는 생기 넘치는 눈동자로 청년을 한동안 바라보았답니다. 청년은 어찌할 바를 모르고 다만 시선을 이리저리 피했지요. 그때 그녀가 한 손을 내밀며 말했어요.

'잘 자라고 키스해 주겠어요?'

청년은 몹시 당황했지만 간신히 고개를 숙여 그녀의 손에 입을 맞췄습니다. 그녀는 생긋 웃어 보이고 집으로 들어갔죠.

그날보다 별이 더 아름답게 반짝이던 날이 있었을까요? 저택으로 돌아가는 청년의 발걸음은 노래하듯 가볍게 춤을 추었답니다.

그 후로 두 사람은 자주 만났어요. 공작이 그녀를 방문할 때나 그녀가 공작을 방문할 때 그녀는 항상 청년을 찾아왔죠. 청년은 그녀에게 잔바람을 보여 주었고, 평소엔 변덕스럽기 그지없던 녀석이 그날따라 착하게도 그녀의 손길을 가만히 받아들였답니다. 그녀는 기뻐했고 청년은 자신이 마부라는 사실이 자랑스러웠지요.

'어쩌죠? 나 이 아이가 좋아진 것 같아요.'

'공작님께 말씀드리면 기꺼이 선물로 주실 겁니다.'

'그럴까요? 그럼…… 당신도?'

청년은 무슨 뜻인지 몰라 어리둥절해했고, 잠시 청년을 힐끔거리던 그녀는 얼굴을 붉히며 자리를 떠났어요. 청년은 이유조차 알 수 없었죠.

그날 이후 그녀는 더 이상 찾아오지 않았어요. 청년의 마음속에 그리움과 애정이 타는 듯이 끓어올랐죠. 결국 견디다 못해 처음으로 허락 없이 저택을 나가 그녀를 찾아갔어요. 그녀는 창가에서 밤하늘을 보며 노래하고 있었는데, 늘 행복한 노래를 부르던 그녀가 그날은 무척이나 슬픈 노래를 불렀죠.

자신까지 슬퍼지는 느낌에 청년은 그녀를 위로하고 싶어 두 팔을 벌린 채 앞으로 뛰어나갔어요. 그를 발견한 그녀는 놀랍게도 그의 품으로 뛰어내렸답니다. 청년은 그녀를 안으며 정원 위에 쓰러졌어요.

'나는 노래하기 위해 사랑이 필요하다고 생각했어요. 하지만 지금은 사랑을 위해 노래하고 싶어요.'

청년은 이번에는 무슨 뜻인지 알아들었어요. 그래서 그녀를 꼭 껴안았어요.

다음 날 이 사실을 알게 된 그녀의 아버지는 아주 점잖게 화를 냈어요. 소리를 지르는 대신 낮은 목소리로 하나하나 타이르듯 이야기했지요. 청년은 그의 뒷모습밖에 볼 수 없었지만 그렇게 무서운 느낌을 주는 사람은 처음 봤어요. 심지어 공작님도 그처럼 위압적이지는 않았지요.

다 듣고 난 그녀는 나직이 대답했어요.

'그래도 저는 그를 사랑해요.'

두 사람은 오랫동안 싸워야 했어요. 그 일을 알게 된 공작님은 청년을 저택에서 쫓아냈지요. 화를 내거나 매를 때릴 수도 있었는데 이상할 만큼 어떠한 짓도 하지 않은 채 말이에요.

긴 싸움 끝에 먼저 패배한 쪽은 그녀의 아버지였어요. 그럴 수밖에 없었지요. 오랜 싸움에 지친 그녀의 몸에 병마가 찾아들었거든요. 두 사람의 결혼식 날짜가 잡혔지만 청년은 한없이 슬펐어요. 그녀가 죽으면 따라 죽으리라 결심했죠.

그런데 결혼식을 앞두고 그녀의 아버지가 청년을 불렀어요. 청년은 처음으로 그를 똑바로 마주 보게 되었지요. 그는 청년에게 단순한 질문을 던졌어요. 바로 그녀 대신 죽을 수 있겠느냐는 것이었어요.

오, 고민할 필요가 있을까요. 청년은 그렇노라 대답했어요. 지금 당장 심장을 빼 줘도 상관없다고요. 그녀의 아버지는 그렇다면 청년에게 어떤 능력을 주겠다고 했어요. 무엇이든 그녀의 소원을 하나 들어줄 수 있지만, 대신 청년이 대가를 내놓아야 하는 능력이었지요. 대가는 그의 목숨이었어요.

청년은 기꺼이 수락했어요. 그녀의 아버지가 마지막으로 당부했죠. 한번 그녀가 소원을 빌면 되돌릴 수 없으니 신중하게 사용하라고요. 청년은 고개를 끄덕이고 마지막으로 그녀를 만나러 갔어요. 그녀의 얼굴엔 이미 핏기가 없었고 침대에 누운 채 일어서지도 못했죠. 하지만 청년의 얼굴을 보자 옅은 미소를 지었어요.

'그런 눈으로 날 보지 말아요. 당신을 놔주고 싶잖아요. 곧 죽을 걸 알면서도 당신과 결혼하겠다는, 내 욕심을 포기하고 싶어지잖아요.'

'아무것도 포기하지 말아요. 당신은 죽지 않을 거예요.'

청년은 그녀의 눈을 응시하며 나직이 덧붙였어요.

'나와 결혼하고 싶다면 지금 내게 말해 줘요. 죽고 싶지 않다는 말 한마디면 돼요.'

그녀는 뜻 모를 미소를 지으며 한동안 가만히 청년을 바라볼 뿐이었어요. 그러다 다른 말을 꺼냈지요.

'기억해요? 내 아버지가 이상한 사람이라고 말했던 거요. 얼마 전까지는 아무것도 이해하지 못했지만 지금은 어렴풋 알 것 같아요. 나는 아버지를 사랑하지만 그분이 하시려는 일은 용서하지 못하겠어요. 그러니까 당신이 바라는 건 빌지 않을 거예요.'

청년이 놀라 입을 열었으나 그녀가 먼저 말했어요.

'무슨 일이 있어도 아프지 말아요. 당신이 아픈 건 싫으니까. 나 때문에 당신이 죽지 않길 바라요. 아주 오래도록, 내 몫까지 살아 줘요. 이게 내 소원이에요.'

그 소원은 이루어졌고, 그래서 청년은 소원을 이루어 주고도 죽지 않을 수 있었답니다. 하지만 그로써 그녀를 낫게 해 줄 방법은 영영 사라지고 말았지요.

그녀의 아버지는 청년이 죽지 않았기 때문에 능력이 고스란히 남았다고 말했어요. 다른 사람들의 소원을 한 번씩 들어줄 수 있게 된 거죠. 하지만 스스로의 소원만큼은 빌 수 없다고 했어요. 청년에게 능력을 준 그와 마찬가지로 말이에요.

그래서 두 사람은 생각해 냈습니다. 그녀를 사랑하기에 그녀가 낫기를 바랄 수 있는 유일한 사람을.

부름을 받은 공작은 그녀의 방으로 들어와 죽어 가는 전 약혼자의 얼굴을 가만히 내려다보았지요. 그는 약혼이 파기된 일로 청년을 쫓아내긴 했지만 화를 전혀 내지 않았고, 본래 점잖은 사람이기에 틀림없이 그녀가 낫기를 빌어 줄 거라 믿었습니다.

하지만 공작의 입이 열린 순간 그에게서 나온 말들은 몹시도 끔찍했지요.

'나는 당신이 지금 누워 있는 자리에서 죽기를 바라오. 당신이 연기했던 극의 여인들처럼, 결코 행복해지지 못한 채 죽어 가도록 하시오.'

한번 빈 소원은 결코 되돌릴 수 없다. 청년은 멍해진 기분 속에 그녀의 아버지가 했던 말만 되뇌었답니다.

두 사람이 약속했던 결혼식 날짜는 속절없이 다가왔고, 침대에서 일어날 수 없는 그녀를 위해 그녀의 방에서 결혼식을 올리기로 했어요. 조촐했지만 신부님도, 들러리도 있었고 그녀의 아버지와 청년이 함께 서 있었지요.

그녀의 모습이 그날보다 더 눈부신 적은 없었답니다. 소박한 흰 드레스를 입고 한 손에는 부케를 들고 누워 있었죠. 청년은 다가가 그녀의 손을 꼭 잡았고 결혼식이 시작되자 신부님이 물었어요.

'신부는 곁에 있는 남자를 신랑으로 맞아 죽는 날까지 함께하겠습니까?'

그녀는 입을 열었지만 아무 말도 하지 않았습니다. 청년이 다급히 그녀에게 속삭였지요.

'네, 라고만 대답하면 돼. 어서 그러겠다고 해 줘.'

하지만 그녀는 청년을 가만히 바라보기만 했어요. 그녀의 눈을 보고 나서야 청년은 그녀가 무슨 생각을 하는지 알았어요.

'안 돼, 안 돼. 그러지 마. 이대로 가지 마, 제발.'

그녀는 살며시 웃고 짧은 한마디의 노래를 불렀습니다.

'안녕, 라벨.'

그녀의 손에서 부케가 떨어지며 마침표를 찍었습니다.

"청년은 그녀를 따라가고 싶었지만 그럴 수 없었단다. 그녀의 소원이 잔인하게도 그를 영원 속에 못 박아 버렸기 때문이지. 그는 죄책감에 괴로워했단다. 소원을 빈 사람은 틀림없이 공작이지만, 들어준 건 자신이니까. 자신의 품에서 자신의 손으로 그녀를 죽인 거라고 생각했지. 그래서 그녀의 몫까지 긴 시간을 속죄하며 살아가지 않으면 안 되는 거야. 비록 자신은 그러지 못했지만 다른 사람이나마 행복하게 만들어 주려고 노력했단다. 그가 가진 능력으로."

라벨은 허공에서 시선을 내려 소녀를 내려다보았다.

"하지만 그것도 잘되지 않았지. 결국 그에게 남은 건 영원처럼 쌓여 있는 시간과 감당할 수 없는 죄책감뿐이야."

그의 품에 안겨 있던 소녀가 자신의 가슴께에 손을 얹었다.

"그건 슬픈 이야기인 것 같아요."

"그러니?"

"네. 저는 잘 느끼지 못하지만 아마 그럴 거예요."

"그렇구나."

소녀는 가슴을 어루만지다가 물었다.

"그래서 그 남자는 어떻게 되었어요?"

"여전히 다른 사람들의 소원을 들어주며 살지."

"언제까지 그래야 하는데요?"

"그 자신의 소원이 이루어질 때까지."

라벨은 소녀의 머리를 쓰다듬고 살짝 입을 맞췄다.

"하지만 모두의 소원을 들어줄 수 있는 그 남자는 자기 자신의 소원만큼은 빌 수 없단다. 그래서 괴로운 거야."

소녀가 그를 올려다보며 이해할 수 없다는 듯 말했다.

"다른 사람이 대신 그 남자의 소원을 빌어 주면 되잖아요."

"하지만 누가 그런 일을 하겠니? 세상에서 무엇이든 단 하나 이룰 수 있는 소원을 남을 위해 쓰는 사람은 없단다."

소녀는 눈을 몇 번 깜빡이더니 아무렇지 않게 말했다.

"제가 그 남자의 소원을 대신 빌어 주겠어요."

라벨은 그대로 잠시 얼어붙어 있었다. 그들이 있는 좁고 어두운 방 안에 감히 깨뜨릴 수 없는 거룩한 정적이 찾아들었다. 라벨에게 있어 누더기 소녀의 모습이 지금보다 더 성스러워 보인 순간은 없었다.

한참의 시간이 흐른 뒤 그가 희미하게 웃었다.

"너는 진실로…… 나의 구원자로구나."

라벨은 경건하게 무릎을 꿇고 소녀의 손에 입을 맞췄다. 소녀는 영문을 모르겠다는 듯 그를 바라보았다.

"네게 고맙다고 말하고 싶구나. 그리고 지금부터 일어날 일에 너무 놀라지 말렴. 이건 모두 내가……"

그의 말이 채 끝나기 전에 그들이 있던 방의 문이 부서졌다. 그 사이로 들어선 것은 들끓는 숨을 몰아쉬는 거친 사내였다. 헝클어진 채 말라붙은 머리카락 사이로 정상이라 보기 어려운 눈동자가 라벨을 노려보았다.

라벨은 천천히 자리에서 일어났다. 그리고 평소처럼 다정하게 소녀를 향해 미소를 던진 뒤, 등을 돌려 사내와 마주 보았다.

"어서 오세요, 주스트 씨."

사내가 흐느끼듯 웃었다. 눈은 여전히 광기에 젖어 있었지만 이따금 고개를 흔드는 것이, 지금부터 일어날 일을 그도 두려워하는 것 같았다.

라벨은 그를 향해 천천히 두 팔을 벌렸다. 그에게 자신을 내맡기는 것처럼 보이기도 하고, 그를 껴안으려는 것처럼 보이기도 했다.

소녀는 눈에 보이는 광경을 이해할 수 없었다. 라벨의 넓은 등이 많은 걸 가리고 있었다. 그러지 않았다 해도 아마 받아들이기 어려웠을 거다. 소녀는 사내가 천천히 라벨에게 다가오는 모습을 보았다. 또한 손에 든 묵직한 무언가를 힘겹게 들어 올리는 것도 보았다.

저게 뭐죠, 라벨?

소녀가 물으려 했지만 더 이상 목소리가 나오지 않았다. 이제 입술도 움직이지 않게 된 모양이었다. 눈도 깜박여지지 않았다. 그래서 소녀는 모든 걸 눈 뜬 채로 보게 되었다.

무슨 용도로 쓰는지 궁금해한 무겁고 단단해 보이는 물체가 그대로 라벨의 머리 위에 떨어졌다. 둔탁하면서도 소름 끼치는 소리가 났다. 라벨은 천천히 자리에 누웠다. 너무도 반듯한 자세라 소녀의 눈에는 그들이 장난을 치거나 연극을 하는 것처럼 보였다. 사내는 쓰러진 라벨의 가슴을 누르고 앉았다.

"혹시 알고 있나?"

잔뜩 쉰 목소리로 사내가 물었다.

"자네가 그렇게 좋아하던 오드리 부인의 죽음 역시 나와 무관하지 않다는 걸."

라벨은 평소와 같은 표정일 뿐 아무 말도 하지 않았다.

대답이 없자 사내는 이번엔 다른 쪽 손을 들어 올렸다. 거기엔 반대로 얇고 가벼워 보이는 물건이 들려 있었다. 하지만 그 끝이 몹시도 날카로웠다. 그가 그것을 높이 치켜들자 이번엔 라벨이 물었다.

"혹시 기억하고 계세요?"

사내의 손이 허공에서 멈칫했다.

"제가 소원을 들어 드린 그때 고맙다고 하신걸요."

사내의 눈에 금방이라도 터질 듯한 핏발이 섰다. 그는 희미하게 라벨의 말을 반복했다.

"고맙다고?"

"예. 분명히 그렇게 말씀하셨어요."

라벨이 다정한 미소를 지었다. 애정으로 충만한 미소였다. 반대로 사내의 얼굴은 형편없이 일그러졌다. 그의 의지와 상관없이 눈물이 마구 흘러내렸다.

"고맙다? 고맙다고? 내가 고맙다고 말했다고?"

"예."

사내는 움직임을 멈추고 다만 헐떡이듯 흐느꼈다. 라벨은 두 눈으로 그런 친구의 모습을 응시했다. 그러곤 조용히 한마디를 덧붙였다.

"별말씀을요."

그때까지 허공에 붙들려 있던 손을 극적으로 끌어당긴 것은 바로 그 말인 듯했다. 사내는 웃음 섞인 기묘한 울음을 터뜨리며 자신이 깔고 앉은 악마의 가슴을 향해 맹렬히 말뚝을 내리박았다.

오래도록, 정말로 오래도록 한곳에서 뜨겁게 흐르던 피가 세상 밖으로 분출했다. 마침내 차갑고 비정한 그곳에서 식으려는 듯.

7층. 보이드 씨의 방

"왜 그렇게 슬픈 얼굴을 하고 있어요?"

"네 소원이 이루어졌기 때문이지. 사랑하는 아이야."

레드포드의 롤랑 거리 6번가 근처에 사는 사람들은 궁금해하곤 했다. 그 거리의 명물인 7층짜리 저택의 주인 보이드 씨는 왜 한 번도 방에서 내려오지 않는 걸까 하고.

누군가는 말했다. 그는 사람을 극도로 싫어해서 아무도 없는 시간에만 방에서 나온다고. 또 누군가는 그랬다. 그런 저택을 소유할 정도라면 엄청난 부자일 테니 거기 살지 않고 다른 곳에 가 있을 거라고.

입술이 빨간 어떤 공작은 답을 알고 있었다. 보이드 씨가 굳이 거기에서 내려오지 않는 이유는 그럴 필요가 전혀 없기 때문이다. 그는 존재하기 위해 다른 어떤 것도 필요로 하지 않았으며 무언가를 보기 위해 방 밖으로 나서기는커녕 자리에서 일어날 필요도 없었다.

"우리의 오랜 친구는 속죄를 끝내고 마침내 구원을 받았군요."

어둠뿐인 그 방에 놓여 있는 거라곤 안락의자 하나와 낡은 탁자가 전부였다. 공작은 먼지 쌓인 브랜디 병을 들어 잔에 따른 뒤 축배를 들었다.

"이제 나만 남았습니다. 가장 큰 죄를 지은 존재답게 가장 오래도록 남는군요."

그는 텁텁한 브랜디를 마시고 조용히 잔을 내려놓았다.

"더 이상 수집품을 모을 필요는 없겠지요. 물론, 아직 받지 못한 것들은 회수할 테지만."

그러곤 탁자 위에 놓아두었던 모자를 집어 머리에 썼다.

"이제 슬슬 새 입주자를 받아야겠군요. 당신이 외롭지 않도록. 그리고 어쩌면 나도……."

그가 나가자 방 안은 어둠과 정적에 휩싸였다. 탁자 위 브랜디 병에 다시 천천히 먼지가 쌓이기 시작한다.

안락의자에 편히 기댄 채 앉아 있는 백골은 말이 없었다. 그는 단지 누구보다도 높은 곳에서 모든 걸 내려다보고 있을 뿐이었다.

레드포드의 남쪽에 있는 그린버리라는 마을은 평화로운 전원 풍경을 가진 소박한 곳이었다. 그곳에서 태어난 사람들은 도시에 나갔다가도 다시 고향으로 돌아오곤 했다. 순박하고 친절한 마을 사람들은 그런 탕아들을 품에 안아 주고 다시 그들의 일원으로 받아들였다.

단트도 그중 하나였다. 그는 어머니에게 자주 따분하다고 툴툴거렸지만 그곳을 다시 떠날 생각은 없었다. 그의 하루 일과는 단순했다. 느지막이 일어나 게으르게 식사를 하고 대충 얼굴만 씻은 다음, 노트와 연필을 들고 산과 들로 달려 나갔다. 그의 표현을 빌리자면 '그날따라 영감이 오는' 자리에 앉아 시를 끄적였지만, 마음에 드는 시가 나오는 일은 별로 없었다.

그날도 그는 몇 개의 종이를 찢어 들판 위에 흩날리며 열심히 창작에 매진하고 있었다. 그의 어깨 너머에서 초록 들판과는 대조되는 붉은 머리카락의 여성이 걸어오고 있다는 것도 모른 채.

누군가의 남편이었던 사람과 누군가의 부인이었던 사람이 서로에게 기대고 있었다. 우는 가면을 쓴 남자는 두 사람의 미래에 대해 아무것도 그려 볼 수 없었다. 반면 곁에 있는 여자는 여러 가지 희망으로 가득 차 있었다. 그러니 비록 무거운 기억을 짊어진 채라고 해도 어떻게든 앞으로 나아갈 수 있을 터였다.

한편 그들이 막 떠나온 저택의 안쪽에는 커다란 방이 있었다. 온전히 주인의 특별한 취미를 위해 꾸며진 그 공간은 그가 모은 수집품들로 가득했다. 그곳엔 갈색의 평범한 화분도 하나 있었는데, 줄기는 있되 꽃이 없었기에 무척이나 쓸쓸해 보였다. 그래도 누군가의 배려로 볕이 잘 드는 창가에 놓여 있었다.

그래서일까. 화분 한쪽 잘 보이지 않는 구석에서 갓 흙을 뚫고 나온 새싹이 하나 있었다. 잘 자란다면 틀림없이 무척 아름답고 거대한, 살아 있는 꽃이 될 터였다.

결혼한 지 얼마 되지 않은 신랑과 신부가 신혼여행에서 돌아왔다. 두 사람은 먼저 신랑의 집안을 찾아가 인사했고, 다음으로 신부의 집안을 방문할 차례가 되었다. 신랑은 신부에게 그녀가 태어나기 전에 돌아가셨다는 장인어른이 묻힌 곳이 어디냐고 물었다. 신부는 모른다고 대답했다.

신랑은 물론 기막혀했고 그다운 태도로 놀려 댔다. 하지만 신부는 대꾸하지 않고 심각하게 고민하기 시작했다. 어떻게 그걸 모를 수 있지? 도대체 그분은 어디에 있는 거야?

신랑은 다정하게 그녀를 껴안고 말했다. 식상한 얘기 하나 해 줄까? 그분은 언제나 우리 곁에 계셔. 지금까지 늘 그래 왔고 앞으로도 그러실 테지.

신부는 그제야 안심했고, 신랑도 그제야 안심했다.

한 여성이 뭔가를 찾고 있었다. 그러면서 불러 오기 시작한 배를 이따금 쓰다듬었다.

그게 여기 있을 텐데, 틀림없이 어딘가에 있을 텐데 말이야. 그렇게 생각하지 않니, 오드리? 그건 너와 똑같은 이름을 가진 할머니의 소중한 보물이란다. 내가 꼭 간직하고 싶어. 그런데 찾을 수가 없어.

좀 더 찾아보던 그녀는 갑자기 주저앉아 눈물을 흘렸다.

엄마, 도저히 자신이 없어요. 엄마 없이 내가 어떻게 엄마가 될 수 있을지 모르겠어요.

잠시 후 그녀는 울음을 그치고 자리에서 일어났다. 앞으로도 종종 그렇게 울겠지만 또다시 그칠 수 있을 것이다. 그렇게 믿는 수밖에 없었다.

그녀는 바람을 쐬기 위해 창을 열고 바깥을 내다보았다. 정말로 화창한 날이었다. 그런데······.

오, 세상에.

그녀는 두 손으로 얼굴을 감싸고 딸아이와 어머니의 이름을 동시에 불렀다.

저기 있었구나. 저기 있었어.

비 한 점 오지 않은 푸른 하늘에 찬란한 무지개가 떠 있었다. 병 속에 가둔 것과 비교할 수 없을 만큼 아름다웠다. 그 끝은 영원임이 분명했다.

의사는 작업을 끝내고 방을 떠났다. 몹시 지친 상태였고 머리가 아팠다. 자신의 방으로 올라가 좀 쉬어야 할 것 같았다. 물론 정신을 잃을 만큼 퍼마신 뒤에 말이다.

6층으로 올라온 그는 7층에서 누군가 내려오는 걸 보고 깜짝 놀랐다. 거기서 누군가 나오는 모습을 처음 보았기 때문이었다. 게다가 자신이 아는 사람이었다.

의사는 당신이 보이드 씨냐고 물었다. 그는 아니라고 대답했다. 그럼 보이드 씨와 아는 사이냐고 물었다. 그는 그렇다고 대답했다. 그러고 나니 더 이상 물을 말이 없어졌다. 의사는 작별을 고하고 자신의 방으로 들어가려 했다. 하지만 7층에서 내려온 그가 의사를 붙잡았다.

언젠가 내가 받으러 가겠다고 말했지요.

의사는 도대체 뭘 받겠다는 거냐고 물었다. 자신이 왜 줘야 하느냐고도 비아냥거렸다. 입술이 붉은 신사는 그 끝을 올려 웃더니 말했다.

한때 당신이 믿고 싶어 한 대로 모든 생명이 동등한 가치를 지녔다면, 그날 비가 오지 않아 죽은 생명들을 위해서는 어떤 대가를 내놓아야 할까요.

의사는 그 말을 이해할 수 없었고 다만 웃기는 소리라고 생각했다. 더 이상 그런 말을 지껄이면 손에 든 것으로 혼쭐을 내겠다고 말했다. 신사가 대답 없이 가만히 웃고만 있었기에, 의사는 그를 아주 우습게 보았다. 그래서 꺼지라고 말한 다음 등을 돌렸다.

의사의 기억은 거기까지다. 그는 자신에게 무슨 일이 일어났는지 이해하지 못했으며, 나중에 그의 모습을 볼 다른 사람들도 쉽게 이해하지 못할 터였다. 어쨌든 그 모습은 그에게 썩 잘 어울렸다.

숨으려는 듯, 혹은 더 도드라지려는 듯.

공작은 그렇게 중얼거리고 자신의 얼굴을 쓸어내렸다. 하얀 것과 빨간 것이 얼굴 위로 흐르듯 번졌다.

무척 아늑하고 정갈한 방이었다. 방 주인의 성격을 짐작할 수 있을 만큼 말끔하게 정리되어 있었고 곳곳에서 포근한 느낌이 들었다. 오직 방 안에 있는 두 사람만이 그 방과 어울리지 않았다.

피부의 반 이상이 보랏빛으로 썩은 소녀는 마치 인형처럼 꼼짝 않고 앉아 있었다. 유리로 박아 넣은 눈동자만이 어둠 속에서 아프게 빛을 발하며 바닥에 누워 있는 한 남자를 주시했다.

소녀는 언젠가 궁금해한 적이 있었다. 자신의 몸은 무슨 이유로 다른 사람들과 달리 텅 비게 되었으며, 그 안을 채운 게 인간다운 무언가가 아닌 톱밥인지를.

소녀는 지금 그 이유의 절반을 깨달았다.

라벨.

그는 대답하지 않았다.

라벨.

한참 후에 대답이 들려왔다.

그래.

라벨을 보고 있으니 여기 가슴 근처가 아파요. 왜죠? 이 안엔 아무것도 없는데.

그래도 아플 수 있는 거란다.

그렇다면 마음 놓고 아파해도 되겠네요.

그래도 되지.

소녀는 아픈 듯 얼굴을 찡그렸다. 그렇지만 틀림없이 라벨이 더 아플 거라고 생각했다. 소녀는 침울해졌다. 손만 뻗으면 닿을 거리인데 둘 다 움직일 수 없었다. 헛되이 몸을 비틀어 보던 소녀는 곧 체념하고 물었다.

라벨. 그 남자의 소원은 이루어졌을까요?

조금 전에 이루어졌지.

그건 기쁜 일이네요.

기쁜 일이란다.

덕분에 소녀의 기분이 조금 나아졌다.

이번에는 네가 내 소원을 들어주지 않겠니, 루이제?

제가요? 할 수 있을까요?

할 수 있을 거야.

그렇다면 해 볼게요.

나를 위해 울어 주겠니?

소녀는 그 말을 듣고 울어 보려고 했다. 있는 힘을 다해 얼굴을 일그러뜨리며 그렇게 하려고 했다. 하지만 눈물은 나오지 않았다.

안 돼요. 미안해요, 라벨.

아니, 충분하단다. 너는 정말로 착하고 상냥한 아이야. 내가 한 모든 일은 죄였지만, 너를 만들어 낸 것만큼은…… 오직 그 하나만은.

라벨은 무어라 더 말했지만 목소리가 점차 희미해졌다. 멀리서 어둡고 무거운 것이 그를 끌어당기는 것 같았다. 잠시 기다려 보던 소녀는 그가 아무 말도 하지 않자 그의 이름을 불렀다. 지칠 때까지 몇 번이고, 몇 번이고 불렀지만 대답은 들려오지 않았다.

마침내 소녀는 부르기를 그만두었다. 그리고 그때까지 일그러뜨리고 있던 얼굴을 폈다. 그 바람에 눈 근처를 꿰맨 자국이 벌어지면서 그 사이로 톱밥이 조금씩 흘러내리기 시작했다. 아마도 소녀에게서 남김없이 모든 게 빠져나갈 때까지 멈추지 않을 터였다. 그건 그런 거였다.

안녕, 라벨.

외전. 공작의 방

"모두 수고했습니다. 이만 가 봐도 좋아요."

마라 공작은 저택 현관에 하인들을 배웅하듯 나와 있었다. 하지만 그곳에서 오래 일한 사람들은 그게 배웅이 아니라 쫓아 내기 위함임을 잘 알고 있었다.

레드포드의 유일한 공작인 마라 공작이 사는 저택은 성이나 다름없이 거대했다. 건물뿐 아니라 정원도 광활하다 보니 필요한 일손이 결코 적지 않은데, 그럼에도 불구하고 그의 저택에 상주하는 하인은 한 명도 없었다. 모든 하인들은 심지어 집사를 포함하여 해가 뜰 무렵 그곳에 출근했다가 해가 지면 반드시 나와야 했다. 이 점을 수상하게 여기는 사람도 있었지만 보수가 다른 곳의 배 이상으로 후했기에 깊게 파고드는 사람은 없었다.

"정말 이상하지 않아? 어째서 밤에는 저택에 남아 있을 수 없을까?"

한 메이드의 질문에 다른 메이드가 답했다.

"할이 그러는데, 밤에는 공작님이 은밀한 손님들을 맞이해야 해서 그런 거래."

"은밀한 손님?"

질문했던 메이드가 전혀 모르겠다는 표정을 짓자, 대답한 메이드가 짓궂은 표정으로 친구의 얼굴을 문질렀다.

"넌 이렇게 순진해서 세상 어떻게 살려고 그러니?"

"무슨 소리야, 어떤 은밀한 손님을 말하는 건데?"

주변에 있는 다른 하인들도 알려 주는 대신 낄낄거리고 웃을 뿐이었다.

"그런 게 아니야. 이 철부지들아."

보다 못한 요리사가 입을 열었다.

"저택에 꽉 들어차 있는 물건들을 보면 모르겠어? 난 도무지 저 수집품들이라는 게 마음에 안 들어. 온갖 불쾌한 것들이 섞여 있단 말이야."

"그걸 청소하는 건 다 우리 몫인데 왜 버지 씨가 그래요?"

"근처를 지나가기만 해도 기분이 나빠지니까 그러지. 애초에 그런 잡다한 물건들로 성을 채우는 귀족이 어디 있어? 어떤 건 꼭 살아 있는 것 같아. 게다가 그 꼬마 숙녀는……."

"그만해요, 버지 씨. 그 애는 가엾게도 사고를 당했을 뿐이에요. 아무튼 미신이나 그런 걸 너무 좋아하신다니까."

대부분 그렇게 말한 메이드의 편이었고 버지의 말에 수긍하는 사람은 아무도 없었다. 버지가 막 성을 내려는 순간 그때까지 입을 다물고 있던 집사가 입을 열었다.

"그만해. 공작님에 대한 불쾌한 추측은 거기까지다. 수집품들의 정체가 무엇이든, 공작님이 밤에 성에 혼자 남아 계시든 뭐가 문제란 말이야? 해가 지면 집으로 돌아갈 수 있는 데다 보수도 후하잖아. 주말에는 따로 휴가도 받고 말이야. 다른 저택의 하인들이 우리를 얼마나 부러워하는지 모르지는 않겠지?"

그제야 다들 조용해졌다. 저택의 긴 정원을 걸어 나온 그들은 각자의 방향으로 흩어졌다.

하인들이 모두 나가는 걸 확인한 마라 공작은 안으로 들어와 문을 닫았다. 그러곤 점차 어두워지는 저택 안을 찬찬히 둘러보았다. 그곳은 사람이 사는 집이라기보단 버려진 박물관이나 조잡한 창고라는 말이 어울릴 법했다.

어떤 것들은 고풍스럽고 값비싸 보이기도 하지만, 대부분의 물건들은 도무지 공작이라는 사람의 집에 어울리지 않는 것들이었다. 칠이 벗겨진 낡은 청동상, 앞바퀴가 찌그러진 자전거, 한때는 고급 살롱이나 궁전에 있었을 법한 부서진 가구, 눈물을 흘리는 여자의 태피스트리 등.

마치 숨겨진 보물섬에 처음 들어온 모험가처럼 그 물건들을 바라보는 공작의 눈동자는 이채로 가득했다. 어찌 보면 애정과 황홀함마저 깃들어 있는 듯했다. 공작은 무대 위에 오른 사람처럼 두 팔을 벌려 그의 수집품들을 향해 외쳤다.

"증오스럽고도 사랑스러운 나의 관객들이여."

그러곤 깊이 허리를 숙였다.

"내 지옥의 정원에 온 것을 환영합니다."

해가 산 뒤로 넘어가며 저택 안에 붉고 긴 그림자를 드리웠다. 가느다란 한 줄기의 빛은 끈질기게 공작의 얼굴을 비추다 사라졌다. 남은 건 불길하리만치 짙은 어둠뿐. 까만 옷과 까만 모자로 치장한 마라 공작의 모습은 묘하게도 그 속에서 더욱 도드라졌다.

"숨으려는 듯, 혹은……."

날카로운 무언가가 서로 스치듯 소름 끼치는 괴성이 공작의 등 뒤로 지나갔다. 창밖에서 부는 바람도 그 안에 속하고 싶은 듯 기이하게 울부짖었다.

어둠 속에서 뭔가가 일어섰다. 하나가 아니었다. 바닥에서, 벽에서, 천장에서조차 질감을 가진 어둠 덩어리들이 꿈틀거리며 기어 나왔다. 누군가 통곡하는 동시에 미친 듯이 웃어 젖혔다. 저택 안의 모든 가구들이 조바심을 견디지 못하고 제자리에서 들썩이기 시작했다.

증오해.

어둠이 속삭였다.

그 남자를 증오해.

그 남자를.

'원해.'

공작은 그들 모두를 이해한다는 듯 고개를 끄덕였다.

"당신들이 그렇게 갈망하는 우리의 친구 또한 언젠가는 당신들에 속하게 될 겁니다. 아직은 때가 좀 이르지만."

그때 어둠 속에서 썩어 가는 팔 하나가 튀어나와 공작의 팔을 잡았다. 그러곤 부드럽다곤 할 수 없는 태도로 비틀기 시작했다. 무덤덤하게 그것을 내려다보던 마라 공작이 입을 열었다.

"아무리 그래도 예의는 지키는 것이 좋지 않겠습니까, 에롤?"

썩어 가는 팔의 주인은 끔찍한 모습을 하고 있었다. 팔과 다리가 금방이라도 떨어져 나갈 듯 너덜너덜했고, 얼굴은 이미 녹아 무너져 내리고 있었다. 그는 공작을 무척이나 증오하는 한편 그에게 뭔가를 애원하듯 바라보았다.

마라 공작은 그를 매단 채 응접실 한쪽에 있는 장식장으로 걸어갔다. 장미목으로 된 오래된 가구 위에 은으로 세공된 담뱃갑이 있었다. 마찬가지로 세월을 견디지 못하고 녹이 슬다 못해 녹고 있었다. 공작은 근처에 있던 단검 하나를 들어 칼끝으로 담뱃갑을 쿡 눌렀다. 그러자 공작의 팔을 붙잡고 있던 남자가 비명을 지르며 어둠 속으로 되돌아갔다.

"당신의 소원은 특히 우리의 친구를 오래 괴롭혔습니다. 아무리 애첩이 소중해도 부인의 죽음을 바라는 건 신사가 할 법한 행동이 아니지요. 뭐, 당신도 애첩의 다른 애인에게 살해당했으니, 사람들은 이런 걸 두고 인과응보라고 하던가요."

마라 공작은 칼을 담뱃갑에서 떼어 내 들여다보았다.

"이 칼의 주인은 자신의 숙적을 찌르기 위해 이걸 준비했지만 대신 자기 아버지를 찌르고 말았죠. 가엾게도 그는 자신을 미치게 해 달라고 빌었습니다. 차라리 고통을 견딜 수 있는 힘을 달라고 말했으면 좋았을 것을."

그사이 공작의 주변에는 군중처럼 사람들이 모여들었다. 하나하나 아이들의 악몽에 나올 법한 끔찍한 모습들이었다. 그들은 공작을 두려워하는 한편 무언가를 갈구하듯 바라보았다. 성치 않은 혀로 입술을 핥는 자도 있었다.

"아무도 그런 소원을 말한 자기 자신을 원망하지 않습니다. 들어준 그 친구를 원망할 뿐이죠. 당신들 모두 연약하고 비열한 겁쟁이들이기 때문입니다."

그 순간 기괴한 형체들이 한꺼번에 공작을 덮쳤다. 애무하는 자도 있었고, 깨무는 자도 있었다. 죽일 듯이 그의 목을 조르는 형체가 제일 많았다. 마라 공작은 고통과 희열 때문에 하마터면 정신을 놓을 뻔했다. 그러나 가까스로 이성을 지탱했다.

"그만. 우리가 함께 지새워야 할 밤은 아직도 많이 남아 있습니다."

그가 한 걸음 내디딜 때마다 형체들은 불분명한 어둠이 되어 떨어져 나갔다. 마침내 자유의 몸이 된 공작은 제단처럼 가장 높은 곳에 위치한 자신의 침대를 향해 걸어갔다.

그 침대는 저택의 하인들이 가장 이상하게 여기는 물건이었다. 세월의 흔적을 말해 주듯 더럽고 너덜너덜했으며 금방이라도 무너져 내릴 듯했다. 그런데도 공작은 그 침대에서만 잠을 잤다. 최소한 수리라도 하게 해 달라고 집사가 간청했지만 침대보를 제외하고는 그 무엇도 바꾸게 하지 않았다.

침대에 똑바로 누운 마라 공작은 주변에서 들리는 절규와 신음 소리에도 아랑곳하지 않고 눈을 감았다. 하지만 잠을 청하는 것처럼 보이지 않았다. 그저 명상에 잠긴 듯한 모습이었다.

잠시 후 누군가의 기척을 느낀 듯 공작이 눈을 떴다. 그러곤 천천히 옆을 돌아보았다.

그의 곁에 어느새 백골이 누워 있었다. 구멍 뚫린 해골 사이로는 벌레가 드나들었고 칙칙한 회색의 머리카락은 썩어 가는 빗자루처럼 볼품없었다. 그것이 입고 있는 옷은 결혼식에서 볼 법한 흰 드레스였지만 더럽고 낡았으며, 뼈가 드러난 손으로 시든 부케를 쥐고 있었다.

그럼에도 불구하고 그것을 보는 순간 공작의 얼굴에 어느 때보다도 행복한 미소가 떠올랐다.

"정말로 아름답군요, 아리아나. 오늘도 여전히 말이에요."

그러곤 누구도 가까이하고 싶어 하지 않을 그 얼굴에 입을 맞췄다.

두 사람이 밀회를 즐기는 동안에도 침대 주변은 소란스러웠다. 벌레 같은 어둠들이 공작의 침대 위로 기어오르기 위해 끊임없이 틈을 노렸다. 그 소란 속에서도 공작은 평온한 얼굴이었고 시선은 오직 해골 숙녀에게만 향해 있었다. 누구도 감히 지금 그들을 방해할 수는 없었다. 아니, 그럴 수 없으리라 믿었다.

한 작은 소녀가 침대 위로 오르기 위해 발돋움을 하기 전까지는 말이다.

"영차."

뜻밖의 상황에 어둠조차 잠시 뒤로 물러섰다. 몸을 반쯤 일으킨 공작은 그 모습을 혐오스럽다는 듯 내려다보았다.

"뭘 하는 건가요, 루이제?"

"나도 함께 자고 싶어요."

"하지만……."

루이제는 공작이 뭐라 말릴 새도 없이 침대 위로 기어올라왔다. 그러곤 대담하게도 공작과 해골 숙녀의 가운데로 폴짝 들어와 자리에 누웠다. 공작은 잠시 뭐라고 말해야 할지 가늠하지 못했다.

"……루이제, 여긴 내 침대입니다. 당신의 잠자리는 다른 곳에 있을 텐데요."

"그렇지만 여기서 아리아나와 함께 자고 싶은걸요."

그렇게 말하며 루이제는 아리아나의 팔을 끌어안았다.

"아리아나도 그러고 싶다고 했어요."

공작은 무언가 말할 듯 입을 벌렸다. 하지만 아무 말도 하지 않았다. 체념한 듯 다시 자리에 누웠을 뿐이다. 루이제는 양손으로 각각 공작과 해골 숙녀의 손을 잡았다.

"우리는 마치 가족 같아요."

천진난만한 소녀의 목소리를 들으며 마라 공작은 코웃음 쳤다. 하지만 소녀를 비웃는 게 아니었다. 이런 상황이 되도록 내버려 둔 자기 자신을 향해서였다.

세 사람은 나란히 누운 채 천장을 보며 잠들었다. 공작의 경우엔 전혀 잘 수 없었지만.

"마라, 이게 뭐죠?"

"그건 친구가 선물해 준 담뱃갑으로, 은으로 세공된 몹시 귀한……."

그러나 팔다리가 부자연스러운 루이제는 담뱃갑을 어설프게 집어 들다 바닥에 떨어뜨렸다. 워낙 오래된 물건이라 작은 충격에도 두 동강이 나고 말았다. 덮개와 본체가 완전히 분리된 것이다.

마라는 할 말을 잃고 그 모습을 바라보다가 루이제에게 눈을 돌렸다. 그녀는 아무렇지 않은 얼굴로 공작을 보고 있었다.

"뭐…… 괜찮습니다. 어차피 밤마다 귀찮기만 하던 물건이었으니까요."

공작은 담뱃갑을 주워 불을 땐 난로에 던져 넣었다. 타들어 가는 모습을 잠시 지켜보다 고개를 돌리니 루이제는 그사이 또 다른 물건을 집어 들고 있었다.

"잠깐만요, 루이제. 나는 당신이 자꾸만 내 물건들을 건드리는 게 마음에 들지 않습니다."

소녀의 표정에는 변화가 없었지만 어쩐지 시무룩한 태도로 집었던 물건을 도로 제자리에 놓았다. 하지만 그마저도 힘이 과했던지 촛대의 다리가 똑 하고 부러졌다. 마라 공작은 한숨이 나오려는 걸 참으며 그것도 집어 난로 속에 던져 넣었다.

"정원에 나가 있도록 해요, 루이제."

"마라도 같이 가나요?"

"아니요. 나는 나가 봐야 한답니다."

"라벨에게 가나요?"

"아닙니다."

"그럼 여기 있을래요."

공작은 루이제가 충격적인 말이라도 한 것처럼 굳어 있다 자신의 수집품들로 눈을 돌렸다. 루이제를 여기 두고 간다고? 그건 결코 현명한 처사가 아니었다. 하인들에게 맡기는 것도 불안하긴 마찬가지였다. 그들은 이 소녀를 두려워했으며 손 대기를 꺼렸다.

"알겠습니다. 그럼 나가는 길에 라벨에게 데려다주도록 하지요."

루이제는 그 말에 기분이 좋아졌는지 현관으로 쪼르르 달려갔다. 그건 놀라운 변화였다. 처음 소녀는 잘 움직이지도, 말을 하지도 못했다. 하지만 점차 자기 몸을 다루는 데 익숙해지고 있었다. 다만 그렇게 자주 움직일수록 그녀의 몸은 빠르게 망가졌다. 애초에 견고하게 만들어지지 못했으니 당연한 일이었다.

"라벨은 지금 일을 하고 있는 중입니다. 그곳에선 얌전히 있어야 합니다."

"그렇게 할게요."

루이제가 기계적으로 대답했다. 가끔 마라 공작은 그녀가 무언가를 말하기 전에 생각을 하긴 하는지 궁금했다.

마차를 타고 가는 동안 루이제는 익숙한 듯 베일을 쓰고 있었다. 창밖을 내다보고 있었지만 고개에 미동이 없는 걸로 보아 특별히 뭔가를 구경하는 것 같진 않았다. 그녀의 그런 행동들은 단지 스스로를 인간적으로 보이게 하려는 것 이상도 이하도 아닐 터였다.

"라벨!"

바코드 씨의 베이커리 카페 앞에서 내린 루이제는 테라스에 나와 있는 라벨을 보고 그쪽으로 뛰어갔다. 라벨 또한 뜻밖의 방문에 놀랐는지 루이제를 보고 눈을 크게 떴다.

"루이제, 여긴 어쩐 일이니?"

"마라가 라벨과 있으라고 했어요."

라벨이 마라 공작을 쳐다보았다. 짙푸른 눈동자는 늘 그렇듯 미동이 없었고 특별히 책망하는 기색도 아니었지만, 공작은 왠지 변명해야 할 것 같은 기분을 느꼈다.

"그녀가 저택에서 나를 곤란하게 하고 있습니다."

"그렇다면 제게 보내세요."

라벨이 딱 잘라 대답했다. 그걸 원한다는 건 루이제와 그가 함께 있는 모습을 처음 보았을 때부터 알아차린 일이었다. 물론 공작은 그래서 더욱 허용하지 않았다.

"그녀는 내 소유입니다."

"그렇다면 좀 더 책임감을 가지고 돌보셔야지요. 루이제는 아직 어린아이입니다."

"아직이라는 말은 좀 어울리지 않는군요. 영원히라고 말해야 맞지요."

"그 점은 누구보다 제가 더 잘 압니다."

라벨의 딱딱한 말투에 마라 공작은 상처 입었다는 표정을 과장되게 지었다.

"나를 원망하는군요. 누구보다도 당신 자신을 가장 원망하고요. 그녀에게 새로운 삶을 부여해 줬다는 보람은 들지 않습니까?"

"새로운 삶이라고요? 당신은 이 아이를 보고도……."

라벨은 말실수를 한 사람처럼 황급히 입을 다물고 루이제를 내려다보았다. 루이제는 투명한 유리 눈으로 라벨을 올려다볼 뿐 말이 없었다.

"두고 가세요. 퇴근하기 전에 데리러 오시고요."

"그러지요."

모자를 살짝 들어 인사한 공작은 돌아서기 직전 라벨을 향해 짧은 말을 남겼다.

"루이제는 아리아나의 목소리를 들을 수 있는 모양이더군요."

라벨의 몸이 흠칫 떨렸다. 정확히 그런 반응을 기대했던 공작은 짙은 미소를 지었다.

"전하고 싶은 말이 있다면 그녀에게 남겨도 좋을 겁니다."

라벨은 루이제의 어깨를 잡은 채로 말이 없었다.

그날 밤도 루이제는 공작의 침대 위로 올라왔다. 저녁 동안에만 그녀는 이미 다섯 개의 수집품을 못 쓰게 만들었다. 마라는 점차 포기하고 싶어지는 자신을 느꼈다.

"이 드넓은 곳에 빈 공간이 없을 지경이라 곤란하기는 했지요. 당신이 정리해 주는 것도 나쁘진 않겠군요."

루이제는 무슨 말인지 모르겠다는 듯 마라를 쳐다보다가 반대편에 있는 해골 숙녀에게 눈을 돌렸다.

"아리아나, 오늘 라벨을 만나고 왔어요."

그렇게 말하고 잠시 기다리던 루이제가 눈을 크게 떴다.

"아리아나도 라벨을 알아요?"

이 말에는 마라 공작도 시선을 돌려 두 사람을 바라보지 않을 수 없었다. 적어도 겉으로 보기에 해골 숙녀에게는 아무런 변화도 없었다. 그 모습을 보고 살아 있다고 말할 수 있는 사람은 없을 것이다. 곁에 있는, 마찬가지로 살아 있다고 보기 어려운 작은 숙녀를 제외하고는 말이다.

"라벨이 아리아나에게 하고 싶은 말이 있다고 했어요."

마라 공작의 온 신경이 귀로 집중되었다. 루이제의 입에서 무슨 말이 나오든 그가 걱정할 바는 아니었다. 그런데도 이상하게 궁금했다.

골똘히 고민하던 루이제가 말했다.

"아, 잊어버렸다."

마라 공작은 하마터면 자신과 어울리지 않는 웃음을 터뜨릴 뻔했다.

"내일 다시 물어보고 말해 줄게요."

루이제는 그것으로 됐다는 듯 눈을 감고 똑바로 누웠다. 어제처럼 양손에 공작과 해골 숙녀의 손을 하나씩 쥔 채였다.

마라 공작은 아리아나를 향해 눈을 돌렸다. 해골 숙녀는 제자리에서 몇백 년에 걸쳐 썩은 듯 똑같은 자세로 누워 있을 뿐이었다. 하긴, 그게 당연한 일인데 뭘 기대한 걸까.

오늘도 밤을 지새우리란 걸 그는 잘 알고 있었다.

다음 날 공작은 하인들을 시켜 자신의 침대를 창고로 치우게 했다. 아무 말 없이 그 모습을 지켜보던 루이제는 하인들이 사라지고 나서야 입을 열었다.

"아리아나를 왜 다른 곳으로 보내는 건가요?"

"그녀에게 잠시 혼자만의 시간이 필요할 것 같아서입니다."

대답한 공작은 허리를 숙여 루이제와 눈높이를 맞췄다. 그러곤 입술을 길게 찢어 미소 지었다.

"당신은 말이 너무 많아요, 루이제."

루이제는 두 눈을 깜빡이다가 말했다.

"마라가 원한다면 앞으로는 말을 하지 않을게요."

"그렇게까지 하라는 건 아닙니다. 다만……."

무슨 말을 하려고 했는지 공작은 짧은 사이 잊어버리고 말았다. 어쩌면 처음부터 할 말이 없었는지도 모른다.

"앞으로는 당신의 침실에서 혼자 자도록 해요."

루이제가 두 눈을 내리깔며 시무룩한 표정을 지었다. 가끔 그렇게 깜짝 놀랄 만큼 사람 같은 표정을 짓곤 했다.

"그건 외롭잖아요."

"그렇지 않을 겁니다. 당신의 잠자리에는 당신과 비슷한 처지에 놓인 수많은 이들이 함께할 겁니다. 겁을 내는 거라면 모를까, 외로움은 결코 해당 사항이 없죠."

"마라가요."

공작은 이 작은 소녀가 자주 할 말을 잃어버리게 만든다고 생각했다.

"나 말입니까? 나도 마찬가지로 수많은 이들에게 둘러싸여 있어 외로움을 느낄 틈이라곤 없답니다. 사실 성가실 정도죠."

"하지만 많은 사람들 틈에서도 외로움을 느낄 수 있어요. 이 사람들 모두 마라를 좋아하지 않아요."

"그건 나도 잘 압니다."

"하지만 나는 마라를 좋아해요. 아리아나도 그렇고, 라벨도 그래요."

이 소녀는 지금 자기가 무슨 말을 하는지 알기나 할까.

몸을 채운 건 따뜻한 피가 아닌 톱밥이면서, 가슴에는 세차게 박동하는 심장 대신 썩어 가는 늙은이의 것이 들어 있을 뿐이면서. 자신을 바라보는 두 눈조차 눈물을 흘릴 수 없는 차가운 유리 눈에 불과하면서 말이다.

생명이라곤 한 점 들어 있지 않은 총체적 부조리의 산물을 바라보며 마라는 입을 열었다.

"앞으로는 정말로 말을 하지 못하게 하는 편이 나을지도 모르겠군요. 당신이 입을 열 때마다 신경이 곤두서니 말입니다. 정도가 지나치면 나도 화라는 걸 내게 될지 모르죠. 루이제, 당신이 방금 한 말은 사실이 아닙니다. 사실일 수가 없어요."

소녀는 긍정도 부정도 하지 않고 가만히 공작을 바라보았다.

"아리아나는 당신에게 어떤 말도 한 적이 없습니다. 할 수가 없으니까요. 당신은 내 말을 듣고 그녀의 이름을 알았을 뿐입니다. 그녀가 말을 할 수 있었다면 진작 나에게……."

마라는 거기서 잠시 멈췄다. 그러곤 자신의 이마를 쓰다듬으며 다시 말했다.

"당신은 거짓말을 하고 있는 겁니다. 거짓말쟁이에게는 합당한 벌이 필요하지요. 오늘은 정원에 나가서 밤을 지새우도록 해요. 이 저택 안에 거짓말쟁이가 있을 자리는 없습니다."

루이제는 현관을 나가 밤의 정원으로 들어섰다. 정원수들 사이로 부는 바람은 무섭고 차가웠다. 하지만 루이제는 둘 중 어느 것도 느낄 수 없었다. 정처 없이 맨발로 잔디를 밟으며 서성일 뿐이었다.

달빛이 나뭇잎 위로, 나뭇잎은 루이제의 머리 위로 떨어진다. 그녀는 두 팔을 벌린 채 춤을 추는 사람처럼 빙글빙글 돌았다. 그러다 마라가 다시 불러 주지 않을까 싶어 저택 쪽을 돌아보았다. 하지만 그런 기색은 보이지 않았다.

"내가 마라를 화나게 한 거야. 라벨을 화나게 했듯이."

라벨은 그녀를 보면 언제나 어두운 표정을 지었다. 루이제는 자신이 그를 화나게 해서일 거라고 생각했다. 하지만 정확히 어떤 행동이 라벨을 화나게 만드는 건지 알 수 없었다. 지금 마라에게도 그랬다.

그때 루이제는 어떤 발걸음 소리를 들었다. 바람에 섞여 있었지만 분명히 누군가 잔디를 밟으며 바삐 걸어가는 소리였다. 루이제는 드디어 마라가 자신을 찾으러 나왔다고 생각했다. 그래서 반갑게 그쪽으로 달려갔다.

"마라!"

하지만 정원수를 헤치고 달려가 만난 사람은 마라가 아니었다. 심지어 라벨도 아니었다.

"넌 누구……?"

"쉿!"

루이제보다 조금 더 키가 큰 소년이 품에 가득 물건을 안고 있었다. 손을 놓을 수 없어 다만 그녀를 바라보며 조용히 하라는 다급한 표정을 지었다.

"소, 소리 지르지 마. 네, 네가 다칠지도 몰라."

협박을 하고 있었지만 오히려 소년이 훨씬 더 두려워하는 것처럼 보였다. 루이제는 두 눈을 깜빡이다 고개를 끄덕였다. 소년은 주위를 둘러보고 더 이상 아무도 나타나지 않는다는 걸 확인한 뒤에야 한숨을 내쉬었다.

"부탁이야. 제발 너희 아빠한테 이르지 마. 잘 사니까 이 정도는 베풀어도 되잖아."

그제야 루이제는 소년이 들고 있는 물건들을 자세히 살펴보았다. 모두 마라가 아끼는 수집품들이었다.

"하지만 그거……."

"이거 다 팔아 봐야 얼마 안 돼. 집에 다른 물건들도 많잖아. 내겐 아픈 동생이 있어."

루이제는 입을 다물었다. 물건을 품고 가려던 소년은 문득 루이제를 돌아보고 고개를 갸웃거렸다.

"그런데 왜 이 시간에 혼자 정원에 나와 있는 거야?"

"마라가 나가 있으라고 했어."

"마라가 누구야?"

"마라는…… 마라."

소년이 눈살을 찌푸렸다.

"네 아빠 뭘 하는데 널 돌보지도 않고……."

그때 구름에 가려졌던 달이 드러나며 두 사람을 비추었다. 달빛 아래에서 루이제의 모습을 제대로 본 소년은 숨이 막히는 소리를 냈다. 두려운 듯 몇 걸음 물러나기까지 했다.

"너, 넌 대체 뭐야?"

"루이제."

"그게 아니라, 왜 그런……."

혐오감으로 일그러졌던 소년의 표정이 잠시 후 측은함으로 바뀌었다.

"그렇구나. 너도 내 동생처럼 아프구나."

소년이 가까이 다가왔다. 루이제의 머리를 쓰다듬어 주고 싶어 하는 것 같았지만, 손에 든 게 많아 그러지는 못했다.

"힘내, 작은 아가씨. 빨리 낫길 바랄게."

"낫는 게 뭐야?"

"어…… 더 이상 아프지 않게 되는 거려나."

"나는 아프지 않아."

"그래?"

소년은 루이제의 얼굴을 자세히 살펴보고 눈살을 살짝 찌푸렸다.

"불치병인가 보구나. 미안, 뭐라고 해 줄 말이 없네. 내 동생도 비슷해."

"동생이 아파?"

"응, 온몸이 다 아파. 특히 다리가. 동생은 걷지 못해."

"걷지 못해?"

루이제는 자신의 두 다리를 내려다보았다. 그녀에게도 그런 순간이 있었다. 그런데 언제였더라?

"저기, 난 이만 가 봐야 할 것 같아."

소년이 불안한 듯 주위를 둘러보고 말했다.

"너도 빨리 집으로 들어가. 아무리 너희 집 정원이라지만 위험하잖아. 춥고."

소년은 수집품들을 소중히 안은 채 바삐 걸음을 옮겼다. 그러다 또 한 번 돌아보고 말했다.

"안녕, 작은 아가씨."

그러곤 정원수들 사이로 사라졌다.

한동안 소년이 사라진 쪽을 보고 있던 루이제가 중얼거렸다.

"안 가면 안 돼?"

다음 날 아침 하인들이 올 시간이 되자 공작은 루이제를 저택 안에 들여보내 주었다. 루이제는 응접실 한쪽에 잠자코 서 있었다. 어젯밤 만난 소년에 대해 말하고 싶었지만 입을 열어도 되는지 알 수 없었다.

"또 뭔가가 사라졌군요. 아니면 부서져서 어제 버린 물건들인 가. 하아, 루이제."

수집품들을 둘러보던 마라가 탄식하듯 그녀의 이름을 불렀다.

"라벨이 원하는 대로 당신을 보내야 할까요? 하지만 바로 그 렇기 때문에 보내고 싶지 않단 말이죠. 이대로 여기 두자니 그 건 그것대로 골치가 아프고, 그럼 차라리……."

마라 공작은 불이 활활 타오르는 벽난로를 잠시 응시했다. 그 러다 고개를 저었다.

"그러기엔 당신은 너무나도 아름다운 걸작품이니. 좋습니다. 참아 보도록 하죠. 이 기회에 내 인내심이 어느 정도인지 시험 해 보는 것도 나쁘지 않을 겁니다."

공작은 아침 식사를 마치고 또다시 루이제를 라벨이 있는 가 게에 데려다주었다. 루이제는 그때까지도 입을 열지 않았다.

"매일 이럴 건가요? 여긴 제 직장입니다."

루이제의 손을 잡은 라벨이 공작을 향해 말했다. 공작은 스 스럼없이 미소 지으며 말했다.

"강가에서 혼자 놀게 하면 되지 않습니까. 에즈 여신은 아이 들에게 관대한 편이죠."

강가라는 말을 듣는 순간 루이제는 자신도 모르게 라벨의 다리를 붙들었다. 그럴 생각이 전혀 없었는데 몸이 덜덜 떨리기 시작했다. 그런 그녀를 내려다본 라벨이 드물게 분노한 표정을 지었다.

"말을 삼가세요. 공작이란 분이 어울리지 않게 빈정거리시는군요."

"이 정도는 양해하길 바랍니다. 그녀 때문에 며칠이나 밤을 새워서 신경이 날카롭군요."

공작은 태연하게 인사하곤 사라졌다. 라벨은 그때까지도 자신을 붙들고 있던 루이제를 향해 상냥하게 허리를 숙였다.

"괜찮아. 나랑 같이 있으면 돼."

그래도 루이제가 팔을 풀지 않자 라벨은 그런 그녀를 다정하게 안아 주었다.

"다시는 그런 일이 없을 거야. 결코 다시는……. 그때는 내가 널 붙잡아 줄게. 널 구해 줄 거야. 결코 그때처럼은."

루이제는 자신이 어째서 강가라는 말을 이토록 두려워하는지 알 수 없었다. 떠올리기만 해도 끝없이 어디론가 가라앉는 기분이었다. 아무리 팔다리를 움직여도 결코 위로 올라갈 수 없었다. 손을 뻗어도 아무도 붙잡아 주지 않았다. 숨이 막혀 괴로웠다. 그 와중에도 그녀는 끊임없이 누군가의 이름을 부르고 있었다. 하지만 누구의 이름이었을까.

한참 후 진정이 된 그녀는 라벨의 품에서 빠져나왔다.

"라벨."

"왜 그러니?"

"잊어버렸어요. 아리아나에게 전해 주기로 했던 말이요."

라벨은 조금 놀란 듯했다. 하지만 곧 미소 지었다.

"괜찮아. 잊어버려도 돼. 하지 않는 게 더 좋았을 말이야."

라벨이 일하는 동안 카페 테라스에 앉아 있던 루이제는 멀지 않은 곳에서 익숙한 얼굴을 발견했다. 바로 어젯밤 정원에서 만났던 소년이었다. 소년은 어제 한가득 품에 안고 있던 물건들을 땅에 펼쳐 두고 목이 터져라 사라고 외치고 있었다. 그런 소년을 보니 반가웠다. 그쪽으로 가고 싶었다. 하지만 그가 있는 곳이 강가와 너무 가까워 발이 떨어지지 않았다. 소년이 자신을 알아보고 이쪽으로 와 줬으면 싶었다.

"이 목걸이가 아가씨의 목에 걸리면 더욱 황홀한 빛을 내뿜지 않을까요? 미천한 저는 감히 쳐다보지도 못하겠지만, 지체 높은 신사분들은 아가씨에게서 결코 눈을 떼지 못할 거랍니다. 부디 이 아름다운 목걸이를 가져가시고 불쌍한 소년을 구제해 주세요. 집에 아픈 동생이 누워 있어요."

소년은 장사 수완이 좋은 편이었다. 물건들도 오래된 골동품에 싼 가격이다 보니 흥미를 보이는 사람들이 많았다. 소년은 제법 짭짤하게 수입을 챙겼다. 그러나 한창 장사가 잘되던 무렵 저편에서 경관 두 사람이 나타났다. 순찰을 도는 듯했다.

소년은 눈치 빠르게 펼쳐 뒀던 보자기를 순식간에 쌌다. 그러곤 항의하는 손님들에게 깊이 허리를 굽혀 절했다.

"여러분들의 뜨거운 성원에 감격한 나머지 내일도 이 자리에 반드시 나올 것을 약속하는 바입니다. 내일은 더 두둑이 돈다발을 들고 와 주시기를. 감사합니다, 감사합니다."

소년은 보자기를 어깨에 걸치고 강가를 벗어났다. 루이제에겐 다행스럽게도 카페가 있는 쪽으로 오고 있었다. 루이제는 의자에서 내려와 소년이 오는 길목으로 걸어갔다. 휘파람을 불며 걸어오던 소년은 루이제를 못 알아봤는지 그대로 지나갔다. 그래서 루이제가 먼저 베일을 걷고 소년을 따라잡았다.

"동생은 괜찮아?"

걸음을 멈추고 돌아본 소년이 놀라 탄성을 질렀다.

"너! 네가 여기 왜 있는 거야?"

루이제는 카페를 가리켰다.

"아, 그래. 아가씨답게 고급스러운 카페에서 차를 마시고 있었구나."

소년은 카페에서 눈을 돌려 루이제의 얼굴을 들여다보았다. 낮에 보니 밤에 보던 것과 또 다른지 살짝 눈살을 찌푸렸다.

"정말로 아프지 않은 거야, 그거?"

"응. 동생은?"

"아, 그 녀석은 괜찮아. 네 덕분에 오늘 돈을 좀 벌었어. 이제 약을 사다 주려고."

소년은 잠시 뭔가를 고민하는 듯하더니 불쑥 물었다.

"내 동생을 만나러 가지 않을래?"

라벨에게 어떤 말이라도 남기고 왔어야 하나. 소년의 손을 붙잡고 걸어가던 루이제는 문득 뒤를 돌아보았지만 이미 카페가 보이지 않을 정도로 멀리 와 있었다. 다시 찾아갈 수 있을까? 라벨을 잃어버리면 어떻게 하지? 마라를 다시 만나지 못하게 되면?

"멀지 않아. 거의 다 왔어."

소년이 쾌활하게 말했다. 소년의 목소리는 묘하게 루이제의 마음을 안정시켜 주었다. 그 목소리는 지금 향하는 곳에 재미있는 일이 기다리고 있다고 약속하는 듯했다.

두 사람이 도착한 곳은 어느 낡은 3층짜리 건물이었다. 불이라도 났었는지 곳곳에 그을음이 가득했고 금방이라도 쓰러질 듯 위태로워 보였다. 건물 앞 공터에서 공놀이를 하던 더러운 옷의 아이들이 소년과 루이제를 보고 몰려들었다.

"왔어? 근데 그 애는 누구야?"

"어, 얘가…… 미안. 이름이 뭐라고 했더라?"

"루이제."

"그래, 루이제야. 우리랑 다르게 부잣집 아가씨니까 함부로 대하면 안 돼."

아이들은 신기한지 루이제의 여기저기를 훑어보았다. 베일은 가린 채로 벗지 않았는데, 소년이 그렇게 하는 게 좋을 것 같다고 말한 까닭이었다.

루이제는 소년을 따라 건물 안으로 들어갔다. 폐허나 다름없었지만 곳곳에 담요가 깔려 있고 천막으로 가려 방처럼 만든 곳도 있었다. 소년은 그중 한 곳으로 루이제를 데려갔다.

"여기야. 내 동생이 있는 곳."

소년이 천막을 걷어 안을 보여 주었다. 때가 묻은 담요들 틈에 아주 작고 가녀린 아이가 잠을 자고 있었다. 금발의 긴 머리카락을 가진 무척 예쁜 소녀였는데, 숨소리조차 느껴지지 않을 정도로 기운이 없어 보였다.

"동생 이름은 리아야. 나는 오트라고 하고."

"리아와 오트."

루이제는 그들의 이름을 따라 했다. 두 사람의 목소리를 들었는지 리아가 눈을 떴다.

"오빠?"

"그래. 약 사 왔어. 일어나서 좀 먹어 봐."

리아는 몸을 꿈틀거렸지만 일어나지 못했다. 오트가 일으켜 주고 나서야 간신히 벽에 등을 기대고 앉았다. 오트가 내민 약을 군말 없이 받아먹은 리아가 쓰다는 듯 눈살을 찌푸렸다. 그리고 그제야 루이제를 보았다.

"얘는 누구야?"

"새로 사귄 친구야. 이름은 루이제라고 해."

루이제는 리아를 자세히 보기 위해 베일을 걷었다. 리아는 루이제의 얼굴을 보고도 전혀 놀라지 않았다. 다만 손을 뻗어 루이제의 피부를 어루만졌다.

"아파?"

"아니."

대답한 루이제가 리아의 뼈만 남은 다리를 매만졌다.

"아파?"

"응."

두 소녀를 보고 있던 오트가 품에서 말라비틀어진 빵을 꺼내 둘로 나눴다.

"이거 먹어. 강가에 있던 화가 형이 줬어. 자기도 엄청 배고픈 것 같던데 양보해 주더라. 좋은 사람이었어."

리아는 받자마자 곧바로 씹기 시작했지만 루이제는 조각난 빵을 신기한 물건이라도 되는 것처럼 이리저리 살피기만 했다. 오트가 의아하다는 듯 물었다.

"왜 안 먹어?"

리아도 루이제를 이상한 눈으로 바라보았다. 결국 루이제는 리아가 하는 것처럼 빵을 씹었다. 아무 맛도 느껴지지 않았다. 그걸 목으로 넘겨서는 안 된다는 생각이 들었지만, 그들처럼 보이고 싶어서 억지로 삼켰다.

오트는 동생과 루이제가 대견한 일이라도 했다는 듯 양손으로 머리를 슥슥 쓰다듬어 주었다. 루이제는 그 느낌이 마음에 든다고 생각했다.

"그럼 리아는 이제 쉬어."

"또? 싫어."

리아가 손을 뻗어 루이제의 손을 잡았다.

"같이 놀아. 잠만 자는 건 지겨워."

루이제도 리아와 함께 있고 싶다고 생각했다. 또래의 아이와 이야기를 해 본 건 이번이 처음이었다. 그래도 되냐는 듯 오트를 쳐다보자 소년은 어쩔 수 없다는 듯 어깨를 으쓱였다. 리아가 환하게 웃으며 루이제를 잡아끌었다.

"이리 와, 루이제. 내 인형들 보여 줄게."

날씨가 좋아서인지 카페에는 한동안 손님이 많았다. 이따금 테라스를 내다보며 루이제가 잘 있는지 확인하던 라벨이 잠시 한눈을 판 것도 그 때문이었다. 어쨌든 다시 테라스를 확인했을 때 루이제는 자리에 없었다. 그 사실을 깨닫자 가슴이 덜컥 내려앉았다.

"루이제?"

밖으로 나와 주변을 살펴보았지만 그녀의 모습은 보이지 않았다. 설마 하며 그는 강가 쪽으로 걸음을 옮겼다. 이미 한 번 겪었던 일이라 두려움이 온몸을 엄습했다. 하지만 지금은 그때와 달리 낮이고 강변에 사람도 많다. 누군가 물에 빠졌다면 틀림없이 큰 소동이 났을 것이다. 하지만 지금은 평온했다. 비가 내린 지 꽤 되어 강물의 수위도 낮았고.

그렇다면 대체 어디로 갔단 말인가?

"루이제!"

소리쳐 부르며 주변을 돌아다녔지만 어디에서도 그녀를 찾을 수 없었다. 라벨은 카페로 돌아와 주인인 바코드 씨에게 이렇게 이야기해야만 했다.

"죄송해요, 바코드 씨. 정말 죄송해요. 오늘 하루 휴가를 내야 할 것 같아요. 허락해 주시지 않아도 가야 해요. 루이제가 없어졌어요."

그러곤 대답도 기다리지 않고 카페를 뛰쳐나왔다.

주변에 있는 골목길이란 골목길은 모조리 가 보고 에즈강도 한참을 거슬러 올라갔다 되돌아왔다. 지나가는 사람마다 붙잡고 베일을 쓴 소녀를 본 적 있느냐고 물었지만 다들 고개를 흔들 뿐이었다.

머릿속에 마라 공작이 떠오른 것은 땀으로 옷이 축축해졌을 때였다. 그는 마차를 잡아타고 공작의 저택으로 가 달라고 말했다. 만약 공작이 말도 없이 루이제를 데려간 거라면 절대로 용서할 수 없겠다는 생각이 들었다.

"루이제요? 여기 오지 않았습니다만."

마라 공작은 저택에 혼자 남아 있었다. 루이제가 없어졌다는 말에 그는 뜻밖이라는 듯 웃었다.

"저런, 잘 돌봐 주고 있을 줄 알았는데 말이죠. 또 잃어버린 건가요, 지난번처럼?"

공작의 도발에도 라벨은 무표정했다. 다만 이렇게 말했을 뿐이다.

"루이제가 사라진다면, 루이제가 또다시 잘못된다면…… 공작님, 이번에는 당신을 용서하지 않을 겁니다."

"용서하지 않으면요. 당신이 무엇을 할 수 있습니까?"

공작은 지금 이 자리에서 해 보라는 듯 라벨에게 가까이 다가왔다. 두 사람의 얼굴이 닿을 듯 말 듯한 거리였다. 라벨은 얼굴이 점차 일그러졌지만 마라 공작은 여전히 웃고 있었다.

"아무것도 느끼지 못하는 그 꼬마 숙녀와 당신은 닮은 데가 있습니다. 겉모습이야 어쨌든 살아 있는 것처럼 보이지만, 이 속은……."

공작이 들고 있던 지팡이로 라벨의 가슴을 푹 찔렀다.

"텅 비어 있죠."

잠자코 있던 라벨이 지팡이를 옆으로 치웠다.

"그건 당신도 마찬가지입니다, 탐미 공작님. 그리고 루이제와 나를 동일시하는 짓은 그만두세요. 그 아이는 나와 비교할 수 없을 만큼 순수하니까요."

라벨은 공작에게서 돌아섰다. 걸음을 옮기기 전 잠깐, 저택에 뭔가를 두고 온 것처럼 망설였지만 길지는 않았다. 그는 루이제를 찾아 자리를 떠났다.

"그래서 오트는 사라진 동생을 찾아 길을 떠났던 것입니다."

리아가 능숙하게 인형을 움직이고 있었다. 루이제는 입을 벌린 채 리아가 하는 것을 구경했다. 그녀의 이야기는 루이제에겐 무척 신기하고 재미있었다.

"하지만 가는 길에 수많은 난관이 기다리고 있었죠. 무시무시한 불을 내뿜는 용도 있었고, 오트를 유혹하는 아름다운 마녀도 있었답니다."

다리 하나가 뜯어진 곰 인형이 용을 대신했고, 머리카락이 다 빠진 여자아이 인형이 마녀의 역할이었다. 주인공 오트는 리아가 제일 아끼는 기사 인형이었다. 이름은 오빠로부터 따왔다고 그녀는 말했다.

"용의 불은 오트의 옷을 모두 태워 버렸지만 오트는 포기하지 않았습니다. 마녀가 그에게 달콤한 술을 내주며 쉬어 가라고 유혹했지만 오트는 멈추지 않았답니다. 그렇게 해서 오트는 동생인 리아를 만나게 됩니다. 하지만 리아는 이미 마녀의 저주로 병에 걸린 뒤였습니다. 오트는 리아를 살리기 위해 용을 죽이고 그 심장을 꺼내 오기로 마음먹습니다."

루이제는 다음 이야기가 궁금해서 견딜 수 없었다. 그래서 눈을 동그랗게 뜬 채 리아의 손놀림을 바라보았다. 그때 누군가가 자신을 부르는 소리가 들려왔다.

루이제.

아주 먼 곳에서였다. 처음에 루이제는 그 목소리를 무시하려 했다. 하지만 점점 더 커지고 또 점점 더 또렷해지고 있었다.

루이제.

루이제는 자신도 모르게 자리에서 일어났다.

"왜 그래?"

리아가 인형 놀이를 멈추고 그녀를 올려다보았다. 루이제는 리아에게 이렇게 말할 수밖에 없었다.

"이제 가야 해."

"간다고?"

리아가 슬퍼하는 표정을 지었다. 반쯤 졸고 있던 오트도 루이 제의 말에 정신을 차렸다.

"아, 벌써 시간이 이렇게 됐구나. 오늘은 그만 놀자. 루이제를 집에 데려다주고 와야겠어."

"하지만, 안 가면 안 돼?"

리아가 간절하게 물었다. 루이제도 좀 더 그들과 있고 싶었다. 하지만 자신을 부르는 목소리를 도저히 거부할 수 없었다. 한때 그녀가 애타게 불렀던 사람이 지금 자신을 부르고 있었다.

"가야 해."

리아는 시무룩한 표정을 지었지만 더 이상 조르지 않았다. 그러다 무슨 생각을 했던지 머리카락이 다 빠진 여자아이 인형을 루이제에게 건넸다.

"선물이야. 이 애는 어쩐지 너를 닮았으니까. 다음에 만날 때 데려오면 뒷이야기를 들려줄게."

인형은 무척 낡고 상한 상태였지만 리아가 소중히 여겼다는 것만은 의심할 여지가 없었다. 루이제는 인형을 받아 품에 꼭 넣었다.

"고마워."

"안녕, 루이제."

루이제는 좁은 천막을 빠져나왔다. 쓰러져 가는 건물을 나오는 동안 다른 아이들도 그녀에게 작별 인사를 건넸다.

어느새 온 도시에 밤이 내려앉아 있었다. 그렇게 많은 시간이 흐른 줄은 몰랐다. 오트는 루이제의 곁에서 노래를 흥얼거리며 걸었다.

'동생을 구하기 위해 용과 싸운 오트.'

루이제는 손을 뻗어 오트의 손을 잡았다. 소년은 약간 놀란 듯했지만 손을 뿌리치지 않았다.

"리아는 어째서 걷지 못해?"

"글쎄, 걷지 못하는 병에 걸렸기 때문이겠지."

"나을 수 없어?"

"돈이 많으면 나을 수 있을지도 몰라."

"돈······."

계속 그리워했던 얼굴이 어디선가 밤을 뚫고 나타난 건 그때였다. 땀과 먼지투성이의 라벨이었다. 라벨은 루이제를 발견하자마자 급히 달려왔지만, 소녀의 작은 몸을 안을 때는 무척이나 조심스러워했다.

"루이제! 세상에, 무사해서 다행이야. 대체 어딜 갔었던 거야? 다신 이러지 않겠다고 약속해!"

"약속할게요."

루이제는 투명한 유리 눈으로 라벨을 올려다보며 말했다. 화를 낼 수도 없게 만드는 얼굴이었다. 라벨은 잠시 그런 그녀를 내려다보다가 오트를 향해 눈을 돌렸다.

"넌 누구니?"

"전 그러니까…… 루이제의 친구예요."

"친구?"

라벨이 확인하듯 루이제를 돌아보았다. 루이제는 고개를 끄덕였다. 라벨은 혼란스러운 듯 두 사람을 번갈아 보다가 말했다.

"그래. 아무튼 무사히 데려다줘서 고맙다."

"별말씀을요."

어른스럽게 대꾸한 오트는 허리를 숙여 루이제와 눈을 맞추었다.

"난 이제 갈게. 다시 만날 때까지 하나만 약속해 줄래? 그런 추운 밤에 다시는 혼자 밖에 나와 있지 않겠다고."

"약속할게."

씩 웃은 오트가 돌아서려 했지만 루이제가 그의 소매를 잡왔다.

"왜?"

"돈, 필요하지 않아?"

"그야 필요하지."

그러자 루이제가 다른 손으로 라벨의 소매를 붙잡았다. 그러
곤 입을 열었다.

"말해."

"뭘?"

"돈이 필요하다고 말해."

이상한 낌새를 느낀 오트가 라벨을 올려다보았다. 라벨의 표
정은 뭐라 말하기 어려울 정도였다.

"루이제."

라벨이 원망하듯 혹은 애원하듯 그녀의 이름을 불렀다. 하지
만 루이제의 유리 눈은 미동 없이 오트에게 향해 있었다. 이해
하지 못한 오트가 머리를 긁적였다.

"이 사람이 네 아빠인 거야? 하지만 괜찮아. 널 데려다준 걸
로 돈 받고 싶은 생각은 없어."

"말해."

결국 오트는 몹시 민망하고 또 어색한 태도로 라벨을 향해
말했다.

"그럼 돈 좀…… 주실 수 있나요? 집에 동생이 아파서……
그렇게 많지는 않아도 돼요."

루이제를 바라보던 라벨은 체념한 듯 한숨을 쉬었다. 그러곤 고요하게 오트를 마주 보며 물었다.

"그걸 정말로 바라니?"

라벨의 목소리는 어조 없이 평범한데도, 루이제는 자신이 또다시 라벨을 화나게 했음을 알았다.

오트는 한순간 그 말에 대답할 듯 입을 벌렸다. 그러나 멈칫하더니 표정이 변했다. 마치 라벨의 얼굴에서 지금까지 깨닫지 못했던 중요한 뭔가를 발견한 것 같았다. 소년은 한 걸음 물러나더니 라벨을 아주 이상하게 바라보았다.

"아니요."

"아니라고?"

"네."

라벨은 희미하게 미소를 지었다. 그러곤 오트의 소매를 붙잡고 있던 루이제를 안아 들었다. 루이제는 얌전히 그의 품에 안겼다.

"그럼 조심해서 돌아가렴."

그대로 라벨이 돌아서는 순간 오트의 말이 이어졌다.

"전 제 동생이 낫길 바라요."

라벨이 멈춰 섰다. 루이제는 라벨의 목을 끌어안고 있었기에 그의 표정은 볼 수 없었다. 대신 라벨의 어깨 너머로 오트의 얼굴을 보았다. 그의 두 눈에는 눈물이 가득 맺혀 있었다.

"온몸이 아파 죽어 가는데도, 돈이 없어서 아무것도 해 주지 못하는, 그런 제 동생이 낫길 바란다고요. 당신이 그것도 들어 줄 건가요? 아니잖아요. 그러니 그렇게 뭐든 해 줄 것처럼, 거만 하고 나른하게 나를 보지 말아요. 감히 무언가를 바라냐고 묻 지 말라고요!"

잠시 정적이 이어진 후, 라벨이 텅 빈 목소리로 말했다.

"그렇구나. 미안하다."

오트는 팔로 거칠게 두 눈을 문질렀다. 그러곤 몸을 돌려 성 큼성큼 골목길을 걸어 사라졌다.

라벨은 소년이 떠나고 나서 잠시 후 발을 움직였다. 얌전히 그 의 품에 안겨 있던 루이제가 라벨의 귓가에 대고 입을 열었다.

"라벨, 나 때문에 화가 났나요?"

"아니. 어떻게 내가 너에게 화를 낼 수 있겠니."

"난 오트를 돕고 싶었어요."

"알아. 그 마음은 나도 마찬가지란다."

"내가 잘못한 건가요?"

라벨은 한동안 대답하지 않았다. 그러다 그녀의 등을 쓸어 주곤 말했다.

"그렇지 않아. 그 아이는 적어도 자신과 동생이 행복해질 수 있는 소원을 빌었으니까. 너는 좋은 일을 한 거야. 이제 우리가 할 수 있는 건 그 아이들에게 잔혹한 대가가 주어지지 않기를 바라는 것뿐이지."

루이제는 라벨의 말을 잘 이해할 수 없었다. 다만 오트와 리아가 행복해질 수 있다는 말에 안도했다.

　일정하게 흔들리는 리듬과 라벨의 따뜻한 품 때문인지 루이제는 곧 졸음을 느꼈다. 잠시 후 다시 눈을 떴을 때 그녀는 라벨의 품이 아닌 마라의 품 안에 있었다. 두 눈을 비빈 그녀는 라벨이 자신을 공작에게 건네고 이미 돌아선 모습을 보았다. 그 등은 넓었지만 어째서인지 쓸쓸해 보였다.

　"오늘은 당신의 잠자리에서 조용히 잠들겠지요?"

　"그럴게요."

　오트와 약속했기 때문에. 다시는 정원에서 밤을 지새워서는 안 되기 때문에.

　마라 공작은 루이제를 침대에 눕혀 주고 방을 나가려 했다. 그러다 그녀가 품에 꼭 안고 있던 무언가를 발견했다.

　"그게 뭡니까?"

　마라 공작이 묻자 루이제는 그것을 내밀었다.

　"수집품이요."

　"수집품이라고요?"

　공작은 그것을 받아 살펴보았다. 머리카락이 다 빠진 더러운 인형이었다. 잠시 인형을 훑어보던 그가 뭔가 알았다는 표정을 지었다.

　"그렇군요. 이것은 당신의 수집품이로군요."

루이제는 대답하지 않았다. 그녀를 바라보는 마라 공작의 얼굴에 오래간만에 황홀한 미소가 떠올랐다. 그는 인형을 다시 루이제의 품에 안겨 주고 그녀의 더러운 머리카락을 쓸었다.

"그렇다면 잘 간직하도록 해요. 당신이 그걸 간직하고 있는 한 언젠가는 그들과 다시 만나게 될 겁니다. 그리고 다시는 헤어지지 않겠죠. 물론, 그들 또한 같은 걸 원하는가는 다른 문제지만."

공작은 마지막으로 루이제의 머리카락에 입을 맞추고 방을 떠났다. 어둠 속에 홀로 남은 루이제는 인형을 소중히 끌어안고 눈을 감았다. 하지만 잠시 후 곁에서 어떤 기척을 느끼고 다시 눈을 떴다. 돌아보았을 때 그녀의 옆자리에는 백골의 숙녀가 누워 있었다.

"아리아나, 오늘 오트와 리아라는 친구가 생겼어요. 마라가 그러는데 언젠가 다시 만나게 될 거래요. 그때가 오면 헤어지지 않아도 된대요."

루이제는 자신의 가슴 한쪽을 어루만졌다. 그곳에서 무언가 느껴지는 것처럼.

"마라의 말이 사실이라면, 라벨도 언젠가 나한테 뭔가를 줬으면 좋겠어요."

백골의 숙녀에게선 여전히 대답이 없었다. 다만 구멍 뚫린 눈에서 눈물이 한 방울 흘러내렸다. 그걸 본 루이제가 뭔가를 떠올리곤 아 하고 탄성을 질렀다.

"기억났어요. 라벨이 아리아나에게 전해 주라고 했던 말이요."

하지만 루이제는 그 말을 하는 대신 눈을 동그랗게 떴다.

"어째서요? 라벨의 말을 듣고 싶지 않아요?"

해골 숙녀는 미동이 없었다. 잠시 그녀를 바라보던 루이제는 졸린 듯 웅얼거렸다.

"응…… 라벨도 그렇게 말했어요. 잘 자요, 아리아나."

루이제는 곧 새근새근 숨소리를 내며 잠들었다. 저택의 다른 곳은 모두 소란으로 아우성쳤지만 그들이 있는 곳만은 고요하고 평온했다.

잠시 후 평온 속에서 마라 공작이 걸어 나왔다. 그의 입술은 어둠 속에서도 두드러질 만큼 붉었다.

해골 숙녀가 눈물 흘리는 것을 말없이 지켜보던 공작은 손을 들어 그녀의 눈가로 가져갔다. 하지만 곧 생각을 바꿔 루이제의 볼품없는 머리카락을 한 줌 집어 그것으로 눈물을 닦아 주었다.

어둠에 못 박힌 듯 한참을 그렇게 서 있던 공작은 루이제가 품에 안고 있던 인형을 집어 들었다. 그러곤 말없이 몸을 돌려 어둠 속으로 걸어 들어갔다. 그에게 익숙한 혼란과 불안이 그곳에서 그를 기다리고 있었다.

〈끝〉

보이드 씨의 기묘한 저택

1판 1쇄 찍음 2023년 5월 4일
1판 1쇄 펴냄 2023년 6월 16일

지은이 | 하지은
발행인 | 박근섭
편집인 | 김준혁
책임편집 | 정미리
펴낸곳 | 황금가지

출판등록 | 2009. 10. 8 (제2009-000273호)
주소 | 06027 서울 강남구 도산대로 1길 62 강남출판문화센터 5층
전화 | 영업부 515-2000 편집부 3446-8774 팩시밀리 515-2007
홈페이지 | www.goldenbough.co.kr

도서 파본 등의 이유로 반송이 필요할 경우에는 구매처에서 교환하시고
출판사 교환이 필요할 경우에는 아래 주소로 반송 사유를 적어 도서와 함께 보내주세요.
06027 서울 강남구 도산대로 1길 62 강남출판문화센터 6층 민음인 마케팅부

© 황금가지, 2023. Printed in Seoul, Korea
ISBN 979-11-7052-243-0 03810

㈜민음인은 민음사 출판 그룹의 자회사입니다.
황금가지는 ㈜민음인의 픽션 전문 출간 브랜드입니다.